THE CHRISTIE AFFAIR
NINA DE GRAMONT

アガサ・クリスティー失踪事件

ニーナ・デ・グラモン
山本やよい訳

早川書房

アガサ・クリスティー失踪事件

日本語版翻訳権独占
早　川　書　房

カバーイラスト／YOUCHAN
装幀／日高祐也

リザ・ジェイン・ハンソンに

目次

登場人物

アガサ・クリスティー……………………ミステリ作家
アーチー・クリスティー大佐………アガサの夫
ナン・オディー……………………………アーチーの愛人
テディ………………………………………アガサの娘
ホノーリア…………………………………アガサの個人秘書兼テディの乳母
フィンバル…………………………………ナンの恋人
コリーン……………………………………ナンの長姉
メグズ………………………………………ナンの次姉。看護婦
ルイーズ……………………………………ナンの妹
ベス
フィオーナ
スザンナ ……………………ナンの修道院仲間
サイモン・リーチ…………………………ベルフォート・ホテルのオーナー
イザベル・リーチ…………………………サイモンの妻
リジー・クラーク…………………………同ホテルに宿泊するアメリカ人
レース夫妻
マーストン夫妻 ……………………同ホテルに宿泊する新婚夫婦
コーネリア・アームストロング……同ホテルの宿泊客
サム・リッピンコット……………………リーズ警察署長
フランク・チルトン………………………リーズ警察の元警部

第 一 部

「あの娘は愛しすぎている」とポアロは思った。「それは危うい。危ういことだ」

――エルキュール・ポアロ

シスター・メアリ、ここに眠る

はるかな昔、別の国で、わたしはもう少しで一人の女性を殺すところだった。独特な感覚だ。殺しの衝動というのは。まず怒りが噴きだす。想像もつかないほど大きな怒り。その怒りに肉体を乗っとられ、意志を、四肢を、魂を支配される。自分では意識したこともなかった力が湧き上がる。いまのいままで無害だった両手が持ち上がり、相手の首を絞めて命を消そうとする。そこには快感がある。あとでふりかえってみれば禍々《まがまが》しいことだが、その瞬間は、しいて言えば甘さを感じる。正義が甘く感じられるのと同じように。

アガサ・クリスティーは殺人に魅了されていた。でも、優しい心の持ち主だった。人を殺したいと思ったことは一度もなかった。一瞬たりとも。相手がこのわたしであっても。

「アガサと呼んでね」彼女はいつもそう言って、ほっそりした手を差しだした。でも、最初のころは、彼女の住まいのひとつでどれだけ週末を過ごそうと、どれだけ個人的な瞬間を共有しようと、わたしが彼女をアガサと呼んだことは一度もなかった。馴れ馴れしくするのは不作法だと思っていた。もっとも、世界大戦が終わってから何年かのあいだに、礼儀作法は廃《すた》れつつあった。アガサは上流階級出身でエレガントな人だったが、礼儀と社会慣習を省略するのは大いに歓迎していた。いっぽう、わたしのほうは礼儀と社会慣習を身につけるのにさんざん苦労してきたため、簡単に捨て去ることはできなかった。

わたしはアガサが好きだった。あのころは、彼女が書くものを高く評価する気にはなれなかった。でも、一人の人間として彼女を崇拝していたのは間違いない。いまも崇拝している。先日、姉妹の一人にこのことを打ち明けたら、「自分のしたことを後悔してる？　周囲にどれだけ辛《つら》い思いをさせたかわかってるの？」と訊かれた。

「もちろん、後悔してるわ」わたしは躊躇《ちゅうちょ》なく答えた。〝なんの後悔もない〟と言う者がいたら、その人間はサイコパスか、もしくは嘘つきだ。わたしはどちらでもなく、ただ、秘密を守るのが上手なだけ。この点で、最初のクリスティー夫人と二番目のクリスティー夫人はよく似ている。二人とも、自分のことを語れば必然的にほかの誰かの秘密を暴くことになるのを承知している。アガサは十一日間の失踪に関して何を訊かれようと、答えるのを生涯にわたって拒みつづけた。わが身を守ろうとしたことだけがその理由ではなかった。

誰かが質問しようと思ったとしても、わたしも答えるのを拒んだだろう。

失踪

一日前

一九二六年十二月二日木曜日

わたしはアーチーに、こんなタイミングで奥さんと別れるのはまずいと言ったが、本気ではなかった。わたしから見れば、このゲームを長くやりすぎた。そろそろ勝利を手にするときだ。でも、アーチーが勝手に事を進めようとするので、思わず文句を言ってしまったのだ。

「奥さんは繊細すぎるのよ」アガサはいまも、実の母親の死から立ち直っていなかった。

「クラリッサが亡くなってからもう何カ月にもなるんだぞ。それに、いつ別れ話を切りだしたところで、修羅場になるに決まっている」アーチーという人を誰かが描写する場合、〝繊細〟と表現することはけっしてないだろう。アーチーはいま、ロンドンのオフィスでマホガニー製の特大デスクの前にすわっていた。虚栄心と権力欲のかたまりみたいな男。「すべての者を幸せにするのは無理だ。誰かが不幸にならざるをえない。だが、ぼくはその役をやらされるのはうんざりなんだ」

ふだんは投資家や取引相手がすわる革椅子に腰を下ろして、わたしは彼と向かい合った。「ねえ、あなた」わたしの声では、アガサのような優雅な口調はとうていまねできないが、少なくとも、イースト・エンドの下品なしゃべり方はすでに消し去っていた。「あの人には立ち直る時間がもっと必要よ」

「あれはもう一人前の女性だぞ」

「母親を必要としなくなる人なんて、どこにもいないわ」

「きみは甘すぎるんだ、ナン。優しすぎる」

わたしは本当のことを言われたかのように微笑した。アーチーがこの世で何よりも嫌っているのが病気と弱さと悲哀だ。人が立ち直るのを待つ忍耐力が彼にはない。わたしは彼の愛人として、つねに快活な態度を崩さなかった。明るく軽やかにふるまってきた。自分を偽《いつわ》ることができずに、悲しみに沈んでいる彼の妻とはまことに対照的だ。

アーチーの表情が和《やわ》らいだ。微笑で唇の片方の端がひきつった。フランス人が好んで言うように〝幸せな人間は過去を持たない〟のだ。アーチーがわたしの過去を尋ねたことは一度もなかった。彼が求めているのは、にこやかで彼の思いどおりになる現在のわたしだけ。彼が片手で髪をなでつけ、乱れを直した。ふと見ると、こめかみのあたりの髪に白いものがちらほら交じっている。おかげで貫禄が出ている。わたしとアーチーの関係は欲得ずくのものかもしれないが、だからといって、わたしが彼との関係を楽しんでいないわけではなかった。背が高くてハンサムな人だし、わたしを愛してくれているのだから。

彼はデスクの席から立つと、部屋を横切って、わたしの椅子の前で膝を突いた。

「アーチー」わたしは叱りつけるふりをした。「人が入ってきたらどうするの?」

「誰も来やしないさ」彼はわたしのウェストに腕をまわし、わたしの膝に頭をのせた。わたしの装いは、プリーツスカート、ボタンのついたブラウス、ゆったりしたカーディガン、ストッキングだった。

そして、模造真珠と、買ったばかりのおしゃれな帽子。アーチーの頭をなでたが、彼が顔を寄せてきたのでそっと押し戻した。

「やめてよ。こんなところで」と言ったものの、そう真剣な口調ではなかった。快活に、快活に、快活に。病気や悲哀など一度も経験したことがない若い女を演じなくては。

アーチーがキスをした。パイプ煙草の味がした。わたしは彼の上着の襟を握りしめ、彼の片手がわたしの乳房を包んだときも「だめ」とは言わなかった。今夜、彼は妻の待つ家に帰る。計画どおりに慎重に事を進めるなら、わたしへの思いを抱いたままの彼を妻のところに帰すのがいちばんいい。硫酸キニーネに浸した海綿——結婚した妹がくれたもの——がわたしの体内で番をして、妊娠を防いでいる。こういう予防手段をとらずにわたしがアーチーと会ったことはこれまで一度もなかったが、今日のところは、そんな用心は必要なかった。アーチーはわたしのスカートの裾をひっぱってあるべき場所に慎み深く戻し、プリーツの乱れを直してから立ち上がって、ふたたびデスクの向こうへ戻った。

彼が自分の椅子に戻るのとほぼ同時に、アガサが部屋に入ってきた。ドアを押し開きながら申しわけ程度にノックをして。実用的なヒールは、絨毯の上ではほとんど音を立てない。アガサは三十六歳、赤褐色の髪が色褪《あ》せて茶色に近くなっている。わたしより数センチ背が高くて、十歳近く年上だ。

「アガサ」アーチーが尖《とが》った声で言った。「ノックぐらいするものだぞ」

「まあ、アーチーったら。化粧室でもないのに」アガサは次にわたしのほうを向いた。「ミス・オディー。ここでお目にかかるなんて思わなかったわ」

アーチーはいつも、目につく場所にわたしを隠すという作戦をとっていた。わたしはしじゅうパーティに招かれ、週末をクリスティー家で過ごすこともあった。半年前のアーチーなら、わたしが彼のオフィスにいることについて、少なくとも言い訳ぐらいはしたはずだ。〝速記のできる子がほしくて、スタンにナンを貸してもらったんだ〟と言ったかもしれない。スタンというのは〈英国ゴム製造会社〉のオーナーで、わたしの雇い主。アーチーの友達だが、誰かに何かを貸すようなことはぜったいにない。

今日のアーチーは、社員でもないわたしがこの部屋にいる理由についてひとことも説明しようとしなかった。いつものような言い訳をする様子のない夫を見て、アガサの眉が上がった。だが、わたしに声をかけることで落ち着きをとりもどした。

「わたしたちを見て」アガサはまず自分の服を、次にわたしの服を指さした。「双子みたいね」

わたしは頬に手をあてないようにするのがひと苦労だった。真っ赤になっていたから。アガサが二分早く入ってきたらどうなっていただろう？　彼女のことだから、証拠がそろっていようと何も気づかないふりをしただろうか？　ちょうどいま、頑固にそうしているように。

「ほんと」わたしは言った。「ええ、たしかに双子ですね」

この年、ロンドンではほぼすべての女性が双子のようで、同じ装いに身を包み、肩までの長さの同じ髪形をしていた。でも、アガサのスーツは本物のシャネルだし、真珠も本物だった。ただ、アガサは偽物だからといって軽蔑の目を向けるような人ではなかった。そういうたぐいの女性ではないため、わたしの件ではその美点が裏目に出てしまった。会社の事務員を父親に持つ娘が、単なる秘書が、アガサの社交サークルに入りこむことに、彼女が文句を言ったことはただの一度もなかった。「この人はスタンの娘と仲がいいんだ」アーチーは妻にそう言った。「ゴルフがすごくうまい」アガサはそれ以上の説明を求めようとしなかった。

当時の写真のアガサはかなり色黒で、実物ほど美人ではない。ブルーの目がきらめいている。鼻のまわりにも、表情がくるくる変わる顔全体にも、少女っぽいそばかすが散っている。アーチーがようやく立ち上がって妻を迎え、取引相手を迎えるかのように彼女の手をとった。わたしは思った――残酷なことをする人間はそんな考え方ができるものだ――すべてアガサのためよ。作家として活躍しはじめたこの美しい女性には、アーチーより上等の男性がふさわしい。熱愛ぶりを隠そうともせずに彼女を腕に抱き、一途な愛を捧げる男性が。罪悪感に襲われて心がくじけそうになるたびに、わたしは自分に言い聞かせた――アガサは生まれたときから恵まれていて、今後もずっと恵まれた人生を送っていける人なのよ。

アガサはアーチーに――おそらくこれで二回目か三回目だろうが――新たな著作権エージェントのドナルド・フレイザーと打ち合わせをしてきたところだと言った。「わたしがロンドンに出てきたついでに、お昼を一緒にどうかしら。あなたが週末に出かけてしまう前に」

「今日は無理だ」アーチーは何ものっていないデスクのほうを手で示した。なんの説得力もない。「仕事が山のようにたまっている」

「あら。そうなの？〈シンプソンズ〉を予約したんだけど」

「無理だな。せっかく寄ってくれたのにすまない」

「じゃ、つきあってくださらない、ミス・オディー？女どうしのお昼はいかが？」

二回も拒絶されるアガサの姿を見ることに、わたしは耐えられなかった。「ええ、喜んで。うれしいです」

アーチーが咳払いをした。苛立っている。妻と愛人がこんなふうに鉢合わせをすれば、ほかの男ならおろおろするかもしれない。でも、アーチーは気に病む段階をとっくに過ぎていた。結婚に終止符を打つ気でいて、わたしと二人きりのところにアガサが入ってきたせいで結婚がだめになるなら、それでもかまわないと思っていた。妻がわたしとランチをするあいだに、彼は予定どおり〈ガラード〉へ出かけて、いちばん美しい指輪を買うだろう。わたしが生まれて初めて身につけるダイヤモンドを。

「ぜひ新しいエージェントのことを聞かせてください」立ち上がりながら、わたしは言った。「なんて刺激的なお仕事をなさっているのでしょう、ミセス・クリスティー」お世辞ではなかった。わたしにとっては、アーチーの金融関係の仕事よりアガサの作家活動のほうがはるかに興味深かった。ただ、このころの彼女はまだ、のちに名を馳せたような有名作家にはなっていなかった。空にのぼりきっていない期待の明星《みょうじょう》。わたしはアガサが羨《うらや》ましかった。

　アガサがわたしの腕に自分の腕を通した。わたしはそのしぐさをすなおに受け入れた。ほかの女性たちとのあいだに親密な雰囲気を作ることならごく自然にできる。四人姉妹として育ったから。アガサの顔に、夢見がちな性格と強い意志の両方を示す微笑が浮かんだ。テディの母親となってから七年のあいだにアガサの体重が増えたことを、アーチーはときどきぼやいているが、彼女の腕はいまもほっそりしていて華奢《きゃしゃ》だ。わたしは彼女のあとについてビル内のオフィスをいくつか通り抜け、ロンドンのにぎやかな通りに出た。寒さで頬がピンクに染まった。アガサが不意にわたしの腕を放して自分の額に片手をあて、ふらつきを抑えようとした。

「大丈夫ですか、ミセス・クリスティー？」

「アガサよ」アーチーのオフィスにいたときに比べて、彼女の声が鋭くなった。「アガサと呼んでちょうだい」

わたしはうなずいた。それから、こう頼まれるたびにわたしがとっている行動に出た——午後のほとんどの時間を、彼女への呼びかけの言葉をいっさい使わずに過ごすことにしたのだ。

知り合いのなかに、のちに有名になった女性はいるだろうか？　あとでふりかえったとき、記憶のなかにさまざまなものが見えてくるはず。そうでしょ？　その人の身のこなし。強い意志を示す口調。アガサは亡くなるその日まで、自分は野心的なタイプではないと主張していた。当人は自分のなかの激しい面を隠していたつもりのようだが、レストランの店内に目を走らせる彼女の姿に、わたしは激しさを感じた。視界に入ったすべての者を観察し、簡潔に要約できる過去を想像しようとするその姿に。アーチーと違って、アガサはつねに相手の過去を知りたがった。相手が自分の過去を語ろうとしないときは、アガサのほうで勝手に何かでっちあげ、それが事実だと自分を納得させることにしていた。

〈シンプソンズ〉に着いたアガサとわたしは、二階のダイニングルームへ案内された。席についた彼女が帽子を脱いだので、わたしもまねをして脱いだ。もっとも、帽子をかぶったままの女性がけっこう多かった。アガサは美しい髪をフワッとさせて乱れを直した。人目を気にするというより、心を落ち着かせようとしている様子だった。アーチーのオフィスで何をしていたのかと、わたしに尋ねてもよさそうなものだが、しらじらしい嘘をつかれるのがわかっていたから、何も聞きたくなかったのだろう。

かわりにアガサは言った。「お母さまはご健在なのかしら、ミス・オディー？」

「はい、両親とも元気にしています」

アガサはわたしを無遠慮に見つめた。値踏みしている。これは昔の回想だから、こんなことを言っても許してもらえるだろうが、わたしは美人だった。ほっそりしていて、若くて、スポーツ万能だった。とはいえ、トロイのヘレネのような絶世の美女ではなかった。わたしがヘレネに負けない美女だったら、アーチーとの関係もここまで面倒なことにはならなかったと思う。わたしの控えめな魅力ゆえに、彼が熱烈な恋に落ちたと言ってもいいだろう。

「テディはどうしてます？」わたしは訊いた。

「元気よ」

「執筆のほうは？」

「順調よ」アガサはこんなつまらない話題はないと言いたげに片手をふった。「子供だましの手品みたいなものね。金ぴかの要素と偽の手がかりをちりばめておくの」彼女の顔に、ある表情が浮かんだ。ついロ元がほころんでしまったという感じで、それを見たわたしは、〝子供だましの手品〟と言いつつも彼女が自分の仕事に誇りを持っていることを知った。

白い上着のウェイターが空っぽの皿を満載したトレイをうっかり落とした瞬間、ガシャーンと大きな音がした。わたしは思わず飛び上がった。となりのテーブルでは、妻と食事中だった男性が反射的に両手で頭を覆った。つい先日まで、ロンドンの街で轟音が響けば、割れた皿よりはるかに不吉なことを意味していたから、多くの男性が最悪の事態を想像してしまうのだった。

アガサが紅茶をひと口飲んだ。「戦前の静かな暮らしがなつかしくてたまらないわ。いつになったら復興するのかしらね、ミス・オディー」

「そんな日が来るなんて想像できませんけど」

「あなたはずいぶん若かったから、兵隊さんの看病なんて経験してないでしょう？」

わたしはうなずいた。戦時中、兵士の看病にあたったのは大部分が年配の既婚女性だった。不用意なロマンスが花開くのを防ぐために、わざとそうしたのだった。アガサはイングランド南西部の保養地トーキーの病院の薬局で働いていた。毒薬に関する豊富な知識はそこで身につけたものだった。

「姉のメグズは看護婦になりました」わたしは言った。「戦後のことですけど。現在もトーキーの病院に勤務しています」

このことに関して、アガサからはなんの質問も出なかった。アガサがわたしの姉のような人間を知っているわけがない。かわりにこう尋ねた。「あなたは誰か親しい人を亡くしたことがあって？」

「かつて知っていた男の子を。アイルランドにいたころの知り合いでした」

「戦死なさったの？」

「わたしに言えるのは帰国しなかったということだけです。行方不明のままです」

「アーチーは航空隊にいたのよ。もちろん、ご存じでしょうけど。航空隊の場合はまた、状況が違っていたのでしょうね」

それが全世界の縮図ではなかっただろうか？　世界の傷跡はいつだって貧しい者の身に残される。アガサはウィリアム・ブレイクを引用するのが好きだった。〝甘やかなよろこびに生れつく人もいる、終りなき夜に生れつく人もいる〟わたしたちが〈シンプソンズ〉でランチをとり、アガサの夫がわたしに贈る婚約指輪を買いに出かけていたこの瞬間、わたしは思った――アガサが前者、わたしが後者ね、と。

くりかえし浮かんでくる表情をアガサが必死に消そうとしているのが、わたしにも見てとれた。何か言いたいのに、どうしても言えずにいるようだ。わたしをランチに誘ったのは、わたしと対決するために違いない。たぶん、慈悲を乞うつもりだったのだろう。しかし、このうえなく気詰まりな会話はあとまわしにするほうが楽だ。対決を好む性格でない場合はとくに。

あとまわしにするために、そして、心からそう思っていたために、アガサは言った。「くだらないわね、戦争って。どんな戦争でも。男性がそれに耐えなきゃいけないのは残酷だわ。わたしに息子がいたら、その子を戦争に行かせないために、どんなことでもするでしょうね。戦争にどんな大義名分があろうと、あるいは、イングランドが危機にさらされようと、関係ないわ」

「わたしも同じだと思います。息子がいれば」

運ばれてきた肉がテーブルの横で切り分けられたので、わたしは好みに合わないひと切れを選んだ。たぶん、アガサを感心させたかったのだろう。人は金持ちになればなるほど、血の滴りそうなステーキを好むものだ。肉にナイフを入れると、赤い汁が滲《にじ》みでて、吐きそうになった。

「いまもアイルランドの男の子のことを思っているの？」アガサが訊いた。

「毎日のように」

「だから、結婚しないままなの？」

結婚しない、いまま。まるで、わたしが一生結婚しないかのように。「ええ、たぶん」

「まあ。あなたはまだ若いのよ。それに、先のことは誰にもわからないわ。もしかしたら、ある日、その人が元気な姿で帰ってくるかもしれない」

「それは無理じゃないでしょうか」

「わたしも戦時中、アーチーとはぜったい結婚できないって思ったときがあったわ。でも、結婚してとても幸せに暮らしている。こうして結婚できたのよ。幸せだわ」

「おっしゃるとおりだと思います」そっけない険悪な口調。戦時中の話が出たせいで、わたしの心は冷酷になった。何も持たない者が、すべてに恵まれた者から何かひとつ――夫――を奪うぐらいのことは許されてもいいはずだ。

ふたたびウェイターがやってきて、チーズはどうされますかと尋ねた。二人とも断った。アガサは肉を半分残してフォークを置いた。彼女のように完璧なマナーを身につけた人でなかったら、皿を押しやっていただろう。「そろそろ食べる量を減らさなくてはいけないの。太りすぎだってアーチーが言うんですもの」

「ちょうどいい感じですよ」わたしは言った。アガサを安心させたかったし、事実そのとおりだったから。「おきれいです」

アガサは笑った。少し品のない笑い方。わたしではなく彼女自身を嘲笑するものだったので、冷酷になっていたわたしの心も和らいだ。人を苦しめたところで、少しも楽しくない。アガサの母親の死はタイミングが悪すぎる。そのすぐあとでアーチーが出ていくわけだから。わたしの計画にはなかったことだ。アガサの父親は彼女が十一歳のときに亡くなっているから、今度は母親まで失って、若すぎる年齢で一家を背負う世代になったわけだ。

アガサが勘定を払うと言いはったあとで、一緒にレストランを出た。通りに出たところで、彼女がこちらを向いて手を伸ばし、人差し指と親指でわたしの顎をはさんだ。

「この週末は何か予定がおありかしら、ミス・オディー？」わたしが何を予定しているかはお見通しだ、とその口調がほのめかしていた。

「いいえ。でも来週、休暇をとるつもりです。ハロゲートのベルフォート・ホテルに泊まろうと思って」とたんに、なぜここまで言ってしまったのかと不思議に思った。アーチーにも話していないのに。でも、人の夫と不倫をすると、その妻とも距離が近くなったように感じるものだ。ときには、夫以上に近くなった気がする。

「自分へのご褒美《ほうび》というわけね」アガサが言った。自分の分別ある性格には合わないと言いたげな口調だった。「すてきだわ」

どうしてそんな贅沢ができるのかと尋ねられずにすんで、わたしはホッとした。

アガサがわたしの顎にかけていた手を離した。その目に、読みとれない表情が浮かんでいた。「じゃ、これで失礼するわね。休暇を楽しんでらして」

アガサは向きを変えて何歩か歩いたが、そこで立ち止まり、わたしのところに戻ってきた。「あなたは彼を愛してはいない」別人のような顔になっていた。落ち着いた静かな表情だったのが、目を大きく開き、震えおののく顔に変わっていた。「愛していたら悲惨ね。でも、愛していないのなら、愛している者のところに彼を置いていって」

戦意を喪失した。亡霊になったような気分で、返事ができず、わが身が四散して破片が宙へ漂い去っていくかに思われた。アガサがわたしに手を触れることはもうなかった。かわりに、わたしの顔に視線を据え、反応を見守っていた――血の気を失い、疚《やま》しさのあまり身動きも呼吸もできなくなったわたしの姿を。

「ミセス・クリスティー」わたしはそれだけ言うのがやっとだった。アガサは告白を要求している。でも、勝手に告白することはできない。

「ミス・オディー」そっけない最後の言葉。いつものアガサに戻っている。わたしが彼女の名前を呼んだのは否定をほのめかすためだった。彼女がわたしの名前を呼んだのはきっぱりと別れを告げるためだった。

わたしはレストランの前に立ったまま、歩き去るアガサを見送った。わたしの記憶では、彼女は濃い霧のなかへ消えていったように思うが、現実にはありえないことだ。白昼の時間帯——よく晴れた爽《さわ》やかな日。おそらく、角を曲がって見えなくなったか、人混みに紛れて見えなくなったのだろう。

職場に戻らなくてはいけないのに、わたしはアーチーのオフィスへ向かっていた。アーチーがくれるお小遣いの額がどんどん増えていたので、秘書の仕事はもうどうでもよくなっていた。わたしがアガサとランチに出かけたのをアーチーは気にしているだろうし、家を出ていくつもりだと今夜彼が本当に宣言したら、アガサのほうは、わたしがアーチーを愛していないことを彼に告げるだろう。だからどうしても、愛していると彼に思わせておかなくてはならなかった。

途中で書店の前を通りかかると、ピンク色の児童書が山と積まれていた。風船の紐を握りしめた小さなテディベアが大空へ向かって飛んでいく。『クマのプーさん』。とても夢のあるイラストだったので、書店に入り、アーチーからテディに渡してもらおうと思って一冊買った。一瞬、クリスマスプレゼントとしてわたしの手から渡すことも考えた。そのころにはもう、テディの両親はたぶん別居しているだろう。テディは父親とわたしと一緒にクリスマスを迎える。三人でのんびり過ごし、クリスマスツリーの下でプレゼントを交換する。両親の離婚後に父親と暮らす子供の話を、ときどき聞くことがある。そして、アーチーはいつも、テディは父親のほうになついていると言う。もっとも、そう言うだけでなく信じているところがいかにもアーチーらしい。

ふたたびアーチーのオフィスに顔を出したわたしは、テディに渡してもらおうと思って本を差しだした。アーチーはドアに鍵をかけると、わたしを膝にのせ、スカートをウェストのあたりまでめくりあげた。

「こんなことを長く続ける気はないからね」彼がわたしの耳にささやいて身を震わせた。もっとも、彼自身は〝こんなこと〟を好んでいるに決まっている。男はみんなそうじゃない？

わたしは彼の膝から下り、プリーツの乱れを直した。帽子はいまも頭にのっていて、その位置はほとんどずれていなかった。

「彼女の様子はどうだった？」デスクに戻りながら、アーチーが訊いた。

「悲しい顔をしてたわ」わたしと対決したことをアガサが彼に告げたとしても、わたしは否定しよう。

「それに、辛そうだった」

「情に流されるのは禁物だ。ナイフを突き刺すときは、いっきにやったほうが親切というものだ」

「きっとそうね」

アーチーに投げキスを送り、わたしがどんな異議を唱えても彼の決意が揺らがないよう願いつつ、ドアへ向かった。わたしがアガサと言葉を交わしたことで、アーチーはいよいよ彼女のもとを去るしかなくなった。わたしはドアの鍵をあけた。

「ナン」廊下へ出る前にアーチーに呼び止められた。「今度会うとき、ぼくは自由の身になってるからね」

「そんなことないわ。あなたはわたしのものですもの」

アーチーが笑顔になったので、わたしは何も心配することはないと確信した。少なくとも、家を出ていくとアガサに告げることだけは間違いない。彼には果たすべき使命がある。アーチーがいったん何かを決心すれば、爆弾を投下して下界に死と破壊をもたらす飛行士に必要な冷酷さを発揮して、それをやってのける。そのあいだ、彼自身は大空を飛びつづけ、手を触れることは誰にもできない。

失踪

一日前
一九二六年十二月二日木曜日

世界の歴史を見ると、男は愛人にかならずこう言っている——妻のことは愛していない。たぶん一度も愛したことがなかったと思う。もう何年もベッドを共にしていない。そんな気もない。結婚生活には情熱も愛情も喜びもない。殺伐とした惨《みじ》めな日々だ。妻と別れずにいるのは子供のため、もしくは財産のため、もしくは世間体のため。便宜上の結婚に過ぎない。新しい愛人が唯一の安らぎだ。

この話が真実だったことが、いったい何回あっただろう？　わたしに言わせれば、そう多くはないはずだ。クリスティー夫妻の場合は真実でないことが、わたしにはわかっている。

その夜、アーチーはいつもの通勤列車でロンドンからサニングデールに帰ってきた。夫妻はアガサのデビュー作にちなんで、自宅を〝スタイルズ荘〟と呼んでいる。広い庭のあるヴィクトリア朝様式のすてきな屋敷だ。アーチーが玄関から家に入ると、アガサが晩餐のために着替えて彼を待っていた。どんな装いだったのか、彼はひとことも言わなかったが、わたしは海の泡のような淡い青緑色のシフォンのドレスだったことを知っている。たぶん、胸の膨らみを強調するデザインだったたろう。でも、アーチーが話してくれたのは、アガサが気もそぞろの様子だったので、出ていくことを告げるのは明朝まで待とうと決めた、ということだけだった。「夜は感情的になりがちだ。そうだろう?」アーチーは言った。

アガサのほうは別れ話を切りだされることを予想して、沈黙の戦いを進める決心をしていた。アガサのそばをけっして離れようとしない小さなテリア犬のピーターは、邪魔にならないよう、テディのベッドで寝かせることにした。夫が求める陽気な表情を作ろうと努めた。

わたしはときどき、アガサがエルキュール・ポアロを創りだしたのはアーチーへの不満解消のためではなかったかと思うことがある。相手の感情の変化をポアロが見落とすことはけっしてないし、相手が落ちこんだときはかならず同情する。相手の悲しみを理解し、悲しみの深さを推測し、そして、許すことができる。それに対して、アーチーのほうは〝元気を出せ〟と言って、相手にその命令を押しつけるだけだ。

避けがたい修羅場を先延ばしにしようと決めたアーチーはテーブルにつき、妻と二人で静かに食事をした。二人の席は長いダイニングテーブルの両端だ。どんな話をしたのかと尋ねると、アーチーは「つまらない雑談ばかりさ」と答えた。

「アガサの様子はどうだった?」

「むっつりしていた」自分へのひどい侮辱であるかのように、アーチーはこの言葉を口にした。「不機嫌な顔で黙りこんでいた」

食事がすむと、アガサは居間でブランデーを飲もうと夫を誘った。アーチーは断って、テディの様子を見るために二階へ上がった。アガサの個人秘書とテディの乳母を兼ねているホノーリアが、テディをベッドに入れようとしているところだった。

アーチーが部屋に入ったとたん、小さな犬がドアから飛びだしていき、テディが泣きわめいた。

「ピーターは今夜あたしと寝るって、ママが約束したもん！」

幸い、アーチーはわたしがプレゼントした『クマのプーさん』を持っていたので、娘をなだめるために差しだした。わくわくしながら包装紙を破ったテディに第一章を読んでやった。もっと読んでとせがまれたため、アーチーが寝室へ行ったときには、アガサはすでに――これが彼をとりもどす最後のチャンスだと知ることもなく――眠っていた。「熟睡していた」と、アーチーはわたしに言った。

しかし、その週の土曜日、サリー州のゴダルミンに置いてきたアーチーの車を運転してスタイルズ荘に着いたわたしは、『クマのプーさん』が茶色い紙に包まれたまま、玄関ホールのテーブルに置いてあるのを目にした。それに、〈シンプソンズ〉でランチをとったときのアガサは、不眠症の人にありがちな生気のないぼうっとした表情を浮かべていて、眠れぬ夜が続いているため、手探りしながら日中の時間を過ごしているという感じだった。アガサは夫を愛している。結婚して十二年になるが、いまも夫に夢中で、夫の愛を求めていて、三十六年も生きてきたのに世間のことが何ひとつわかっていない様子だった。

アーチーがベッドに来る前にアガサが眠ってしまうはずのないことが、わたしにはわかっている。本当はどうだったのかを、わたしの想像で述べてみよう。

帰宅したアーチーをアガサが出迎えた。そこだけは事実だと思う。頬を紅潮させ、固い決意を秘めた表情。怒りをぶつけ脅《おど》しをかけるのではなく、純粋な愛の力で夫をとりもどそうと決心していたので、装いにも神経が行き届いていた。どんな装いだったのか、わたしは正確に知っている。土曜日の朝、夫妻の寝室の床にくしゃくしゃのドレスが落ちていたからだ。ドレスを拾いあげて洗濯する余裕もないほどメイドが狼狽《ろうばい》していたのだろう。床のドレスを見たとき、わたしは膝を突いて手にとり、試着するかのように胸にあてた。丈が長すぎて、海の泡の色をしたシフォンがわたしの足元に広がった。ヤードリー社の香水の香りがした。オールド・イングリッシュ・ラベンダー。軽やかな甘い香り。

真冬に着るようなドレスではないが、それでもアガサはこれを着た。玄関で夫を迎えた彼女の姿はどんなに可憐《かれん》だっただろう。鼻のまわりと、豊かに盛りあがった胸にそばかすが散り、たぶん、グラスを手にしていただろう。自分で飲むためではなく（アガサはほとんど飲まない）、夫に渡すために。彼の好きなスコッチを。

「AC」アガサは声をかけ、夫に近づいて片手を彼の胸に置き、冬のコートを受けとって、かわりにグラスを渡した。二人は結婚した夜から、おたがいをACと呼んでいる。

「ほら、これ」アーチーはACという愛称を返さなかった。包装された児童書をコートと一緒にアガサに渡した。「テディに」わたしが買った本であることは黙っていたが、アガサはたぶん察していただろう。アーチーは本に興味がない。処女作の刊行以来、妻の書いた小説を読んだことすらない。アガサは包装紙を開きもせずに、児童書をテーブルにそっと置いた。

居間でアガサは自分のために水を注いだ。事態が好転するのをじっと待つのが得意な人だった。アーチーと結婚するまで、次は、戦争が終わって一緒に暮らせるようになるまで、何年も待った。初めて書き上げた本を出版社に送ったあと、刊行が決まるまで二年待った。だから、刊行の連絡をもらったときには、自分が本を書いたことをほとんど忘れていた。ボドリー・ヘッド社と最初の長篇五作分の契約を結んだが、こちらにまったく不利な契約だったので、すぐさま自分の過ちに気づき、出版社から何度も持ちかけられる契約更新に応じるかわりに、契約期限が切れるのをじっと待った。ようやく自由の身となってから、ボドリー・ヘッド社よりはるかに格上の出版社と新たな契約を結んだ。人は何かに専念し、うまくいくよう望まなくてはならない。人は時機を待たなくてはならない。

家のなかはひどく寒かった。むきだしの腕に鳥肌が立ち、アガサはひきよせられるようにしてアーチーのそばに立った。彼はにこやかではあるが、心の読めない表情を浮かべ、温かさを放っていた。心の温かさではなく、物理的な温《ぬく》もりを。

「テディはどこだい？」

「二階よ。ホノーリアと一緒に。お風呂に入って、それからベッド」

アーチーはうなずき、ラベンダーの香りを吸いこんだ。女が自分のために装うのを男はひどく喜ぶものだ。遠い存在の女であればとくに。出ていくことを妻に告げる決心をした瞬間、妻もやはりアーチーにとって遠い存在になっていた。アガサは料理番に命じて、夫の好物のビーフ・ウェリントンを作らせた。冬にぴったりの料理だ。ろうそくに火をつけた。二人だけの食事、上等のフレンチワイン。アガサは夫につきあうため、自分のグラスにもワインを注いだが、飲んだのはほんのひと口だけ。アガサの席は、彼がわたしに話したのと違って、長いテーブルの端ではなく、彼のすぐ横だった。彼は左利き、アガサは右利きなので、二人の肘《ひじ》がぶつかりあい、同じ家で長い時間を過ごし、同じベッドで眠ってきた者どうしの親密さが生まれた。アーチーはただの人間、いえ、もっと悪いことに、ただの男だった。一種のメランコリーが彼を包みこんだ。アガサをまったく愛していなかったというのは事実ではない。それどころか、わたしとの結婚を決めたことで、かつてこうした焦燥に駆られたとき のことを思いだした。戦争の嵐が吹き荒れ、二人とも一文無しで、両家の家族から——とくに彼の母親から——しばらく待つよう強く言われたにもかかわらず、アーチーはアガサと結婚したくてたまらなかった。いま、ろうそくの光のもとで、彼女はまるで新婚初夜のときのように見えた。結婚記念日が近づいていた。クリスマスイブ。この季節が来ると、いやでもそういう思い出がよみがえる。

食事をすませたアーチーが、テディにおやすみを言うために子供部屋をのぞくことはなかった。もう遅い時刻だったし、テディはとっくに眠っていたはずだ。

妻のドレスを脱がせてくしゃくしゃのまま床に放りだしたのがアーチーだったことを、わたしは知っている。自分は服を着たままで女を裸にするのが好きな人だ。しかも、これが妻を抱く最後の夜だった。寝室で二人きりになったとき、妻は寒さだけでなく安堵と喜びに打ち震えた。メイドが寝室の暖炉に火を入れてくれていた。ほのかに揺らめく光のなかで、アガサは熱愛に打ち震えているように見えた。

結婚。ふたつの人生をからみあわせる方法。それは頑強なもので、手放すことはむずかしい。アーチーは冷酷な男ではないから、妻と過ごす最後のこの夜、妻への思いを何カ月も堰《せ》き止めてきたあとで、最後に一度だけ情熱の水門を開いたのだった。

「アガサ」何度も妻にささやきかけた。おそらく「愛している」とも言っただろう。アガサは彼を永遠にとりもどしたと思いこみ、涙で頰を濡らして、同じ言葉を返しただろう。深夜までまんじりともせず、くりかえし愛を交わすにつれてシーツがくしゃくしゃになっていくなかで、今夜だけは彼女が愛人であり、彼の妻に戻る日は二度と来ない運命であることを、アガサは知る由《よし》もなかった。

失踪

最後に目撃された日
一九二六年十二月三日金曜日

アガサが目をあけたとき、寝室には彼女しかいなかった。アーチーは夜明け前に起きて、男にしかできないやり方で二人の夜を置き去りにした。風呂に入って妻の匂いを洗い流した。妻への感情はすべて寝室に置いてきた。それに対して、アガサのほうは身動きをし、シーツの下が珍しくも裸だと気づき、とたんにゆうべのことを残らず思いだした。勝利の笑みを浮かべて伸びをした。アーチーはやっぱりわたしのもの。とりもどすことができた。

小さくハミングしながら、寝るときに着るつもりだった丈の長い絹のナイトドレスを身につけた。一階に下りる前にフランネルのガウンをはおった。鏡にちらっと目を走らせて、色が褪せはじめた赤毛を指で軽く整えるだけで大丈夫だと思った。自己批判しがちな彼女の目にすら、魅力的な姿に映った。幸福に輝いていた。幸福。アーチーがもっとも高く評価するもの。今日最初に目にするのが幸福に光り輝く妻の姿だったら、彼の心を愛で満たすことができる。目に見えるほどの愛で。出勤前の夫をつかまえようと思って一階へ急いだ。

階段を下りたところで、すでに着替えをすませて週末用の旅行カバンの荷造りも終え、表情をこわばらせているアーチーを見た瞬間の彼女の困惑を、どうか想像してほしい。

「まさか、予定どおり週末に出かける気じゃないでしょうね?」アガサの顔が青ざめ、頬を染めていたバラ色が失われた。輝きも、喜びも、アーチーの目に留まる前に消えてしまった。

「アガサ」アーチーの声は警告に満ちていた。叱責に満ちていた。行儀の悪い子供を叱るかのように。

「アガサ」彼女はアーチーの言葉をそのまま返した。甲高い声になり、その声が渦を巻いて階段の上へ流れていった。おそらく、子供部屋のドアの奥にも届いただろう。テディが寝ている部屋。眠っているか、起きているかはわからないが、父も母も様子を見に来ることはない。「アガサ」彼女はふたたび言った。「そんな言い方だと、悪いことをしたのはわたしのほうみたいじゃない。まるでわたしが問題を起こしたような言い方。悪いのはあなたよ。あなたなのよ。アーチー。アーチー。アーチー」

アーチーはため息をつき、料理番が朝食の支度をしている台所のほうへちらっと目をやった。いまにもホノーリアがテディを連れて下りてくるだろう。アガサの声を誰にも聞かれたくなかった。こうするしかないのだと彼が言えば、アガサのヒステリーがひどくなるだけだ。彼はすでに今後の計画を立てていて、何があろうと変更する気はなかった。わたしに贈るつもりの婚約指輪が彼の旅行カバンに入っていて、高額の代金はすでに支払い済みだ。

「こっちに来てくれ」アーチーは聞き分けのない子供を叱る父親のような口調を保っていた。「話はぼくの書斎でしよう」一歩前に出てアガサの肘をつかんだ。

アガサは自分の仕事部屋を持っていなかった。テーブルとタイプライターさえあれば、どこにいても本を書くことができた。じつのところ、作家という自意識すらなかった。アガサにとっていちばん大切な職業とアイデンティティーは〝人妻であること〟だった。彼女はそういう人だった。人妻。夫はアーチー。もし人妻でなくなったら、何になればいいの？

アガサはアーチーの書斎に置かれた絹張りのソファに腰を下ろした。ピーターが駆けこんできてアガサのとなりに飛び乗った。アーチーは犬が椅子に乗るのを嫌っているが、いまはもっと重要な用件があるので、何も言わずにドアをカチッと閉めた。

わたしは以前アガサから、初恋が破れたときの話を聞いたことがある。大好きだった男の子にふられて、唇を震わせながら母親のところへ走ったという。母親のクラリッサ・ミラーは片手で娘にハンカチを渡し、反対の手を上げて人差し指を伸ばすと、上下にふって自分の言葉を強調した。「泣いちゃだめ。許しません」生まれつき素直な性格で、母親を喜ばせることを何よりも願っていたアガサなので、一度だけ身を震わせ、いまにもこぼれ落ちそうだった涙をこらえた。

でも、アガサが経験したのは失恋だけではなかった。娘時代の彼女は明るくて、生き生きしていて、次々と求婚されては断っていた。アーチーに強引に口説《くど》かれたときは、すでに別の青年と婚約していた。トミーという青年で、控えめで、優しくて、アガサが彼と結婚していれば、こんな惨めなことにはならなかったはずだ。母親の以前の助言に必死で従おうとする必要はなかっただろう。

アーチーはソファに並んですわろうとはせず、ウィングチェアにすわった。アガサが手を伸ばせば届く近さだった。二人で一夜を過ごしたあとだけに、彼に触れるのが自然なことに思われ、アガサは誘惑に抗しきれなくなって両方の腕を差しだした。

「アガサ」きびしい声で言われ、次に、彼女が何カ月も前から恐れていた言葉を聞かされた。「こんなことを言うのは辛いんだが」

「じゃ、言わないで」アガサは懇願し、差しだしていた哀れな腕を下ろしてピーターを膝にのせ、犬をなでて心を落ち着けようとした。「お願いだから何も言わないで」

「きみがすでに知っているはずのことを言おうとしただけなんだ。ぼくはナン・オディーを愛していて、結婚しようと思っている」

「いいえ。信じない。ありえないわ。あなたが愛しているのはわたしよ」ゆうべのことが鮮明によみがえり、いままさに体験しているような気がするほどだった。アーチーと違って彼女は風呂に入っていなかった。彼の匂いがまとわりつき、ラベンダーの香りを消していた。「わたしはあなたの妻なのよ」

「離婚だ」アーチーは言った。事実を単純に伝えるこの言葉を口にするほうが簡単だった。終着点がはっきりしている以上、説明は不要だし、完全な文章にする必要すらない。感情を抑えたみごとな勝利。アーチーは何も感じることなく、目の前で呆然としている妻を気遣うことすらなく、ただ〝離婚〟という言葉を押しつけただけだった。

アガサは無言ですわっていた。表情にはなんの変化もなく、テリア犬のごわごわした毛をなでる手の動きだけが速くなっていった。アーチーは愚かにも大胆になり、話を始めた。わたしたちの関係が二年近く続いていたことを告白した。

(「そこまで言う必要はなかったのに」非難されるのをアーチーが嫌っているのは知っていたが、わたしは言った。

「たしかにそうだ」彼は認めた。「アガサの沈黙にだまされた。まさか黙りこむとはねえ。ぼくの言葉が聞こえていないのかと思ったほどだ」)

アーチーはひどく性急に具体的な話に移り、離婚訴訟を起こすようアガサを促《うなが》した。「理由は不倫ということで」あのころは法廷が認める離婚理由のトップがそれだった。「ブランスキルのほうへもすでにぼくから話をして――」

「ブランスキルですって！」ブランスキル氏はアーチーの顧問弁護士で、大きな口髭を生やした無能な男だった。自分がこんな不意打ちにあったことをあの弁護士に知られるなんて。そう思っただけで、アガサの胸に新たな怒りがこみあげた。

「そうだ。ブランスキルが言うには、きみは〝名前のわからない第三者〟と述べるだけでいいそうだ。大事なのはナンの名前が表に出ないようにすることだし」

猛烈な勢いでピーターの毛をなでていたアガサの手が不意に止まった。「それが大事なことだというの？」

アーチーは自分のミスに気づくべきだったのに、強引に話を続けた。「新聞に出るかもしれない。きみの本のせいで。きみの名前のせいで。最近、きみはけっこう有名人だ」

アガサが立ち上がり、ピーターが床に落ちて非難がましくキャンと鳴いた。ふだんは犬を大事にしているアガサなのに、犬の悲鳴にほとんど気づいていない様子だった。

アーチーは椅子にすわったままだった。あとでわたしにこう言った。「女がいったん逆上すると、道理を説いて聞かせようとしてももう無理だ」

アガサの夫がよその女と不倫関係にある。妻の人生を一変させる裏切り行為を、アーチーは時刻を告げるときのように淡々と口にした。そのせいで、アガサは夫の告白を冷静に品よく受け止めなくてはならなくなった。アーチーは情熱を理由にしてルールを破り、アガサはそれを理性的に受け入れるよう求められている。不倫相手の評判を守るための手段をとらされようとしている。我慢の限界を超えた。アガサはこぶしを固め、怒りに満ちた大きな声でわめいた。

「アガサ。頼むからやめてくれ。使用人たちに聞かれてしまう。子供にも」

「子供。子供ですって！　子供がどうのなんて言わないでよ！」彼が椅子から立とうとしないため、アガサは彼に殴りかかるときに腰を折らなくてはならなかった。両手でこぶしを作り、背広を着た彼の胸に雨あられと殴打を浴びせた。いくら殴られようと、アーチーは痛くも痒《かゆ》くもなかった。あとでわたしに言っていたが、笑いださないよう必死に我慢したそうだ。

「なんて残酷な人なの」わたしは言った。でも、残酷さなんて少しも気にならないというような軽い口調にしておいた。

かわいそうなアガサ。このうえなく甘美な夢からさめたとたん、恐ろしい悪夢の世界に迷いこんでしまった。しかも、彼女が何を言おうと、何をしようと、夫からはいかなる感情もひきだすことができない。

ついにアーチーが立ち上がった。妻の手首をつかみ、殴りかかるのをやめさせた。「いい加減にしろ。ぼくは出ていく。仕事が終わったら、オーウェン夫妻のところで週末を過ごす予定だ。あとのことは来週片づけよう」

「彼女も一緒でしょ？」

「いや」アーチーは言った。それがいちばん無難な返事だと思ったし、わたしと深い仲になって以来、嘘をつくのが彼の第二の天性になっていたからだ。

「ぜったい一緒だわ。そうに決まってる。ハウスパーティ、夫婦単位で招かれる週末。ただし、あなたのパートナーは妻じゃなくて彼女。あの娼婦。あのいやったらしい卑劣な娼婦」

夫が去っていこうとするときに妻たちが犯す共通のミス。アーチーの愛情をとりもどすための道は、わたしへの侮辱で舗装されているのではない。いまのアーチーは何をもってしても動かすことのできない相手だ。よその女にのぼせあがった男。険悪な表情が彼の顔をよぎり、握りしめた手に力が入った。

「ナンのことをそんなふうに言わないでもらいたい」

「あなたが？　わたしにああしろこうしろって指図するの？　妻でもない女のところへ行くのはやめて。いまになってわたしを捨てるなんてひどい。あなたがいないと生きていけない。ナンのことはわたしの好きなように言わせてもらうわ」

「落ち着くんだ、アガサ」

アガサは彼の向こう脛《ずね》を蹴飛ばした。スリッパしか履いていないため、アーチーはたじろぎもしなかった。自分の非力さがアガサはどれほどもどかしかったことだろう。夫につかまれた手首をねじってはずそうとしたが、力が入りすぎたため、彼が手を放したとたん、うしろ向きに倒れてしまった。左右の手首をかわるがわるなでているアガサを見て、すでにそこが赤く腫れていることにアーチーも気づいたが、自業自得だと確信していたので、反省する気もなかった。彼のゴールはひとつ、たったひとつ。アガサと別れることだった。

ゆうべのアーチーは昔をなつかしむ思いと肉欲に屈してしまった。しかし、今日の彼は自分の使命に立ち戻っていた。いかなる狂信者とも同じく、説得されて思いとどまるようなことはない。大股で書斎を横切ると玄関へ続く廊下に出た。旅行カバンを持ち上げ、外に止めてある車まで歩いた。ドラージュの中古車で、新たに入った契約金でアガサがプレゼントしたものだ。かなりの高級車で、アーチーはこれを自慢にし、自分一人で手に入れたような顔をしている。電動式スターターがついているので、クランクをまわす必要はない。車に飛び乗れば、すぐ逃げだせる。玄関から飛びだし、その贅沢な贈物に乗って走り去る夫を見た瞬間、アガサはひどく動転したに違いない。

「アーチー!」門までの長い車道を走りながら、アガサは叫んだ。「アーチー!」

タイヤが土埃を跳ね上げ、彼女の前に土煙が広がった。アーチーはふりむいてうしろの窓越しに妻に視線を向けることすらしなかった。こわばった肩が固い決意を示していた。アガサのもとを去り、どうあがいても手の届かない存在になってしまった。

〝手の届かない存在〟というのは、のちに、ホノーリアがアガサを描写するのに使った言葉でもある。テディを起こして学校へ行く支度をさせるのはホノーリアの役目だったが、この日、ホノーリアは起きたあとで、クリスティー氏の書斎から響いてくるわめき声を耳にした。夫婦喧嘩、しかもかなり険悪そうだ。そこで子供部屋へ行くと、テディがすでに起き、片隅にすわりこんで人形と遊んでいた。テディはそういう子供だった。まだ七歳なのに、一人でベッドを出て、誰にも面倒をかけずに一人で遊べる子供だった。

「あら、もう起きてたのね、テディ」

「おはよう」テディは目の上に垂れている濃い色の髪を掻き上げた。ホノーリアを見ても意外そうな顔はしなかった。目がさめたら両親ともすでに出かけたあとだったということがよくある。五歳になる前に、両親が世界一周旅行に出かけたため、テディがまる一年置き去りにされたこともあった。アガサ自身も主として、彼女が〝ばあや〟と呼ぶ献身的な使用人の手で育てられた。アガサの経験からすれば、育児を乳母にまかせるのはきわめて筋の通ったことだった。

「いらっしゃい」ホノーリアは片手を差しだした。「朝ごはんにしましょうね。それから着替えをして学校へ行くのよ」

テディは立ち上がり、片手をホノーリアの手のなかにすべりこませた。二人が階段のてっぺんに着いたそのとき、怒り狂うアガサから逃れようとするアーチーが書斎から出てきた。テディが挨拶の手をふろうとして片手を伸ばしたが、アーチーの目には入らなかった。背後のドアを閉めた。ドアが閉まっていたのはほんのわずかなあいだで、すぐにアガサが姿を見せた。その様子にただならぬものを感じて、ホノーリアは一瞬、夫に暴力をふるわれたのかと思った。そちらへ行こうとしたとき、アガサがドアを大きく開いて外へ走りでた。テディがホノーリアのカーディガンの端を握りしめて彼女を離すまいとしていたので、ホノーリアは子供を抱きしめて自分の豊かなヒップにもたれさせ、アガサが「アーチー！　アーチー！」と叫ぶあいだ、テディをなでて落ち着かせようとした。

ホノーリアはこんな騒ぎなど起きていないようなふりを礼儀正しく続けて、邸内でじっと待った。車の走り去る音が聞こえたが、アガサは戻ってこなかった。そこで、ホノーリアは玄関ホールまで行った。スタイルズ荘は正面と裏手に大きな窓がある。正面の窓からアガサの姿が見えた。ガウンとスリッパ姿で立ち、かすかな風に髪をそよがせていて、彼女の周囲に舞い上がった土埃が朝の薄日を受けて収まりつつあった。身じろぎもせずに立ちつくしていながら、強烈な心の乱れを訴えかけてくる人物を目にしたのは、ホノーリアにとって初めてのことだった。

「アガサ？」外に出て声をかけてみた。二人はとても親しい間柄なので、使用人と女主人という形式的な儀礼を守る必要はなかった。ホノーリアは手を伸ばしてアガサの肩を抱いた。「アガサ、大丈夫?」

アガサは何も耳に入っていない様子で立ちつくし、まさかと言いたげな顔で、とっくに消えてしまった車の姿を追っていた。ホノーリアがもう一度声をかけたが、それでもアガサの返事はなかった。アガサ一人を残して自分だけが邸内に戻るのはまずいと思ったが、自分たち二人の姿にひどい違和感を覚えた。一人は服装を整え、一日を始める準備ができているのに対して、もう一人は彫像のように立ちつくし、回復までにずいぶんかかりそうな病人を思わせる格好をしている。

呪いをかけられたようなひとときは、そう長くは続かなかった。アガサはハッと我に返ると、アーチーの書斎に入り、腰を下ろして夫への手紙を書いた。懇願の手紙だったかもしれない。宣戦布告の手紙だったかもしれない。誰も知らない。知っているのはアーチーだけで、彼は一度だけ手紙に目を通してから火に投げこんでしまった。

わたしはいまになって思う。アガサは何か計画していたのでは? なにしろ作家だもの。自分が書くものの一行一行についても、自分の次の行動から生まれる可能性についても、細心の注意を払って考えていたはずだ。デスクの前にすわったアガサの姿を想像するとき、わたしの心に浮かんでくるのは、呆然としている女性や、記憶喪失に陥る寸前の人物ではない。わたしが目にするのは、経験した者にしかわからない一種の決意だ。絶望から生まれた決意が目的へと姿を変えたもの。しばらくあとでアガサの失踪を知ったときも、まったく驚かなかった。彼女の気持ちが理解できた。

わたしもかつて失踪したことがあった。

シスター・メアリ、ここに眠る

人の家庭を破壊するわたしのような女を好意的な目で見るのは、たぶんむずかしいことだろう。でも、わたしは他人の好意など求めていない。アイルランドの冬のある日、借りてきたミルク運搬用の荷馬車に乗っているわたしの姿を想像してもらえればそれでいい。わたしは十九歳だった。

悲しげな顔をしたアイルランド人男性――当時のわたしから見れば老人――が、荷馬車をひく二頭のみすぼらしい馬の手綱を握っていた。わたしのコートはじっとりした冷気を撃退できるほど暖かくはなかった。手綱をとるのがフィンバルのお父さんではなく彼だったら、身をすり寄せて暖をとることもできただろう。でも、フィンバルなら、わたしたちが向かおうとしている場所へ荷馬車を走らせることはぜったいになかったはず。ただ、お父さんのマホーニーさんも、まったく思いやりのない人ではなかった。ときどき手綱から片手を離してわたしの肩を軽く叩いてくれた。それでマホーニーさんの気分はよくなったかもしれない。でも、わたしにはなんの効果もなかった。わだちのついた土の道路を走っていくと、空っぽのミルク壜がぶつかりあって音を立てた。壜がミルクでいっぱいだったら、修道院に着くころには寒さで凍っていただろう。バリーコットンからサンデーズ・コーナーまでは遠い道のりだった。

「わたし、ここに長くいるつもりはありません」父のアイルランド訛《なま》りを自分の言葉のリズムに混ぜて、わたしは言った。そうすればマホーニーさんに気に入ってもらえるかのように。「フィンバルが元気になったら、すぐ迎えに来てくれるから」

「もし元気になればな」マホーニーさんの目は陰気で、わたしに向けられることはけっしてなかった。この人にとってはどっちが不幸なんだろう？　一人息子が死んでしまうこと？　それとも、元気になって、わたしと、わたしがもたらした恥辱を迎え入れること？　マホーニーさんにとっていちばんいいのは、フィンバルが元気になり、わたしに目を留めたのを忘れてしまうことだろう。いまこの瞬間、マホーニーさんが望んでいるのは、わたしを無事に閉じこめてから家に帰り、息子が生きている姿をせめてもう一度目にすることだ。

「ぜったい元気になるわ」不可能なことを信じようとする者の荒々しい口調で、わたしは言った。そんなことを信じられるのはひどく若い時代だけだ。わたしのコートの下のワンピースには、フィンバルが咳きこんだときの血がかすかに飛んでいた。

「アイルランドの娘っ子みたいなしゃべり方だな。その調子でいくのも悪いこっちゃねえ。ここんとこ、イングランドの連中は評判がよくねえからな」

わたしはうなずいたが、マホーニーさんの言葉の意味がようやく理解できたのは、あとでふりかえってからだった。アイルランドの独立をめざしてきたシン・フェイン党の名前が出たとしても、このときのわたしには無意味だっただろう。ＩＲＡがなんの略語かも知らなかったのだから。わたしのアイルランドは大海原《おおうなばら》、海辺を飛ぶ鳥、羊だった。緑の丘とフィンバルだった。アイルランド政府であれ、わがイングランド政府であれ、政府など関係なかった。

「あんたは運のいい娘だ」マホーニーさんが言った。「ひと昔前なら、あんたの行き先は救貧院しかなかっただろう。だが、いまはシスターたちが母親と赤ん坊の世話をしてくれる」

行き先が救貧院しかなかった時代のほうがよかったのにと思った。そんな場所にわたしを放りこむような冷酷さは、マホーニーさんにはなさそうだから、仕方なく家に置いてくれただろう。じつを言うと、マホーニーさんの家にたどり着くまでにわたしは有り金を使い果たしていた。いまは自分から進んでマホーニーさんについてきたつもりだが、ほかに行くところがないときに〝自分から進んで〟という言い方は正しくないような気がする。

ようやく、サンデーズ・コーナーの女子修道院に到着した。マホーニーさんが荷馬車から飛び降り、たこのできた分厚い手を差しだしてわたしを降ろしてくれた。修道院の建物は美しかった。赤レンガ、いくつもの小塔。おぼろな姿が高くそびえ、大きく広がっていて、大学とお城を足して二で割ったような感じだった。もっとも、わたしが大学やお城のなかを見ることは一生なさそうだけど。正面の芝生のところに翼のある天使像が置かれ、天使は左右の手を高くかざして祈りを上げるかわりに、両脇で握りしめていた。修道院の玄関扉の上には、もともと窓がついていたはずのアーチ形の一隅があり、そこにも石膏像が置いてあった。ブルーと白の修道服をまとった修道女の像で、扉をくぐる者すべてに避難所を与えようとするかのように、左右のてのひらをこちらに向けている。

わたしの両親は信心深い人たちではなかった。「日曜は休息の日だ」父はいつもそう言って、ミサをさぼる口実にしていた。母はプロテスタントだった。わたしが教会へ出かけるのはたいてい、ロージーおばさんとジャックおじさんが一緒のときだった。

「あれはきっと聖母マリアね」わたしはつぶやいた。

マホーニーさんがおもしろくもなさそうに笑った。世間をほとんど知らないわたしを嘲笑する響きだった。わたしはこの人の質素な土間の家に置いてもらおうと思ってアイルランドまでやってきた。マホーニーさんの色褪せた目の下には大きなたるみができているが、かつてはフィンバルのようだったに違いない。わたしはマホーニーさんに目を向けて、〝こっちを見て。考え直して〟と念じた。

「シスターたちがちゃんと面倒をみてくれる」マホーニーさんは本気でそう信じていたのかもしれない。その声は優しくて、わたしを不憫《ふびん》がっていると言ってもいいほどだった。たぶん、道路を少し行ったところで荷馬車の向きを変え、わたしが荷ほどきをする暇もないうちに迎えに来てくれるだろう。

「フィンバルのことはまた連絡するからな。約束しよう」

マホーニーさんは荷馬車のうしろからわたしの旅行カバンを下ろした。母の旅行カバン。わたしが家出するときに盗んできたのだ。母にねだれば、持たせてくれただろう。いや、たぶん、「行かないで」とか「一緒に連れてって」と泣きつかれていただろう。「あなたったらどうして、母さんには頼れないなんて思ったの？」母はそう訊いただろう。でも、もう手遅れ。「娘をまた一人失うのを避けるためなら、わたしはどんなことでもするし、誰とでも戦うつもりだったのに。あなたの父さんも含めて」

自分が現在していることを、あの時点で予測できていれば、わたしはわが二本の足でとぼとぼ歩いて修道院をあとにしていただろう。修道院の長い車道を歩き、丘を越え、凍えそうなアイリッシュ海を泳いで渡ってイングランドに戻っていただろう。

なかに入ると、修道女たちがわたしの服をとりあげて、おなかがどんなに大きくなってもとりかえる必要のないくすんだ茶色の不格好なワンピースと足に合わない木靴をよこした。優しい顔立ちの若い修道女がわたしの旅行カバンを手にとった。温かな笑みを浮かべて「あなたにかわってちゃんと手入れしておきますからね」と約束した。わたしが旅行カバンを目にすることは二度となかった。年配の修道女がわたしを椅子にすわらせて、かろうじて耳が隠れるぐらいの長さに髪をカットした。これまではずっと長い髪だったから、フィンバルが迎えに来てくれたとき、彼にどう思われるかと心配になった。

わたしはマホーニーさんの助言を無視して、アイルランド訛りは使わないことにした。新しい家庭における規則を修道女たちから説明されたあとは、ほとんど口を利かなくなり、ずっと沈黙を通すようになった。

若い子は自分の人生を見通すことができない。どんな人生が待っているのかも、何が起きるのかもわかっていない。年をとるにつれて、ある時期に苦労ばかり続いても、そのうち徐々に消えていくことを理解するようになる。ところが、若いときは、ほんの一瞬が全世界のように思えるものだ。永遠に続くような気がする。何年かのちに、わたしはもっと大きな世界で生きるようになった。世界じゅうを旅するようになった。でも、その年の冬、わたしはほんの子供だった。知っている場所はふたつだけ。ロンドンとアイルランドのコーク州。そして、それらの周囲に散らばる小さな地区。自分が若いことは知っていたが、どれほど若いのかも、若さが儚《はかな》いものであることも知らなかった。戦争が終わったことは知っていたが、まだ信じていなかった。世界大戦はわたしにとって遠い世界の出来事で、イングランドという国が動かないのと同じく、戦争中は戦線にも動きがなかったが、戦争で受けた被害はイングランドのほうが大きかった。ロンドンの爆撃がひどくなるなかで、わたしの父が贔屓《ひいき》にしていたパブも吹き飛ばされ、エールの樽がいくつも通りにころがった。父はその後生涯にわたって、世界は大戦中に純真さを失ったと言っていたものだ。

髪を短く切られ、服をとりあげられたわたしが修道院で最初に与えられた仕事は、修道女の墓地の手入れだった。おなかが大きくせりだした二人の少女と一緒に墓地へ出かけて、掃除をし、熊手でゴミをかき集め、墓石の苔をこそげ落とした。墓地のまわりにめぐらされた鉄柵さえなければ、冷たい空気に自由を感じることができたかもしれない。右のほうに高い石塀がそびえていた。塀の向こうからかすかな物音が聞こえてきた。わたしは気づかなかったが、それは幼い子供たちの声で、夕食の前に新鮮な空気を吸うため、外に出してもらうのだ。鉄柵のあいだに、修道院から延びる道路が見えたが、考え直してわたしを迎えに来ようとするマホーニーさんの姿はなかった。二人の少女はどちらもわたしに話しかけようとしなかった。おしゃべりは禁止で、おたがいの名前を知ることすら禁じられていた。

修道女たちの墓石は分厚い十字架の形をしていて、ひとつひとつに〝シスター・メアリ、ここに眠る〟と彫ってあった。まるで、死んだのは一人だけなのに、なぜか墓が五十も必要であるかのように。わたしはごわごわした布で墓石を拭き、彫られた灰色の言葉を指でなぞった。そして、その瞬間に悟った。世界が純真だったことは一度もなかったのだ、と。

でも、わたしは純真だった。

しばらく前に時間を戻そう。今度は戦前の話だ。十三歳のわたしに会ってほしい――痩せっぽちで、コオロギみたいに敏捷《びんしょう》だったわたし――両親の許しをもらってロージーおばさんとジャックおじさんの農場へ初めて出かけ、そこで夏を過ごすことになった。

「ナンは走るのが好きだからな」計画を立てながら、父が言った。「都会の暮らしには向いてない」

父は〈ポルフィリオン火災保険会社〉に勤めていて、自分のことを言うときもよく、同じ言葉――「都会の暮らしには向いてない」――を使ったものだった。わずかな給料をもらうためにデスクの前で長時間かがみこむのは、父にとって辛いことだった。子供たちの心を傷つける心配さえなければ、アイルランドを離れたことを後悔していると言ったかもしれない。母はイングランド人だから、子供たちにもイングランド人の血が流れているが、わたしだけはどうやら違っていたようだ。

姉のメグズと妹のルイーザは女の子らしい女の子で、服と髪と料理に興味を持っていた。というか、少なくとも、興味があるふりをしていた。いちばん上の姉のコリーンは本と学校にしか興味がなかった。わたしも本好きだったが、近所の少年たちとサッカーボールを蹴るのも好きだった。父は暗くなってからときどき、空き地で男の子たちと汗と泥まみれになって遊んでいるわたしを見つけたものだった。

「男の子ならチャンピオンになれるぞ」父は自慢そうに言った。

「この子の年齢じゃもう無理よ」母が反論したが、父はわたしの味方だった。

「あとの三人はおまえの子だ」母に言った。「だが、この子だけはおれのアイルランド娘だ」

父はバリーコットンという漁村のはずれにある農場で大きくなった。わたしが生まれたあと、父は兄に旅費を送ってもらって、一度か二度故郷に帰っている。でも、うちには家族全員で出かけるだけのお金の余裕がなかった。今度はわたしがアイルランドへ行ける、しかも、ひと夏ずっと――そう思っただけでわくわくした。質素な家だというのは知っていたけど、わたしたちが暮らすロンドンのフラットに比べればずっと広かった。わが家は寝室がふたつしかなくて、片方を両親が、もう一方をわたしたち四人姉妹が使っていた。ジャックおじさんの農場はけっこう順調にいっていた。奥さんのロージーが実家のお父さんの死でささやかな遺産を相続したので、夫婦は家に頑丈な木の床を敷き、居間の壁に本棚をつけた。家のそばの芝生を短く刈りこんでテニスができるようにした。(「テニスだとさ」わたしたちにその話をしたとき、父は嘲笑した。「兄貴のやつ、そんなご身分でもないのに」)

わたしの心にアイルランドの風景が広がった。このうえなく鮮やかな緑色。ゆるやかに起伏する丘と低い石塀——遮《さえぎ》るものもなく何キロも続き、わたしは年下のいとこのシーマスと一緒に牧草地めがけてサッカーボールを蹴る。母の横でわたしは両手を握り合わせて膝を突き、アイルランドへ行かせてと頼みこんだ。半分は冗談のつもりだった。

母は笑った。「母さんが寂しくなるわ」

わたしは飛び上がって母に抱きついた。母はそばかすだらけの親しみやすい顔と緑色の大きな目をした人だった。わたしはときどき、自分がロンドンのイースト・エンドの訛りを失ったことを後悔する。だって、それは母の声の響きを失うことだもの。

「わたしも寂しくなる」正直に言った。

「遊びに行くわけじゃないからな」父に釘を刺された。「旅費はジャックが出してくれるが、お礼に農場の仕事をしっかり手伝うんだぞ」

仕事はほとんど戸外になるだろう。馬と羊の世話。楽しそう。おじさんが女の子に農場の仕事をさせてくれることに、わたしは感謝した。

さて、アイルランドの少年の話に移ろう。フィンバル・マホーニーは漁師の息子だった。わたしたちが出会う二年前に、フィンバルは村の船着場でしわだらけの農夫を見かけた。一匹の子犬——ボーダーコリーから生まれた何匹かのなかのできそこない——を凍えそうな海に投げ捨てようとするところだった。

「これ」フィンバルはサバが入ったバケツを持ち上げた。「交換しようよ」

その交換に切迫したものがあったとは、誰一人気づかなかっただろう。フィンバルはこのうえなく軽くにこやかな雰囲気をまとっていた。すべてが——生と死ですら——気楽なことであるかのように。子犬を抱きあげて顎の下に抱え、バケツを差しだした。魚の代金を父親に返さなくてはならないのは覚悟のうえだった。

「その男は子犬を捨てようとしてたんだぞ」フィンバルの父親は彼を叱った。「そいつが物々交換を期待してたなんて、おまえ、本気で思ってるのか?」

フィンバルは犬をアルビーと名づけて、哺乳瓶のミルクで育て、やがて訓練にとりかかった。ジャックおじさんがフィンバルに農場の仕事を頼むようになり、漁が休みの日に彼が自転車でやってきて、羊の群れをひとつの牧草地から別の牧草地へ移動させる手伝いをするのを、おじさんは喜んでいた。おじさんに言わせると、アルビーはコーク州で最高の牧羊犬だそうだ。

「あの子の手柄だよ」ロージーおばさんが言った。「生きものを扱うコツを心得てる子だ。あの子なら、ヤギを最高の牧羊犬にすることだってできるだろう。ほかの調教師がアルビーを預かったところで、同じ結果は出せなかったと思うよ」

おじさんが飼っているコリーもけっこう優秀な牧羊犬だが、アルビーとは比べものにならなかった。わたしは小柄で華奢で優美なアルビーのことを、これまでに見たなかでいちばん美しい生きものだと思っていた。黒い絹のような髪をしていて、夏の太陽を浴びるとその髪が青に近いきらめきを放つフィンバルのことは、二番目に美しいと思っていた。ロージーおばさんが言ったように、彼は生きものを扱うコツを心得ていた。考えてみれば、わたしだって生きものじゃない？　フィンバルはわたしより二歳か三歳年上だった。自転車でやってくると、かぶってもいない帽子を軽く傾けるしぐさをしてみせた。何もかも愉快だと思っているみたいに、いつもにこにこしている人というのが、わたしは昔から好きになれなかった。でも、フィンバルの微笑は違っていた。愉快だから笑うのではなく、幸せだから笑うのだ。この世界が好きで、そこで生きることを楽しんでいるみたいに。

「すてきなことだと思うわ」その夜、ロージーおばさんと皿洗いをしながら、わたしは言った。「いつも幸せでいるのって」

誰のことを言っているのか、おばさんはすぐにピンと来た。「生まれたときからずっと、ああいう子だったんだよ」可愛くてたまらないという口調で、ロージーおばさんは言った。「太陽みたいに明るい子。あの子を見てると、金持ちだろうと貧乏だろうと関係ないって思えるようになる。生まれたときから幸せって人間がいるもんだ。いちばんありがたいことだと思うよ。心のなかにお日さまが照ってれば、天気の心配をしなくてすむからね」

ある日の夕方、夕食のあとでシーマスとわたしがテニスをしていたら、フィンバルが自転車で家にやってきた。わたしはこちらに来た最初の週にテニスを習い、いまでは全戦全勝だった。「一日じゅう働いたあとで、どこにそんなエネルギーがあるのか、おれには理解できん」ジャックおじさんが愛情たっぷりの称賛をこめて首をふり、わたしたちにそう言った。

「アルビーはどこ?」シーマスがフィンバルに声をかけた。当時、シーマスは十歳、わたしと同じくアルビーのことが大好きだった。

「家に置いてきた。きみたちがテニスをしてるだろうと思ったから。アルビーがいたら、ボールを追っかけてゲームをめちゃめちゃにしてしまう」

おじさんが飼っているコリーのブルータスは、一日じゅう羊の番をして疲れたためにポーチの下で寝そべっていて、ゲームにはなんの興味もなさそうだった。

「ナンと対戦してよ」シーマスが言って、フィンバルにラケットを渡した。「ぼくの敵《かたき》討ちをして。ねっ?」わたしをやっつけようとして失敗したせいか、シーマスのカールした赤い髪が力なく垂れていた。

わたしはラケットの上でボールを弾ませた。目立ちたがり屋のすることだとわかってはいたが、自分を抑えられなかった。フィンバルはいつもの笑顔だった。薄れゆく夕日の光を受けて、ブルーの目がグレイに変わっていた。「じゃ、始めていい?」彼が返事をする前に、わたしはネットの向こうへボールを打ちこんだ。しばらくは軽い感じでラリーを続けた。やがて真剣なプレイに移った。わたしが二ゲーム先取したところで、丘の向こうからアルビーが駆けてきた。フィンバルのところへ直行しようとしたが、途中でコースを変え、空中のボールをつかまえるために飛び上がった。

わたしたちはラケットを投げ捨ててアルビーを追った。ボールはほかに何個もあったが、それが自然なことに思われたのだ。笑い声が空を満たした。ジャックおじさんとロージーおばさんがポーチに出てきて、わたしたちと一緒に笑いだした。ついにフィンバルが走るのをやめて静止し、「アルビー、ストップ」とどなった。

犬が動きを止めた。一瞬のうちにすなおに従ったところを見ると、つねに絶対服従なのは明らかだった。

「放せ」フィンバルに命令されて、アルビーはボールを芝生の上に吐きだした。フィンバルが慎重な足どりで犬に近づき、ボールを拾いあげ、宙にかざした。「ナン。願いごとをしてみなよ」

「わたしがいつまでもアイルランドにいられますように」

彼が長い弧を描いてボールを投げると、アルビーが全速力で追いかけ、四肢を宙に高く躍らせてボールをとらえた。

「願いは聞き届けられた」と言って、フィンバルはこちらを向いた。魔法の力で本当に願いが叶いそうな気がした。

数日後、フィンバルがジャックおじさんの農場の手伝いを終えたあとで家に立ち寄った。わたしは厩舎《きゅうしゃ》の馬糞掃除をすませてから、丘の上でクローバーの野原に寝そべり、馬糞の臭いをさせたまま『眺めのいい部屋』を読んでいた。ブルータスが横に寝て、わたしのおなかに頭をのせていた。

「そのうち、おじさんに新しい犬が必要になりそうだな」フィンバルが言った。彼の横でアルビーが耳をピンと立てていた。「一日の終わりにぐったり疲れるようになるのは、犬が年をとってきたしるしだ」

「アルビーだってときどき疲れるじゃない？」わたしは目の上に手をかざして彼を見た。

「ありえない」フィンバルは言った。自信をこめた口調からすると、きっとそう願っているのだろう。

「あのね、ブルータスも年なんかとらないのよ」わたしも願いをこめてそう言いながら、ブルータスのほっそりした黄褐色の頭をなでた。どこか近くからヒバリのさえずりが聞こえてきた。とぎれることなく続き、何か不満を訴えているかのようだ。もちろん、ロンドンにも鳥はいるが、わたしは一度もさえずりに気づいたことがない。アイルランドに来てから、空はわたしたちの頭上に広がった別個の宇宙であり、歌声を響かせる独自の命に満ちあふれていることを知った。

「これ、きみにあげる」フィンバルが四つ葉のクローバーを差しだした。

わたしが横になったまま手を伸ばすと、四番目の葉がとれてしまった。フィンバルが指で重ねていたのだ。「偽りの幸運ね」わたしは楽しい気分のまま、笑いながらその葉を弾き飛ばした。

フィンバルはわたしの横にドサッと寝ころんだ。反論されてもぜんぜん気にしない人だ。テニスのゲームでわたしに負けてばかりでも気にしないのと同じように。何によらず、気にするということがない。

「ぼく、魚臭くなきゃいいけど」

わたしは嘘をついて〝臭くなんかないわ〟と言おうかと思った。でも、かわりにこう言った。「あら、わたしも羊と馬の糞の臭いをさせてるからおあいこよ」

「糞の臭いならぼくも同じだ」フィンバルは指を組み合わせると、腕を曲げて頭の下に敷き、両手を枕にした。「本を読むのが好きなんだね？」

「そうよ」

「きみが読み終わったら、ぼくも読んでみたい」フィンバルはわたしの本ではなく、空のほうへまっすぐな視線を向けた。「そしたら、二人でその本の話ができる」

「読書、好きなの？」

「いいや。だけど、挑戦してみる」

「この本、ほとんどが一人の女の子のことなのよ」

「女の子のことを読むのはいやじゃないけど」

わたしが首をまわして彼をじっと見ると、向こうもこちらに顔を向けた。ブルーの濃淡の目を長く黒いまつげが縁どっている。もうじき、ジャックおじさんが丘を越えてやってくる。わたしたちが並んで横になっているのを見たら――たとえ五十センチ以上離れていても――心配するだろう。

「できれば作家になりたい」わたしは言った。いまのいままで思ってもいなかったのに。本を読むのは好きだが、物語や詩を書こうと思ったことは一度もない。

「すごい作家になれるよ。きみは何をさせてもすごいもの」

フィンバルは草をくわえて空のほうへ視線を戻した。くるぶしのところで脚を交差させている。アルビーが彼のズボンをひっぱった。一日じゅう走りまわっていたはずなのに、まだ足りないみたい。それとも、早く帰って夕ごはんを食べたいのかな。

「ナン・オディー」おばさんが家から呼んだ。「さっさと起き上がって、夕食の前に手を洗いなさい」

おばさんの声がきびしいのは手を洗う必要があるからではなく、わたしがフィンバルと並んで横になっていたからだった。あわてて起き上がった。二人とも髪がくしゃくしゃで、一日じゅう戸外で作業をして太陽を浴びていたため、頬がバラ色に染まっていた。

「夕ごはん、うちで食べてったら、フィンバル？」ロージーおばさんが声をかけた。フィンバルのことをもう許している。みんな、フィンバルには甘いんだから。

「喜んで、オディーのおばさん」

わたしたちは二匹の犬のうち若いほうに負けないエネルギーを発揮して、家までかけっこをした。フィンバルが勝った。両足をそろえてポーチに飛び乗り、高々と両手を上げた。ぼくの勝ち。

誰かに恋をするのと同じように、どこかの土地に劇的で熱烈な恋をすることもあるものだ。わたしはロンドンに戻ったとたん、またアイルランドへ行きたいと強く願うようになった。姉たちと妹はイングランドで母のそばにいれば満足のようだが、わたしがいるべき場所はアイルランドだった。わたしのなかには、あの緑の丘をめぐる先祖の記憶があった。あの土地がわたしの骨のなかで息づいていて、そこを離れると痛みを訴えてくる。あのころフィンバルのことを考えると、まるで風景の一部のような気がしたものだった。

「向こうに住みついたりしないと約束してくれたら、また行かせてあげてもいいけど」母は言った。「どの子も遠くに住まわせるわけにはいかないわ。たとえおまえでもね、コリーン」

最後の言葉は愛情たっぷりに口にされたが、コリーンは返事をしなかった。台所のテーブルの上に身をかがめて、〈タイタニック〉号のことを書いたフィルソン・ヤングの本のページに釘付けになっていた。乱れた金色の髪がテーブルに垂れてコリーンの顔を隠していた。あとの三人は父親譲りの茶色の髪と茶色の目だった。

母が笑って首をふった。「天井が落ちてきても、この子は気づきそうにないわね」

姉妹のなかでいちばん現実的なルイーザがコリーンの肩を片手で押した。コリーンはハッと身を起こし、たったいま目がさめたかのようにまばたきをした。「コリーンはすでに、遠くに住んでるみたいよ」ルイーザは本のページを軽く叩いてみせた。

ええと、ここでちょっと小休止。コリーンは十七歳、自分の人生に踏みだそうとしていた。わが家の心臓部である狭くみすぼらしい台所にわたしたち全員が集まって、未来に希望をかけていた。母は依然として、いまは子供でいっぱいの家を、四人の娘が孫でいっぱいの家へスムーズに変えてくれると信じていた。

父が足音も荒く入ってきて、よくあることだが、楽しかった雰囲気をこわしてしまった。重労働の一日の疲れを持ち帰ってきた。「あのジョーンズって子が外をうろついて、おまえを待ってるぞ」と、コリーンに言った。

コリーンは本を脇に置くと、豊かな髪を掻き上げて、頭のてっぺんでお団子にした。わたしは何年もたってからウィリアム・バトラー・イェーツの詩を読み、〝わが愛《いと》しき人よ／そなたの金色の髪ではなく／そなた自身を愛することができるのは神だけだ〟という一節に苛立ったことがある。姉のことが、そして、姉に関して何ひとつ知らない男の子たちがあっというまに恋をしたことが、記憶によみがえった。母は週に二、三日、〈ボタンズ&ビッツ〉という雑貨店で働いていた。あるとき、コリーンが母のかわりに店番をしたら、もう来ないでほしいと店主に言われてしまった。コリーン見たさに若者がたくさんやってきて、何も買おうとしないまま、カウンターにもたれていたからだ。コリーンの髪はギリシャ神話に出てくる海の精セイレーンの歌声のようで、街路に広がって男たちの注目を集めたが、神は知らん顔をしていた。わたしはあの詩が大嫌いだった。

毎晩、わたしたち姉妹が共同で使っている部屋のベッドにもぐりこむと、コリーンがいろんな話をしてくれた。読んでいた本の内容を教えてくれることもあれば、自分で物語を作ることもあった。朝になって目がさめたら、四人とも前の晩に笑いすぎてみぞおちに痛みが走り、前かがみになってしまうことが何度かあった。コリーンの頭に髪が一本もなくても、わたしはこの姉を愛していただろう。メグズとルイーザもそうだっただろう。そして、わたしの母も。

「そのジョーンズって子は好きなだけ待ってればいいのよ」コリーンは言った。「会うなんて、わたしはひとことも言ってないんだから」

「おまえにはきっと何かがあるんだ」コートの埃を払いながら、父が言った。「男どもを惹きつける何かが」

コリーンは怒りのこもった短い笑い声を上げた。つい昨日も、コリーンとわたしがホワイトチャペル図書館へ行こうとしたら、途中でデレク・ジョーンズとあと二人の男の子につきまとわれた。「歩くのを邪魔しないで」コリーンがついに鋭い声できっぱりと言うと、男の子たちは何度もふりむいて憧れの視線を向けながら去っていった。コリーンは毛糸の帽子をかぶっていたので、それを耳の下までひっぱった。本の世界に消えるのが好きな姉ではあったが、現実の世界に戻ってくれば遠慮なくものを言うし、ふざけたまねは許さない人だった。「あんな崇拝者しかいないなんて、わたしも不幸だわ。そうでしょ、ナン?」

「あなたもそういう言い方はやめて」母が父に言った。「コリーンは何も悪くないのよ。少年たちと同じ世界に住んでるだけ。わたしにコリーンの頭を剃らせようというの?　この子のことはそっとしといてやって」

コリーンは本をバタンと閉じると、みんなが夕食の支度をしているあいだに自分たちの部屋に消えてしまった。母がわたしの背中を軽く叩いた。わたしがいちばん近くにいたからで、娘たちの一人に手を触れることで、母はいつも心を癒していたのだった。このときの母はたぶん、母自身がすでに承知していることについて、あらためて考えていたのだろう。ときには、少年たちと同じ世界に住んでいるだけで災いを招くことがあるものだ。

翌年の夏、フィンバルは夕方になると毎日のように、テニスをしに農場にやってきた。アルビーを訓練して、何があっても静止したまま伏せの姿勢を保つようにさせてあった。十キロ走るよりも、あらゆる本能に逆らって、バウンドするテニスボールを目にしながらじっとしているほうが、多くのエネルギーを消費するのではないだろうか。でも、アルビーは身じろぎもせず、フィンバルに命令されないかぎり、けっして立ち上がろうとしなかった。

「よし。ボール」フィンバルが言うと、犬はようやく宙を飛ぶことができた。

秋になり、ロンドンに帰ったわたしは家族との夕食の席で、アルビーにできる芸当を次々と挙げていった。

「フィンバルがこう言うの――脇に寄れ、次は反対側に寄れ、って。動けと命じられるまでじっと立ってろ、って」

「あの犬種としては、きわだって優秀とも思えないが」父が言った。その表情からすると、若いころに出会った犬たちを思いだしているようだった。

「まだあるわよ。ふつうの芸当だって全部できるんだから――おすわり、ちんちん、伏せ。あんな優秀な牧羊犬は見たことがないって、ジャックおじさんが言ってるわ」つまり、父だってアルビー以上に優秀な牧羊犬は見たことがないはずだという意味だ。「フィンバルはそれから、サッカーボールをキャッチして鼻にのせることも教えたのよ。馬の背中に飛び乗ってちんちんすることだって教えたし」

「あんたの言い方だと、賢いのはフィンバルって感じね」メグズが言った。「賢いのは犬のほうだと思うけど」

「両方とも賢いのよ」でも、わたしには、フィンバルならどんな犬でも立派に訓練できることがわかっていた。彼には天性の才能がある。

「来年の夏、わたしも一緒に行こうかな」メグズが言った。

「そのマホーニーって賢い少年を奪いあうチャンスをメグズにも与えてやれ」父が言った。

姉妹たちとわたしは、父が何かくだらないことを言ったときに交わす独特の視線を向け合った。男の子をめぐって姉妹のあいだで喧嘩をすることはけっしてなかった。

母がいつものセリフでこのやりとりを終わらせた。言った相手はわたしだが、視線はコリーンに向いていた。「そのバリーコットンの男の子と結婚するのはやめてちょうだい。孫に会えるチャンスが年に一度しかないなんていやだわ」

「どうしていつも最初にわたしを見るの？」コリーンが文句を言った。「母さんのそばを離れるのは、きっとわたしが最後よ」立ち上がってみんなの皿を集めはじめ、途中で手を止めて母の頬にキスをした。

その夜、わたしたちの部屋でコリーンが言った。「来年の夏、わたしも一緒に行っちゃだめ？　街から逃げだしたい。わたしもアイルランドが好きになれると思う？」

コリーンとわたしは窓側のベッドで一緒に寝て、ルイーザとメグズは壁に押しつけたもうひとつのベッドで寝ている。

わたしは身体を起こした。「ええ、大好きになるわよ」アイルランドを賛美するいつもの言葉を並べていった。

コリーンはわたしの口元を軽く叩いた。「ええ、知ってる。まさに天国なんでしょ。でも、いくら天国でも、すべての人のものじゃないのよ」

「天国はそうかもしれない。でも、アイルランドはすべての人のものよ」

翌年の夏、わたしは十五歳になった。ジャックおじさんの農場の運営は順調だったが、二人分の旅費が出せるほどではなかった。

「今年はコリーンの番にしたらどうかしら」ジャックおじさんの手紙を受けとった父に、母が言った。母は襟元にリボンを結んでいるところだった。おしゃれをして、いまから〈ボタンズ&ビッツ〉の仕事に出かけるのだ。

「ううん、わたし、ナンからアイルランドをとりあげようとは思ってないわ」わたしが落胆で青くなる前に、コリーンが急いで言った。

「それならそれでいいさ。この子は父さんの目の届くところに置いときたいからな」父がコリーンの顎を愛しげに軽く叩いたが、コリーンが唇を噛んだ様子から、父が半分本気で言っているのをコリーンも承知しているのだと、わたしは気がついた。

このときはあっというまにわたしのアイルランド行きが決まったため、いまこうして過去をふりかえってみて、ようやく、どれほどコリーンに感謝しなくてはならないかを実感している。ふたたび一人でアイルランドへ行くことになった。人間というのは生涯を通じて――子供時代ですら――不安や不吉な予感につきまとわれるものだから、当時のわたしも自分なりにそうしたものを抱えていたはずだ。でも、覚えているのは、未来に何が待ち受けているかを幸いにもまったく知らなかったということだ。戦争が近づいていることも、その後の日々にどんな影響があるかも知らなかった。わたしにとっての現実とは、おじさんの顔に懸念のしわを刻ませる新聞ではなかった。現実とはわたしが呼吸する空気に乗って運ばれてくる海の香り。現実とは物干しロープにかけて太陽のもとで乾かす洗濯した白いシーツ。これをベッドに敷くころには、潮風のほのかな匂いがしみこんで、わたしたちの夢を波と岩とアザラシで満たしてくれる。現実とは緑の丘を越えて会いに来てくれる黒髪とブルーの目の男の子、そして、彼の犬。

「ナン」ロージーおばさんが呼んだ。いまは朝。わたしは一階に下りてきたばかりで、ジャガイモのパンケーキを作るおばさんの手伝いをしようと、エプロンの紐を結んでいるところだった。「フィンバル・マホーニーが表に来てるよ。馬で一緒に出かけようって」

「行ってもいい？」

「もちろん」わたしがいつの日かアイルランドへ移住するのを母がいやがっているのと同じぐらい、ロージーおばさんはそれを歓迎していた。「ジャックが用事で町へ出かけたから、今日は農場の仕事もなし。アンジェラに乗っていくといい。フィンバルにはジャックの馬を貸すことにしよう。夕食の支度を手伝う時間までには帰ってくるんだよ。それから、シーマスも連れてっておやり」

わたしたち三人は馬で道路を一キロほど進み、海岸へ向かった。アルビーがわたしたちの横を走っていく。フィンバルが馬を止め、ポケットから二ペンス銅貨をとりだして、シーマスのほうへ投げた。上手に投げたのに、シーマスはつかみそこねた。わざわざ馬から降りて、道路にころがった銅貨を拾わなくてはならなかった。

「いい子だ」フィンバルが言った。「一人で行ってくれないか？　二、三時間したら、ここで落ち合おう」

シーマスは銅貨をフィンバルに投げ返した。まだ十二歳なのに、わたしのお目付け役として同行させられたことを心得ていた。「一緒に行く」と言って、馬の背によじのぼった。

フィンバルは笑った。舌を鳴らすと、彼の馬が走りだし、全速力でバリーウィリング・ビーチへ向かった。わたしはついてくるように言われているのを察した。二人でシーマスをふりきろうというのだろう。ところが、シーマスは責任感が強く、こちらの策略を見抜いていた。また、馬の鞍の上で生まれたような子で、自分の馬を持ったことがないフィンバルや、二年前に馬に乗れるようになったばかりのわたしより、乗馬の腕前ははるかに上だった。そのため、ロージーおばさんが思い描いたとおり、シギやチドリが馬の行く手から逃げようとして空へ舞い上がるなかで、わたしたち三人はひとかたまりになって走りつづけた。雲間から太陽が顔を出した。わたしはこの瞬間、母を裏切って、この身と未来の子供たちをロンドンから遠ざけ、海を越え、この海辺で永遠に暮らしたいと思った。

「潮がひいている」わたしの馬がフィンバルの馬と並んで歩きはじめたところで、彼が言った。「潮だまりをたどれば、浜辺から浜辺へ渡っていけるぞ」

馬の蹄《ひづめ》が小石を踏み、海水に沈んだ。アルビーが波間に水しぶきを上げたり、やや水深のある浅瀬ではイルカみたいに水中に潜ったりした。わたしたち二人は馬を降り、フィンバルがここしばらく練習していた命令がわりの口笛を披露した。シーマスは馬にまたがったまま、遠慮がちに距離を置いて、わたしたちに目を光らせていた。

「いいかい」フィンバルが言って、わたしに口笛を教えようとした。片手でわたしの顎を包み、唇を押してすぼめさせた。

わたしは彼と同じように鋭い響きの口笛を吹こうとした。さっきはこの口笛でアルビーが突進し、次に大きな円を描いて戻ってきたのだ。でも、情けないほど小さな息が漏れただけだった。

「指を使ってみたら？」フィンバルが左右の人差し指を口にくわえて音を出した。その音の大きさにわたしは思わず飛び上がった。アルビーが走ってきて、わたしたちの足元でおすわりをした。フィンバルがポケットから小さなゴムのボールをとりだし、投げようとして腕をかざした。

「願いごとをしてみなよ」

「この一日がいつまでも終わりませんように」

ボールと犬が飛んでいった。

「願いは聞き届けられた」アルビーがボールをくわえると、フィンバルは言った。

アルビーが駆け戻ってきて、わたしたちの足元にボールを吐きだした。わたしは膝を突いて犬を抱きしめた。「ありがとう、アルビー。あなたは美しい子。完璧な子」

「きみと同じだ」フィンバルがそばで膝を突き、わたしの髪を掻き上げて耳にかけた。

「だめだよ」シーマスが叫んだ。まだ声変わりしていない。

「一緒に来てくれてありがとう、ナン」納屋に馬を返したときにフィンバルが言った。「いつも作業がぎっしりだけど、夏が終わるまでに、また二人で遠乗りに行けるといいね」

「うん、行きたい」

八月になり、それと共に戦争が始まった。フィンバルがわたしたちの農場に姿を見せた。わたしは農場のことをそう思うようになっていた。ジャックとロージーとシーマスだけの農場ではない。わたしの農場でもあった。

台所の窓から、丘を越えてやってくるフィンバルの姿が見えた。アルビーも一緒だ。歩調をそろえた若者と犬は、決然としていると同時に屈託のない足どりでやってきた。当時のアイルランドに徴兵制度はなく、フィンバルは両親に祝福されて英国軍に入隊することになった。あのころ、一部の者にとってはそれが愛国主義の意味することだった。〝英国人が奴隷になることは、けっして、けっして、けっしてない。さあ、来たれ。義務を果たすために〟戦争がどんどんエスカレートすれば、ジャックおじさんもいずれ入隊することになる。でも、みんな、そこまではまだ予想していなかった。いまのところ、戦争は若者の仕事だった。

「行っといで」窓からのぞいているわたしに気づいて、ロージーおばさんが言った。今日はシーマスを一緒に行かせようとはしなかった。フィンバルが何を言いに来たのか、おばさんにはわかっていた。兵士は特別扱いされるものだ。女の子が関わってくる場合でも。

「辛いけど、行かなきゃならない」フィンバルの声は沈んでいたが、軽やかな雰囲気は消えていなかった。これが現実だとは思えなかった。戦争とは奪い去られた夏以外の何ものでもなかった。「こんなことになるなんて想像もしなかった」

涙でわたしの視界がぼやけた。最初はきまりが悪かったけど、フィンバルが手を伸ばしてわたしの手を握ってくれた。

「怖い？」

「もちろんさ。怖いよ。ただ、何を怖がればいいのかよくわからないんだ。戦争がどういうものか、想像がつかなくて」わたしたちをとりまく世界は緑色で、平和そのものだった。「ぼくが何を想像できるかわかる？　戦争が終わったあとのことだ。戦争は長くは続かないと思うよ。せいぜい半年。それですべてが終わる。きみはアイルランドで暮らすようになり、ぼくたちは二人の農場を持ち、ぼくは犬を訓練し、きみは本を書く」

わたしの顔に笑みが広がり、その笑みで身体がふたつに裂けてしまいそうな気がした。彼は〝結婚〟という言葉を口にしなかったし、わたしも結婚するには若すぎたが、彼が語ったことのすべてが結婚を意味していた。そうよね？　わたしはフィンバルと結婚できる。アイルランドと結婚できる。わたしの未来は決まった。短期間の戦争が終わったらすぐに。

「ぼくのために祈ってくれる？」フィンバルが訊いた。

わたしの父はアイルランドを出たときに信仰を捨てた。だから、わたしは一度も祈ったことがない。ロージーおばさんとジャックおじさんに連れられて教会へ行ったときですら。でも、かならず祈ると約束した。

「きみの写真をくれない？」フィンバルは言った。これも兵士によくある頼みごとだ。

「こっちには写真を持ってきてないの」両親がわたしの写真を一枚持っている。三人の姉妹と一緒に写っているもので、何年も前に撮って額に入れてある。「でも、撮ってもらうわ。あなたに送る。約束する」

フィンバルはわたしを腕に抱き、長いことじっとしていた。身体を揺らしもせず、身じろぎもしなかった。腕に力をこめ、二人の身体をぴったりつけて、じっと立っているだけだった。彼と二人でこの静止した世界にいられればいいのにと思った。未来へ向かって進むこともなく、この場所を離れることもなく。フィンバルの唇がわたしの首の曲線に触れた。わたしはロージーおばさんが窓からじっと見ているのを感じたが、少しも気にならなかった。フィンバルがついに身を離して長いキスをしたときでさえ。やがて、ロージーおばさんが窓をガンガン叩いたので、わたしたちはそれを耳にしてキスをやめた。

「きみはぼくの恋人だ」フィンバルはわたしの肩を抱いた。「そうだよね、ナン？」

「ええ、そうよ」

フィンバルは永遠の愛のしるしとされる指輪、クラダリングをポケットからとりだすと、右の薬指にはめてくれた。ハートの上の王冠がわたしのほうを向いているのは、フィンバルとわたしが恋人であることの証《あかし》。王冠に小さなエメラルドがはめこまれていた。パン屑ぐらいのサイズだった。認めるのは恥ずかしいけど、いちばん強く感じたのは体内を駆けめぐる喜びだった。あの年の夏、わたしと同じように若者から愛を告白され、その人が戦争へ行く前に指輪を贈られて、無邪気な幸せに浸った少女は何人ぐらいいただろう？　それが何を意味するのか、わたしたちはわかっていなかった。誰一人わかっていなかった。

失踪

最後に目撃された日
一九二六年十二月三日金曜日

人生にはときどき、ひどい混乱が生じ、しかもその規模が大きすぎて把握しきれないため、破壊された一日と向き合うしかないことがあるものだ。アーチーが車で走り去ったあと、アガサは心を静めようとした。タイプライターのキーにほんのしばらく両手を置いたが、すぐにあきらめた。何も書けそうにない。何もできそうにない。アーチーとのゴタゴタを片づけて、この修羅場をどうにかしないかぎり。今日のうちにその方法を見つけだし、明日から執筆に戻ることにしよう。

何日かあとに広く報道されたこととは違い、アガサは自殺など考えもしなかった。そういう性格ではなかった。自殺を腹立たしく思うタイプだった。ほかの誰かの自殺を耳にすると、いつも激怒したものだ。命を粗末にする臆病者だ、命があるかぎり希望があるのにと言って。

希望。アガサは愛車モーリス・カウリーのクランクをまわし、アーチーを追ってロンドンへ行く。彼のオフィスにつかつかと入っていって、彼の襟をつかみ、事態を収拾する必要を自覚するように強く言う。妻への愛を思いださせる。アーチーは彼女が大切な妻であることを思いだす。そうして、愛人と週末に出かけるのをやめて、彼女と別れ、本来の居場所である家庭に戻る。

それまでがたぶんひと騒動だろう。アガサはお嬢さま育ちのため、騒ぎを起こすのも、人前で感情をむきだしにするのも苦手だった。つねに忙しくするように躾《しつ》けられて育ったので、毛皮のコートに身を包み、ホノーリアとテディと一緒に学校まで歩くことにした。「はい、これ」とテディに言って、輪と棒を渡した。「まわしながら行くといいわ」

テディは言われたとおり、輪をまわして車道の端まで行くと、輪を芝生のほうへ放り投げ、そこから先はスキップを始めた。ピーターがあとを追った。とても人なつっこい犬で、リードをつけるなんて問題外だった。アガサは輪を拾いあげ、自分でまわしながら、未舗装の道路をホノーリアたちと歩いていった。

「うちの母は女の子に学校教育はいらないという人だったわ」と、ホノーリアに言った。「子供の知性を自然に発達させるのがいちばんだと思っていたの」

ホノーリアにはお馴染みの話だったが、初めて聞くかのように熱心に耳を傾けた。絶望した人間は過去を訪れるのが好きだ。アガサの過去の話には、大好きなばあやと家庭教師がよく登場する。アガサはトーキーにあるふつうの学校に何カ月か通ったり、大きくなってからは海外の学校で学んだりした。そして、社交界デビューの仕上げをするため、フィニッシング・スクールにも通った。良家の子女には欠かせないものだった。ホノーリアは自分もフィニッシング・スクールに行くつもりでいたかのようにうなずいた。

「でも、トーキーではほとんどおてんば全開だったわ。アッシュフィールド荘の敷地を走りまわってたの」アガサはテディのうしろ姿を見守った。愛らしい子で、茶色の髪が日に日に豊かになり、濃さを増しているようだ。アガサの虚ろな目が過去をさまよい、実家の庭で輪まわしをして、ヒイラギの暗い木立を抜けたり、ニレの木立を通り過ぎたり、ブナの大木をまわったりしながら、遊び相手がほしくて空想のなかで友達をこしらえていたことを思いだした。テディも心のなかでひそかに同じことをしているの？　次々とお話を作り、遊び友達をこしらえているの？　それとも、テディが興味を持っているのは、手で触れることのできる世界と、空想のなかでこしらえる必要のない生身の友達だけなの？

「ああ、ホノーリア」輪まわしがアガサの波立つ心を静めてくれたが、二人の歩みを遅くした。輪が子供サイズなので、アガサがまわそうとすると身をかがめなくてはならない。テディははるか前方を走っていく。視界に入っているが、声が届く範囲ではない。アガサは輪まわしをあきらめ、輪を道路脇へ押しやって、帰りに拾うことにした。

「現実を直視しなくては、アガサ」ほかの誰かがすでにゲームに勝ったことは明らかなのに、ゲームはまだ続行中だと信じているアガサを、ホノーリアは見ていられなかった。「辛い気持ちはわかるけど、そうするしかないのよ。ご主人は出ていったんだから」

「どうしても信じられないの」アガサが夫との親密な時間について語ることはけっしてないので、前夜のこともホノーリアには話さなかった。かわりに、友人たちの例をいくつも挙げた。夫がよその女と遊んでいたが、手を切って家庭に戻ったという例を。自分自身もボドリー・ヘッド社との契約が切れるのをじっと待ったおかげで、ウィリアム・コリンズ社と有利な契約が結べたことを、ふたたび思いだした。その戦略がキャリアにプラスに働いた。今度は結婚にもプラスに働くはず。こうしたことを乗り越えるのに必要なのは忍耐と計画だけだ。

ホノーリアは話に耳を傾けたが、絶望的だと思われた。両手をもみしぼるアガサの様子を見れば、当人も絶望的だと思っていることがわかる。ときには苛酷な真実を率直に伝えなくてはならないこともある。

「クリスティー大佐が女と手を切ることはなさそうね」ホノーリアは強く言った。「ひどい言い方でごめんなさい。でも、言葉を飾ってもなんにもならないでしょ。大佐の顔を見ればわかるわ。それに、あなたはなぜ、あんなふしだら女に心を移した男と結婚を続けていこうとするの？　現実に目を向けたほうがいいわ。大佐はあなたから去っていったのよ」

「去っていった」アガサはオウム返しに言った。冷たい風が頬を刺した。

母親から、去年の夏——母親にとって最後となった夏——に注意されたばかりだった。夫から離れてトーキーの実家に長期滞在するのはやめるように、と。「離れて過ごす時間が長すぎると、夫を失うことになるのよ。アーチーみたいな夫の場合はとくに」

そのころすでに、アーチーはわたしと深い仲になっていて、アガサも心のどこかでそれを察していたものの、知るのを拒んでいた。短いあいだに母親と夫をたてつづけに失いかねないことを認めようとしなかった。だから、母親の痩せ細った手をとり、その声に混じる死の喘鳴《ぜんめい》に耳をふさいで、きっぱりと言った。「アーチーほど誠実な夫はいないわ。妻を心から大切にしてくれている。命を賭けてもいいほどよ」

母親もたぶん、それに命を賭けたのだろう。そして、賭けに負けた。

つねに怖いもの知らずでせっかちなテディは、アガサとホノーリアのずっと先へ行っていた。サリー州と境を接するバークシャー州のサニングデールは、ロンドンから列車で楽に来られる距離にある。家どうしはずいぶん離れていて、どの家も美しい庭に囲まれている。道路が舗装されていないため、たまに馬車や自転車や自動車が通ると土埃が舞い上がる。二人の女性は子供に監視の目を光らせるタイプではなかったので、テディがどんどん先へ行ってしまっても平気だった。丘を越えて姿が見えなくなったときも、心配してはいなかった。

道路のずいぶん先にいるテディの姿がふたたび目に入ったとき、ホノーリアとアガサは地面に膝を突いてテディに話しかけている男性に気づいた。

「知ってる人？」アガサはホノーリアに尋ねた。自分たちが日常的に出会っていて、日々の暮らしの一部になっている男性ではないかと思ったのだ。

「いいえ、見覚えのない人だけど」

二人とも額に手をかざして太陽を遮った。見ず知らずの人間がテディの愛らしさに惹かれるのはいつものことだ。前に一度、トーキーの浜辺でどこかの女性がテディを抱えあげて強く抱きしめたこともあった。

男性がピーターの首筋を両手で軽く叩いている様子を見たアガサは、悪い人ではなさそうだと思った。やがて男性は立ち上がった。背が高く——アーチーより高くて——まだ若い。女性たちに気づくと、片手を額に持っていって敬礼した。二人のほうに歩いてくることも、道路を遠ざかることもせず、生垣に入りこんだ。

「変わった人ね」アガサは男性が立っていた場所をじっと見た。まるで太陽に向かって目を細めれば、蜃気楼《しんきろう》がふたたび現われると思っているかのように。

「テディ」ホノーリアが呼んだ。「そこでじっとしてて。わかった？」

二人の女性がテディのそばまで行ったときには、男性の姿はもうどこにもなかった。テディは足踏みをしながら待っていた。「寒すぎてじっとしてられない」と言った。ミトンをはめたテディの手に小さな品が握られていた。木を彫って作ったばかりのようで、テディが差しだしてアガサに見せると、おがくずの香りがした。

「まあ、可愛い」アガサは言った。もっとも、狼狽のあまり眉をひそめていたが。「ワンちゃん？」

「そうよ。サニーさんがくれたの」

「さっきしゃべってた人、サニーさんっていうの？」

「うん。このワンちゃんも、よかったらサニーって呼んでもいいよって」

「じゃ、そうなさい」アガサは幼い娘の手をとった。

「アメリカのワンちゃんはみんなサニーって名前だって、その人が言ってた」

「そんなことないと思うけど。その人、アメリカ人だったの？」

「知らない」

「そろそろ行かなくちゃ」ホノーリアが言った。「学校に遅刻したくなかったら」

「わたしは帰ることにするわ」アガサは言った。「少し仕事を片づけないと」

「どこへも行かないでよ」ホノーリアが言った。〝アーチーのところへは行かないで〟という意味だった。「約束してくれる？」

「約束するわ」

道路に立つアガサを残して、ホノーリアとテディは歩きはじめた。テディは木彫りの犬を片手で高くかざして楽しそうにスキップし、アガサは二人の姿が見えなくなるまで見送った。いつしかひどい不安と後悔に苛《さいな》まれていた。あの犬を自分が預かって、なくさないようポケットに入れておけばよかった。

アーチーはたぶん帰ってくる——アガサは思った。ゆうべ二人のあいだにあったことをすべて——そして、ここ何年かのことをすべて——思いだして、目をさましてくれる。情熱的に求婚してきた男性に戻ってくれる。夕食の時間が近づくと、旅行カバンを手にした彼が玄関から入ってくる。家庭に落ち着くことに決めたから、旅行カバンはもう必要ない。


わたし自身のいない場所で起きたことをわたしが語っても、それを信用してもいいものかどうか、疑問に思う人もいるかもしれない。でも、これぐらい信用できる話はない。ちょっと考えてほしい。自分が関係しているけれど、その目で見てはいない出来事を知っている場合だってあるのでは？　ときには、それを詳しく語ることもあるのでは？　自分の目で見てはいないし、その身でじかに体験してもいないのに、記憶に残っていることがたくさんあるはずだ。自分が知っていることと、人から聞いたことと、頭で想像したことを組み合わせるという単純なことなのだ。探偵が証拠を集めて犯罪を解決するのに似ていなくもない。

例えば、フランク・チルトン警部のように——いまのところ、この物語の重要人物ではないが、じきにそうなる。警部とわたしはこれまでずっと連絡をとりあってきて、この時期に関してそれぞれ異なる記憶を手紙で送りあい、まだ知らずにいたごくわずかな事柄を相手のために再現してきた。また、アーチーとアガサがわたしに語ったことがずいぶんある。そして、わたしが二人について知っていることもずいぶんある。

アガサが失踪した夜に先立つ一日をめぐる報道のなかには、アガサがアーチーの母親ペグを訪ねたと主張しているものもある。でも、強烈なアイルランド訛りで説教をしたがるペグは、アガサがなるべく会わずにすませたい相手だった。ペグがアガサの味方をしたことは一度もなかった。ただの一度も。わたしの父と同じく、ペグもアイルランドのコーク州出身だった。彼女に苦悩を訴えたところで、返ってくるのは〝乗り越えるしかないでしょ〟という冷淡な説教だけだ。こちらがとっくに承知していることを説教するような相手に、アガサがどうして会いに行ったりするだろう？　母親の死も、夫の裏切りも、乗り越えるしかなかった。苦難に耐え、冷静さを保ち、けっして騒ぎ立てないようにと教えこまれて、アガサは大きくなった。

　しかし、その夜は、時計がカチカチと時を刻むなかで帰らぬ夫を待つうちに、アガサは冷静さを失っていった。騒ぎ立てたい気持ちが募っていった。

　アーチーの書斎に閉じこもり、自分が願っていること（アーチーが大股で玄関から入ってくること）と、事実として判明しつつあること（アーチーがどこかほかの場所にいて、アガサのかわりにこのわたしを腕に抱いていること）との戦いのなかで、自分がばらばらになっていくのを感じていた。

いや、いや、いや、いや。

　この言葉が体内に響きわたり、もっとも切実な命がけの願いを踏みにじる出来事に逆らおうとするのを耳にしたことのない者が、どこにいるだろう？　アガサの小説のなかでは、何が起きようと、登場人物たちはいつもみごとなまでに感情を抑えて対処する。愛する人が殺されたことを知っても、「不運なことだ」と言うだけかもしれない。わたしの経験から言うと、冷静な頭脳と震えることなき唇が自慢の人々ですら、愛する人の死を軽く受け止めることはほとんどない。愛しくてならないものを奪い去られ、とりもどせる見込みがないとき、号泣するのは当然のことだ。

悲しみに浸っていたアガサは途中で泣くのをやめて、リスト作りを始めた。それなしでは生きられないもののリスト。わが子と犬。愛車――自分一人の力で買ったすばらしい車。それを可能にしてくれたタイプライター。アーチーを失うことになったら？　彼にあれこれ苦労させられていることを考えれば、ナンのおかげで最大の悩みが消えることになるのでは？

そう思ったものの、やはり〝いや〟だった。許せない。耐えられない。アーチーはわたしのもの。わたしの夫。彼のことはぜったいあきらめない。ぜったい。

〝人生においてあなたを本当に傷つけることができる唯一の人〟何年ものちに、アガサはこう書くことになる。〝それは夫である〟

アガサはふたたび号泣した。ホノーリア、料理番、執事、新しく雇い入れたメイドのアナ。この人たちがクリスティー夫妻と一緒にスタイルズ荘に住んでいたが、号泣の話は誰からも出ていない。でも、わたしはアガサが号泣したことを知っている。必死に泣き声を抑えたに違いない。自分の袖で。椅子のひとつからとってきたクッションで。

これは〝不運なこと〟などではなかった。破壊だった。美しかったアガサの顔が腫れぼったくなり、ブルーの目はかろうじてあく程度になってしまった。ピーターがアガサを慰めようとして顔じゅうなめまわした。アガサは犬を押しのけたが、そのあとで胸にしっかり抱いた。涙が犬の針金みたいな毛を濡らした。低く抑えることはできても止めようのない嗚咽《おえつ》がアガサの喉を痛めつけた。いや、いや、いや、いや。こんなのはわたしの人生じゃない。こんな展開になるなんて許せない。

母親なら〝泣いちゃだめ。許しません〟と言うだろうと思い、涙をこらえようとしたが、帰ってこないアーチーと同じく、涙も思いどおりにはならなかった。窓の外には夜が暗くしぶとく居すわっていた。アガサは泣き崩れ――頬を赤くして涙にむせぶ傷だらけの破片と化していた。

そのころ、アーチーとわたしはゴダルミンの町にあるノエルとアーシュラのオーウェン夫妻のコテージで週末を楽しんでいた。すばらしい晩餐がすむと、ブランデーを楽しむためにみんなで客間へ移った。先ほど、アーチーがコテージに到着するなりわたしを脇へ連れていき、結婚生活にピリオドを打ったことを告げた。

「しばらくは身を潜めているのがいちばんいいわね」わたしは言った。「この週末が終わったら、会うのはおたがいに我慢して、そのあいだにあなたのほうで細々した問題を片づけながら、騒ぎが収まるのを待ちましょう」アガサのもとを去るという約束をアーチーが守らなかった場合、わたしは姉のメグズを訪ねるという嘘をついたことだろう。しばらく姿を消しても彼に怪しまれることのないように。

「きみがいないとぼくはおかしくなってしまうのに、それがわからないのかい?」そのあと、彼が人目を忍んで勝ち誇ったようにキスしてきたが、こちらの提案を受け入れる気になっているのは、わたしから見てもよくわかった。

ノエル・オーウェンは赤ら顔の男性で、爵位を持つ親戚からかなりの遺産を相続していた。家に閉じこもって過ごすより戸外でハトを撃つほうが好きそうなタイプで、話す声はいつも大きく、ライフルの銃声に負けることなく遠くまで声が届かないと気がすまないという感じだった。ノエルもアーシュラもアガサに好意を抱いているそうだが、だからといって、ゴルフの四人目のメンバーとしてわたしを誘ったり、週末のハウスパーティに招待したりするのを躊躇するわけではなかった。

アーシュラとわたしは薄紫のソファに並んですわり、彼女が最近読んだばかりの記事に出ていた〝明晰夢《めいせきむ》〟という新しい心理学用語を話題にしていた。

「つまりね」アーシュラが説明した。「人は夢のなかで出会うさまざまな出来事を操作できるという考え方なの。〝明晰人生〟というものがあればどんなにいいかしら。夢のなかの出来事を操作するより、人生で起きることを操作するほうがずっといいでしょ」

アーシュラが笑ったので、わたしも笑った。でも、わたしの心にはアイルランドの夏がよみがえっていた。あの日々を思いだすたびに、胸がズキンと痛む。あのころは世界の何もかもが〝明晰人生〟のようだった。わたしが願えば、若者がどこからともなく現われ、丘を越えてやってきたものだった。

ノエルがわたしのグラスにブランデーのおかわりを注ぎ、それからわたしの手をつかんでアーチーに向かって叫んだ。「もう少しましな宝石をプレゼントできないものかね、クリスティーくん？」

わたしは手をひっこめたかったが、かわりに笑みを浮かべて、指輪を調べるノエルの好きにさせておいた。パーティに集まった人々には、子供がはめるような、かすかな緑色の錆汚れが指に移ってしまうような、つまらない安物に見えたに違いない。

「思い出の品なの」わたしは言った。

ノエルはわたしの手を放さなかった。アーシュラの微笑は蠟《ろう》のように生気がなかった。眼鏡をかけ、ガリガリに痩せているが、わたしにわかるかぎりでは、夫のノエルはアーチーに敬服している様子なのと同じぐらい妻を熱愛している。

「もうじき、ぼくがもっと高価なのを贈るつもりだ」アーチーが言った。ブランデーグラスを持ち、炉棚に肘をのせて、粋な姿で立っていた。彼の旅行カバンにもっと高価な指輪が入っていて、週末のあいだにプレゼントしてくれることになっている。彼がグラスの縁の上からわたしに笑いかけた。過去のロマンスをとやかく言う人ではないので、クラダリングについて尋ねられたことは一度もなかった。アーチーと一緒にいるときのわたしはいつも、指輪の王冠を外に向けていた。恋人につけてもらったものではないふりをして。

それからしばらくして、アーチーとわたしは二階へ行き、二人の部屋のあいだの廊下に立った。妻が悲しんでいないかどうか気にしていたとしても、彼の表情にはまったく出ていなかった。わたしに期待をこめた熱烈なキスをしてから、一時的に体裁をとりつくろうため、自分の部屋に入った。朝になって彼のベッドに寝た形跡がなかったら、オーウェン夫妻の使用人たちが変に思うだろうから。

昨日入った書店で、わたしは『クマのプーさん』を買うついでに、アメリカの作家、F・スコット・フィッツジェラルドの最新作『グレート・ギャツビー』も買った。廊下をこっそり横切ってくるアーチーを待つあいだに、第一章を読み終えた。前にも言ったと思うが、当時のわたしはアガサの作品をそれほど評価していなかった。ただ、アーチーと違って、少なくとも読んではいた。わたしの好みはもっと高尚なものだとうぬぼれていた。E・M・フォースターとジョン・ゴールズワージーが好きな作家だが、最近はアメリカの作家にも惹かれはじめていた。例えば、ヘミングウェイ、ガートルード・スタイン。そして、フィッツジェラルド。彼の小説のページをめくりながら、すばらしく洗練された作家だと思った。

アーチーがわたしの部屋に——わたしたちがどういう仲かは、この家にいる全員がよく知っているのに、人目をはばかってこっそり——入ってくると、わたしは本を傍《かたわ》らに置き、彼がいちばん好んでいることをした。背広のまま、靴も脱がずにベッドに横になった彼の視線を受けながら、服を脱いでいった。

「髪もほどいて」彼が言った。声がうわずっていた。

わたしは言われるままにしながら、結婚後もこんなふうに続いていくのだろうかと思った――命令され、彼にまたがり、ズボンのジッパーをおろした彼に突き上げられる。わたしの一部が彼を嫌悪していても――いえ、軽蔑すらしていても――彼がいちばん喜ぶ行為にわたし自身も溺れることになるだけだった。彼のしなやかな手に脇腹をなでられて、わたしは目を閉じ、今後のことも、打ちひしがれた妻のことも、さらには、わたし自身の動機までも心から閉めだした。目の前の義務を果たすという快楽に身を委ねることにした。

失踪

最後に目撃された日
一九二六年十二月三日金曜日

サニングデールからそれほど離れていないアスコットの家に越したばかりのミス・アナベル・オリヴァー（七十七歳）は、女性特有のトラブルに悩まされていた。

それは数日前から続いていた。彼女の母親が昔よく〝膀胱からの熱〟と呼んでいた症状だ。話す気になれないことだ。たとえ医者が相手でも。なにしろ、医者はみな男性だ。自力で治すほうがいい。水を大量に飲めば治る。これまではいつも効き目があった。兄が亡くなったときに相続した家には電話がなかった。電話というものを兄は信用していなかったし、彼女自身もそうだった。

耳慣れない時計の音でミス・オリヴァーは目をさました。一人で住むには広すぎる家にボーンボーンという音が十回響いた。ハッと目を開いた。顔が火照《ほて》っていたが、どこかへ出かける予定だったことを思いだした。そう、パーティだ。ベッドを出て着替えようとしたが、手にとった服を見てがっかりした。ハイネック、暗い色。いやだわ、これじゃまるでおばあさんね。

馬車が待っているものと思いながら外に出た。ところが、そこにあったのは一台の車だけだった。黒のベントレー、乗る人もなく、車寄せにぽつんと置かれている。仕方がないわ。車より馬のほうが好きだけど、車の運転もけっこうやっている。若いレディがパーティ会場に一人で到着するなんて世間体が悪くても、顔を出さなかったら、招待してくれた人たちを心配させてしまう。ミス・オリヴァーは袖をまくりあげて車のクランクをまわし、運転席に乗りこんで、夜道に車をスタートさせた。

このときの彼女は、車も家と同じく兄のものだったことを覚えていなかった。覚えているのは運転の方法だけ。だから、ハンドルを握って家をあとにし、どちらへ向かっているのかもわからないまま、幻の目的地をめざして暗い夜道をふらふらと走りつづけた。

なんて暑いのかしら。手の甲を上げて額にあてた。心地よい感触だった。熱の脈動、肌と肌の触れ合い、生きている証。どこかわくわくする場所へ、大好きな人たちがたくさん待っている場所へ向かっている。片手を軽くハンドルにかけて運転を続けるうちに、車が左のほうへ少しそれ、砂利道と雑木林でタイヤがスリップした。ハンドルを握りしめて車を道路に戻し、フロントウィンドー越しに、前方の道路に目を凝らした。

激痛に襲われた。あまりの痛さに、ほんの一瞬、頭にかかっていた靄《もや》が晴れた。車がぐらついたので急ブレーキを踏み、フロントウィンドーに頭をぶつけてしまった。

新たな痛みが広がり、血が滴り落ちて目に入った。ドアを押しあけて車の外に出た。とても寒かった。意識がはっきりした。そして、ひどい孤独を感じた。深夜の暗い田舎道。一瞬、ミス・オリヴァーは理解した。わたしはパーティに出かける若い娘ではなく、頭が混乱している年老いた女。家を出て何キロも車を走らせ、道路からそれてしまった。車はここに止まっている。無傷だし、どこも故障していない。うしろから押す必要すらない。クランクをまわしてエンジンがかかりさえすれば、車を方向転換させて家に帰り、自分のベッドに入ることができる。

「わたしったら何を考えていたのかしら」手首を交差させ、両手で自分の胸を押さえて、ミス・オリヴァーはつぶやいた。「命を落としていたかもしれない」

ああ、暑くなってきた。ふたたび靄が彼女を包みこんだ。ウールのコートを脱いで運転席に放り投げた。「パーティに行かなきゃ。遅刻したら、向こうのお屋敷の奥さまがひどく心配なさるわ」

車を道路脇に置いたまま、暗いなかを歩きはじめた。自宅のほうへ戻るのではなく、雑木林とイバラの茂みにまっすぐ入っていった。トゲに手首をひっかかれた。どんどん歩きつづけて、足が泥水に沈みはじめても止まろうとせず、氷のような水のせいで足首を何かに嚙まれているように感じた。

「ちょっと横になろうかしら」誰にともなく言って地面にすわりこんだ。体調がひどく悪くて、寒気がしてきて、コートはどこへ消えてしまったのかと首をかしげた。

失踪

一日目

一九二六年十二月四日土曜日

メイドがアーチーの部屋のドアをノックしたのは、太陽がのぼって何時間かたってからだった。わたしは廊下の向かい側の部屋でベッドに横になって『グレート・ギャッツビー』を読んでいた。ページをめくりながら思った――これこそ、わたしが作家だったら書きたいと思うたぐいの本だわ。探偵小説なんて書く気になれない。

壁の分厚さにもかかわらず、メイドの声がはっきり聞こえた。「クリスティー大佐。お電話です。女の方からで、緊急のご用件だそうです」

そのあとにヒュッと空気の音がしたのは、アーチーがドアをあけるさいに力を入れすぎたせいだった。次に、メイドのあとについて廊下を行く彼のしっかりした足音が聞こえた。彼の胸をどんな思いがよぎっているかは、わたしにも見当がついた。彼もわたしと同じく、こう思っているに違いない――電話はきっとアガサだ。耐えがたい苦悩に苛まれ、夫に帰ってほしくて、緊急の用件だと言ってきたのだろう。わたしは上掛けの下で身を震わせ、アガサの涙と懇願を耳にするのが自分ではないことに感謝した。

本を閉じ、着替えようと思って身を起こした。とりあえず、オーウェン家の玄関先にアガサが押しかけてくることはなかったわけだ。喪失の悲しみにとらわれた者は何をするかわからない。女性の場合はとくに。

オーウェン家の電話は居間に置いてある。一階に下りると、ガウン姿のアーチーが居間から出てくるところだった。ひどくむずかしい顔をしている。

「アガサだったの？」わたしは小声で訊いた。

「ホノーリアだ」彼はほっそりしたウェストのサッシュベルトを締めなおした。「アガサがいなくなったと言っている」

「え、そんな……。無事ならいいけど」

「ただの芝居に決まっている。ぼくをスタイルズ荘に呼び戻すための策略だ。ホノーリアにも呆《あき》れたよ。そんなことに協力するとは」

「でも、アーチー」わたしは手を伸ばして彼の肘にかけた。「様子を見に行かなくていいの？　なんの心配もいらないって確認してきたら？　テディのことを考えてあげなきゃ」

軽率にも、愛人ではなく口うるさい妻みたいな口調になったわたしに、アーチーは眉をひそめた。わたしは一歩近づき、彼の胸に片方の手をあてた。「アガサに優しくしてあげて。あの人、傷ついてるのよ。ひどく傷ついてる」

アーチーは表情を和らげた。うなずいた。わたしはアガサのために屈辱を感じた。愛人に言われたから、夫が妻に優しくしようとするなんて……。彼は階段を駆け上がり、わたしはダイニングルームでオーウェン夫妻と朝食をとることにした。ジャムを塗ったトーストを食べ終えたところに、着替えをすませ、懐中時計を手にしたアーチーが飛びこんできた。自分でカップにコーヒーを注ぐ彼を、わたしはいらいらしながら見守った。大急ぎで自宅に戻り、なんの心配もないことを確認しようとして、アーチーは焦っている。

ドアの呼鈴が鳴った。しばらくすると、困惑した表情のメイドが入ってきた。「お邪魔して申しわけございませんが、警察の方がおみえです」

ノエルが立ち上がった。「どういうことか、たしかめてくる」

「クリスティー大佐にご用だそうです」

「ふむ、それなら」警察より自分のほうが偉い、その逆ではない、と思っている男の自信に満ちた態度で、ノエルが言った。「こちらにお通ししなさい」

「そろそろ出ようと思ってたところだ」アーチーが言った。「警察がなんの用なのか、出がけに訊いてみる」

彼がわたしにうなずきをよこし、わたしはそれを〝ここでじっとしているように〟という合図ととった。男たちが玄関ホールへ向かい、アーシュラがあとを追ったので、わたしもついていくことにした。玄関ホールまで行ったときには、アーチーはすでにかなり青ざめていた。

ノエルが警官を叱りつけていた。「無礼だぞ、トマス。この人の問題はこの人にまかせておけばいいことだ」

「女性が行方不明でして」警官は若くて――顎のあたりがまだニキビだらけ――ノエル・オーウェンに反論しようと必死なのが、声の震えにはっきり出ていた。「わたしはクリスティー大佐をサニングデールに連れて帰るよう、命じられているのです」

「きっと何かの間違いだ」アーチーは気力をとりもどし、意志の力で顔色を回復させようとしていた。「喜んで家に戻り、誤解を解くとしよう。明らかにその必要があるようだから。ただ、ぼくの車で帰らせてもらえないかな。誰かに頼んでとりに来てもらわなくてもすむように……」

「あいにくですが」警官はしぶしぶそう言っているように見えた。アーチーとドライブなどしたくないのだろう。「命令を受けていますので」

「あなたの車はわたしが運転してスタイルズ荘に届けるわ」わたしは言った。

みんながいっせいにこちらを向いた。警官が眉を上げた。彼が玄関ホールに視線を走らせて、わたしと一緒に車に乗る夫を捜しているのを、わたしは目にした。すでにほかの誰かのものになっているのではない夫を。

バークシャー州とサリー州の田舎道でアーチーが運転を教えてくれたが、わたしが一人で車を走らせるのはこれが初めてだった。一人で運転するという物珍しさに、ほかの思いはすべて頭から消えてしまった。アガサのことはそれほど心配ではなかった。この時点ではまだ。逃げだしたいというアガサの衝動には共感できるし、そのいっぽう、彼女のような人々は世間がなんらかの方法で守ってくれるものだと信じてもいた。ゆっくり車を走らせていたので、家に帰ろうとしているゴダルミンの若い警官の姿が見えた。アーチーを助手席から降ろすことができてホッとしているに違いない。

スタイルズ荘に着いたとき、家の前に地元の巡査の車が止まっていたため、わたしは車で裏にまわって、使用人が使う出入口から家に入った。この当時、ロンドンは別として、どんな土地でも玄関に鍵をかけることはめったになかった。戦争が終わって以来、何かを恐れる必要はほぼなくなったから。

忍び足で家のなかを抜けて玄関ホールまで行くと、雇われたばかりのメイドのアナが居間のドアに耳を押しつけているのが見えた。きっと、アーチーが警官と一緒にその部屋にいるのだろう。わたしがテディのために買った本が、包装されたまま、階段のそばの小さなテーブルにのっていた。それをとって小脇に抱えた。

アナがこちらを向いた。ぽっちゃりしていて、愛らしくて、そばかすだらけで、すぐ赤くなる子だ。アーチーの話だと、この子が彼の気を惹こうとするそうだ。楽な暮らしをしたいばかりに、人の夫を――もしくは、利用できそうな男を――狙う娘たちに、わたしは我慢がならない。立ち聞きの現場を見つかって赤くなり、ドアからあとずさる彼女に、わたしはきびしい目を向けた。

「まあ、ミス・オディー」この当時、スタイルズ荘にしじゅう出入りしていた者はたくさんいて、わたしもその一人だった。「こちらに来られるとは知りませんでした。何かお持ちしましょうか?」

「いえ、けっこうよ。テディにプレゼントを持ってきたの。家にいる?」

「二階の子供部屋だと思います。わたしがお預かりして届けましょうか?」

「自分で持っていってもいいかしら。あなた、忙しそうだし」わたしが子供部屋へ行くのを邪魔しなければ、あなたが立ち聞きしたことは内緒にしといてあげる、という含みを持たせて、わたしは言った。

「ええ、そうしてもらえれば助かります」アナは階段のほうを身ぶりで示した。

アーチーとアガサの寝室に寄って急いでのぞくと、彼女のドレスが床に落ちたままになっていた。それから子供部屋へ行った。ドアが少しだけあいていた。テディが脚を組んで床にすわりこみ、おもちゃの兵隊や木彫りの小さな犬を相手に遊んでいた。わたしに気づいて飛び上がり、ドアまで走ってきて、わたしのウェストに抱きついた。

「ミス・オディー！」子供にしかできないはしゃいだ歓迎だった。

部屋にいたのがテディ一人で、ホノーリアがそばをうろついていないことにホッとしながら、わたしは抱擁を返した。テディは年齢のわりに小柄で、骨格の華奢な子だ。小さな顔でわたしを見上げた。頬が青白く、目の下に紫のくまができていて、よく眠れなかったみたいに見える。

「お顔を見てごらんなさい、小さな美人さん」わたしは先日アガサからされたのと同じように、人差し指と親指でテディの顎をはさんだ。「大丈夫？」

「大丈夫よ」テディはおずおずとため息をついた。まずいことが起きたのを知っているのに、それを口にしたくない子供がよくやることだ。

「プレゼントを持ってきたのよ」

テディは一歩あとずさって、包みの紐をほどくのに熱中した。ようやく包みを開いて本をとりだし、茶色の包装紙は床に投げ捨てた。わたしがこの子の年齢のときには、ちゃんとくずかごに捨てていたものだ。でも、これがテディの暮らしなのだ。貴族階級とまではいかないが、上流家庭なので、衣類もゴミも投げ捨てておけば、ほかの誰かが片づけてくれる。わたしがこの子の継母になったら、自分の服は自分でたたんで片づけ、はがした包装紙は自分で捨てる人間にするための躾《しつけ》をしよう。でも、いまのわたしはまだ、口出しできる立場にはない。

「うわあ」明るいピンクのイラストを見て、テディが笑顔になった。「すっごい変てこなクマちゃん」

わたしは丸く編まれたラグの上にすわり、壁にもたれた。テディがわたしの膝に乗ってきた。その髪がわたしの顎をくすぐり、わたしはテディの頭のてっぺんに頬をつけて本を読み聞かせた。クリストファー・ロビンが森で動物たちと冒険するという楽しいお話で、これを読むとなぜだか胸がキュンとする。

「でも、あなたはロビンみたいに勝手に出かけちゃだめよ」わたしはテディに言った。「ママとパパがすごく悲しむから」

「しない」テディが口をあけて大きなあくびをした。「本をどうもありがとう、ミス・オディー。これ、大好き」

テディがわたしのために一ページ読んでくれて、そのあとわたしが交代し、テディの呼吸のペースがゆっくりになり、その首が前に垂れるのを感じながら朗読を続けた。声の単調さと本の言葉の甘さに助けられて、いま切実に必要とされる眠りの世界にテディがとどまってくれるよう願った。ほどなく、わたしもまぶたが重くなってきて、テディの頭のてっぺんに自分の頭をのせ、同じように眠りに落ちていた。

「なんて図々しい人なの」

ホノーリアが怒りのこもったひそやかな声で言った。叩き起こすのはわたしだけにして、テディは寝かせておこうと配慮したのだろう。ピーターがしっぽをふりながら子供部屋に駆けこんできて、わたしはこのとき初めて危機感を抱いた。アガサはどこへ行くにもたいていこの犬を連れていく。

テディが眠そうにもぞもぞ動いたので、ホノーリアが抱きあげて小さなベッドに寝かせた。次に猛烈な勢いで頭をふってみせた。わたしはテディの額にキスをしてから、ホノーリアのあとについて廊下に出た。

ちょうどそのとき、アーチーが階段をのぼってきた。「なんてことだ。困るじゃないか、ナン。この件できみの名前を出すわけにはいかないんだぞ」離婚の話をするとき、彼はくりかえしこう言っていた。警察が乗りだしてきた現在、その重要性が倍になったように思われる――わたしを蚊帳《かや》の外へ置いておくことが。

「この件ってなんのこと？」わたしは訊いた。「アガサはどこ？　大丈夫なの？」

「大丈夫なもんですか」ホノーリアが言った。「全部あなたのせいよ、ナン・オディー。自分は無関係だなんて顔はしないで」

「それぐらいにしておけ、ホノーリア」アーチーが言った。

ホノーリアはひきさがるのを拒み、挑みかかるように腕組みをした。アーチーがわたしの肘をつかんで階下の書斎へ連れていき、部屋に入ってドアを閉めた。部屋は寒かった。暖炉の火が消えそうだが、ほったらかしだった。

「アガサがゆうべ遅く車で出ていき、そのあと、誰もアガサの姿を見ていない」アーチーはわたしの顔を見ようとせずに、話の続きを始めた。「けさ、ニューランズ・コーナーの下のほうにあるチョークの採石場の入口近くで、アガサのモーリス・カウリーが発見された。道路をはずれたところに止まっていて、バッテリー切れになるまでライトがついたままだった。車のボンネットが茂みに突っこんでいた。うしろのシートに、毛皮のコートと、荷物を詰めた旅行カバンと、運転免許証が置いてあった。がっかりするほど手がかりが乏しく、毛皮のコートなしで冷たい夜のなかに迷いこんだのかもしれないと思うと心配でたまらない。ホノーリアの話だと、タイプライターがなくなっているそうだ」

アーチーは彼のデスクにてのひらをつけた。日中、彼が仕事に出かけているあいだ、アガサはときどきそこで原稿を書いていた。彼の手はまるで、アガサが執筆していた最後の瞬間をとらえようとしているみたいだった。アガサの居所を知る手がかりは、ほかの何よりもまず彼女の仕事のなかにあるかのように。

部屋が冷えきっているにもかかわらず、アーチーの額にはうっすらと汗が滲んでいた。ハンカチで汗を拭いた。ハンカチをポケットに戻したとき、折りたたんだ手紙をとりだした。しばらくじっと見つめたあとで、小さくちぎって火にくべた。

「それ、なんだったの？ アガサから？」

「すべていまいましい芝居さ。ぼくを懲らしめるため。きみを懲らしめるため。きみの名前を新聞に出すための」

「アガサのすることとは思えないけど」

「そこなんだ。そうだろ？ いつものアガサではない。今回の離婚騒ぎでおかしくなってしまったんだ」

わたし。わたしが離婚騒ぎの元凶だ。どう言えばいいのかわからなかった。もちろん、アーチーからいつも求められる笑顔など見せている場合ではない。彼が手を叩いた。完了させるべき仕事があるが、その前に用をいくつか片づけておかなくては、というように。部屋の隅の床に、光を受けて金色にきらめくものが見えた。アガサの結婚指輪だ。わたしが指をさすと、アーチーが身をかがめ、顔を紅潮させながら指輪を拾いあげて、背広のポケットに入れた。

「重要なのは、きみが一刻も早くここを出ることだ」

わたしはどうすればいいのかわからないまま、立ちつくしていた。ある意味では、まさに完璧だった――これから何日間か連絡を絶つための口実が追加されたわけだから。そのいっぽう、アーチーの瞬間的な裏切りのようにも思えるこの展開が、わたしには不安でもあった。彼がアガサのもとに戻ろうとしているなら目もあてられない。

「ナン、聞いてるのか？　ここにいてはいけない。変に思われる」彼が手を伸ばしてわたしを抱き寄せた。彼の胸に頭を押しつけると、心臓の鼓動が聞こえた。恐ろしいほどの速さでドクドクいっている。当時は、悪い評判が立った女には苛酷な運命が降りかかる時代だった。でも、わたしには、彼の心臓の激しい鼓動はわたしの身を案じているせいではないことがわかっていた。

「アガサ」わたしを強く抱きしめながら、アーチーがわたしの髪に向かってつぶやいた。「どこにいるんだ？」

サニングデール駅まで十分かけて歩くあいだ、冷たい風がわたしの頬を刺した。アガサと違って、わたしは毛皮のコートを持っていない。アガサがいまどこにいるかは知らないが、暖かいコートを車に置き去りにして、どうやって寒さに耐えているのだろう？　ニューランズ・コーナーまで足を延ばして、その毛皮を勝手にもらってこようか？　そう思ったとたん、笑いがこみあげてきて、同時にしかめっ面になり、ウールのコートを身体にしっかり巻きつけた。

うまくいけば、アガサは今日の夜までに戻ってくるだろう。いまこの瞬間、警察がサニングデールじゅうの雑木林を徹底的に捜索しているが、もちろん、そんなところで見つかるわけはなく、元気そのものの姿で自分から戻ってくるはずだ。寒さでわたしの手の関節が疼《うず》いていた。両手に息を吐きかけた。テディの石鹼のような香りがしたので、アガサの居所について大人たちはテディにどう言っているのだろうと気になった。アガサに何かあったら——とりかえしのつかないことがあったら——わたしが本格的に少女の母親になるわけだ。アーチーの心の傷が大きすぎてわたしとの結婚をやめにするとか、妻の失踪に関してわたしを責めるとかいったことがなければ。男のなかには女に責任をかぶせようとする者もいる。

でも、アーチーがそんな人でなければ、わたしはアガサのかわりになれる。朝、テディを学校まで送っていき、アーチーが仕事に出かけているあいだ、彼の書斎にこっそり入って原稿を書くことができる。ホノーリアだって、スタイルズ荘にとどまりたければ、口の利き方を変えなくてはならない。

わたしは頭をふって、こうした思いを払いのけた。アガサの身に危害が及ぶことなんて考えたくない。元気そのものの姿で見つかるよう願っている。でも、わたしはなんの力にもなれないし、自分自身の予定を進める必要があった。これからの一週間に集中し、クリスティー一家のことはほんのしばらく置き去りにし、そのあとで戻ってきて、永遠にこの一家に加わることにしよう。

失踪

一日目

一九二六年十二月四日土曜日

どこで腰を下ろしてこのページを読んでいようと、どれだけ時間がたっていようと、アガサ・クリスティーが失踪したままでなかったことはご存じのはず。一九二六年十二月に亡くなっていないこともご存じのはず。アガサは長い人生を送って円熟した老年を迎え、さらに多くの長篇と短篇を書いた。少なくとも年に一作の刊行——クリスマスにクリスティーを。十二月の収益をあてにして、出版社がそんなキャッチフレーズをこしらえた。アガサはアーチーのことも、こわれた結婚のこともあきらめて、永遠のベストセラー作家になっただけでなく、多少は人生経験を積んだ女性になったおかげで、過去を曇りのない目で見て、自分の未来にとって何が最善かを判断できるようになり、彼女にはるかにふさわしい愛を見つけだした。

警察が彼女の車を道路に戻した時点では、こうしたことは誰にも知りようがなかった。ガソリンはタンクに充分残っていたし、エンジンにはなんの問題もないように見えた。説明のつかないことばかりだった。少し先へ行ったところでは、警官の一団が、たぶん六人ぐらいだと思うが、サイレント・プールと呼ばれる泉のへりに立っていた。長年のあいだにここから複数の遺体がひきあげられている。

警官の一人が言った。「朝になっても本人が戻らなかったら、ここを浚《さら》うことになりそうだな」

スタイルズ荘では、これまでにわかったわずかな事実と今後の予定について、警察がアーチーにざっと説明していた。アーチーはサイレント・プールに網が投げられる様子を想像した。網が岸にひきあげられ、そこに妻の遺体がひっかかっている光景を思い浮かべて、憔悴《しょうすい》しきった様子で両手に顔を埋《うず》めたため、警察のほうも一瞬、夫が犯罪行為に走ったのではないかと疑うのをやめた。

子供部屋では、テディがいつものように寝る前のお祈りをしていた。アガサはふだんから留守にすることが多いし、アーチーが動転していることなどテディには知る由もないのだから。外はすでに夜の帳《とばり》が下りていたが、警官たちはいまも町から来たボランティアの人々と共に散らばって、田園地帯の捜索を続けていた。あちこちで水面が不吉なきらめきを放っていた。バークシャー州とサリー州ではすでに、アガサがどこへ消えたのか、何があったのかをめぐって、あらゆる人々が憶測を進めていた。正解に近いものはひとつもなかった。

わたしは自分のフラットに電話をつけていなかったが、通りの角に電話ボックスがあった。夕方、歩いてそこまで行き、一ペニー貨を何枚か投入して、通話を申しこむためのAボタンを押し、アーチーが電話をとるのを待った。

「どうしてる?」通行人に聞かれるのが心配で、わたしは小声で尋ねた。「何か連絡はあった?」

「いや」電話の相手がアーチーだとわかっていなかったら、彼の声なのかどうか、判断に迷ったかもしれない。自信のなさそうな震え声は、アーチーには似つかわしくない。「警察が乗りだしてるんだ、ナン。本格的に乗りだしてる」

「まあ。いいことじゃない？　真剣にアガサを見つけようとしてるわけでしょ」

「怖いぐらい真剣だ。一刻も早くアガサを見つけるつもりのようだ。こんな大騒ぎになっているのを知ったら、アガサがバツの悪い思いをすることになる」

わたしはその様子を想像してうなずいた。彼女の面目が丸つぶれだ。それを避けるために急いで戻ってこなかったら、かなりまずいことになる。アーチーもそうなるのを恐れているのが声の響きからわかった。くだらない悪ふざけということで警察が相手にしなかったなら、アーチーも気が楽だっただろうに。

「アガサの原稿に目を通してたんだ。ある短篇にきみのことが出ている」

「ほんと？」

「うん。あれはぜったいきみだ。不貞を働く女。最後は主人公が女を崖から突き落とす」

わたしは息を吸いこんだ。半分は呼吸のため、半分は笑うためだった。アガサはたぶん、本当にどうかしてしまったんだろう。もっとも、彼女がわたしを殺したがるのは当然至極ではあるけれど。

「わたし、背後を警戒したほうがいいかもね」わたしは軽い口調で言ったが、アーチーの心はすでに別の悩みへ移っていた。

「ああ、ナン。ぼくはどうしてアガサにあんなひどい仕打ちができたんだろう。きみが正しかった。しばらく待つべきだった」

「いいえ。ちょうどいい時機なんて、いつまでたっても来やしないわ」これほどとり乱した彼の言葉を、そして、本物の悲しみに押しつぶされているように思われる彼の声を聞くと、わたしも心穏やかではいられなかった。「アガサは戻ってくるわ。少し動揺してるだけよ。大騒ぎになってるのを知ったら、あわてて帰ってくるわよ」

でも、アーチーが望んでいるのは、元気づけてもらうことではなさそうだった。誰かが部屋に入ってくる足音が聞こえ、アーチーは「もう切らないと」と言った。アガサの居所についてテディにはどう話したのかと、わたしは急いでアーチーに訊いた。

「おばあちゃんの遺品を整理するため、アッシュフィールドへ行ったと言っておいた」

「ほんとにアッシュフィールドにいるんじゃない？」

「トーキーの警察のほうですでに捜索済みだ。アガサはいなかった。どこにもいない」

どう返事をすればいいのかわからなかった。

「いいかい」アーチーの声が硬くなった。「この騒ぎがすべて収まるまで、連絡をとりあうのはやめたほうがいい。きみの名前が出ると困るから」

「ええ。そうね」

アーチーはさよならも言わずに電話を切ってしまった。

わたしは受話器を戻して電話ボックスのドアをあけ、外の通りに出た。空はすでに暗くなり、わたしが見損ねた日没の最後の色彩が空に筋を描いていた。凍えそうな大気のなかで吐く息が白く見え、家に帰る道を半分ほど行ったところでようやく、アガサがいはしないかと、道行く女性たちの顔を凝視している自分に気がついた。

アガサは大丈夫。わたしはそう確信していた。わたしよりずっと現実的な人だ。それに、お金も行くあてもなくて自暴自棄に陥るような若い女の子ではない。全世界が腕を広げて立ち、彼女が落ちてきたら受け止めようとネットを用意している。アガサはとり乱しているかもしれないが、自殺するような人ではないことが、わたしにはわかっていた。それに、わたしと違って不快さを我慢するような人でもないから、手袋なしで、歯をガチガチいわせ、身震いもできないほど冷えきったまま、まっすぐ帰宅するかわりにしばらく歩きまわるようなことはしないはず。

すぐ目の前に立っているはずの人の姿が見えないとき。その人がどこにいるのかわからないとき。その人に襲いかかるありとあらゆる災難を想像してしまう。そういう姿がすでに増えつづけていた——想像のなかに浮かんでくるのは、雑木林のなかを苦労して歩いていくアガサの姿。森に迷いこみ、よろめいて、凍えそうな湖に落ちるアガサの姿。

わたしは首を横にふった。アガサは以前、わたしの顎を指ではさんだ。嫌みを言った。〝あなたは彼を愛してはいない〟と。名探偵ポアロがよく言うように〝人は心理学を重視しなくてはならない〟のだ。

アガサは理性的で、現実的で、自制心のあるイングランドの女性だ。自分の小説のなかで人を分類するのが大好きだ。女性はこうする、アメリカ人はああする、イタリア人はこんな感じ。アガサがこういう一般論に心地よさを感じていたのは、たぶん、彼女自身もそこにみごとにあてはまっていたからだろう。感情を表に出さない上品なイングランドの淑女。

わたしのおかげで、アガサはいま、本来の個性を捨て去った。そのいっぽう、彼女がもっとも得意とするのは、物語を、陰謀を考えだすことだ。今回のことには陰謀の匂いがある。彼女がいかに大切な存在かをアーチーにわからせるための手段。たしかに、アーチーは彼女を深く愛している。心配というのはいつしか愛に変わっていく。そうでしょ？

わたしは寒さに耐えきれずに自分のフラットに帰った。フラットは兵舎のように整理整頓が行き届いている。装飾物なし、写真なし、記念の品なし。ベッドカバーは壁と同じ色。純白ではなく、象牙色でもない。男をひきずりこまないという条件付きで、家主が部屋を貸してくれた。隣人のケタリング夫人は老齢の未亡人で、不品行に目を光らせる立場の人だが、わたしのことが気に入っていて、ごくたまにアーチーが訪ねてきても、家主に告げ口するようなことはない。ドアのところに立っただけで、アーチーにはわかったかもしれない。ここが家庭ではないことが。探求の旅を続ける者のための駅、現在を装飾するつもりはなくて、将来の計画を立てることしか考えていない者のための駅であることが。

ハロゲートへ出かけるために荷造りをするあいだも、困ったことに、わたしの頭のなかはアガサのことでいっぱいだった。下着をたたみながら考えた――アガサは傷ついた心を癒そうとして、どこかの高級ホテルへ出かけたのよ。心配する人がいるなんて夢にも思わずに。でも、それでは、車が乗り捨てられていたことの説明にならない。そこでわたしは考えた――アガサが車を乗り捨てたのはわたしたちを心配させるため。いい気味だと思いながら、どこかの高級ホテルへ出かけて、わたしたちを嘲笑しているか、もしくは、心配ゆえにアガサへの愛をふたたび燃えあがらせたアーチーを待っているのだろう。でも、誰の助けも借りずに、アガサ一人の力でそこまでやってのけられる？　共犯者の可能性がいちばん高いホノーリアだって、みんなに負けないぐらい心配している様子だ。

「アガサは感情的なタイプなんだ」以前、アーチーが言っていた。「マナーの良さにだまされてはいけない」

感情的なタイプ。まるでそれ以外のタイプが存在するかのような言い方だ。感情を持たない人間をわたしに見せてほしい。そうしたら、それがどれほど危険な人物かを教えてあげよう。人生が思いもよらぬ方向へ進んでいくとき、人はどうすれば感情的にならずにいられるだろう？　大戦中、アガサは新婚の夫に手紙を書き、便箋の上で万年筆をさらさらと動かしながら、彼の無事を祈る言葉を呪文のように並べたものだった。現在、サニングデールで危険にさらされているのはアーチーではなく、アガサのほうだ。自分もどちらかといえば感情的なタイプだと悟ったアーチー――捜索に加わることを許されないアーチー。いまにも壁面をよじのぼりそうな勢いで自宅のなかをうろついていた。アガサの手紙をせっかちに火にくべてしまったことを後悔していた。捜索の役に立ちそうなどんな手がかりを、アガサは手紙の文面に隠していたのか？　彼女が無事に生きていることと、熱い思いに満ちた文章を綴ったことがその手紙から読みとれたら、どんなに安心できただろう。

わたしはクラダリングを指からはずし、王冠を自分のほうに向けてはめなおした。フィンバルに最後に会ったのは数年前のことだ。わたしたちの子供が行方知れずになったあとで、わたしを捜してロンドンに来たときだった。わたしを腕に抱いて泣き、わたしの頭頂部の髪をじっとり濡らした。

「可愛い子だった？」彼の赤ちゃんを産んだことを告げると、フィンバルはそう尋ねた。

「ええ」わたしは泣く段階をとっくに過ぎていて、彼の服の襟に両手ですがりついた。「想像もできないほど可愛い子だったわ」

子供の愛らしさを記憶にとどめておいても、そこに癒しの力はない。フィンバルは何も悪くないのに、それでもわたしは彼を追い払った。アイルランドが独立戦争の渦中にあったので、フィンバルは英国を離れてオーストラリアに渡った。そこなら国のために戦うよう求められることはなく、牧羊犬の訓練士として働くことができた。一緒に来てほしいと彼に言われたが、わたしは断った。この九月に、わたしが知っている最後の住所に宛てて手紙を出し、アーチーのこと、もうじき彼と結婚できると信じていること、そして、ほかの女性の夫を盗む理由について知らせておいた。それだけはフィンバルに対するわたしの義務だった。もしかしたら、わたしの書いた言葉に彼は嫌悪感を抱いたかもしれない。まさかそんな女になるとは思ってもいなかっただろう。いえ、もしかしたら、また黙って去っていったかもしれない。アメリカへ。あるいは故郷のアイルランドへ。すべてを忘れて。わたしにはけっしてたどり着けない場所へ。

アガサの場合、すべてを忘れるのはまだ早すぎた。わたしはいちばん暖かな衣類と、ブーツと帽子と手袋を荷物に入れた。こうしておけば、田舎に滞在するあいだ、散歩に出かけられる。誰もいない道路を見つけたら、走ってみてもいい。わたしの横を走るアガサを想像しようとした。外の世界の者には姿が見えず、ついに対等な存在になった二人。

スカートをたたみながら考えた。アガサはたぶん、アーチーとわたしと対決するために、オーウェン夫妻の前で思いきり騒ぎ立てるために、ゴダルミンへ出かけたのだろう。ふだんと違って頭のなかが疾風怒濤《しっぷうどとう》状態だったせいで、運転中に道路からそれてしまい、そこで車を置き去りにして、凍えるような夜の戸外へ出ていったのだろう。明日の朝いちばんに知らせが届くかもしれない。生垣のなかで凍死している彼女の遺体が見つかったとか、サイレント・プールを浚った網に遺体がひっかかったとか。

カーディガン――アーチーのプレゼントで、わたしが持っているなかで最高に柔らかなカシミア――をたたみながら思った。テディはいまごろ、スタイルズ荘の二階で遊んでいるかもしれない。『クマのプーさん』を読んでいるかもしれない。アガサが出ていったことも知らずに。

〝いまもアイルランドの男の子のことを思っているの？〟

〝毎日のように〟ウォーキングシューズをスカーフで包んだ。アガサはアメリカ行きの船に乗って、一等船室に心地よく腰を落ち着けているのかもしれない。アガサの前には全世界と新たな未来が広がっている。逃げだすために必要な力をわたしが与えてあげたのだ。

旅行カバンをパチッと閉めた。はい、準備オーケイ。わたしを愛人にしている男のことも、さらにはフィンバルのことも、考えるのはもうやめよう。次に何が起きるにしても、それが一段落したら、わたしとアーチーの暮らしが始まる。その前の一週間はわたし一人のもの。自分のすべてをそこに注ぎこむつもりだった。

シスター・メアリ、ここに眠る

コリーンが亡くならなければ、わたしは大戦が終わるまでアイルランドにとどまっていたかもしれない。知らせを受けた瞬間、コリーンがいつ亡くなったのかを正確に知った。それはわたしがブルータスを納屋から連れだし、髪を風にそよがせながら、手についた革製品用の石鹼を洗い流そうとして両手をこすりあわせていたときだった。日の光が薄れていくなかで、迫りくる黄昏《たそがれ》の仲間となるために靄が広がりはじめていた。どこからともなく寒気が忍び寄ってきて、氷水のなかに投げこまれたような気がした。「誰かがわたしのお墓の上を歩いたみたい」母はよくそう言ったものだ。

数日後に電報を受けとったわたしは、何がなんでもロンドンに帰らずにはいられなくなった。

「どんな最期だったのか、書いてないのよ」わたしは電報をかざして、泣きながらロージーおばさんに言った。わずか二、三行。節約のためだろう。「まだ十九だったのに。どうして最期の様子が書いてないの？」そして、当然ながらこう思っていた——わたしじゃなくてコリーンがアイルランドに来ていれば、死なずにすんだのに。

おばさんはジャックおじさんにこわばった顔を向けながら、わたしを元気づけようとして背中を叩いてくれた。電報に書けないようななんらかの理由から、あの若さで亡くなったとすると、かなり深刻なことがあったに違いない。

「うちでじっとしてなさい」ロージーおばさんは言った。「あんたにできることは何もないんだから。それに、ロンドンよりこっちのほうが安全だし」

コリーンの死の状況を話してもらってさえいれば、わたしが大急ぎでイングランドに戻ることはたぶんなかっただろう。でも、知らせを受けとって疑問が湧いた以上、じっとすわってなんかいられなかった。悲しみに耐えるには動きつづけるしかなかった。ダブリンの港を出た船の上で、わたしはデッキに立って手すりをつかみ、兵士たちに笑顔を向けるのを拒んでいた。「これこれ、娘さん」年老いた女性に叱られた。「幸せな思い出と一緒にあの人たちを送りだしてあげるのが、あんたの務めなんだよ」

わたしの頭にあったのは、コリーンのいる家に帰ることだけだった。理屈に合わないのはわかっていたが、姉に会おうと固く決心していた。そのいっぽうで、こんな感覚に、幻想につきまとわれていた——わたしがイングランドへ向かっているこのとき、コリーンは別の船でアイルランドへ向かっていて、二人とも波立つアイリッシュ海にいるのに船の方向は逆で、すれ違うときに手をふることもない。

家に着いたとき、母はベッドのなかだった。起き上がってわたしを抱きしめたが、何も言おうとしなかった。

「何があったの？」わたしは父に訊いた。

父はわたしの肩を抱き、指を強く食いこませた。父のそんな様子に、わたしは知らない人を見ているような気がした。「ふしだらなことをしでかしたんだ」

「コリーンが？　ふしだら？」そんな馬鹿げたことは聞いたこともなかった。

「あとの娘たちにはふしだらなことはぜったいさせん。誰一人。わかったな、ナン？」父はわたしを離した。父の顔つきが変わっていた。今後もずっとこのままだろう。まるでほかの誰かが父の肉体に乗り移ったかのようだ。コリーンに何があったのかを知ったら、自分の身にも同じことが起きそうで、わたしは恐怖に襲われた。

メグズがそばに来て、わたしの肘をとった。濃い色の目とほっそりした顎がわたしとよく似ていて、身長も同じぐらいだ。姉妹のなかで背が高いのはコリーンだった。わたしはメグズと一緒に夏の靄が立ちこめたロンドンの街を歩いた。イースト・エンドからウォータールー橋へ。「悲しいときは歩くにかぎるわ」メグズは言った。

それは母の口癖だった。「悲しいときは歩くにかぎるわ」とわたしたちに言ってくる。すると、コリーンが本から顔を上げて、「ソルウィートゥル・アンブランドー」と言ったものだ。母のぽかんとした顔を見て、コリーンはそのラテン語を英語にした。「〝問題は一歩ずつ解決される〟って意味よ」そこで母は笑い、「わたしの利口な娘」と言った。

いま、人生最大の悲しみを前にして、母は歩こうとしなかった。動くことができなかった。妹のルイーザもベッドで横になったきり、そこから離れようとしなかった。コリーンに死なれた悲しみは何をもってしても解決できなかった。

それでも、メグズとわたしは歩いた。「父さんがお葬式をさせてくれないのよ」と、メグズが言った。

「どうして？」

ウォータールー橋に着くころには、わたしにも事情がわかってきた。コリーンは妊娠していた。相手の男は戦争へ行き、コリーンの手紙には返事もよこさなかった。

「どういう男だったの？」わたしの頭に浮かんできたのは、コリーンが興味の片鱗《へんりん》すら見せずに追い払った少年たちだった。

「哲学専攻の学生だって言ったそうよ。出会ったのは図書館。ろくでもない男だったのか、あるいは、戦死したのか。いずれにしても、赤ちゃんのことを知って、父さんはコリーンを家から追いだしたの」メグズの顔は青ざめ、濃い色の目は輝きを失っていた。わたしたち――わたしたち姉妹――に何かできることがあったはずだ、たとえ父の愛を失うことになっても――メグズはそう言いたそうだったが、言えずにいた。コリーンが亡くなったあと、父の笑顔をふたたび見たことがあったのかどうか、わたしは覚えていないが、それはたぶん、わたしが父に目を向けなくなったというだけのことだろう。父がコリーンのことを非難すれば、残りの姉妹が父を非難したものだった。母までが。

ウォータールー橋の上で弱い太陽を受けながら、わたしは自分に残されたただ一人の姉と腕を組んだ。「純粋な愛だった」メグズがわたしに言った。「コリーンがそう言ったの。父さんがコリーンに罪と恥辱だと言ったら、コリーンは〝違うわ、父さん。純粋な愛だったのよ〟と言った」

「父さんったら、よくもそんなことができたわね」わたしはけっして〝コリーンったら、よくもそんなことができたわね〟とは思わなかった。このときすでに、愛というものを知っていた。コリーンと同じ道をたどる自分を想像するのはたやすいことだった。でも、父さんと同じ道は？　わたしは目を閉じ、聡明で美しい姉を誘惑してから冷たく捨ててしまったずる賢い若者の姿を想像しようとした。戦死しても当然の男だと思った。

メグズの怒りはもっぱら父に向いていた。「父さんはたぶん、娘はほかにもいると思ってたんでしょうね」その声は虚ろで、あきらめに満ちていた。「わたしたちのうち何人を見捨てる気かしら。そのうち一人もいなくなってしまうわ」

メグズとわたしは組んでいた腕をほどき、身を乗りだして川面《かわも》を見下ろした。コリーンは川の南側を歩いてここまでやってきた。そうして逝ってしまったことはわかったが、なんの解決にもならなかった。メグズとわたしが同じ道を歩いても、姉は永遠に戻ってこない。いま、未来にいるわたしが過去に目を向けると、茶色い髪をした二人の娘の姿が視界のなかに小さく浮かび、その周囲では、戦争というマシンがこの星のあらゆる場所から押し寄せてきて、二人の住む世界を侵略しようとしているのが見える。でも、このときのメグズとわたしには何も見えなかった。記憶のなかでは、戦争がイングランドの国土に押し寄せたことは一度もなかったし、この先もありえないことに思われた。何年かたって第二次世界大戦が近づいてきたときも、わたしたちは戦争の気配に気づかなかった。

このときのわたしが知っていたのは、自分自身の目で見た光景だけだった。夏の靄が立ちこめた都会の一日。歩き疲れたメグズとわたしが喪失の悲しみのなかで抱きあった姿。泣ければいいのにと思ったが、平坦で虚ろなメグズの声の響きのせいで、わたしの心は鉛のように重かった。もし花束を持っていれば、放り投げ、水中にひらひらと落としたことだろう。コリーンがテムズ川に身を投げた、まさにその場所で。

のちに〈ブリガドゥーン〉という映画を見たとき、戦時中、自分がバリーコットンにどんな思いを寄せていたかをあらためて思いだすことになった。守られていて、完璧で、誰も手を出すことのできない土地。時代と進歩の蹂躙《じゅうりん》を受けずにすんだ土地。雲のなかに隠れてわたしの帰りを待っている土地。

ロンドンでは若者たちが街から姿を消していた。母がようやくベッドを出て、わたしの写真を撮ってもらうために出かけることにした。服を着て台所へ行く母を見て、わたしはびっくりした。「よそ行きに着替えなさい」母はわたしに言った。「〈フォレスト・ヒル〉で写真を撮ってもらうから。あなたの好きなアイルランドの兵隊さんに送るのよ」指でわたしの髪をカールさせ、わたしの唇とまつげにワセリンを塗った。

バスのなかで母はしきりにまばたきをしていた。窓から射しこむ自然の光に戸惑ったのだ。長いあいだ家に閉じこもったきりだったから。

「まあ、母さんったら」

「心配しなくていいのよ」母はわたしの手を握りしめた。「母さんたちがちゃんと考えてあげるから、ナン。わたしの大事な娘。それから、泣いちゃだめ。涙ぐんでる写真なんて、向こうは見たくないはずよ、ぜったいに」

フィンバルは涙なんて気にしない、とわたしは思った。彼が何かを気にする姿は見たことがない。それでも、写真館のスツールに腰かけて、言われるままに微笑を浮かべた。フィンバルの陽気な顔を前にした自分を想像するだけで、すごく幸せな気分になれたから。数日後、自分で写真を受けとりに行くと、すてきな仕上がりで、実物よりずっと可愛く写っていたので、再会したときにフィンバルががっかりするんじゃないかと心配になったほどだった。笑顔のおかげで、幸運にも、きれいにそろった真っ白な歯が目立っている。写真と一緒に送った手紙には小さな文字をびっしり並べた。戦時中は紙がなかなか手に入らなかったが、あらゆることについて彼に真実を伝えたかった。その後四年のあいだ、わたしは定期的に、律儀に、彼に手紙を書きつづけた。コリーンの身に何が起きたかということ、父の顔を見るのに耐えられなくなったこと、父もわたしたち全員に視線を向けられなくなったことを、彼に伝えた。学校や友達に関する他愛ないことも手紙に書いた。戦争の影がロンドンにも忍び寄ってきて、ツェッペリン飛行船団による爆撃が始まったこと、メグズが看護婦として働きたがったが、父さんが許そうとせず、今回は母さんも同じ意見だということを書いた。フィンバルが直面している危険のほうがはるかに大きいことはわたしにもわかっていたが、それでも空襲は怖かった。〝空からの攻撃ぐらい残酷なものはないわ〟便箋を節約するために注意して鉛筆を走らせながら、わたしは平和だったころのフィンバルの姿を胸に抱きしめていた。わたしの心のなかで、彼は昔と変わらず屈託のない微笑を浮かべていた。彼の返事には、休暇がどっさりとれればいいのに、ロンドン行きの旅費がどっさりたまればいいのに、と書いてあった。わたしの写真は、戦闘中は袖に押しこみ、夜は寝棚の横に画鋲で留めているという。わたしは写真の端がよれよれになっている様子を想像した。寝る前にわたしの頬に手を触れ、おやすみと言ってくれるそうだ。わたしも彼の写真をもらっておけばよかった。

二人の男がコリーンを見捨てた。最初は哲学専攻の学生、次は、わたしたちの父親。でも、フィンバルがわたしを見捨てることはぜったいにないと確信していた。彼はたぶん、笑顔のわたしの写真を袖に押しこんで塹壕《ざんごう》のなかでうずくまり、バリーウィリング・ビーチでの一日を思いだしているだろう。別れのキスを思いだし、唇に指をあてているだろう。

〝愛してる、ナン〟彼は書いていた。彼の手紙は便箋に記された祝福だった。〝愛している〟とじかに言われたことは一度もなかった。〝待っていてほしい〟

待つに決まってるでしょ。


戦争が始まって四年。四人の姉妹が三人に。コリーンのことを詩にしたところ、コンテストで最優秀賞に選ばれ、五シリングの賞金をもらった。その詩が新聞に掲載されたが、父は頑として読もうとしなかった。ある朝、父が仕事に出かけたあとで、母がメグズとルイーザとわたしを寝室に呼んだ。「これを見て」母は物入れのいちばん下の引出しをあけて、紅茶の缶をとりだした。蓋をねじってあけ、〈ボタンズ&ビッツ〉のパート代が貯めてあるのをみんなに見せてくれた。わたしも週に一日か二日そこでアルバイトをしていたので、母がこうして見せてくれた金額を貯めるにはずいぶん長くかかることを知っていた。「みんな、コリーンのようなことはぜったいしないで。わかった?」母の声はこれまで聞いたこともないきびしいものだった。「何か困ったことがあったら、母さんのところに来て。このお金を持ってみんなで逃げましょう」紙幣や硬貨と一緒に祖母の結婚指輪も缶に入っているのを、みんなに見せてくれた。「アメリカかオーストラリアへ逃げて、戦争未亡人だってことにするの。それから、みんなでこっちに戻ってきて、向こうで結婚したけど、相手の男は逃げてしまった、あるいは戦死したって言えばいい。父さんなんかほっときましょう。さあ、いまここで約束して。これ以上娘を失うわけにはいかないわ」

三人とも約束した。わたしは詩の賞金の五シリングを母に渡し、貯金の足しにしてもらうことにした。

連合国軍による〝百日攻勢〟のニュースが届きはじめたとき、わたしは死ぬほど心配した。フィンバルの手紙がばったり途絶えたのでなおさらだった。「前線から手紙を出すのは無理じゃないかしら」母はそう言って元気づけようとしてくれた。「やきもきするのは理由がわかってからにしましょう」

理由はいやというほどあった。若い娘たちのところに、母親たちのところに、父親たちのところに、次々と悲しい知らせが届いていた。わたしは十九歳になっていたが、心のなかではもっと若いつもりだった。わたしたちの周囲の世界が揺れ動いていた。母なども、てきぱきした愛情豊かな昔の母に戻るときがあるかと思えば、次の瞬間には萎《しお》れてしまい、青い顔で身じろぎもせずに窓の外を見つめていたりした。

「何を見てるの、母さん？」

「別に」母はそう言うと、忙しそうに何かを始めるのだった。でも、母が何を見つめていたのか、わたしにはわかっていた。家に向かって歩いてくるコリーン。幼子と手をつないで。愛と理性はどうしても折り合わないものだ。

休戦記念日当日、ロンドンの街角に人々があふれかえった。こんなに多くの人が集まるのを見たのは生まれて初めてだった。メグズ、ルイーザ、友達のエミリー・ヘイスティングズと一緒に、休戦を祝う人々の群れに加わった。なんという騒音と歓喜。横並びで立つスペースもないほどの混雑で、誰もが身体を斜めにして進んでいった。

メグズとルイーザとエミリーとわたしは手をつないで通りを進もうとしたが、とうてい無理だった。ひどい混雑のなかに放りこまれて、ふつうなら怯《おび》えてしまうところだが、今日は幸福感のほうが大きかった。この日の喜びと善意は、想像もつかないだろう。つまずけば、百人が手を伸ばして支えてくれる。くしゃみをすれば、千人が「お大事に」と言ってくれる。歩道の縁石につまずいたメグズの腕を一人の兵士が支え、それから帽子を軽く上げて、仲間との浮かれ騒ぎに戻った。わたしは人混みに視線を走らせた。フィンバルがそこにいる理由があるかのように。わたしがいまも彼に愛されている幸せな女であるなら——自分の力で彼をここに呼び寄せることができるかのように。

群衆のどこかにアガサ・クリスティーもいたはずだ。この時期の彼女は夫を戦争に送りだした孤独な人妻で、速記の講座をとって忙しくしていた。授業の途中で休戦の発表があったので、みんなで外に飛びだして祝賀の群衆に加わり、わたしたちと同じく、人の多さに目をみはったことだろう。イングランドの女性たち——イングランドの女性たち！——が通りで踊っていた。誰もが大興奮だったあの日、もしかしたら、アガサとわたしは一度、あるいは何度も、肩を触れ合わせていたかもしれない。

メグズとわたしがいつはぐれてしまったのか、よく覚えていないが、気がついたときはメグズから手を離していた。笑ってすませられることで、怯える必要はどこにもなかった。すぐまた出会えるはずだった。トラファルガー広場まで行った。一台の配送トラックがノーサンバーランド・アヴェニューをやってきた。ぎゅう詰めになった兵士たちが荷台から身を乗りだしているため、車体の宣伝文句を読むこともできなかった。人混みに邪魔されて進めなくなったトラックが停止したそのとき、ボンネットから一人の兵士が飛び降りてわたしの前方に立った。ひさしのある陸軍の帽子が短く刈りこまれた黒髪を隠していた。

すばらしく機敏で軽やかな動きだった。ほんの数秒前までは、まわりの世界は単なる人混みで、個人は存在せず、人間がひとつの巨大なかたまりを作っているだけだった。わたしはその一部に過ぎず、わたし自身という存在はほとんどなかった。ところが、いまは、わたしたちのあいだのスペースに五十人も押しこめられているというのに、ロンドンの街に存在しているのは二人だけだった。フィンバルとわたし。喜びにあふれた目で見つめ合っている。ああ、まるでわたしが呪文を唱えて呼びだしたかのよう。〝願いごとをしてみなよ、ナン〟この世に生まれてきたことには意味がある、とわたしたちに確信させてくれるたぐいの奇跡。彼の黒髪は、灰色のロンドンでも、エメラルド色の故郷の島にいたときと同じくブルーのきらめきを放っていた。

「きみなのか？」フィンバルが叫んだ。片手にシャンパンのボトルを持っていた。「ぼく、酔ってるのかい？　夢を見てるの？」

「わたしよ」大きく叫んだため、しゃがれた声になった。

「道をあけてくれ」群衆に向かってフィンバルは命じた。「ぼくの恋人があそこにいる。やっと会えたんだ」

紅海がモーセを拒絶できるだろうか？　勝利をかちとって無事に帰国したこのハンサムなブルーの目の兵士を、群衆が拒絶できるだろうか？

カーキ色の軍服と軍靴のフィンバルは群衆のあいだにできた隙間を進むと、両腕でわたしを抱きあげた。隙間が閉じたところで、わたしを肩に担いだので、ロンドンじゅうに広がった群衆が目に入った。人間でできている海がこの街に打ち寄せ、堰き止めるもののない通りに流れこんだかのようだ。

誰もがにこやかに微笑していて、頭上の空にはなんの危険もなかった。

「あなたがロンドンに来るなんて聞いてないわよ」わたしは下に向かってどなった。

フィンバルはわたしを肩から降ろし、腕に抱いた。「一昨日《おととい》わかったばかりなんだ。知らせる暇がなかった。どうせ、きみに会えることはわかってたし」まるでロンドンがバリーコットンで、波止場をうろついて、ナン・オディーの住まいはどこだと漁師たちに尋ねればいいという口調だった。「奇跡みたいだ。そうだろう？　きみも奇跡みたいだ。ちっとも変わってない」彼の声が変化していた。以前よりも低めのガラガラ声になっていて、まるで喉の奥で何かが破裂したような感じだったが、事実そうだったのだ。そのときのわたしは、彼が大声を出したせいだろうと思っていたが、あとになって永遠の変化だとわかった。マスタードガスの後遺症だった。

彼に熱いキスをされて、わたしもキスを返した。まわりのみんなが拍手喝采した。戦争の終結だけでなく、わたしたちの再会までも祝ってくれていた。ナンとフィンバル、世界がわたしたちをひき裂くことさえなければ、ずっと一緒にいられたはずの二人。勝利はわたしたちのものだった。世界が正しい姿になった。ようやく、昔の幸せなわたしたちに戻ることができる。

二人で手をとりあって人混みのなかを斜め向きに進んでいった。メグズのときのように彼とはぐれてしまうのではないかと心配になった。どちらへ向かっているのかも、どの店を通り過ぎたのかも、ほとんどわからない。フィンバルにひっぱられて立派なホテルのロビーに入ったときは、泡に包まれた静かな無の空間に入りこんだような気がした。客の姿はどこにもなく、フロントデスクに立つ者もいない。ここにいるべき人がみな、通りのお祝いに加わるために持ち場を離れていた。ロビーは目にもまばゆい豪華さだった――どうがんばってもわたしには手の届かない、無言の贅沢に満ちた一角。

わたしたちを歓迎している。堂々たる石柱の横には鉢植えの巨大なヤシが置かれ、ベルベットのような葉を天井のほうへ伸ばしている。大理石の床が靴底を通して冷たく感じられた。わたしたちがひそひそ声で話せば、その声が床にこだましたことだろう。

だから、ひそひそ声で話すのはやめた。フィンバルがいまもわたしの手を握っていて、わたしたちは幅の広い豪華な階段を駆け上がった。ひとつひとつの部屋の前でフィンバルがノブをまわすと、やがて、ある部屋のドアが開いたので、二人でなかに入り、ドアを勢いよく閉めた。泡のなかに浮かぶもうひとつの泡。ここでフィンバルが発揮した才能に、わたしはまだ気づいていなかったが、そのうちよく知るようになった。どんな興奮や混乱の最中にあっても身を隠す場所を見つける才能。

しばらくたてば、話をする時間がほんの少しとれるだろう。服を着ながら大急ぎで話さなくてはならないけど。「結婚して、それからアイルランドに帰ろう」とフィンバルが言ってくれたが、わたしとしては、母の祝福もなしに出ていくことはできなかった。アイルランドまでの旅費を彼が送ると約束してくれた。明日、わたしが鉄道駅へ彼を見送りに行き、別れのキスをすることにした。二、三カ月のうちに結婚しようと二人で決めた。たとえ母が許してくれなくても、母にキスをし、心の底から謝って、別れを告げるつもりだった。あわてる必要はない。戦争は終わったのだ。時間はいくらでもある。

でも、その前に。いまはわたしたち二人だけ。いまこの瞬間に顔を見つめ合っているカップルが、世界じゅうにどれだけいたことだろう？　失われた若さをとりもどすための時間がほんの少ししかなかった、わたしたちと同じ世代の恋人たち。こっそり入りこんだホテルの部屋で言葉に費やしている時間はなかった。フィンバルは「日没までに連隊に戻らなきゃならない」と言っただけだった。そこで、わたしたちはしばらくのあいだおたがいの顔を見つめ、親密さに、二人きりの時間に、静けさに酔いしれた。彼がシャンパンのボトルを差しだしたので、ひと口飲むと、温かな泡がわたしの鼻をくすぐった。シャンパンを飲んだのは生まれて初めてだった。

二人で抱きあって大きなベッドに倒れこんだ。見たこともないようなベッドだった。でも、わたしたちが堪能した贅沢はただひとつ、一緒に過ごすことだった。お目付け役のいない自由な時間、長いあいだ待ったあとでようやくひとつになれる。

午後の時間が過ぎていくあいだ、姉のコリーンのことが教訓としてわたしの頭に浮かんできただろうか？　浮かびはしなかった。姿を消したコリーンの恋人と、いま目の前にいる彼とは比較にならない。この人はフィンバル。彼がけっしてわたしを見捨てないことはわかっていた。約束を破ったり、偽りの言葉を口にしたりしないこともわかっていた。

そして、事実そのとおりだった。

失踪

二日目

一九二六年十二月五日日曜日

行方不明者に関する情報がイングランド全土の警察署へ送られた。

アガサ・メアリ・クラリッサ・クリスティー夫人（36）、バークシャー州サニングデールの自宅スタイルズ荘から失踪。身長百七十センチ。赤毛、部分的にグレイ。華奢な骨格。色白。服装はグレイのニット地のスカート、緑色のセーター、グレイの濃淡のカーディガン、ベロアの小さな帽子。真珠がひと粒ついたプラチナの指輪。結婚指輪なし。黒のハンドバッグ。バッグのなかには五～十ポンド入っていると思われる財布。金曜日午後九時四十五分、出かけてくると言い残して車で家をあとにした。

フランク・チルトン警部はブリクサム発ハロゲート行き列車の三等の喫煙車に乗っていた。旅に出られたことを喜んでいた。海辺のコテージで暮らす母親のもとへ厳寒の冬の季節に戻ったのが間違いだった。沖合から吹いてくる身を切るように冷たい風が骨の髄まで沁《し》みこんで、塹壕で過ごした夜の寒さを、いまだにそこにとどまり、今後もずっととどまるであろう寒さをよみがえらせるのだった。

「あらゆる州で捜索を進めるよう、警官たちに指示が出ている」サム・リッピンコットが言った。

「きみが退職してからうちは人手不足で、おまけにジムは新婚旅行中だ」

リッピンコットの電報を受けとってから三十分もしないうちに、チルトンは電話を借りるためにクック家の屋敷へ自転車を走らせた。「イングランドじゅうで隈《くま》なく捜索がおこなわれていて、まるで女王が行方不明になったかのようだ」電話の向こうから雑音混じりの声でリッピンコットが言った。嘲《あざけ》りを含んだ言葉ながらも、陽気な口調だった。リッピンコットはチルトンがかつて勤務していた警察の署長で、親しくしていたチルトンをこんなにも早くヨークシャー州に呼び戻すことができてご機嫌なのだ。「退職したきみにも手伝ってもらいたい。そのご婦人の写真を見せてまわり、車で田園地帯をまわってくれ。ほかの場所にいるに違いない人物を捜しまわるぐらい気楽な仕事はないぞ」

「それぐらい虚しい仕事もないでしょうな」しかし、チルトンはすでに、たぶん無駄骨に終わるであろう捜索に加わる決心をしていた。虚しい仕事だろうと、何もすることがないよりましだ。三週間前、チルトンは母親と同居するためにリーズ警察を退職した。新しい仕事はまだ見つかっていないし、昔の職場では警部が不足している。そして、今度は女性作家が行方不明だ——けっこう有名な作家なので、イングランドのあらゆる警察が捜索に乗りだし、国じゅうを調べてまわっている——しかし、チルトンも名前を聞いたことがあるほどの有名作家ではない。ヨークシャー州の警察本部ではすでに、ハッダーズフィールドとリーズへ警官隊を派遣して捜索にあたらせている。ハロゲートとリプリーにまわす人員はない。退職したばかりの一人を除いて。

「ベルフォート・ホテルに泊まってくれ」リッピンコットは言った。「わたしのいとこ夫婦がホテルのオーナーなんだ。無料で喜んで部屋を提供すると言っている」

リッピンコットのいとこのことなら、チルトンももちろんよく知っている。名前はサイモン・リーチ、西インド諸島にあるアンティグア島出身の若い女性、イザベルと結婚した。魅力的な女性で、完璧な礼儀作法と強い意志という珍しい組み合わせの持ち主だ。しかし、この結婚にリーチ家の人々は憤慨し、サイモンのスパホテルの経営も危うくなった。黒い肌の女性がホテルのフロントで働くのと、イングランド人のオーナーの妻であることが判明するのとは別物だ。クリスティー夫人捜索のために余分の人出が必要とされているのに加えて、リッピンコットのいとこは客を増やす必要に迫られていた。空き部屋はさらなる空き部屋を作りがちだ。リッピンコットはサイモンと兄弟同然に親しくしているし、今回のことはホテルとチルトンの両方を救うチャンスになる。行方不明の女性に関しては、ヨークシャー州で見つかることなど誰も期待していない。それでもチルトンは捜索に加わるつもりだった。望みなき任務を押しつけられても、逃げだすような男ではない。

「ワーキング・ホリデーみたいなものだ」リッピンコットは言った。そうしたプレゼントができるのが、見るからにうれしそうだ。「こんなおいしい話は当分まわってこないぞ。そうだろう?」チルトンとリッピンコットは大戦中同じ連隊に所属していて、最後まで一緒に戦った仲だ。リッピンコットは無事に戦いを切り抜けた者の一人だった。いや、まったく無事ではない――人間の心を持つ者なら、戦闘によって何かが変わってしまうものだ――しかし、仕事をこなし、家族を愛することができるし、ドアがバタンと閉まる音を聞いても恐怖に駆られて飛び上がるようなことはない。

北へ向かう列車のなかで、窓の外を流れていくニレの木立と生垣を、ほぼ無人の風景を、チルトンは見つめていた。風が吹き荒れているので、誰もが家に閉じこもっている。ひょっとすると、線路脇をさまようアガサ・クリスティーの姿を目にできるかもしれない。

肩に榴散弾の破片を受けて以来、チルトンの左腕は不自由になった。まともに使えるほうの手をふって煙草に火をつけた。戦争の記憶がよみがえるたびに利き腕が震えだすような男に刑事の仕事は務まらない——そう思うかもしれない。たしかにそのとおり。だから、退職後一カ月もしないうちにリッピンコットがチルトンを呼び戻したのは、事件解決を期待してというより、餞別《せんべつ》を渡すようなものだったのだろう。

「捜査の合間に温泉に浸かるといい」二人のあいだで話がまとまると、リッピンコットはそう言って、チルトンの疑念を裏づけた。ハロゲートは天然温泉で名高く、近くに住んでいたころのチルトンにとっては、経験しようと思ったこともない贅沢だった。「身体にいいぞ」

チルトンの吐きだした紫煙がゆらゆらと立ちのぼり、ほかの乗客たちの紫煙と混ざりあった。徒労に終わるだけだとしても、四十歳にして早くも老けこんだ姿で母親の家のそばの砂浜をさまよい歩くよりはましだろう。チルトンにはかつて弟が二人いた。いまは一人もいない。末の弟のマルカムはガリポリで戦死した。真ん中の弟のマイクルは激戦となったアラスの戦いで戦死。チルトンはそのとき、弟と並んで戦っていた。その日以来、母親のためになんとしても生き延びることだけを考えてきた。死体の腐臭が塹壕から彼を追ってきて、けっして消えようとしなかったときでさえ。

しかし、母親を見送ったあとは、責任のない自由な身になれる。そのときにはクリスティーという女性に倣《なら》うことにしよう。話の具合からすると、この女性はおそらく自殺したものと思われる。見つかるとしたら、たぶん湖の底だろう。こっちがホテルに着くころには、彼女の遺体がすでに発見されているだろう。ホテルに一泊してから、まわれ右をして家に帰ることにしよう。

自殺。この言葉がチルトンにつきまとっていた。子供のいる女性にはなかなかできないことだ。しかし、リッピンコットの話からすると――そして、イングランドじゅうの警察が捜索に駆りだされているという事実からすると――クリスティー夫妻のような階級の人々には子供の世話をする者がいくらでもいるから、母親がいなくなったことに、子供はおそらく気づいてもいないだろう。チルトンの母親の場合は、息子たちが毎晩ベッドに入るたびに、食事をするたびに、膝をすりむくたびに、そばについていた。

列車が汽笛を鳴らして停止した。この世にも楽しいものはまだいくつか残っている。世を去るときに別れを惜しみたくなるようなものが。チルトンは汽笛の音が大好きだった。列車の旅は現実から逃避できるひとときだ。考えをまとめるか、もしくは、頭のなかを空っぽにする機会。こうして列車に乗っているかぎり、捜しに来る者はいないし、誰かに見つかる心配もない。ひょっとすると、そのアガサ・クリスティーという女性はそうしているのかもしれない。自分もこの世を去りたくなったらそうしよう。列車に乗ってイングランド全土を旅してまわる。どこの駅でもぜったい降りない。必要なものは、水洗トイレから食堂車まですべてそろっているし、雨をよける場所も横になれる場所もある。逃げだしたくなったら、姿を消したくなったら、列車に乗ってあてのない旅をすればいい。よく考えたら、それはいま自分がやっていることに近い――ぜったい見つかるはずのない場所へ誰かを捜しに行こうとしている。

しばらくすると、チルトンは頭をのけぞらせ、口を軽くあけ、火のついた煙草を手にしたまま眠りこんでいた。通路の向こうにすわった女性は彼の母親ぐらいの年齢で、喫煙車は避けたかったのだが、禁煙車の座席が残っていなかった。居眠りしている男性に優しい目を向けた。男性には独特の雰囲気があった。最近はそういう人間がずいぶん増えている。欠点を大目に見ることができるなら、けっこうハンサムな男性だ。少々だらしない感じだが、がっしりした顎をしている。手も大きくてたくましい。女性は通路越しに手を伸ばすと、彼の指から煙草をとりあげ、灰皿で揉み消す前にひと口だけこっそり吸った。

サリー州とバークシャー州では、じっとり湿った寒さのなかで、百人ほどの警官が雑木林や生垣の捜索を続けていた。村々を歩いてまわり、ビラを配っていた。アーチーは行方不明者に関する警察情報の写しを見せられ、外見のところを読んで心臓にパンチを食らったように感じた。華奢。色白。若かったとき、あちこちの舞踏室で彼女を見かけた。絹のようなバラ色の頬、淡いそばかす。踊りながら旋回し、微笑していた。一度、ハウスパーティに招かれて、招待側の人々と一緒に野原を馬で走ったことがあったが、あのとき、彼女は乗馬服を省略して、ピンクのドレスを着ていただけだった。ヘアピース——当時の女性はみんな使っていた——が風にさらわれて飛んでいった。アガサがつけていたときは魅力的に見えていた長い巻毛が、遺棄された遺体の一部のように不気味な姿に変わった。アガサがそれを拾おうとして片鞍からすべりおりた。アーチーは自分の馬の手綱を固く握りしめていた。乗馬に参加したのは、楽しむためというより義務感からだった。インド高等文官として判事をしていた父親は落馬がもとで亡くなった。頭を打って脳が炎症を起こしたせいだった。アガサを見ていると、乗馬が怪我や死につながるとは想像もできない。乗馬から生まれるのは歓喜だけだ。アガサはなんと魅力的な姿だったことか。片手でスカートを押さえ、風に飛ばされたヘアピースを反対の手で拾いあげ、そのあいだじゅう笑いころげていたが、目の前の用事を完璧に片づけるだけの自制心はちゃんと備えていて、それがすむとふたたび馬の背に乗った。なんと楽しい女性だろう。どんなに周囲を喜ばせてくれることか。

アーチーは思った――こんなとき、ナンがうまく対処する姿というのは想像できない。ヘアピースを飛ばされたときに、それまでと同じ陽気な笑い声を上げるなどということは。そもそも、ナンは馬の乗り方を知っているだろうか？　結局、育ちが違うのだ。

本当のことを言うと、このときのアーチーにはわたしのことを想像している余裕がなかった。妻のことしか考えられなかった。かつて彼が愛した妻の特徴。華奢で色白。それがアガサの特徴なのか？どういうわけか、彼はそうした点に目を留めるのを忘れていた。

二人がチャドリーの舞踏会で初めて出会ったときは、彼もそういう点に目を留めたものだった。一週間後、彼女に会いたくて、はるばるトーキーまでオートバイを飛ばした。ほかの男と婚約中なのは知っていたが、そんなものはほとんど障害にならなかった。何かを手に入れようと決心すれば、かならず手に入れる人間だった。アガサはおそらく、作家の目で彼の性格を見てとっていただろう。彼がそういう人間であるのを瞬時に理解したことだろう。アガサ自身はロマンスに興味がなく、自分の作品にロマンスをとりいれたのはそれが当時の流行だったからだ。アガサがとくに嫌ったのが探偵小説に登場するロマンスだった。読者の心を乱すものだと思っていた。

ああ、そのアガサがかつてアーチーの心をどんなに乱したことか。彼女の失踪と共に当時の思いがいっきによみがえり、アガサが姿を消して亡霊のごとき存在になったことで肉体的なものが消え去って、数々の思い出が――数々の感情が――湧き上がってきたように思われた。いま彼の心を乱しているのはアガサに会えないことだった。アガサの姿を目にすれば、すべて解決するはずだ。もちろん、この手から血が滴っているのが見えるかのように、トンプソン副本部長と部下たちがこちらを見ることもなくなるだろう。自分とナンのことを知っているのは誰なのか、疑っている者は誰なのかを考えてみた。オーウェン夫妻。口をつぐんでくれるはずだ。次はホノーリア。すでに料理番に話しているだろうし、料理番と執事は夫婦だ。雇われたばかりのメイドは何も知らないだろうが、あとの使用人はみんな知っていて、いまこの瞬間も警察が一人一人から事情を聞いている。

「妻はノイローゼだったんです」トンプソン副本部長が質問をする暇もないうちに、アーチーのほうから言った。トンプソンの目が細くなったことに気づいた。明らかに、突然の発言を怪しんでいるようだが、アーチーは自分を抑えることができなかった。「神経がひどくまいっていました」表現を変えれば、自ら墓穴を掘ったのを挽回できるかのように。

「なるほど」トンプソンは大きく突きだした屈強そうな胸をしていた。何年もトレーニングを積んだ運動選手に顕著に見られるタイプの胸だ。立派なグレイの口髭、苦虫を嚙みつぶしたような表情。〝たわごとはやめろ〟トンプソンの態度がそう言っているように見えた。〝そうすれば、あんたはこれ以上破滅せずにすむ〟「医者に診てもらいましたか？」

「いえ。二人とも医者というものを信用していないので。新鮮な空気と強い目的意識。人の心はそれで回復するものです」

トンプソンはうなずいた。この主義には賛成だった。男のことは信用できないが。

ホノーリアは知っていることをすべて胸に閉じこめておこうとするかのように、両腕で自分の身体を抱いたまま、このやりとりを見守っていた。アガサは手紙を二通置いていった。一通はアーチー宛で、彼以外は誰も見ていない。もう一通はホノーリア宛で、〝この週末、トーキーへ行ってきます〟

と書いてあった。ホノーリアはこれを警察に渡したが、金曜の朝の騒ぎやアーチーの女性関係についてはまだ黙っていた。アガサに心酔しているホノーリアだが、雇い主であるアガサが戻ってこなかったら、生計を立てていくためにアーチーに頼らなくてはならない。ろくでもない男だが、殺人などできるはずがない（わよね？）。たとえ女主人が戻ってこなくても、スタイルズ荘にとどまってテディの世話を続けたいとホノーリアは願っている。それに、この二通の手紙こそ、アガサがすべてを計画し、失踪ではなく外出しただけだという証拠ではないだろうか？　あの乗り捨てられた車さえなかったら、アガサが家にいなくても、誰も眉ひとつ動かさなかっただろうし、彼女が本当にトーキーにいるかどうかを（じつはいなかったが）たしかめようともしなかったはずだ。あの車はなんらかの惨事が起きたことを示す不吉な証拠だ。アガサの目的地がどこだったにせよ、そこに着いていないことを物語っている。

わたしがひそかに家出をしてアイルランドへ向かったときには、両親宛の手紙は置いていかなかった。母は紅茶の缶に隠しておいたお金が最後の一ペニーまで消えていることを知った。それですべてを悟った。おそらく、紅茶の缶を胸に抱き、母の計画のなかでわたしに無視されてしまった部分——母も一緒に連れていくという部分——を思って嘆き悲しんだことだろう。

戦後すぐわたしが姿を消したときには、多数の警官がイングランドじゅうを捜索するようなことはなかった。警官たちは兵士として出征していて、警察に復職するのに時間がかかっていた。それに、わたしは作家ではなく、誰かの妻でもなかった。かつかつの暮らしをしている一家で育った素行の悪い娘。毎日のように行方不明になるたぐいの人間だった。わたしたちのような者を捜そうとする警官が、この世にたくさんいるわけではない。

でも、アガサ・クリスティーの場合は、何千人もの警官と地元民が駆りだされた。猟犬。さらには飛行機までも。あらゆる森を隅々まで捜索。暗くなってからも松明《たいまつ》を手にしてあちこちに分散。捜索に次ぐ捜索。サリー州とバークシャー州で大人数が捜索をくりひろげていたが、その他の州にも警部たちが派遣されていた。あたかも苦悩の深さゆえに、どういうわけか、アガサはこの世でもっとも重要な人物になったかのようだった。

失踪

三日目

一九二六年十二月六日月曜日

《ニューヨーク・タイムズ》特報

小説家のアガサ・クリスティー夫人、イングランドの自宅から不可解な状況で失踪

ロンドン発、十二月五日

アガサ・クラリッサ・クリスティー夫人——小説家、ニューヨーク出身のフレデリック・ミラー氏（故人）の次女にして、アーチボルド・クリスティー大佐夫人——が、バークシャー州サニングデールの自宅から不可解な状況で姿を消し、この週末、およそ百人の警官が捜索をおこなったが、夫人は見つかっていない。

金曜日の夜遅く、クリスティー夫人は旅行カバンに衣類を詰め、秘書宛に〝今夜は戻らない〟という手紙を残して、二人乗りの自動車で出かけていった。

翌午前八時、ギルドフォードの近くにあるチョークの採石場のへりで、乗り捨てられた夫人の車が発見され、前輪が穴に落ちそうになっていた。車は明らかに道路をそれ、鬱蒼と茂った生垣

のおかげで穴への転落を免れた模様である。車内から衣類数点、そして、紙類の入った旅行カバンが発見された。

手の空いている警官がすべて動員され、周囲何キロにもわたって徹底捜索をおこなったが、クリスティー夫人の足どりはいまだつかめていない。

クリスティー大佐の談によると、夫人はこのところノイローゼ気味だったとのこと。ある友人は、アガサは家庭生活を満喫し、一人娘を溺愛していると述べている。

週末のあいだ、スタイルズ荘の敷地は警官であふれていた。今日は記者連中が押し寄せてきた。雇われたばかりのメイドのアナは記者の執拗な質問から逃げまわっていたが、ついに神経がまいってしまい、けっこうハンサムな警官の一人に、アガサが姿を消した日の朝、アーチーとひどい口論をしていたことを打ち明けた。

「そのあとずっと、奥さまの様子が変でした」アナは涙ながらに言った。「変にならない女がどこにいます？　旦那さまがひどいことをおっしゃったんですもの」

警官はアナの肩をぎこちなく叩いた。アナが一歩近づくと、片腕で彼女を抱いた。「さあ、落ち着いて。男というのはろくでなしばかりだからね」

アナは涙に濡れた愛らしい顔を上げた。「おまわりさんはいい人みたいだけど」

「うん、たぶん」警官はたったいまそう判断したかのように答えた。

なかなか微笑ましい幕間劇のあと（二人は翌年二月に結婚）、アナと警官はバークシャー州警察本部へ出向いて、トンプソン副本部長に新情報を伝えた。このように重大な情報がもたらされたのが、週末いっぱいかけて徹底捜索をおこなったあとのことだったため、トンプソンは渋い顔になった。失踪の件を新聞社に嗅ぎつけられただけでもまずいのに、今度はこれだ。

「大佐が夫人《オールド・ガール》を殺害したのだと思われますか?」若い警官は尋ねた。

トンプソンは鼻で笑った。若い者は相手が自分より一分でも先に生まれていれば、年寄り《オールド》扱いする。そうだろう? この若造だってあっというまに三十六歳になるのに、哀れにもその自覚がない。トンプソンにはアガサと同じ年齢の娘がいる。生まれた年も月も同じだ。自分の娘の身に何かあったらと思うと、それだけでもう耐えられない。

「まだわからん」トンプソンは言った。

「でも、副本部長さん」メロドラマのごとき展開に頬を紅潮させ、蚊の鳴くような声でアナが言った。

「何か言いたいことがあるなら、ちゃんと聞こえるように大きな声で言ってくれ」どなるつもりはなかったトンプソンだが、ぼそぼそとしゃべる人間は大嫌いだった。

「女の人が関係してると思います。別の女の人が」

あいかわらず蚊の鳴くような声だったが、トンプソンはアナの言葉をはっきりと耳にした。彼の顔が暗くなった。娘の夫がそんなことをしたら、この手で絞め殺してやる。トンプソンは立ち上がった。

「わたしがもう一度スタイルズ荘を訪ねて、クリスティー大佐と話をしたほうがよさそうだ」

「あのう」アナが言った。「旦那さまはお出かけになりました。ロンドンへ行かれたんです。スコットランド・ヤードに助けてもらうとおっしゃって」

「スコットランド・ヤードだと!」金持ちがパチッと指を鳴らせば、連中が飛んでくるとでも思ってるのか。いや、それどころではない。バークシャー州警察に捜査能力がないと思われてしまう。アーチー・クリスティーが傲慢な男であることは、トンプソンもすでに知っていた。今度は傲慢なろくでなしであることがわかった。不倫相手の存在ほど、警察の疑惑を強めるものはない。アガサ・クリスティーは無事に生きているだろうかと、トンプソンはなおさら心配になった。

自分の不倫が露見したことを、アーチーはまだ知らずにいた。わかっていたのは、バークシャー州とサリー州の警察が役立たずで、アガサの髪の毛ひと筋さえ見つけられずにいることだけだった。よその女との関係は警察に知られていないと思いこんで安心していたものの、そのいっぽうで、警察の捜査能力に不安を覚えていた。顧問弁護士に頼んでスコットランド・ヤードの刑事に会う段取りをつけてもらった。しかし、それも不発に終わった。

「あいにくですが、大佐」若き警部——ガリガリに痩せていて、栄養をとるのを面倒くさがりそうなタイプ——は首を横にふった。捜査畑に入ってそう長いわけではないが、夫婦喧嘩や、そのせいで怒って出ていく女たちがからむ事件などは、あまりにもくだらなくて相手をする気になれなかった。「地元警察から協力要請があれば、全力で捜査にあたるつもりです。しかし、そうでないかぎり……」警部は両手を宙にかざし、依頼に応じる気はないことを示した。

アーチーは感情を顔に出すのを嫌っているが、ついうっかり出してしまった。片手を眉まで上げて目を覆った。泣いていると警部に思われはしないかと焦り、あわててその手を下ろした。妻との最後の夜を思いだした——こんな状況でなければ、思いだすこともなかっただろうが。なぜあんなに溺れてしまったのか？ こちらがよけいなことをしなければ、アガサももう少し冷静に受け止めたのではないか？ いや、そもそも、自分がナンに誘惑されなければよかったのではないか？ ゴルフ場で遠くから彼女の姿を目にしたとき、女性があんなみごとなスイングをするのを見たのは初めてだと思った。同じ日の午後、パティオでジントニックを飲んでいる彼女をふたたび見かけた。当然の権利のように大股でそばへ行くと、彼女は陽光のまぶしさに目を細めながら、片手を差しだした。控えめではあるが〝わかってるわよ〟と言わんばかりの表情。微笑で彼女の唇の片端がひきつった。これから起こることをすべて見通しているかのように。〝初めまして、クリスティー大佐〟彼女の声はとても低く、とても美しい響きだったので、スタンの秘書だと言われたときには自分の耳が信じられなかった。

なんという過ちをしでかしたのか。なんと忌まわしく恐ろしい過ちを。ナンは必死に身につけた礼儀作法を駆使して雇い主であるスタンの娘と仲良くなり、カントリークラブに出入りするようになった。アーチーはスタンのゲストとしてクラブにやってくるナンをそのままにしておき、自分のゲストにしたりしなければよかったのだ。アガサの場合は礼儀作法を身につける必要などなかった。生まれながらに備わっていた。アーチーと同じ世界の人間だった。ACとAC。お似合いの二人。いま直面している一家の危機の渦中にあって、ナンは部外者であり、強引に割りこんできた人物だった。最悪の言い方をすれば厄介者、せいぜいよく言って、無関係な人間。

通りに出たアーチーは都会の日中の光に目をしばたたかせた。どうするか決められないまま歩道にたたずむ彼の横を、人々がせわしげに通り過ぎていく。通りの向こうに背の高い女性がいて、独特の歩き方が彼の目をとらえた。自分の妻でないことはわかっていたが、それでも、アーチーは無意識のうちに通りを渡っていた。女性は濃い色の毛皮のコートをはおっていた。アガサもこれとよく似たのを持っている。女性は通りからそれ、次の通りに入り、それから角を曲がった。彼が同じところを曲がったときには、女性の姿は消えていた。どこへともなく溶けこんでしまったかのように。

くだらない。たぶん、建物のひとつに入っただけだろう。あとを追う相手がいなくなったので、アーチーは自分の車をとりに行き、街の通りを走ってわたしのフラットにやってきた。通りに車を止めて、わたしのところの窓を見上げた。人の気配なし。仕事に出かけたのかもしれない。仕事ですって！　こんな大騒ぎの最中だというのに。いつもどおりに仕事ができるとしたら、すごく贅沢なことだ。アーチーもたぶん、オフィスへ直行したほうがいいのに。すべていつもどおりという顔をしていれば、たぶんそうなるはず。アガサが帰ってくる――先週と同じようにノックもせず軽い足どりでオフィスに入ってくる。流行の装いに身を包み、にこやかに。無理に笑顔を作って。オフィスにはアーチー一人だけ。アーチーはアガサを腕に抱いて熱いキスをする。〝いいとも。美人の奥さんとのランチなら大歓迎だよ〟

アーチーはどうして気づかなかったのだろう？　妻がどれほど追い詰められていたかに。それとも、気づいてはいたが、どうでもいいと思っていたとか？　かつての彼はアガサを守ろうという思いが強すぎて、ひどく嫉妬深くて、ウェイターが彼女に声をかけるのを見ることさえ耐えられない人だった。息子はほしくない、きみがほかの男を溺愛するところなんか見たくないから、と言った。アガサの溺愛は彼のものに、彼だけのものにしておきたかった。

アーチーは車を降りた。両手はポケットのなか。合図を待つかのように、わたしのところの窓を見上げた。何か動きが見えたら、階段を駆け上がり、ドアをノックするつもりだった。そして、わたしがドアをあけたら――いまの切実な気持ちにもかかわらず、そして、妻を見つけだし、自分が軽率にも妻に押しつけた決意を変更したいという思いにもかかわらず――わたしを腕に抱き、悪夢のような騒動をしばらく忘れ去るつもりだった。その程度の息抜きは必要だ。何があろうと、男には息抜きが必要なのだ。厄介な問題を忘れるために。アガサが家に帰ってくるまで、彼がしでかしたことはもう変えられないし、オーウェン家でのあの夜がわたしを抱ける最後の機会だとわかっていれば、彼もその喜びにもっと浸っていただろう。アガサを抱いた夜のように。

若く美しい女性がくたびれた冬のコート姿で急いで通り過ぎた。アーチーの心を残らず読んだかのように眉をひそめた。アーチーは顔を背け、わたしの窓を見上げ、影がよぎりはしないかと見守った。何もなし。わたしがアーチーを愛していないことに、彼は気づいていただろうか？　いいえ。そういうことに気づく男ではなかった。

アーチーは向きを変え、帽子のつばを歩道に向けて車まで歩いた。どこかで死んでいるか、怪我をして一人ぼっちでいるアガサを想像するのは辛すぎた。かつては、彼女から輝く目を向けられると、自分はなんと幸せ者かと思ったものだった。世界は自分のものだし、ありがとうのひとことを口にする必要もないと単純に信じこむこともなく、自分は幸せ者だと思っていたころから、どれだけの年月がたったのだろう？

その夜、自宅のスタイルズ荘に戻ったアーチーは、テディを育ててきた七年のあいだ一度もしなかったことをした。テディをベッドに入れてやった。

「何かあったの、パパ？」父親がシャツ姿でベッドの端に腰かけ、ウィスキーと後悔で虚ろな目をしているのを見ると、テディはうれしさよりも不安を覚えた。ピーターがテディの横にもぐりこんでいる。この犬はいつだって人の心を癒してくれる。テディは犬のごわごわした毛に片手を差しこんだ。

「何もないよ」アーチーはテディの額をなでた。これまではよそよそしい親だったのに、わが子以外のすべてを失ってしまったかもしれないと気づいたのか、ことのほか愛情のこもったしぐさだった。

「パパの可愛い子におやすみを言おうと思っただけだよ。何か変かな？」

「ううん」テディは上掛けを顎のすぐ下までひっぱり寄せ、暗いなかでまばたきをしながら、父親が出ていってくれるよう、おかしな雰囲気を一緒に持ち去ってくれるよう願った。子供というのは、感情的になっている大人に対して責任を持ちたくないものだ。父親がこんなに疲れた顔でなかったら、テディの胸に不快な苛立ちが湧き上がっていなかったら、〝『クマのプーさん』の続きを読んで〟とせがんでいたかもしれない。ホノーリアがすでに最後まで読んでくれたが、テディはまた最初から楽しみたかったし、自分で読むのは大変だったのだ。

「ママ、帰ってくる？」

「もちろん」父親は答えた。とげとげしい口調だった。「ママはいつだって帰ってくる。そうだろう？」

「今夜帰ってくるの？」

「ごめん。無理だ。今夜は帰ってこないと思うよ」周囲で起きている騒ぎが行方不明の母親を捜すためのものであることを、テディに知られないようにする手立てはなかった。真実をひたすら否定するしかない。イングランド全土で捜索がくりひろげられている以上、その否定も長続きはしないだろう。

「さてと、じゃあ」アーチーは娘の額にキスをした。「ぐっすりおやすみ、テディ」

テディは目をぎゅっと閉じて、キスのおかげであっというまに寝られそうなふりをした。

わたしの場合、同じその日は大騒ぎから遠く離れた場所で始まった。前日、ベルフォート・ホテル＆スパに到着した。ひっそりとした居心地のよさそうなホテルで、しばらく身を隠す必要のある者にとっては完璧なところだった。フロントの女性――容貌と言葉の響きからすると西インド諸島出身――がにこやかに挨拶してくれた。

「経営者のリーチの妻です」カリブ海で暮らす人々に特有の歌うような愛らしい口調で、女性は言った。「ご用のせつは、なんでもご遠慮なくどうぞ。どんなことでも」

宿泊カードに記入するための万年筆を渡された。わたしはしばらく手を止めた。予約は〝ミセス・オディー〟で入れた。未婚の若い女性がホテルに一人で泊まるのは世間体が悪いと思ったからだ。いま、そこにもうひとつ名前を加えることにした。〝ミセス・ジュネヴィーヴ・オディー〟こう書くと、辛すぎて喉の奥が痛くなった。ジュネヴィーヴは失ったわが子にわたしがつけた名前。〝ジュネヴィーヴ・マホーニー〟と書いたほうがよかったかもしれない。この名前が文字になったのを目にするためだけにでも。

「ありがとう、ミセス・リーチ。ディナーを部屋でとることはできるかしら」

「もちろんです。おいしいお料理をトレイにのせてお届けしましょう」

ホテル備えつけのガウン姿で――たぶん、スパで施術を受けてきたのだろう――階段のほうへ行こうとしていた女性が、フロントに飛んできた。「部屋でディナー！」リーチ夫人に言った。「まあ、それって最高。わたしたちも同じにしてもらいたいわ。いいでしょ？」

「承知しました、ミセス・マーストン」

マーストン夫人がわたしのほうを向いた。アガサと同じぐらいの年齢で――たぶん、一歳か二歳上だろう――丸みを帯びた陽気な顔の人だった。頰がバラ色に染まっている。「新婚旅行なのよ。夫とわたし」こちらをまっすぐに見て夫人が言ったが、おそらく、わたしの顔など目に入っていなかっただろう。「体力を温存しておかなきゃ。ねっ！」

リーチ夫人とわたしはちらっと視線を交わし、その件についてこれ以上考えるのはごめんだという気持ちを伝え合った。

あっというまに翌朝になり、いつまでも部屋にこもってはいられないと思って、わたしは朝食に下りていった。ベルフォートは居心地のいいホテルだが、やたらと高級なわけではない。アガサの小説の舞台には使えそうもない。でも、E・M・フォースターなら気に入ってくれるだろう。椅子はすわり心地がいいけれど、肘掛けのあたりがすり切れている。ダイニングルームへ行き、席について、祖母のような感じのウェイトレスに「生クリームを多めに」と頼んだ。

「相席させてもらってかまいません？」アメリカ人の若い女性が訊いた。

わたしは顔を上げた。同じぐらいの年ごろで、金髪をボブスタイルにカットし、ひたむきで利口そうな顔をしている。空いているテーブルはほかにいくつもあったが、わたしはそう指摘するかわりにうなずいた。女性はわたしの向かいにすわって微笑した。

「わたしはリジー・クラーク」必要以上に大きな声で、女性は言った。典型的なアメリカ人だ。「夫と一緒に来てるのよ。夫はまだ寝てるの。怠け者ね。温泉に入ってクタクタに疲れたみたい」ふたたび大きすぎる声で笑った。

わたしはダイニングルームを見まわして、こちらを気にしている食事客がほかにいないかどうかを確認した。

それを見たリジーは、わたしがほかの宿泊客のことを知りたがっているのだと思いこんだ。うっとりするような美女を指さした。その若さからすると、大戦中はまだ子供だっただろう。髪はみごとな金色で、白に近いほどだ。「あの人はミセス・レース」

レース夫人は一人でテーブルにつき、寂しそうに窓の外を見ていた。

「なんてきれいな人なの」褒め言葉であることがリジーにもわかるように、わたしは温かな口調で言った。「まさか一人じゃないでしょうね？」

「ええ、もちろん。旦那さんも一緒よ。新婚旅行ですって」

「新婚旅行の女性ならほかにもいるわよ」

「ええ、わたしも見かけたわ。あそこにすわってる女性に比べると、ずいぶんはしゃいでる感じだった」

わたしはうら若き新妻にふたたびちらっと目をやった。かわいそうに、彼女の下唇が震えていた。

リジーが言った。「新婚の旦那さんと口喧嘩ばかりしてるみたい。年配の新婚夫婦ははしゃいでるけど、若いほうはそうじゃないわけね。新婚旅行を楽しめないなんて気の毒だわ。そうでしょ？」

わたしは微笑した。「人間観察がお好きなのね」

「お気に入りの趣味なの」リジーが自嘲気味の笑い声を上げて認めたので、わたしは彼女に好感を持った。

ちょうどそこでダイニングルームに入ってきたのが、なんと、マーストン夫妻だった。二人がダイニングルームの向こう端のテーブルについたので、わたしも少し人間観察をすることにした。マーストン夫人は濃い色の髪に白いものがわずかに交じり、幅の広い豊かなヒップをした人だった。わたしはその肩越しに彼女の夫をまっすぐ見つめた。赤ら顔に二重顎の男性で、わたしの存在など目に入らないらしく、新婚の妻だけを見つめていた。やれやれ、お熱いこと。

「ねえ」食事が終わったところでリジーが言った。「温泉に入るでしょ？　その前に散歩しない？　身体が冷えきってしまうから、熱いお風呂がよけい気持ちいいわよ」

リジーはすでに立ち上がっていた。わたしも椅子をうしろへ押した。一緒にダイニングルームを出てから、暖かな衣類をとってくるためにそれぞれの部屋に戻り、そのあと外で落ち合って、冷たい灰色の空が広がる厳寒の戸外に出た。ベルフォート・ホテルに戻って温泉に入る前に全身が冷えきった状態にしておくというのは、なかなかいい思いつきだ。コートと帽子と手袋をつけていても冷えてしまうに決まっている。

「ご主人ってどんな方？」歩きながら、わたしは尋ねた。彼女が遠慮なくものを言えるタイプなら、わたしだってできる。

「最高よ。アメリカの男性はお勧め。英国人とは違うわね。感情的で表現力が豊かなの」ほかの泊まり客の視線を気にしなくてもよくなったので、彼女はわたしの腕に手を通した。古くからの友達であるかのように。

「自分の夫のことをそんなふうに言えるってすてきね。夫を褒める女性ばかりじゃないから。夫のことで愚痴をこぼし、悪く言い、夫がよその女と逃げてしまうとびっくりする」

リジーは笑った。立ち止まり、手袋に包まれた手でマッチの炎を風から守りながら、煙草に火をつけた。「夫が妻に愚痴をこぼされて当然の男だったら、一緒に逃げた女もいずれ愚痴をこぼすようになるわよ。たぶん、妻とまったく同じ愚痴を。そうじゃない？」

わたしはずれた帽子をもとに戻した。落ち着いた立派な人間に見えるよう神経を配っていた。休暇を楽しむ上品な既婚女性。冷静沈着で、何かから逃げだしたわけではなく、一人きりの時間が少しほしいだけ。

リジーの視線がわたしからそれ、道路の先に焦点を合わせた。若い男性が姿を現わし、こちらに向かって歩いてきた。背の高い男性で、優美な足どりだった。まだ三十メートル以上も距離があるのに、ひたむきな表情を浮かべ、何か緊急の用件を伝えるかのようにまっすぐこちらに向かってくる。

「まともな人じゃなさそうね」リジーが小声で言った。

わたしは彼女のほうを見ようとせず、男性に視線を据えたままだった。わたしが受けた印象はリジーと正反対だった。きわめてまともな人だ。冷静な声でものを言おうとして、不意に自制心と平常心が必要になったのは、わたしの人生でほぼ初めてのことだった。「不思議な偶然なんだけど、わたしの知ってる人だわ。しばらく二人にしてもらえる？」

「ええ、もちろん」リジーは小さく身を震わせた。「熱いお湯に入りたくなってきた。お風呂で会えるかしら」

「たぶん」しかし、わたしは早くも反対方向へ歩きだしていた。

「知らない相手を簡単に信用しないようにね」

「ありがとう」リジーのほうをふりかえらずに、わたしは言った。「注意してくれてありがとう」

わたしの足は若いころのように軽やかだった。男性のほうへわたしを運んでくれた。過去に経験した最良の日々へ向かって急ぐのに似ていた。まわりの雰囲気が変化した。空が明るくなり、贈物を差しだした。わたしにはもらう資格などないというのに。

彼はアランセーターとピーコートを着ていて、寒さにもかかわらずコートのボタンもかけずに前をあけたままだった。黒髪が彼の額に垂れた。目の微笑は消えてしまったが、いまも最高にすてきなブルーの濃淡の目であることには変わりがなかった。わたしの靴のヒールは太い低めのもので、散歩に最適だったが、走るのには向いていなかった。それでも、わたしは我慢できずに走りだした。もどかしい思いだった。わたしのコートの前もはだけた。彼の腕のなかに飛びこんだら、わたしを抱き上げてくるっとまわしてくれるはず。でも、なぜか一歩手前で足を止めた。彼を見つめ、これが現実であることをたしかめるほうが、抱きつくよりも重要なことに思われた。

「フィンバル。来てくれたのね」

「久しぶりだね、ナン」彼は腕を伸ばしてわたしの手をとった。てのひらを唇に持っていき、心臓が三回打つあいだキスを続けた。「会えなくて寂しかった」

バークシャー州とサリー州では捜索が続いていた。女性の遺体を見つけようとするかのように。サイレント・プール、雑木林、溝。猟犬が地面に鼻をつけて追跡。アガサ・クリスティーが自宅付近で発見されるとしたら、その場所で命を落としたからだろう。彼女自身かほかの誰かの手によって。イングランドのよその場所では、身を隠している生身の人間を官憲当局が捜していた。ランズエンドからコールドストリームまでの警官たちがホテルの宿泊客や経営者たちにアガサの写真を見せてまわっていた。〝この女性を見たことはありませんか？〟チルトンもかつては多くの警官の一人として、こうした聞きこみをおこなったものだ。アガサを捜しだす任務を与えられた以上、自分で計画を立てて捜索を進めるつもりだった。前日ホテルに到着したときは、一般客と同じ行動をとることにしてチェックインをすませ、ダイニングルームでわずかな客に交じってディナーをとった。サイモン・リーチの妻が彼をテーブルへ案内して、愛らしい若い女性の向かいにすわらせた。豊かな黒髪の女性で、ミス・コーネリア・アームストロングだとリーチ夫人が紹介してくれた。

「もちろん、お一人で来られたのではないでしょうね」自制心を働かせる前に、チルトンはミス・アームストロングに言っていた。

ミス・アームストロングは彼の質問を褒め言葉ととったかのように微笑した。「あら、もちろん一人です」穏やかな非難を少なからずこめた声で答えた。「いまは一九二六年ですよ。ご存じありませんでした？　男の人たちはわたしの年齢で戦争へ行っています。わたしだってスパに一人で来るぐらいのことはできます」

チルトンが微笑すると、ホテル経営者のリーチ夫人は会話が最高のスタートを切ったことを喜ぶかのように、テーブルを軽く叩いた。「ハロゲートでいちばんのホテルはどこか、お友達みんなに宣伝してくださいね」歌うような声で言うと、営業用の笑みを浮かべて急ぎ足で立ち去った。チルトンの夜の残りは、選挙権に関して彼がこれまで知らなかった話をミス・アームストロングからあれこれ聞かされながら、心地よく過ぎていった。

月曜日の朝、朝食がすむとすぐ、リーチ氏の車に乗せてもらって町まで行った。リーズ警察署は彼がやめたころからほとんど変わっていなかった。リッピンコットは署長室のドアをつねに開け放っている。手をふってチルトンを部屋に招き入れた。

「きみもまったく都合の悪いときにやめてくれたものだ。世紀の犯罪が起きたというのに」

二人は笑い、犯罪とはとうてい呼べないということで意見の一致を見た。ほんの少し有名になった女性が行方不明になり、世間ではほかに騒ぎが起きていなかったため、冬に入ってネタ枯れだった新聞が大きくとりあげただけのことだ。新聞はお祭り騒ぎだった。リッピンコットは警察の捜索報告書と出版社が提供したアガサの写真をチルトンに渡した。イングランドじゅうの無数の警官に渡されたのと同じ写真だった。

「亡くなっていないのなら、こんな大騒ぎになってしまって、当人はひどくバツの悪い思いをしているでしょうね」チルトンは言った。悲しげな顔をした美しいアガサの写真を見て、笑ったことを反省した。自殺したとすれば、よくよくのことだろうが、追い詰められて死ぬしかなくなる気持ちは彼にも理解できる。この女性なりの理由があったに違いない。

リッピンコットがもっと辛辣な、だが、さほど悲観的ではない意見を述べた。「今後は彼女の本がどっさり売れるぞ。金曜日に彼女の名前を知っていたのは、イングランドのひと握りの読者だけだった。今週の終わりまでに姿を現わさなかったら、全世界にセンセーションが巻き起こる」

「売名行為だというんですか？」

「まあ、そんなところだ。しかし、だからこそきみを呼び戻すことにしたんだ、チルトン。いずれにしろ、きみなら本物の事件として扱ってくれるはずだ。われわれ警察は真剣にとりくまねばならん。この女性がどこへ消えたのか、まだ誰にもわかっておらん。このあたりにいる可能性もある」

チルトンは同意のしるしに敬礼をした。冗談半分だったが、一瞬、両方がニヤッとした。敬礼が日常の習慣だった日々に、二人でずいぶん多くのことを見てきたものだ。

「ただし、いいかね、チルトン。わがいとこの厚意により、きみの宿泊代を無料にしてもらった。それから、警察の車をきみのために一台確保したから、それで捜索にあたってくれ。きみの退職が早すぎたため、高級腕時計とか、その他の高価な記念品を渡すことができなかった。だから、今回のことは、休暇をプレゼントされたと思ってほしい。いいね？　アガサ・クリスティーを捜してもらいたいが、温泉にも入るんだぞ。ホテル滞在を楽しんでもらいたい。うまいものを食ってくれ。マッサージも受けてくれ、頼むから」

マッサージを受ける自分の姿など、チルトンには想像できなかった。「ヨークシャーに七年住んでいたのに、温泉に爪先すら浸けたことがなかったのをご存じですか？」

「ほう、そうだったのか」リッピンコットは言った。ただ、この人にも同じことが言えるはずだとチルトンは確信していた。親愛なるいとこのホテルの繁盛を願っているかもしれないが、リッピンコット自身が頻繁に足を運ぶことはたぶんないだろう。「いい機会だから試してみろ」

わたしのことに話を戻そう。澄んだ青空が広がるにつれて、寒さが消えていった。わたしが見ているのはフィンバルだけだった。彼がわたしの肘に優しく手を添え、リジー・クラークがまだあたりにいるかどうかを確認するためにふりむきながら、その場を離れた。

「彼女のことなら心配いらないわ」わたしは言ったが、彼の耳には届いていないようだった。わたしを連れて道路を離れ、生垣を通り抜け、銀色のシラカバの木立に入っていった。

「フィンバル」アイルランドで過ごした若き日々なら、こういう遠回りも楽しめただろう。わたしの度胸を試すいい機会になっただろう。「どういうつもり？」

「ぼくもきみに同じ質問をしたい」戦後、耳ざわりな響きを持つようになった彼の声を聞いて、わたしは冷静さをとりもどした。

「休暇を楽しんでるところよ。いったいどうやってわたしを見つけたの？」

「それはどうでもいい。大切なのは、これから何が起きるかだ。きみが考えた筋書きは捨てて、ぼくと二人で故郷のバリーコットンに帰ろう」

「バリーコットンはわたしの故郷じゃないわ」彼につかまれていた腕をひっこめた。最初に彼を見た瞬間、わたしの脳は原子に分解されてしまった。いま、それらの原子が渦を巻いてくっきりした形をとり、鮮明な絵を描きだしていた。「これまで一度も故郷だったことはないし、これからもずっとそうよ」

「たしかにそうだね。おやじも亡くなってしまった、ナン」彼のこの言い方からすると、お母さんも亡くなったのだろう。たぶん、かなり前に。「ぼくは金を貯めて小さな家を買った。そこで犬の飼育と訓練ができる。一緒に帰ろう。ぼくと二人で」

わたしは彼が買ったという家とサンデーズ・コーナーへの道を想像した。彼の両親の死を悲しく思うと言うべきなのはわかっていた。でも、悲しくはなかったし、これからもずっとそうだろう。

「ナン、こんなことを続けてちゃいけない。間違った考えだし、そもそも悪いことだ。きみはぼくのもの。すでに妻のいる男のものではない」

では、わたしが出した手紙はちゃんと届いていたのだ。そして、これが彼の返事なのだ。彼に手紙を出したのが間違いだった。あのころは気弱になっていた。

「手遅れよ」わたしの声が非難がましい響きではなく、悲しげな響きを帯びるよう願った。「あなたが来るのが遅すぎた」

フィンバルはわたしの手首をしっかりと、でも、優しくつかむと、森のさらに奥へひっぱっていった。わたしの帽子がずり落ちそうになると、頭の上に戻して耳元までひっぱりおろしてくれた。激怒と寒さでわたしの耳は真っ赤になっていたに違いない。フィンバルはわたしが寒くないように気を遣ってくれる人だ。休戦のお祝いをしたあと、何年も前から高まっていた情熱に駆られてロンドンのホテルで二人一緒にベッドに倒れこんだときも、彼は途中で手を止めて、わたしが頭をのせていた枕の位置を直してくれた。

わたしが彼に会ったのは、あの日以来これで三度目だ。一度目はバリーコットン。インフルエンザにかかった彼が高熱に浮かされていたときだった。二度目は一年近く前。わたしがアイルランドを永遠に離れたときで、彼がついにロンドンにやってきて、わたしを見つけだした。一緒にオーストラリアへ行こうとわたしに懇願した。でも、わたしは行かなかった。

休戦のお祝いの日にわたしと愛を交わしたフィンバルは、昔の彼に戻ったような感じだった。いえ、もしかしたら、わたしが望んだ姿に過ぎなかったのかもしれない――一瞬で消えてしまう、至福に満ちた幻。彼がわたしのところに戻ってきたときは、二人とももう昔と同じではなくなっていた。わたしは喪失に打ちのめされていた。そして、彼はただひたすら打ちのめされていた。十キロも痩せていた。いちばんの特徴だった楽しげな様子はもうどこにもなかった。マスタードガスに破壊された声は、わたしの記憶にある若者の声とは似ても似つかないものだった。

(何年ものちにアガサ・クリスティーは書いている。〝人は戦争のことを思うとき、怒りの波に呑みこまれずにはいられない〟と)

「いいえ」あのとき、わたしはフィンバルに言った。「一緒に行くことはできない。どこへも行くわけにはいかないの」

あれから六年たってハロゲートで再会したとき、フィンバルとわたしは昔の自分たちに戻れなかったのかもしれない。ただ、少なくとも冷静に向き合うことはできた。彼を見ても、非難する気はなかった。こうなってしまったものの、フィンバルは何も悪くない。

「ぼくたちに必要なのは」――彼はわたしの手を自分の手で包んだ――「ここから離れることだ。二人でやり直せばいい。きみとぼくで」

「いえ、フィンバル。わたしには必要ないわ。まるっきり」

わたしは彼から離れた。道路に戻るのに、雑木林をずいぶんと抜けなくてはならなかった。冬の空が頭上に大きく広がり、わたしは自分の身体をきつく抱いた。息を吸って、吐いて。このあとの数日もそうやって過ごすことになる。息をして、そしてまた次の息をする。

フィンバルがすぐうしろにいた。肩に手をかけたので、わたしはその手をふり払った。前回彼に会ったとき、わたしの心は溶けて灰色になっていた。確認したいことがまだたくさん残っていた。また、彼のほうにも変化があった。この二、三日あとに、チルトン警部が、戦争へ行くことについてこんなふうに話してくれた――それ以前は、世界を一方からしか見ていない。しかし、それ以後は、大きな悲しみを目にして、忘れようとしても忘れられなくなる。フィンバルの顔にはしわひとつない。長身で、ほっそりしていて、敏捷な姿は昔のままだ。でも、太陽が彼から去ってしまった。ざらざらした声が昔の透明な声にとってかわったのと同じく、大きな悲しみが彼の喜びにとってかわった。彼が錨《いかり》をなくした船のような姿になっていなければ、わたしは彼をもっと愛していたかもしれない。わたし自身もそうした悲しみを目にしてきた。

彼が腕を伸ばしてふたたびわたしを抱き寄せた。心臓が三回打つあいだ。それからわたしを放し、まわれ右をして、さっきやってきたのと同じ道をとぼとぼと歩き去った。わたしがついてくると思ったのかもしれないが、ついていかなかった。その場に立って、遠ざかる彼のうしろ姿を見つめるだけだった。彼はわたしがまだそこにいることを知っていた。なぜなら、まだ声の届く距離にいたとき、片方の腕を上げ、ふりかえらずに言ったのだ。「すぐまた会うことになるよ、ナン。近いうちに」

一時間以上たち、リジー・クラークと一緒に温泉に入る前に、わたしはフィンバルが答えてくれなかった論理的な質問を自分に投げかけた。ハロゲートに来れば会えるって、どうしてわかったのかしら？

「大丈夫？」熱いお湯に入ってリジーのとなりにすわったわたしに、彼女が訊いた。

わたしはうなずいた。〝ええ〟という意味ではなく、〝あとで話すわ〟という意味のしぐさ。わたしが着ていたのは海へ行くときにいつも持っていく膝丈のワンピースのような水着で、下におそろいのショーツをはいていた。リジーは顎までお湯に浸かっていたが、彼女の水着のほうがはるかに大胆なのが見てとれた。とりわけ、熟れたトマトの色が目立っている。女性はみんな水泳帽をかぶって、髪を完全に隠していた。水着がどんなにバラエティーに富んでいても、この帽子だけは制帽のようなものだった。

あたりに湯気が立ちこめていて、急に頭がふらっとした。もしかしたら、わたしが念力でフィンバルを呼びだしたのかもしれない。〝明晰人生〟によって。あるいは、その逆で、彼がそばにいるような幻覚を目にしたのかもしれない。できればリジーに確認したかった。〝黒髪の男がわたしたちのほうに向かって道路を歩いてこなかった？　あなた、わたしと彼を二人きりにしてくれた？　まともな人じゃなさそうねって言わなかった？〟わたしがふたたびフィンバルに抱きしめられたのが現実の出来事ではなかったとすると、それは果たしていいことなのか、悪いことなのか？

ベルフォート・ホテルの天然温泉は建物の下のほうにあり、湯気が立ちこめた洞窟のような感じだった。岩でできた天井が低いため、小柄な者でも、首までお湯に浸からなくては頭をまっすぐ上げることができない。ホテルの客でなくても安い料金で入浴できるのだが、この日一緒に温泉に入っていたのは、ほとんどが宿泊客だった。わたしたちと向かい合ってすわり、顎までお湯に浸かっていたのは、新婚の妻のうち年上のほうのマーストン夫人だった。湯気の向こうから陽気な顔でリジーとわたしを見ていた。わたしたちも遠慮なく見つめ返したが、彼女は人を観察するようなタイプではなかった。その視線にはどこか薄っぺらいところがあった。あとになってリジーとわたしのことを尋ねられたとしても、わたしたちの特徴などひとつも答えられないだろう――髪の色も、目の色も、何ひとつ。答えられるのは性別とおおよその年齢だけ。わたしたちのことは、自分の話に耳を傾ける聴衆程度にしか思っていないのだろう。

「お二人ともご機嫌いかが?」マーストン夫人が言った。温かな響きが本物のように感じられた。

「とっても元気よ」リジーがいかにもアメリカ人らしい発音で答えた。

「ゆうべお会いしましたね」リジーがわたしの名前を出す前に、わたしは言った。マーストン夫人が何も覚えていないのは明らかだった。「おめでとうって申し上げなきゃ」

マーストン夫人は大きな茶色の目をきらめかせて笑った。「新婚六日目で、もうじき七日目。至福のときだわ、ええ。最高に幸せよ」

「まあ、羨ましい」リジーが言った。「それで、熱愛カップルはどこで出会ったの?」

「いいえね、古くからの知り合いだったの、夫とわたしは。悲しい星のもとに生まれた二人と言ってもいいかしら。苦悩とドラマよ。わたしの言葉を忘れないでね。だからこそ、星と星がようやく結ばれたときの喜びは格別なの」

「そうとは言えないんじゃないかしら」リジーはマーストン夫人に視線を据えていた。「夫とわたしにも苦悩とドラマがあったけど、できればそんな経験はしたくなかった。ほんとよ」

「あら、じゃ、あなたにもわかるでしょ」相手の反論を意に介することもなく、マーストン夫人は言った。

わたしはアガサのことを、現在の彼女の苦悩とドラマのことを思い、わたしがもたらした苦悩に彼女が耐えることで、いつの日か、前よりもっと幸せになってくれるよう願った。アガサが死んでいるかもしれないとは思いたくなかった。わたしたちは結びついている。アガサとわたしは。彼女に何かあれば、コリーンのときと同じく、直感的にわかるはずだ。

マーストン夫人は湯のなかにさらに深く身を沈め、顎を完全に隠してしまった。自分の幸せを証明しようとするかのように、明るい目を輝かせていた。次に湯のほうへ顔を近づけて言った。「このホテルのオーナーが有色人種だったので、ちょっと戸惑ってるのよ。わかっていたら、予約を見合わせたかもしれない」

「ミセス・リーチのこと？　わたしには完璧な人に思えますけど」リジーの声は歯切れがよく、きっぱりしていて、この話題に終止符を打とうとしていた。

マーストン夫人は感心なことに、いえ、反論するだけの能力がなかったのか、しぶしぶ話題を変えた。「お子さんはいらっしゃるの？」と、リジーに尋ねた。

「一人いたわ。でも、生まれてすぐに死んでしまったの」

「まあ、なんてこと……」マーストン夫人は母性愛に満ちた慰めの口調になった。「でも、まだお若いんだし。きっとまた授かるわ。そして、次の子も。さらにまた次の子も。そうでしょう？」

「だといいけど」リジーの表情は読めなかった。「でも、だからって、最初の子を忘れることはできないわ」

「もちろんですとも。じつはね、わたし自身もまだ遅すぎないよう願っているの。子供を持つのが。世の中にはもっと不思議なこともありますもの。わたしがほしくてたまらないのはそれだけなのよ。赤ちゃん。いえ、赤ちゃんと夫」

わたしは立ち上がり、水着の上にはおるためにホテルのガウンを手にとった。「ちょっとふらふらしてきたわ。お茶のときに会いましょう」

マーストン夫人がリジーに話しかけた。まるでわたしがすでに出ていったかのような言い方だった。「気むずかしそうな人ね、あなたのお友達って。夫を見つける必要があるんじゃない？　ぜひとも」

「わたしがまだ夫を見つけてないなんて、誰が言ってるの？」わたしはガウンのサッシュベルトをきつく締めながら、露骨な苛立ちのこもった声で言った。

「まあ、まあ」マーストン夫人は場をとりしきるのに慣れている様子で言った。「そんなにカッカしないで。ほんの冗談なんだから」それを証明するかのように陽気な笑い声を上げ、その声が洞窟に流れて反響した。とうてい幸せとは思えない響きだった。

シスター・メアリ、ここに眠る

世界じゅう至るところで、娘たちが二度と会うことのない兵士からの便りを待っていたが、わたしは幸いにも、約束を守る男を愛していた。フィンバルから届いた最初の手紙には一ポンド紙幣が同封されていた。

彼はこう書いていた。〝あの広場に立つきみを見るまで、ぼくは自分の心が死んでしまったと思っていた〟

彼はこう書いていた。〝ぼくの心を奪ったのは休戦の喜びだけではなかった〟

彼はこう書いていた。〝新婚の夜を待つべきだった。それは本当だ。だけど、ぼくは心のなかで確信している。あれ以上に完璧な瞬間はけっしてないだろう、と。そして、ぼくたちの新婚の夜はきっと訪れる、ナン。信じていてくれ〟

やがて、二通目の手紙が届いた。お金は入っていなかった。〝愛している。熱が出て倒れている〟

わたし自身も体調がすぐれなかった。

父のところにアイルランドから手紙が来た。ジャックおじさんは戦争を生き延びた――かすり傷ひとつ負わなかった。ところが、前線から戻ってきたときインフルエンザにかかっていて、妻と子供にうつしてしまった。ロージーおばさんは回復した。ジャックおじさんは回復しなかった。シーマスも。わたしの大好きなこのいとこが若すぎて戦争に行けないのを、誰もが神の恵みのように思っていた。それなのに死んでしまった。戦争の波がわたしたちの岸辺に打ち寄せるのをやめることは永遠にないように思われた。わたしは失われた第二の家族のことを、打ち捨てられた愛しい農場のことを思って泣いた。母はわたしを慰めてくれたが、わたしの額にてのひらをあてるのをどうしてもやめられなかった。

エミリー・ヘイスティングズがインフルエンザにかかったとき、メグズとルイーザとわたしはお見舞いに行くのを禁じられた。「インフルエンザがあなたたちのところを素通りしたら、まさに奇跡だわ」夕食の席で涙を拭きながら、母が言った。「つい昨日、アンドリュー・ペニントンが亡くなったのを知ってる？　若い人ばかり。男の子たちが戦争から無事に戻ってきながら、インフルエンザで死んでしまうなんて」

フィンバルとわたしのために道をあけてくれた親切な群衆のあいだにも、目に見えないウイルスのもたらす病気が蔓延《まんえん》していた。母は〈ボタンズ＆ビッツ〉の仕事をやめ、わたしにもそうするように言った。

「おい、行ってはだめだ」フラットを出ようとするわたしを見て、父が言った。「いましばらく、外をうろつくのは安全じゃないぞ」

「三人とも去年の春にインフルエンザに感染したって、メグズが言ってる」わたしたち姉妹は微熱を出したが、あっというまに回復した。

「そう言ったって、本当にそうかどうかはわからん」父はぴしっと言った。「危険な戸外へ出す前に、おまえがすでに感染済みかどうか、父さんが確認しておく必要がある」

何年ものあいだ、父とわたしのあいだには温かな心の通い合いがほとんどなかった。でも、この瞬間、わたしは父の顔に、長女、実の兄、ほとんど会ったことのない甥の死が刻みつけられているのを見た。以前わたしが父の顔をまともに見たときに比べると、百歳ぐらい老けこんでいた。だから、わたしは父を固く抱きしめた。フィンバルの手紙のことを考えた。もし彼が死んでしまったら、わたしに手紙で知らせようとする人が、バリーコットンに誰か残っているだろうか？　うちには電話がない。マホーニー家にもないに決まっている。バリーコットンには電気すら来ていないのだから。

「顔色が悪いわよ、ナン」その夜、母が言った。ふたたびわたしの熱を測った。母は娘たちの額から手を離すことができなくなっていた。「休んだほうがいいわ。食事はあとで運んであげる」

わたしは自分の部屋にひっこんで、両手をおなかにあてた。インフルエンザではない。問題はほかにある。母はインフルエンザを恐れるあまり、少なくともいまのところは妊娠にまで思いが至っていない。わたしの体調不良の本当の原因に気づいていない。短かったこの時期、母がわたしに手を触れたり、抱きしめたりするたびに、孫にも触れ、抱きしめていたことになるのだが、母にそこまでわかるはずはなかった。

コリーンがテムズ川に身を投げたのは、いまのわたしと同じ年のときだった。わたしだけはそんな親不孝をけっしてしないつもりだった。妊娠のことはメグズにもルイーザにも黙っていた。今後のことで二人に心配をかけたくなかったから。また、父に叱責されて家から叩きだされるつもりもなかった。アイリッシュ海を渡ってフィンバルと結婚しようと決めていた。たとえ彼が瀕死の重体だとしても、兵士の遊び相手でいるより、兵士の未亡人になったほうがいい。誓いの言葉とか、神父や牧師の祝福といった些細なことが、ヒロインと社会ののけ者を分ける線になる。いまはとにかく、故郷を離れてフィンバルの島へ行かなくては。

このところ、母が出かける先は食料品店だけだった。母が玄関から出ていくと、わたしはすぐ母の部屋へ行き、前に見せられたことのある紅茶の缶をとりだした。母がひそかに貯めたお金とフィンバルが送ってくれた一ポンド札を合わせれば、どうにかバリーコットンまで行けそうだった。祖母の結婚指輪をてのひらに受け、指にはめることも考えた。でも、缶に戻した。人妻のふりをする必要はない。もうすぐ正真正銘の人妻になるのだから。

手元に残った最後のお金は、ラバのひく荷車にわたしを乗せて、鉄道駅から村にあるマホーニー家の白い土壁のコテージまで運んでくれた漁師に渡した。港のほうから帆柱のぶつかりあう音が聞こえ、カモメが旋回し、鳴き交わしていた。アルビーが家に入るのを禁じられて外で寝ていることは、わたしも知っていたので、犬が出迎えに飛んでこなかったことにがっかりした。でも、それはたぶん、フィンバルが回復し、羊の番をして、いい賃金をもらっているしるしだろう。

マホーニー夫人が玄関をあけた。この人には前に教会の日曜の礼拝で会ったことがある。でも、あのときの夫人はにこにこしていた。小柄な女性で、肩が骨ばっていて、カーディガンを通してVの形をした骨が見えるほどだった。

「あの子には会わせられない」わたしが名前を名乗る前に、マホーニー夫人は言った。「あんたにうつるかもしれないし」それでも、脇へどいてわたしを招き入れ、ストーブに火をつけて紅茶を淹れてくれた。家のなかは寒く、わたしは椅子を火に近づけたかったが、夫人を侮辱するようなことはしたくなかった。足元の床は土がむきだしだ。窓の外に見える何艘もの船は、別のときなら楽しげな印象かもしれないが、いまはわたしのほうを向き、フィンバルがこの世でいちばん避けたがってる相手だねと言っているように思われた。わたしの視線に気づいてマホーニー夫人が立ち上がり、窓辺へ行って鎧戸《よろいど》を閉めた。

「わたし、ジャック・オディーの姪です」

「あんたのことは知ってるよ」

夫人はシーマスとジャックのことで何か言おうとしている様子だった。お悔やみを言いたかったのだろう。いえ、二人を非難したかったのかも——二人がインフルエンザで倒れる前に、フィンバルが農場を訪ねていたはずだ。紅茶のカップをわたしの前に置いてくれたが、ミルクや砂糖はなかった。

わたしは狭い台所に目を走らせた。ドアがふたつある——ひとつはわたしが入ってきた玄関。もうひとつは家の奥へ続くドアで、しっかり閉ざされていた。

「フィンバルはこの家に？　大丈夫なんでしょうか？」

「家にいるけど、大丈夫じゃないから、あんたがいきなり顔を見せるのは遠慮してもらいたい」夫人は自分もお茶を飲もうとして腰を下ろした。こちらを見てもすぐ視線をはずしてしまう夫人の様子から、情にほだされてはいけないと自分を抑えていることが見てとれた。気がついたの？　わたしのことに？　それとも、この冷淡さは一人息子のことが心配でたまらないせい？

「インフルエンザですか？」

「そう。あんたにうつったら大変。いますぐこの家から出てってもらわないと。わたしも日夜息子の看病をしてるから、もううつってるかもしれない。きっとそうだわ」

「ひと目だけでも会わせてもらえれば……」

「だめ」

「ドアのところに立つぐらいはいいでしょ？」

「あんた、耳が聞こえないの？　だめって言っただろ」

「ナンよ。わたしの名前はナン。フィンバルがわたしに会いたがってるの。わたしにはわかるんです」

マホーニー夫人は視線をそらし、鎧戸を閉めた窓のほうを見た。フィンバルと同じ黒髪で、白いものがちらほら交じっている。フィンバルもいつかこうなるのだろう。夫人のバラ色の頰を最初に見たとき、寒さのせいだと思ったが、こうして近くで見ると、頰骨に沿って毛細血管が拡張しているのがわかる。心労が重なっているのだ。昔は美しい人だったのだろう。フィンバルに聞いた話だが、子供が百人ほしいと言っていたそうだ。いまならわたしが孫を一人プレゼントできる。

「アルビーはどこですか？」

「戦時中、食料と交換したわ」

そのことを両親は手紙でフィンバルに知らせただろうか？　それとも、フィンバルが帰郷したとき、アルビーの姿がないことに気づいたのだろうか？　フィンバルが口笛を吹きながら家のなかを歩きまわり、父親がついに観念して何があったかを白状する——そんな光景が浮かんできた。フィンバルはたぶん、最初はわたしの旅費を稼ぐために、次は犬を買い戻すために、バリーコットン近辺のあちこちの農場で長時間働いたのだろう。

わたしはバッグに手を入れてフィンバルから届いた手紙のひとつをひっぱりだした。「見てください」夫人のほうへ差しだした。「結婚しようってフィンバルが言ってます。わたしがこちらに来られるよう、旅費を送ってくれました。そしたら結婚できますから」便箋に書かれた言葉を指さした。

「約束してくれたんです」

マホーニー夫人は無表情にわたしを見つめるだけだった。わたしは夫人の目の前で手紙をふってみせた。この手紙さえあれば大丈夫だと思っていたのに、なんの効果もないとわかって、奈落に突き落とされた気がした。

「あんた、知らないの？　男が女を思いどおりにしたいときに口にするセリフだってことを。そんなときは〝だめ〟って言わなきゃ。そしたら、男はあんたと結婚する。言うのは前だよ。あとじゃなくて」

この人、どうして知ってるの？　こちらの深刻な表情を見て気づいたに違いない。わたしは以前と変わらずほっそりしていた。でも、反論するだけ無駄だった。「フィンバルがこの手紙をくれたのは、そのあとのことでした」それだけ言って、テーブルに頭をつけた。ひどく疲れていた。そして、急にひどい空腹を覚えた。

「泣いちゃだめ」

こう言われるまで、泣くことなど考えもしなかったはずなのに、まさにそれがわたしのしたことだった。喉の奥からこみあげる大きな嗚咽が狭い家いっぱいに広がった。一瞬、気恥ずかしくなったが、次にこう思った――フィンバルがわたしの声を耳にしたら、どこにいるか知らないけど、たぶん、台所に来てくれるはず。母親に本当のことを話して、今日のうちに結婚すると強く言ってくれるはず。でも、わたしがどんなに泣いてもフィンバルは姿を見せなかったし、彼の母親の態度が軟化することもなかった。泣いているうちに、わたしは両腕に頭をのせて眠りこんでいた。

「せめて何か食べさせてやらないと」マホーニー夫人が夫に言った。わたしには聞こえていないと思いこんでいるため、優しさが声に滲んでいた。

目をあけると、フィンバルの両親の姿があった。家の奥へ続くドアの前に立ち、わたしからドアを守ろうとしているかに見えた。フィンバルの快活さが両親のいずれかの遺伝だとしても、いまの二人にそうした雰囲気はまったくなかった。それでも、この二人が彼を作ったのだ。フィンバルを作り、この小さな土間の家で育てたのだ。〝愛してます〟と〝ありがとう〟という言葉が口を突いて出そうになったが、必死に抑えた。二人ともわたしの口からそんな言葉を聞きたいとは思っていないはずだ。

「この子にミルクとパンを出すことにするわ」マホーニー夫人が言った。「それから、ゆうべのシチューが残ってるし。不憫な子。この様子だと、きっとおなかがペコペコだろうね」

わたしは頬に筋がついているのを意識しながら顔を上げた。眠ったのと泣いたのとで、目が腫れぼったかった。不憫な子。マホーニー夫人が初めて口にした同情の言葉に、わたしは不吉なものを感じた。わたしに冷酷な態度をとる必要がなくなったとすると、わたしの運命を握っているのはもはや夫人ではないわけだ。ほかの誰かがその役目をひきついだのだ。

わたしのとなりの椅子にマホーニーさんがすわった。防水加工された上着をはおり、魚と潮風の匂いをさせていた。夫人はせかせかとわたしの食事の用意にとりかかった。

「ひと目でいいから会わせてください。ひと目だけ」そうすれば、誰の目にも明らかになるはず。わたしたちが一緒にいるところをこの二人は一度も見たことがない。二人にわかるわけがない。一緒にいるところを見れば、きっとわかってくれる。

マホーニーさんがわたしの腕に手をかけた。夫人と同じく細身だが、はるかに背が高く、がっしりした赤ら顔と、海で過ごした歳月に鍛え抜かれた体格をしている。マホーニーさんが口を開いたとき、わたしにはいまも音楽のように感じられるアイルランド訛りがあった。

「よくお聞き。あんた、ナンだね？」

わたしはうなずく気になれなかった。ナンだってことぐらい、もうわかってるでしょ？　わかってるに決まっている。

「フィンバルと話をしたいというあんたの気持ちはわかる。だが、息子はいま話などできる状態ではない。枕から頭を上げることもできんのだ」

「わたしはかまいません」

わたしが戦争から戻ってきたすべての兵士と寝ていて、息子の永遠の魂を罠にかけようとしてこの家の玄関先に現われた、というような目で二人はわたしを見た。

「あんたは何もわかっておらん」マホーニーさんは言った。「哀れな息子は明日の朝まで持たんかもしれんのだ」

「お願いです」

二人は顔を見合わせた。

「あの子に手を触れないって約束してくれる？」マホーニー夫人が言った。「あんたまで病気になったら大変。いまは自分のことだけ考えてればいいわけじゃないだろ」
たぶん、わたしと赤ちゃんのことを気にかけてくれてるんだ。フィンバルのそばへ行っても手も触れられないなんて、とても想像できないけど、うなずいておいた。

ドアがギーッと開いて、カーテンを閉ざした、絶望が重くのしかかる暗い部屋が姿を見せた。ツンとくる哀れな臭いがわたしの鼻孔を満たした。マッシュルームと汗の臭いに似ている。ベッドに人が寝ているのに、上掛けの膨らみはほとんどなかった。

ベッドの脇まで行き、膝を突いて彼の顔を見つめた。「フィンバル」ささやきかけた。「わたしよ。あなたのところに来たのよ」手を伸ばして、高熱にうなされている彼の額から髪をどけようとしたが、彼の母親がすぐうしろにいて、額に触れる前にわたしの手をつかんだ。フィンバルが目をあけたが、その目がわたしに向くことはなく、焦点も定まっていなかった。じかに手を触れてはいないのに、ストーブに負けないぐらいの熱を彼の身体が放っているのを感じた。汚物まみれになっているかのような、むっとする異臭がわたしたちのまわりに立ちこめていた。彼が身体を動かすと、額を冷やしていたと思われる湿った布が土間に落ちた。その布にも、彼の耳にも、血がこびりついていた。彼の唇は不気味な濃い紫に変わり、動くことも、わたしの名前をつぶやくこともなかった。わたしを見てはいなかった。わたしは母親の手を必死にふりほどいて彼に触れようとした。母親は驚くほど力があり、わたしの手をさらに強くつかんだ。

「ここにいさせてくれたら」わたしは小声で言った。「わたしがかわりに息子さんの看病をします」

「そんなことをしてなんになる？」マホーニーさんがわたしの肩に腕をまわした。強引にわたしを立たせ、まわれ右をさせて、部屋からそっと押しだした。

フィンバルの両親はわたしに夕食を出し、台所のストーブのそばに藁布団の寝床を用意してくれた。わたしは二人が寝入ったのをたしかめてから忍び足でフィンバルの部屋に入り、彼のとなりに身を横たえた。「犬と本」ささやきかけた。その言葉がわたしの喉を絶望でひっかいた。「アルビーを連れ戻そうね。そしたら、犬と本とあなたとわたしと赤ちゃんとで暮らせるわ」

フィンバルの身体が動き、わたしは一瞬、彼が返事をしてくれるのだと思ったが、かわりに咳をし、身を震わせた。乾いた咳をするものの、意識は朦朧《もうろう》としたままだ。彼の母親が咳に気づいて部屋に飛びこんでくるのではないかと思い、わたしは凍りついたが、母親が入ってくることはなかった。フィンバルの身体も静かになった。彼のそばでひと晩じゅう起きていたので、夜明け前に藁布団の寝床にもぐりこむことができた。よかった。

「フィンバルにお別れを言ってもいいですか?」家を出る前に、わたしは訊いた。

「赤ちゃんにとって何がいちばんいいことかを考えなさい」彼の母親に叱られた。

わたしはうなずいたが、世間で言う〝赤ちゃんにとっていちばんいいこと〟が、わたしにとっていちばんいいこととは大きく違っているのを、そのときのわたしはまだよく理解していなかった。

失踪

三日目

一九二六年十二月六日月曜日

おそらく、あとになって記憶を並べ変えただけだったのだろう。でも、あの夜ベルフォート・ホテルで初めてフランク・チルトン警部に会ったとき、彼がアガサを捜していることがわたしにはわかっていたような気がする。もっとも、そのときはまだ彼の名前を知らなかったが――すぐあとで知ることになる。彼はフロントデスクのところに立ち、オーナーの妻でカリブ海出身のイザベル・リーチ夫人と話をしていた。フィンバルの腕に抱かれたことで、わたしの五感は鋭敏になっていた。チルトンがこちらに目を向けなければ、その場で向きを変えて自分の部屋に戻っていたかもしれない。でも、彼の目に留まった以上、逃げたりすれば疑惑を招くだけだ。目を伏せ、彼のそばを通り過ぎてダイニングルームへ向かおうとした。

「失礼ですが」チルトンが言った。「ミス」

「ミセスです」わたしは彼の言葉を正し、ひどくこわばった笑みを浮かべた。唇の端が不自然にひきつるのを感じた。「ミセス・オディーです」さっき温泉から逃げだしたあと、わたしは頭をすっきりさせようとして別のホテルまで歩き、そこのギフトショップで新しいショールを買った。ついでにノートと万年筆も買った。こちらにいるあいだに物語か詩を書いてみたくなったのだ。ショールを身体にしっかり巻きつけると、淡い色の布地から値札がのぞいた。

チルトンが手を伸ばして値札にさわった。「ほう、これがあなたの値段ですか？」

わたしの大嫌いなたぐいの冗談だったが、彼の顔にはどこか、人をくつろがせるものがあった。つまらない冗談を言って照れているように見えた。穏やかな人柄らしく、親切そうな印象すらあった。

警部が同じホテルに泊まるなんて不運なことだが、たまたまこの人で幸運だったと、わたしはすぐに気がついた。

「これをどうぞ」リーチ夫人がハサミを渡してくれた。「こちらはチルトン警部さん、バークシャー州で姿を消した女性をお捜しなんですって」

「まあ。姿を消したのはバークシャー州なのに、ヨークシャー州まで捜索範囲に？」

「イングランド全土で捜索がおこなわれていましてね。警部たちと警官たちがあらゆる州へ派遣されています」

この知らせに、わたしはひどく動揺した。それを隠すために笑みを浮かべた。「まあ、すごい。きっと、かなりの重要人物なんですね」

チルトンがハサミを横からとって、わたしのショールの値札を切りとった。「少しだけお時間をいただけるなら、ミセス・オディー」切りとった値札をわたしの手に置いた。彼の手は荒れていて、指は煙草のヤニに染まり、服はしわくちゃだった。右手で写真を差しだした。左手は脇に垂らしたままだった。「これがその女性です。どこかで見かけませんでしたか？」

「拝借できます？」

彼がうなずいたので、わたしはその手から写真をとった。アガサがこちらを見つめ返していた。うしろへ流したヘアスタイル、かしげた首、真珠とスーツの上着。わたしは母のことを思いだした。コリーンを失った悲しみから必死に抜けだし、フィンバルのためにささやかな写真を撮ろうとするわたしに力を貸してくれた母。前線の彼に送る写真だった。わたしはいちばん上等のワンピースを着たが、宝石はひとつもなくて、これに比べると地味だった。

「きれいな人ね。でも、ヨークシャー州で見かけたことは一度もありません」わたしとアガサの関係があとになって世間に知られたときのために、わたしの言葉を正確に覚えていてもらいたいと思った。

「無事だといいですね」写真を彼に返した。

「いやいや、どうも」ほかの返事は期待していなかったかのように、チルトンは言った。「見てくださってありがとう」

ダイニングルームに入ると、レース夫人——金髪の美しい新妻——が不機嫌な表情のハンサムな夫と一緒にいるのが見えた。窓ぎわのテーブルにつき、自分たちの不幸に無言でどっぷり浸かっているため、わたしの無遠慮な視線には気づいていなかった。

仲良くなったばかりのリジー・クラークが手をふって彼女のテーブルに呼んでくれ、その夫が立ち上がってわたしに椅子を勧めてくれた。ひょろ長い男性で、アメリカ人によくあるように野暮ったいが、そこが逆に魅力的だ。濃い色の目と、優しく生真面目な表情をした人だった。

「ダニー・クラークです」夫が自己紹介をした。

「初めまして、クラークさん」

「いやいや。ダニーと呼んでください。けさはリジーにつきあってくれてありがとう。休暇中にすぐ友達ができるのは喜ばしいことです」

わたしがナプキンを広げる暇もないうちに、聞き間違えようのない陽気な笑い声が響き、マーストン夫人が夫と一緒にダイニングルームに入ってきた。さっき温泉で会ったときとは別人のようだった。髪をカールさせ、おしゃれな上着を着て、模造真珠をつけている。

「まあ、誰かと思ったら」マーストン夫人はわたしたちのテーブルのそばで足を止めた。「仲良しの若いレディたちね」

彼女の横に夫のマーストン氏が立っていた。妻より三十歳ほど上で、風雪に耐えてきたという感じの赤ら顔の男性だった。六十代ぐらいだろう。ダニーの椅子の背に手をかけた。顔に浮かんだ微笑は、ある種の男が若い女性に向けたがる鷹揚《おうよう》な感じのものだった。わたしは自分のテーブルに視線を戻した。リジーはわたしよりも無遠慮にマーストン氏を見つめ返した。

「初めまして、マーストンさん」リジーは言った。「新婚生活を満喫してらっしゃるようですね」

「もちろん。そのとおり」強いアイルランド訛りでマーストン氏が答えた。表情が変化し、不意に、あわてて席につこうとする様子を見せた。「そろそろ食事にしようか、ミセス・マーストン」

結婚後の名字を耳にして、夫人はうれしそうな笑い声を上げた。マーストン氏が肉付きのいい大きな手を妻の腰のくびれにあて、誰もすわっていないテーブルのほうへ急がせた。

「大丈夫、リジー?」わたしは訊いた。

リジーは力強くうなずいた。

ウェイトレスが注文をとりにやってきた。フィッシュパイ、ローストビーフ、鶏肉のシチューのどれかを選ぶことになっていて、三人ともローストビーフにした。ダイニングルームには大きな高い窓があり、わたしは無意識のうちに外をちらちら見ていた。窓の向こうにフィンバルが立ち、わたしを見つめていてくれるよう願った。太陽はとっくに沈んでいたから、たとえ彼がそこに立っていたとしても、姿は見えなかっただろう。今夜、どこで寝るの？　温かいものは食べられる？　いえ、そもそも食事はできるの？　けさ会ったときは、最後に彼に抱かれてから何年もたっていた。いまはわずか数時間しかたっていない。

せわしなくナプキンを広げているマーストン夫妻のほうへちらっと目をやった。夫人はあいかわらずはしゃいでいるようだ。夫のほうはどうも心が読みにくい。

「あの二人を気にするのはやめなさい」リジーが言った。「観察するんだったら、あっちの二人のほうがいいわよ」若く美しいカップルのほうを顎で示した。レース氏は苛立っていて傲慢な感じ、レース夫人はいまも涙ぐんでいる。

何が起きるかをリジーが正確に予期していたかのように、大騒ぎが持ち上がった。

「もうたくさん！」レース夫人が叫んだ。その大声を食事客一人一人が耳にしただけでなく、誰もが無言になった。レース夫人はナプキンをテーブルに投げつけると、勢いよく立ち上がった。「結婚式の費用がいくらかかっていようと、人にどう言われようとかまわないわ。もうやっていけない。わたしには無理よ！」

「落ち着け」夫が声をひそめた。これも全員の耳に届いたが、逆上した妻のわめき声に比べると、ぞっとする冷たさだった。「さあ、すわって。みっともないまねはやめるんだ」

若き新妻は向きを変え、部屋から飛びだそうとするかに見えた。夫が手を伸ばして妻の手首をつかんだ。華奢で繊細な骨が砕けはしないかとわたしがおろおろする暇もないうちに、妻が片足を上げて夫の足を思いきり踏みつけ、夫は思わず手を放した。

「どうするの？　殴るつもり？　みんなが見ている前で？」

室内の男性の大部分――ダニーとチルトン警部も含めて――が立ち上がり、仲裁しようとしてレース夫妻のテーブルへ向かったので、騒々しい足音が上がった。リジーも席を立ち、よく見ようとして足音のほうへ行った。わたしは彼女の勇気に感心しつつも、すわったままでいた。気がかりそうに見守る人々の群れに視界を遮られてしまった。

ダイニングルームのドアが勢いよくあいて、ホテルのオーナーが飛びこんできた。「まあまあ」サイモン・リーチが言った。「もうそのへんでよろしいでしょう」

「これはわれわれ二人の問題だ」レース氏が部屋全体に向かって言った。

「でしたら、人前での騒ぎは慎まれたほうがよろしいかと」経営不振にあえぐホテルで問題を起こされたら、リーチ氏としてはたまったものではない。きびしいながらも柔らかな声を崩そうとしなかった。「シャンパンを一本進呈させていただきましょう。新婚のご夫婦ですからね。いまは口喧嘩ではなく、お祝いをするときですよ」

わたしがマーストン夫人に目をやると、夫人は椅子にかけたまま身をねじり、夫から視線を離して、騒動を見物しようとしていた。その顔を困惑がよぎった。自分たちも新婚だからシャンパンをもらうのが当然だと思っているのかもしれない。マーストン氏が立ち上がった。もっとも、同じ扱いを要求するためではなかった。息をしたくてもできないのか、両手を喉にあてがい、食べたものを吐きだした。

「あなた！」夫のほうに顔を戻してマーストン夫人が叫んだ。「ああ、あなた。助けて、お願い、誰かこの人を助けて！」

マーストン氏は床に倒れた。目をむき、両手で喉をつかみ、釣りあげられたばかりの魚のように両足を痙攣《けいれん》させている。ほぼ全員が——宿泊客だけでなくホテルの従業員までが——悲惨な現場へ走った。

真っ先に駆けつけたのは若きレース夫人だった。「下がって」と命じた。たったいま夫と口論していた女性とはまるで別人だった。「わたしは看護婦です」マーストン氏のネクタイとシャツの襟をゆるめ、脈をとった。レース夫人はこのときすでに、マーストン氏の頭を自分の膝にのせていた。若く美しい女がカエルに似た大きな赤ら顔を自分の肌に密着させている光景には、どこかグロテスクなものがあった。

リジーは自分の席に戻っていた。彼女もわたしも自分たちのテーブルから動こうとしなかった。すわったまま、この場の成行きを無言で見守っていた。リジーがワインをひと口飲んで言った。「料理人が多すぎるわね」

「もう手遅れみたい」わたしは言った。マーストン氏の激しい痙攣は止まっていた。その目が天井を虚ろに見つめていた。

ホテルにマッサージに来る医者は、今日はいなかったが、ほかにも医者がいた。四〇三号室の客で、誰かがその医者を呼びに走った。気の毒なマーストン夫人は夫の横にしゃがみこみ、目の前の光景を呆然と見守ることしかできなかった。医者がだらしない服装でやってきた。けっこう若いが、若白髪のおかげで、いい加減な格好にもかかわらず上品で頼りがいのある人物に見える。

「手の施しようがありません」手早く診察したあとで、医者は言った。室内を見まわし、この場にふさわしい厳粛な表情で全員に告げた。次に、物慣れた手つきでマーストン氏のまぶたを閉じた。

マーストン夫人の口から出た叫びは神を冒瀆《ぼうとく》するものだった。さきほどの夫と同じように自分の喉をつかんだので、わたしは一瞬、夫人も倒れて死ぬのではないかと思った。

「さあ、落ち着いて」チルトン警部が前に出て声をかけた。両腕を夫人の肩にまわした。夫人はその腕に身を委ね、叫びはすすり泣きに変わっていった。チルトンは夫人を連れて部屋を横切ると、別のテーブルまで行き、亡くなった夫に背を向ける形で彼女をすわらせた。

「ブランデーをたっぷり飲ませたほうがいい」医者が言った。「それから、監察医の到着を待つあいだ、亡くなった人にはシーツをかけておきましょう。ただちに官憲に通報するのがいちばんです」

「ああ、何もわかってないのね」マーストン夫人はすすり泣いていた。「わたしたちがどんなに待ったか、どんな思いをしてきたか、何をあきらめたか。ああ、かわいそうな愛しい人。ひどすぎるわ。なぜこんなことに？　ひどい。わたしはこれからどこへ行けばいいの？　どうすればいいの？」

夫人はテーブルを押して立ち上がると、夫のそばに駆け戻り、彼の上に身を投げだして泣きじゃくった。その勢いが遺体への衝撃となり、夫の目がカッと開いた。マーストン夫人は息を呑み、一瞬、痛々しくも希望を抱いたが、やがて、息を吹き返したのではない、夫はふたたび逝ってしまったのだと悟って、またしても泣きだした。

「このお皿、部屋に持っていくわ」わたしはリジーとダニーに言った。料理にはほとんど手をつけていなかった。

「わかった」リジーは言った。「あとで話をしましょう。大丈夫？」

「たぶんね。あなたは？」

リジーはうなずいたが、いまにも涙がこぼれそうだった。二人とも衝撃的な光景を見てしまったのだ。

玄関ホールにかかっているグランドファーザー時計の前を通ったとき、階段のそばにレース夫妻の姿が見えた。もはや不機嫌な顔ではなく、口論してもいなかった。悲劇が二人の心を和らげたようだ。レース夫人はうなだれ、夫が彼女の腕に手をかけていたが、乱暴につかんでいるようには見えなかった。二人が額を寄せ合った。夫が詫びているか、妻を元気づけようとしているのだろう。わたしは一瞬立ち止まったが、二人がこちらを見る様子もなかったので、そのまま歩き去った。

わたしの部屋にはゆったりした四柱式ベッドと小さなライティング・デスクが置かれていた。デスクの前にすわってディナーテーブルのかわりにした。デスクは窓辺に置いてあるので、外の闇に目を凝らした。まるで、十四歳に戻り、アイルランドに戻って、フィンバルがテニスをしにやってくるのを待ち受けるかのように。

死をまのあたりにしても、欲望は損なわれていなかった。食べものへの欲望も、愛への欲望も。食べものを粗末にしてはならないことを戦時中に学んでいたので、皿にのった料理を平らげた。でも、睡眠となると別だった。ベッドは寝心地がよかった。階下の喧騒もやがて静まった。わたしはじっと横になって心を落ち着けようとしたが、目を閉じることができないまま、ベッドの天蓋を見つめていた。そのうち眠りこんだに違いない。なぜなら、閉め忘れたカーテンから太陽の光が流れこむころ、悲鳴に起こされたから。

失踪

四日目
一九二六年十二月七日火曜日

ガウンをはおって廊下をのぞき、あちこちのドアから顔を出している何人かの一人になった。全員が女性だった。それほど離れていない部屋——悲鳴はそこで上がったのだろう——の奥から、誰かを落ち着かせようとしている医者の声が聞こえてきた。相手はどうやらリーチ夫人のようだ。真向かいの部屋のドアがヒュッと勢いよく開いた。大きな自信を示すものだ。そこに立っていたのは一人旅のミス・コーネリア・アームストロングだった。

「いまの悲鳴、ミセス・マーストンの部屋だわ」ホテルじゅうに聞こえる声で、ミス・アームストロングは言った。十九歳になったばかりで、すばらしく姿勢がよく、驚くほど豊かな黒髪が背中を流れ落ちている。話すときに顎をつんと上げる癖があり、〝反論できるものなら、してみなさいよ〟と相手に挑みかかっているかに見える。

「そ、そんな……」わたしは言った。

「何があったのか見てくる」

止める暇もなかった。ミス・アームストロングはマーストン夫人の部屋のほうへつかつかと歩いていった。ガウンのサッシュベルトの結び方がゆるいため、胸元が予想外に大きく開いていた。戻ってきたときは青い顔になっていて、震える声で報告をよこした。「マーストン夫人が亡くなったの。お医者さんが顔にシーツをかけるのが見えたわ」

早くも多くの宿泊客が廊下に集まっていた。痛々しいほど痩せた独身女性もその一人で、そばかすの浮いた細い手で口を覆い、あえぐように言った。「なんて恐ろしいことなの」

「たぶん、傷心のあまり死んでしまったのね」寝ぼけまなこで集まった人々に向かって、診断を下すベテランの医者のような口調でミス・アームストロングが言った。きめの細かい白い肌と、髪と同じぐらい黒い目をしている。「マーストン夫妻って、悲しい星のもとに生まれた二人だったそうよ。結婚する前は」

わたしは言いたかった――〝悲しい星のもとに生まれた〟という言葉を生涯で二度と聞かなくてもすむことに感謝していたのに、と。人が傷心のあまり死んでしまうのなら、わたしなんかとっくに死んでいたはずだと言いたかった。かわりに、それ以上何も言わずに、自分の部屋のドアを閉めた。いまは日常の礼儀にこだわってなどいられない。

チルトンは階下にいて、リッピンコットに電話をかけていた。悲鳴が聞こえたが、くぐもった響きだったので、さほど気にしなかった。たぶん、女性客の一人がクモでも目にしたのだろう。

「捜査員を一人派遣してもらえませんかね？」マーストン氏が亡くなった件を報告し、リッピンコットに頼んだ。

「派遣する余裕はない。そもそも、きみをこっちに呼んだ理由はそこにある。おそらく、なんでもないだろう。わたしが推測するに、心臓発作だな」

もちろん、その可能性が高い。年配のアイルランド人を殺す理由がどこにあるだろう？

チルトンが電話を切ったそのとき、リーチ夫人がひどく困惑した顔で階段を駆けおりてきた。「ミセス・リーチ？」

彼女は片手を上げただけで、涙に暮れていて返事もできず、夫が朝食の支度を指図している台所へ走っていった。しばらくすると、医者が一階に下りてきた。ゆうべと同じくだらしない服装だ。冬だというのに額が汗ばんでいる。チルトンは医者にハンカチを渡した。二人はゆうべ、一本の煙草を分けあって吸いながら、監察医が気の毒なマーストン氏の遺体をひきとりに来るのを待つあいだ、あれこれと世間話をし、すでに共同戦線を張っていた。

医者が額の汗を拭いた。「もううんざりですよ。休暇のつもりだったのに」

「今度は何があったんです？」

「また一人亡くなった。奥さんが。マーストン夫人が。とんでもない新婚旅行だ。そうでしょう？」

「なんとまあ。ほう。いまごろはたぶん、究極の新婚旅行でしょうな。あの世でふたたび結ばれて」

チルトンはこんなことを一瞬たりとも信じていなかったが、マーストン夫妻なら気に入ってくれるだろうと思った。そういう印象の二人だった。信心深さを鼻にかけて、この世でも来世でも幸福が約束されていると思っているように見えた。倒れる前のマーストン氏と言葉を交わす機会はなかったが、彼より年上の男性が多数従軍していたのに、マーストンがその一人でなかったことをチルトンは見抜いていた。

陰惨きわまりない状況のもとで剽軽《ひょうきん》な言動が雰囲気を和らげてくれたようなので、チルトンは次に、

〝あの夫婦を誰が亡き者にしようとしたのだと思いますか？〟と問いかけてみようかと思った。妻が亡くなったことで、最初に起きた夫の死への疑惑が深まったのは間違いない。

「死因について何かご意見は？」

「外傷は見あたりません。少なくとも一瞥《いちべつ》したかぎりでは。また、ほかに不審な点もありません。心臓発作を起こすには若すぎるが、大きなショックを受けたあとですからね」

「何か薬をのみませんでしたか？ ゆうべ？」

医者はムッとした。「睡眠薬を渡しておきました。副作用はまったくない薬です」

「そうでしょうとも。しかし、弱りましたな」

「まったくです。休暇を途中で切り上げようかと思っています。楽しむ気になれませんよ。骨休めにもならないし」

チルトンはうなずき、医者のもとを辞した。ひと目でマーストン夫妻に嫌悪感を抱いたことに、少々疚しさを感じていた。いまは仕事の優先順位に従って、アガサ・クリスティー捜しを続けるとしよう。あちこちのホテルをまわり、道路に目を光らせよう。慎重に任務を進めよう。

痛ましい騒ぎのあとで、わたしは朝食を省略し、かわりにいちばん暖かな服を着た。フロントデスクの前を通りかかったとき、リーチ夫人が無理に明るく声をかけてきた。「お散歩ですか？ 散歩日和ですものね。冷たい空気に触れたら、身体がシャキッとしますよ。マーストンご夫妻は本当にお気の毒なことでした。ご主人が心臓発作で亡くなり、奥さまも傷心のあまり亡くなってしまうなんて」

「監察医のほうでもう結論が出たわけですか？」

「あら、ほかにどう考えられます？　ほんとに、ほんとにお気の毒なこと。でも、どこででも起こりうることです！　このホテルとはなんの関係もないことなのに」

おそらく、すでにホテルをひき払った客が何人かいるのだろう。二人も急死したとあっては、温泉の効能にも疑問が湧くというものだ。リーチ夫妻のホテルにとってはとんでもない災難だ。

土埃のひどい道を歩きながら、わたしはアガサが姿を消した夜にゴダルミンでアーシュラ・オーウェンとした話を思いだした。明晰夢に関する話だった。そして、〝明晰人生〟というものがあれば人生で起きることを操作できるのに、という話をした。少女時代のわたしにはまさにその能力があった――わたしがフィンバルのことを考えると、彼が不意に姿を見せたものだった。ハロゲートにいたこの日、わたしは休戦を祝った日のあとで初めてその能力をとりもどしたことを知った。といっても、超常現象に出会ったわけではない。マーストン夫妻の亡霊が完全に消え去ったことをわたしは確信していた。昨日リジーと二人で歩いた道をもう一度たどればフィンバルが現われることも、わたしにはわかっていた。

案の定、心に描いていた角を曲がると、彼の姿があった。ポケットに両手を突っこみ、白い息を吐き、頬をバラ色にしている。今日のわたしは彼のもとへ駆け寄るかわりに歩いた。両腕を差しだす彼に向かってまっすぐ歩きつづけた。

「大丈夫？」彼に尋ねた。「ちゃんと食べてる？　寝てる？」

「大丈夫だよ」フィンバルがわたしの耳元で言った。わたしの背中に置かれた彼の手は安定していて、まったく震えていなかった。「きみは？」

「わたし？」彼から離れた。「ホテルに泊まってるの。贅沢なホテルよ。お料理も。屋根があって、暖炉に火が入ってる。あなたはどこに泊まってるの？」

「屋根と暖炉があるところ。ぼくたちのことは心配しなくていい、ナン」

「ぼくたち？」

誰かがわたしのお墓の上を歩いた。荒唐無稽《こうとうむけい》ではあるが、このうえなく輝かしい光景が浮かんできた――火がパチパチはぜる大きな暖炉のそばにフィンバルがいて、わたしたちの子供を膝にのせていた。

チルトンはリッピンコットが用意してくれた車で、わだちのある道路をあちこち走りまわっていた。ひと組の男女とすれ違うときにスピードを落とした。若い男女だったが、無邪気な若さではなく、男性のほうは戦争経験があってもおかしくない年齢で、たしかにそういう雰囲気があった（どんな遠くからでもひと目見れば、チルトンはピンとくる）。ときどき、いまもアラスの地下道にいるような気がする。頭上には揺れる天井と、植物の根と、落下してくる瓦礫《がれき》。閉所恐怖症、そして、本能のままに逃げだせば敵の砲火の集中攻撃を受けるという思い。機銃掃射で穴だらけにされて死んでしまう。いずれ自分が死を望むようになることが、あのとき予測できてさえいれば……。

この若者が女性の肘をつかんでいる様子からすると、まだまだ生きる気力があるに違いない。ただ、異様な熱気が感じられたため、若者が抱擁を無理強いしているのではないことを確認するため、チルトンは車のスピードを落としたほどだった。二人はじっと見つめ合っていて、車にも、チルトンの無遠慮な視線にも気づいていない様子だった。女性は小柄で、髪の色は濃く、表情に熱い思いが満ちている様子からすると、英国人ではないようにも思われた。フランス人かもしれない。国籍がどこであれ、その身に危険が迫ったりしていないことは明らかだった。少なくとも、彼女を抱きしめた男性に傷つけられる心配はないだろう。自分の感情に傷つけられる心配があるかどうかは、また別問題だ。

チルトンはギアを切り換え、女性の顔が頭から消えないまま、車を走らせた。会ったことがある。そうだ、ベルフォート・ホテルに泊まっている女性だ。アガサ・クリスティーの写真を見せたら、律儀に見てくれた。女性の顔がすぐにはわからなかったのも仕方がない。あのときの彼女は落ち着き払っていた――善良なるイングランドの淑女だった。ミセス・オディーと名乗っていた。さっきの若い男性が彼女の夫ではないし、ホテルの客でもないことは明らかだ。人にはどんな秘密の人生があるのだろう。

物思いにふけっていたため、曲がる角を間違え、さらにまた間違えて、ひどく陰気な田舎道に出てしまった。リーチ夫人がくれた地図をとりだそうとして、道路脇に車を寄せた。エンジンを切ったとき、一軒の家が目に入った。冬のあいだは無人のようで、窓に板が打ちつけてあるが、煙突から煙が立ちのぼってゆらゆらと渦を巻いていた。チルトンは車を降りた。大気は薪《まき》と腐葉土の匂いに満ちていた。家のそばまで行ったとき、横に車が止まっているのが見えた。奥まった場所に止めてあり、垂れ下がったニレの枝で道路から見えにくくなっていることからすると、誰かが隠そうとしたのだろう。そこに生えている木の枝ではなく、どこかからひっぱってきたものだ。車は黒い大型車だった。チルトンは車に詳しくないため、車種はわからなかった。玄関前の石段は凍った土埃に覆われていた。足跡はない。玄関ドアに耳をつけた。木製の分厚いドア。素朴ではあるが頑丈に建てられた田舎家で、がっしりしていて、上質の建材を使った広々とした造りのようだ。愛らしい切妻屋根。家のなかからカタカタという音が聞こえてきて、タイプライターを打つ音だとチルトンが気づくまでにしばらくかかった。仕事に没頭している楽しげな音。カタカタ、カタ、カタ、カタ。チルトンはずっしりした真鍮製のノッカーをドアに打ちつけた。カタカタという音が不意にやんでそのあとに苛立たしげな足音が続いたので、なんだか申し訳なくなった。一歩あとずさったとき、玄関ドアが勢いよく開いた。ドアをあけた女性は背が高いほうで、髪は赤く、目は生き生きしていた。チルトンを見た瞬間、表情が変わり、期待から困惑へと変化した。それは人が真実から身を守ろうとするときにかぶる礼儀正しい仮面だった。彼女が身につけているのは男物の衣類だった。ズボン、襟つきのシャツの上に分厚いカーディガン。そして、わずかにのぞいているのは真珠。

「どちらさまでしょう？」耳に心地よい上流階級の口調で、女性は言った。髪がゆるやかに波打って肩に落ちた。女性は両脇の髪をうるさそうに掻き上げて耳にかけ、それから、お茶に招いた客を迎えるかのように片手を差しだした。

チルトンは彼女の手をとった。車の助手席に置いてきた写真より実物のほうが美人だった。写真より魅力的で若々しい。無表情でいようとしても顔に動きがあって、写真ではそれをうまくとらえることができないのだろう。写真の目は濃い色に見えたが、じっさいにはブルーで、緑色の斑点が散っている。だが、間違いなく同じ女性だ。

「アガサ・クリスティー夫人ですね。よかった。ずっと捜してたんですよ」

第　二　部

「殺人犯をみつけることよりもっと大事なことがあります」
――エルキュール・ポアロ

失踪

一日目

一九二六年十二月四日土曜日

　アガサは真夜中過ぎに車でスタイルズ荘を出た。二度とわが家を目にしなくてもかまわないという気持ちだった。縁起の悪い家――初めて足を踏み入れた日にそう感じた。この家を買おうと言ったのはアーチーだった。彼が会員になっているゴルフクラブに近いからだ。ろくでもないゴルフ。ろくでもないアーチー。彼に道理を説いて聞かせるのは無理なこと。もしかしたら、わたしと暮らしたほうがアガサは幸せだったかもしれない。

　アガサはこの夜、もう少し早い時間にしばらく家を空けている。出かけたのは九時四十五分。この点に関しては新聞の報道が正しい。家を出て、心を落ち着けるためにしばらく車を走らせ、それからUターンして帰宅すると、人々が寝静まった家にそっと入った。家のなかは暗く、静かで、空虚に感じられた。何か不吉なものが、立ちのぼる煙のごとく天井を覆っていた。アガサの皮膚は窮屈すぎて、怒りと悲しみと不安を収容しきれなかった。自分の皮膚を爪でひっかいてここから逃れたいと思った。破裂して、自分自身と自分の惨めさのすべてを壁に飛び散らせたかった。結婚指輪をひき抜いて力まかせに壁に投げつけたため、指輪は壁の塗装を削ったあとで床に落ち、数回ころがって揺れながら止まった。明日、埃と一緒に掃いて捨てればいい。

もういや。もう耐えられない。飲兵衛《のんべえ》だったら酒のボトルを一本あけるところだが、アガサはお酒が飲めないので、愛用のタイプライターを持ち、二、三日過ごすのに必要な品を集めた。心の整理をするため、アッシュフィールドの実家へ行くつもりだった。しかし、荷物を車に積んで運転席にすわったところで決心を変えた。あの怪物みたいなあばずれ女がこちらの人生をひっくり返すのを、黙って許してなるものかと思った。戦いもせずにひきさがるなんてとんでもない。少女時代を過ごした家にこっそり戻って思い悩むかわりに、車でまっすぐゴダルミンへ向かい、オーウェン家のコテージにつかつかと入っていって、大騒動を巻き起こすことにした。着くのが真夜中過ぎになったら？　家じゅうの人を叩き起こすことになったら？　アーチーの愛をとりもどすことはできなくなるけど、それがなんだというの？　彼の慈悲心にすがろうとしたけど、そんなものは持ち合わせない人だとわかった。でも、彼の愛人は違うかもしれない。

アガサは前に〈シンプソンズ〉の前の歩道でわたしを非難しようとして、上品な方法をとったことを後悔した。いまの彼女は、わたしの肩をつかんで乱暴に揺すり、夫のことはあきらめてと要求する自分の姿を想像していた。効果がなければ、床に膝を突いて懇願する気だった。目に見える苦悩、耳に届く苦悩をすべて吐きだすつもりだった。アングワス——彼女の母親ならそう言っただろう。母親が感情について議論しようと決心することはめったになかったが、そういう稀有《けう》な機会に出会ったときはフランス語を使うのが好きな人だった。しかし、外国語で表現をぼかそうとはアガサは思っていなかった。考えてもみて。ナンが哀れみをかけてくれるかもしれない。あの女はあばずれだけど、怪物ではない。

外が暗いうえに、泣いたせいで目が腫れぼったくなっていたため、フロントウィンドーの先へ目を凝らすのはむずかしかった。そうでなければ、男性の姿にもっと早く気づいていただろう。その男性は道の真ん中を歩いてきて、長い腕を頭上でふってXの形を作り、アガサの車を止めようとした。しかし、アガサはそれに気づかず、危うく轢《ひ》き殺すところだった。彼をよけようとしてハンドルを切った最後の瞬間、急ブレーキを踏んでいなかったら、彼女自身が車ごとチョークの採石場に転落していただろう。

死はアガサが望むものではなかった。これっぽっちも。人は事故で命を落としかけた直後にそれを悟るものだ。また、戦時中に病院の薬局で働いていたのと、小説を書くために調べものをしたおかげで、アガサは毒薬の知識が豊富だった。死を考えたのなら、とっくに死んでいただろう。

運転席側の窓をコツコツ叩く音がした。さっきアガサが轢きそうになった男性が車に身を寄せ、不気味なほど落ち着き払った表情で彼女を見つめていた。何もかもごく日常的なことであるかのように。アガサを殺す気かもしれない。でも、アガサはとにかく窓をあけた。黒髪が男性の目に垂れかかり、冷たい大気のなかに吐く息が白かった。上着と黒髪から、昨日の朝テディに木彫りの犬をくれたのと同じ男性だとわかった。

「大丈夫ですか?」男性はアイルランド訛りのあるざらざらした声と、悲しげなブルーの目をしていた。

「ええ、たぶん」

「驚かせてしまったのならすみません」

「驚かせた? あのね、あなたのせいで、わたしは採石場の穴に落ちるところだったのよ」

男性はアガサの車のドアをあけて、彼女が降りられるようにした。アガサはふたたび、ほんとだったらこの男に恐怖を感じるはずなのに、という思いを抱いた。車が危なっかしくぐらつき、見ると、前輪が穴のへりから宙に突きでていた。間一髪で悲劇を免れたおかげで、自分がどれほど生に執着しているかを、アガサはあらためて知った。

「ナン・オディーのことであなたと話がしたくてやってきました」若い男性は言った。

まあ、図々しい。世界がわたしの目の前でどんどん図々しくなっていく。悪夢だわ。目をさましなさい——アガサは自分に命じた。起きて、起きて。目を閉じた。この目をあけたとき、自分は家に戻って夫とベッドに入っている、と思いこもうとした。でも、冷たい大気が執拗にアガサに告げていた——ここが真夜中の道路であることを、そして、目の前に立つ見知らぬ男が、彼女の人生に襲いかかったもっとも個人的な惨事について話し合おうとしていることを。

「ミセス・クリスティー、協力し合えるのではないかと思っています。あなたとわたしが」感じのいい顔立ちの男性だった。トレ・サンパティク——彼女の母親ならそう言っただろう。優しげな雰囲気のハンサムな若い男性。惜しいことに、ユーモアのセンスはなさそうだけど。アガサは両手を上げ、そこに顔を埋めた。

「あのう」アイルランドの男性が言った。アガサが手をどけると、男性は彼女の頬にそっと触れた。目のすぐ下に。涙はそこに落ちたはずだった。「泣くのはあとでゆっくり。いいですね？　外は寒いし、これから車で少し走らなくては」

「車をスタートさせられるかどうかわからないわ」それが彼と一緒に行くのを拒む理由であるかのように。この見知らぬ男と車で走ることへの抵抗はなかった。一刻も早く車をバックさせて走り去るべきなのに、それをしない自分を変だと思うこともなかった。

「車は置いていきましょう。捜索の連中に頭を悩ませる材料を提供できる。そうでしょう？　幸い、ぼくたちは暗くなってから行動に出た。それに、さっき、誰も使っていないような感じの車を見つけたばかりです」

「盗難車？」

「わりと近くに乗り捨ててあったんです。道路脇の草むらに。借りてきました」

「ということは、いずれ返すつもりね？」アガサの声は疑わしげで辛辣だった。

「できれば」

もの悲しい声だったので、アガサはすでに弱くなっていた心をえぐられる思いだった。「運がよかったわね」不意に彼を許したくなった。「〝アイルランド人の幸運〟と言うべきかしら。大きな幸運を意味する言葉よ」

ざらざらした声の響き。笑うことができなくなった者の悲しく響く幻の笑い声。「残念ながら、その表現にはあまり信憑性《しんぴょうせい》がないように思います」

あっ――アガサは不意に気づいた。この人がナンのいい人なのね。先日〈シンプソンズ〉でナンが語った彼女の過去を、あのときはいい加減に聞き流していた。どうすればいいのかわからなくて、アガサは目を細くした。ナン・オディーに夢中の男がまた一人出てきたなんて、もううんざり。

それでも、アガサは車を降りると、彼の手に自分の手を委ねた。彼女が正しい判断をしたのを誇らしく思うかのように彼がうなずいたので、アガサも自分にそう言い聞かせ、彼についていくことにした。ゴダルミンで騒ぎを起こすつもりだったが、なんの役にも立たないことだ。でも、この男性は役に立つかもしれない。

「必要なものを用意しておいてください。ぼくはもう一台の車をとってきます」

呆然とするあまり、あわてて荷物を詰めてきた旅行カバンのことを忘れていたアガサだが、どうしても必要な品——化粧品のポーチとタイプライター——だけをベントレーの広い車内に移した。乗りこむ前に一瞬足を止め、自分の車に愛しげな目を向けた。彼女がこの車をどんなに愛していたかをわかってもらえれば。自分一人の力で車を買うことができて、どれほど誇らしかったことか。作家として得た収入で買ったのだ。たぶん、いまこの瞬間も、誰かが眠れないまま暖炉の前にすわって、彼女の最新作『アクロイド殺し』のページをめくっているだろう。作品の評価が具体的な形をとったのがこのすてきな小型車で、いまはアガサの人生と同じく、破滅の瀬戸際でぐらついている。

仕方がない。ここに置いていって、ほかの車を使うことにしよう。

アイルランド人が運転をした。男性と女性が車に乗ったときは男性が運転するものだと、アガサはつねに思っていた。がらんとした陰気な道路が前方に延び、空には星が光り、細い三日月がかかっていた。窓からかすかな風が吹きこんで車体を震わせた。この車はアガサ自身の車に比べると手入れが行き届いていなかった。

暗くなった世界でアガサが動きまわるなんて、ずいぶん珍しいことだ。となりにすわってハンドルを握る男性は、夫とはずいぶん違うタイプだった。そして、ちょうどこの瞬間、アガサは半分眠ったような状態で、自分の人生が破滅に追いやられたことが半分しか信じられないなか、皮膚の窮屈さが消えたことを知った。無意識のうちに考えていた。いや、もっと正確に言うなら、感じていた。なんてすてきな冒険なの。

シスター・メアリ、ここに眠る

修道院暮らしから何年もたって――ベルフォート・ホテル滞在から何年もたって――わたしはもう一人赤ちゃんを産んだ。女の子で、おばさんの名前をもらってロージーと名づけた。子供はもっとほしかったが、アーチーのほうは、二人の妻とのあいだに一人ずついれば充分だった。わたしの愛情を子供に奪われてしまうのがいやだったのだ。彼の望む妻になろうと努めるわたしにとって、昼のあいだわが子に愛を注ぎ、夜になると夫に愛を注ぐのはとても簡単なことだった。アガサと違って、わたしは作家になれなかった。その夢は消えてしまった。

それでよかった。わたしは母親であることを愛し、幼いロージーを愛していた。でも、赤ちゃんを百人産もうと、千人産もうと、最初の子を失った埋め合わせにはなりえない。

堕落。それがわたしたちのしたことだと修道女たちは言った。堕落。

マホーニーさんはこの修道院のことを慈善施設だと言った。〝修道女のみなさんがちゃんと世話をしてくれるからな〟でも、わたしから見れば、これまで運よく避けてきた救貧院に恐ろしいほどよく似ていた。あとになってこの修道院の歴史を知った。一九〇〇年から一九〇六年までのどこかで、ダブリン県に初めて未婚の母親のための特別施設が誕生した。ほどなく、サンデーズ・コーナーの修道院もそれに倣った。施設側が〝安全な避難場所〟と呼ぶものを提供するかわりに、わたしたちは出産まで無報酬で働く。出産後も一年から三年ぐらい修道院にとどまって働く。赤ちゃんも修道院で育てられる――まず育児室で、それから、高いコンクリート塀の向こう側で――やがて養子縁組をしたり、里子に出されたり、孤児院へ移されたりする。わたしたちは出産予定日の二週間前にコーク市の県立病院に入院する決まりだったが、その年の春、芝生の手入れをしていたときに、ある少女が重い草刈り鎌をふりあげたとたん破水してしまった。医者も看護婦もいないまま、仲間の少女何人かに見守られて、洗濯室のとなりに敷かれたマットレスの上で出産した。そのあと、修道女たちが少女と赤ちゃんを修道院の農場で使っているトラックに乗せて病院へ運んだ。十日後、少女は修道院正面の芝生にふたたび姿を現わし、ヒナギクと雑草を抜き、必要な場所に草刈り鎌をふるっていた。

修道院の農場で働く少女たちもいて、修道女のきびしい監視のもとでアヒルの世話をしたり、牛の乳を搾ったり、ジャガイモを掘ったりしていた。でも、わたしは門の内側に閉じこめられていた。たぶん、修道女たちがわたしの目を見て、脱走しかねないと思ったのだろう。わたしに与えられた仕事は、墓地の手入れ、洗濯、手と膝を突いての床磨きだった。毎晩、骨の髄まで疲れはててベッドに倒れこんだ。おなかに子供がいるから。悩みを抱えているから。実家から遠く離れてしまったから。毎日五時に起きて祈禱《きとう》とミサに出たあと、夕方六時まで働き詰めだから。いちばんの疲労の原因はたぶん、フィンバルを愛しているから。彼が回復して意識をとりもどし、迎えに来てくれる日を待っているから。少女たちのあいだに広がっている噂があった――数年前、ある少女の恋人が現われ、少女を自由の身にしてほしいと言って修道院長にお金を払った。ジョゼフ神父が教会で二人を結婚させた。ここにいるのは愛する人の子供を宿した少女ばかりではない。でも、愛する人と結ばれて妊娠した少女たちは、わたしも含めて、この物語を唯一の希望にしている。フィンバルが死んだかもしれないとは、わたしは夢にも思っていなかった。手紙のやりとりは禁じられていたが、フィンバルの両親がわたしの居所を彼に教えるはずだ。そうしたらきっと、迎えに来てくれる。そう思うようになったのは、おなかの赤ちゃんが初めて動いた日だった。

わたしはそのとき、ベス、フィオーナ、スザンナと一緒に地下の洗濯室にいて、石鹸入りの湯がぐつぐつ煮え立つ大釜を前にしていた。床はタイル敷きで、大きな灰色の正方形とひとまわり小さなブルーとピンクの正方形を組み合わせた模様になっていた。ブルーとピンクは、わたしたちの大部分が手元に置くことを許されない赤ちゃんを残酷にも連想させるものだった。シーツとナプキンを長い木の棒でかきまわすあいだに、火の熱のせいで、汗ばんだ額がぬらぬらしてくる。突然、おなかのなかで赤ちゃんが動いた。間違いなく、はっきりと、優美に。こみあげてきた愛しさに圧倒されて、わたしは身じろぎもできなくなった。人類の夜明けの時代から、赤ちゃんは子宮のなかで動いてきたが、こんなふうに動いた子は一人もいなかっただろう。宙返りをして、爪先がわたしの子宮の内側をかすめ、泡が噴水のように立ちのぼる。わたしは驚いて作業の手を止め、おなかに片手をあてた。

ベスが洗濯物をかきまわすのをやめてにっこりした。「魔法みたいでしょ？」

わたしたちは仲良くなることも、言葉を交わすことも、さらにはおたがいの名前を知ることすら禁じられていた。でも、もちろん、仲良くなった。少女たちがひとところに押しこめられれば、昼のあとに夜が来るのと同じく、仲良くなるに決まっている。わたしはベスとフィオーナに、ロンドンの実家の住所を覚えておいてほしいと頼んだ。そうすれば、ここの暮らしがいつか終わったときに手紙を出し合うことができる。

「いまの、ほんとにあったこと？」胎動を感じた場所を片手でさすりながら、わたしはベスに訊いた。

「もちろんよ」ベスは妊娠の段階がわたしより進んでいたが、とても細くて華奢なので、不格好なワンピースとエプロン姿だと、おなかの大きさはほとんど目立たなかった。「あなたがこんな苦労をしてきたのはみんな、幻想を体験するためだと思ってたの？」

わたしは笑った。その響きにびっくりした。自分や周囲の誰かがこんなふうに笑うのを耳にしたのは本当に久しぶりだった。

「静かにしてくれない？」スザンナがぶっきらぼうに言った。規則を破るのが大嫌いな人だ。修道院に預けられた者のなかでは最年長で、三十歳を超えている。ここに入ったのは二回目。前回、赤ちゃんは生後六カ月で養子に出され、スザンナはさらに一年間修道院にとどまったあとで自由の身となり、近所の家でメイドとして働きはじめた。ただ、その五年後、ふたたび妊娠してここに戻ってきた。

修道女のなかでいちばん若くて親切なシスター・メアリ・クレアが、わたしたちの様子を見に来た。わたしたちに甘くて、みんながおしゃべりしていても叱ったりしない人だった。地下室がシスター・メアリのハミングに満たされた。印象的なゲール民族の曲で、これがシスターの行く先々へ靄のようについてまわっていた。ほかの修道女と違って、修道服に革紐をつけてはいなかった。また、ほかの修道女と違って、アイルランド人ではなくイングランド人だった。この人の声の響きがわたしを力づけてくれた。修道院で暮らしはじめたころ、どういうわけでアイルランドに来たのかとシスターに訊いたことがある。

「父がアイルランド人だったの。わたしは少女のころ、父に言われてこちらに来たのよ。親戚の家で働くために」

わたしと同じだと思って胸がときめいた。

シスターは悲しげな、夢見るような声で言った。「思いどおりにはいかなかったわ」シスターの陽気な表情が消えたのを見たのは、このとき一度きりだった。

わたしはこの日から、シスターのことを修道女というより仲間の一人として見るようになった。シスター・メアリ・クレアはきっと、何か辛いことがあって修道院に身を寄せたに違いない。シスターが洗濯室に入ってきても、わたしはあわてて作業に戻ろうとはせず、それまでと同じく両手を流し台から離して、広げた指をおなかにあてたまま立っていた。

「赤ちゃんが動いたの?」シスター・メアリ・クレアはそばに来て、片方の腕をわたしにまわし、柔らかな手でわたしのおなかに触れた。

「はい」

「よかったわね、お母さん」シスターは自分のハンカチをとりだし、わたしの額の汗を拭いてくれた。わたしよりわずか十歳ほど年上で、しわのないすべすべした肌をしていて、顔立ちは平凡だけど、微笑のおかげで愛らしく見える。わたしたちを〝お母さん〟と呼んでくれる修道女はほかに一人もいないだろう。〝そこの子〟と言うだけだ。

わたしはすぐ作業に戻った。また赤ちゃんが動き、これまでずっと一人ぼっちだと思いこんでいたけど、不意にそうではなくなった。一緒にいてくれる子がいる。わたしの家族。この世で初めて出会ったとても身近な相手。ベスが洗濯物に視線を戻したが、彼女が唇の端にかすかな笑みを浮かべているのが、わたしにも見てとれた。わたしたち二人はわが子への愛という絆で結ばれていた。

別の修道女――シスター・メアリ・デクラン――が洗濯室に顔を出した。「ジョゼフ神父さまがお呼びよ、ベス」修道女仲間である年下のシスター・メアリ・クレアと違って、シスター・メアリ・デクランは修道服に革紐をつけていて、少女がどんなに幼くても、どんなに大きなおなかをしていても、それを振り上げるのを躊躇することはほとんどない。わたしたちは目を伏せた。ベスの微笑は消えていたが、エプロンで手を拭き、おとなしく修道女についていった。シスター・メアリ・クレアも二人と一緒に出ていった。

「かわいそうに」立ち去るベスを見つめて、フィオーナが言った。「でも、あたしたちにとって何がいちばんいいかはジョゼフ神父さまがご存じなのよね。そうでしょ？」

ジョゼフ神父がベスを呼びつけた理由をフィオーナが知っているのかどうか、この言葉だけではわたしにも推測できなかった。フィオーナは孤児院育ちで、十三歳のときにそこを出され、遠い親戚のところで働くことになった。数カ月後、教区教会の神父がフィオーナをここに連れてきた。フィオーナが相手の男の話をするのを、わたしは一度も聞いたことがない。戦争から戻ってきた若い男たちを喜んで迎えた少女たちが修道院にどんどん連れてこられた。やがて、男たちはインフルエンザで亡くなったり、アイルランド独立戦争に加わって戦死したり、ふりむきもせずに自分自身の人生を歩みはじめたりするようになった。

それに、わたしたちのなかにはもちろん――スザンナのように、そして、たぶんフィオーナのように――愛した男に失望してはいないものの、はるかに苛酷な運命に耐えるしかない者たちもいた。フィオーナの子供は生後一年になっていた。育児室からコンクリート塀の向こう側へ移されたばかりだった。赤ちゃんの額に生まれつき赤紫の大きなあざがあることを、フィオーナは慰めにしていた。あざのおかげで養子に出されずにすむと思っていた。彼女の頭はここで送る日々のことだけでいっぱいで、そのあとに何が待っているかは考えることもできない様子だった。

フィオーナが修道女や神父に疑問を持つことはけっしてなかった。〝いちばんよくご存じなのよね〟と、絶えず自分に言い聞かせていた。〝いちばんよくご存じなのよね〟

「ベスなら大丈夫よ」フィオーナはいま、希望にあふれた若い無邪気な魔女のごとく大釜を掻きまわしながら、歌うように言った。「ベスのいい人が迎えに来てくれて、二人は結婚するの。あたしにはわかるわ、ナン」どうしてわかるのと反論するのも、質問するのも、わたしは控えたのに、フィオーナは尖った声でつけくわえた。「とにかくわかるの」

胎動から生まれた喜びはしぼんでしまった。フィオーナは赤毛でそばかすが多い。白い肌が湯気で紅潮し、汗ばんでいた。

「ベスのいい人はアメリカ人なのよ」フィオーナはスザンナに言った。「野戦病院で負傷兵の看護をしてたときに出会ったんですって」

「ベスのお母さんも、娘を兵隊のそばへ行かせなきゃよかったんだわ」スザンナが不機嫌な声で言った。「それと、お願いだから、二人ともおしゃべりはやめて」

「ベスのいい人がきっと迎えに来るわ」静かにしてという懇願を無視して、フィオーナは言った。「あたし、祈ってるの。ベスの話の感じだと、善良な人みたい」木の棒から手を離した。「ひと休みしてベスのために祈りましょうよ。お祈りだったら、シスターたちも怒れないわよ。でしょう？　お祈りのための小休止。ベスと赤ちゃんと二人の幸せな未来のために」

「シスターたちはね、どんなことでも難癖をつけようとするのよ」自分の持ち場から動こうとせずに、スザンナは言った。「あんた、まだ学習してないのなら、いつまでたってもなんにも学習できないわね」

スザンナの言うとおりだ。それでも、フィオーナとわたしは手を握り合い、額を寄せ合った。わたしは祈るより心配するほうに気をとられていた。ジョゼフ神父の関心がベスからわたしに移るかもしれない。神父がベスを呼びつけると何が起きるのか、知らないふりをしているわたしだが、ベスの赤ちゃんもわたしの赤ちゃんと同じようにおなかのなかで動いていることを思うと、今日はそのおぞましさを頭から払いのけることができなかった。フィンバルは死んでしまったのかと不安になった。いまだに迎えに来てくれないところを見ると、そうとしか思えない。

魔法の力を持つフィンバル。誰かがわたしをここから連れだせるとしたら、フィンバルしかいない。わたしは目を閉じ、フィオーナに額を預けて、彼の姿を心に描いた。手にしたテニスボールを高くかざしたその姿を。

〝願いごとをしてみなよ〟

〝わたしたち二人が——いえ、三人が——この場所を無事に離れて、ずっと一緒にいられますように〟

〝願いは聞き届けられた〟

シスター・メアリ・フランシスが荒々しい足どりで入ってきて、フィオーナの背中を杖で殴りつけた。

「もってのほかです」年老いた修道女は言った。修道女に許可されたとき以外、わたしたちには祈る権利などないかのように。「あなたたちの罪を洗い流してくれるのは重労働以外にありません」

フィオーナは身を起こし、痛さに顔をゆがめるかわりに微笑した。「そのとおりです、シスター」

フィオーナの声は甘く清純な響きだった。「ええ、そのとおりです」

わたしは自分の大釜のところに戻った。フィオーナは濡れたシーツをカートに積み、屋上で干すためにころがしていった。この時間帯だと、庭に出ている彼女の小さな坊やをちらっと見られるかもしれない。坊やがまだ歩きはじめていないのをフィオーナは心配している。〝ふつうならもう歩けるはずじゃない?〟——戻ってきたら、わたしにそう尋ねるに決まっている。

ジョゼフ神父に呼びつけられたベスのことを考えようとした。祈ったところでなんにもならない。わたしはベスのことが好きだし、同情してはいるけど、自分の赤ちゃんと自分自身以外の誰かのために祈る気にはなれない。

失踪

四日目

一九二六年十二月七日火曜日

チルトンに名前を呼ばれた瞬間、アガサは彼に握られていた手をひっこめた。玄関をあけるなんて、なんと愚かなことをしてしまったのか。目立つことはしないよう、フィンバルに言われていたのに。ただ、人が来ても応対しないようにとは言われなかった。誰かが来て玄関をノックすることがあろうとは、あるいは、誰かが来たときにアガサが玄関に出るほど愚かだとは、フィンバルはたぶん思いもしなかったのだろう。ところが従順な性格ゆえに、アガサはついそうしてしまった。誰かがノックしたときに執事が不在だったら、上流のレディには応対する義務がある。習慣というのは人にどれほどの力を及ぼすものなの？　アガサはそんなことを考えながら、背筋をまっすぐに伸ばした。そうすれば、礼儀作法を守ったがゆえにはまりこんでしまった泥沼から抜けだせるかのように。

「家をお間違えのようですね。そんな名前の人は存じません」

「わたしはあなたの写真を持っているのですよ。車のなかに置いてあります。お見せしましょうか？」

「写真？」アガサは煙を追い払うかのように、顔の前で手をふった。「写真の顔なんて誰でも似て見えるものです。そうじゃありません？」

わたしを捜すために、はるばるヨークシャー州にまで警察が送りこまれているの？　なんて無駄な騒ぎかしら。アガサは胃がキリキリ痛むのを感じた。こんなところにわたしがいるなんて誰にも想像できないはずなのに、ここまで捜索の手を広げているのなら、ほかにどんなところを捜しているの？　わたしが家を飛びだしたことを、そして、その理由を、ほかに誰が知っているの？　ああ、わたしを熱心に支えてくれる新たなエージェントと出版社にこんな恥さらしな騒ぎを知られるなんて、考えただけでぞっとする。

「ミセス・クリスティー」男性が優しく言った。「わたしはフランク・チルトン警部という者です。リーズ警察を代表して捜査にあたっています。あなたを捜すよう命じられましたが、あえて申しますと、見つかるとは思っていませんでした」

表情も物腰も好感の持てる男性だった。温厚で親切。ひと目見ただけで、簡単に追い払えそうな相手だとアガサは思った。「申しわけありません、チルトン警部さん。でも、さっきの言葉をお聞きにならなかったようね。わたしの名前はクリスティーではありません」

アガサはチルトンの視線が彼女を素通りして、素朴な長いテーブルと、そこに積み上げられたノートと、彼女のタイプライターに向いているのに気づいた。手をうしろへやってドアを閉め、彼の視界を遮った。

「では、あなたのお名前は？」チルトンの口調はあいかわらず優しかったが、その毅然とした響きに、アガサは彼が警察官であることを実感した。

「あなたに申し上げる必要はないと思います。夫がもうじき帰ってくるでしょう。ああ。ほら、そこに」

両手をポケットに突っこみ、頬を紅潮させて玄関に近づいてくるフィンバルを見て、アガサは口元をほころばせた。無意識の反応だった。この四日間、二人はほとんど離れずに過ごしていた。こんなに若くてハンサムな男と結婚できることを、チルトンに信じてもらいたくてたまらない自分に気がついた。

「どうしたんだい？」玄関前の石段まで来て、フィンバルは言った。肩にかけた麻袋の膨らみを見て、リンゴが入っているに違いないとアガサは思った。リンゴが大好きだと彼に言ったのは、ついけさのことなのに、もう買ってきてくれた。季節から考えると、たぶん、オレンジ・ピピンだ。シャキシャキした果肉を早くかじりたくてたまらない。

「ダーリン」アガサが彼をこう呼んだのは、これが初めてではなかった。彼はよく悪夢にうなされていた。彼の叫びで目をさますと、アガサはいつもそばへ行き、落ち着かせようとして〝ほら、ほら、ダーリン〟と声をかけていた。〝なんの危険もないのよ〟と。真っ昼間に、しかも見知らぬ人間の前で〝ダーリン〟と呼ばれて、フィンバルは少々たじろいだ。

「こちらはチルトン警部さん。わたしのことを行方不明の女性と勘違いなさってるみたいなの。その女性のお名前、なんでしたかしら？　行方不明のお気の毒な方」

「ミセス・アガサ・クリスティーです」

「まあ。お気の毒に。無事でいらっしゃるとよろしいわね。警部さんが運よく見つけてくださるよう祈っています」礼儀正しさを優先するなら玄関ドアをあけるべきかもしれないが、礼儀正しさには、詮索好きな相手をよそよそしく遠ざけておくという効果もある。台本どおりに行動する——いまのアガサに必要なのはそれだけだ。

「では、これで」フィンバルは警部のほうへぶっきらぼうに会釈をした。警部の横を通り抜け、アガサにうなずきかけたが、その様子ときたら、妻にそんな態度をとる男はこの世に誰一人いないというほど丁重で恭《うやうや》しいものだった。玄関ドアを閉めようとしたが、チルトンが片手を上げて阻止した。

フィンバルがアガサの肩に腕をまわした。アガサはふたたび微笑した。この数日で、二人は驚くほど多くの共通点があることを知った。例えば、犬好きなところ。〝わたしは人間より犬のほうがずっと好き。あなたは？〟すると、フィンバルは同意して、〝ほとんどの人間よりもね〟とつけくわえる。ゆうべ、またしても悪夢にうなされていた彼を起こしたとき、アガサはキスをしようかと思った。ナンにいい仕返しができる。そうでしょ？

いまチルトンを前にしたアガサは、彼にもキスしたいと思っている自分に気づいて驚愕した。この人のせいで身を隠していられなくなるかもしれないが、とても感じのいい人だ。彼を見ているとトミーを思いだす。アーチーと結婚するためにアガサが捨てた婚約者。赤くならないよう気をつけた。夫に裏切られた女はこんなふうになるのかもしれない。新たな男にキスしようと思うのかもしれない。アガサはフィンバルに「わたしたちは同じ使命を帯びているのよ。ナンを説得してアーチーと別れさせなくては」と断言したが、それがチルトンにキスしたいという衝動とどう関係するのかと考えこんだ。心の隅には、アーチーの不倫から受けた痛みを癒そうと思ったら、自分自身もよその男とつきあうのがいちばんだという思いがあった。

「失礼とは思いますが」チルトンが言った。「よく似ておられるので、どうしてもあなたのお名前を伺わねばなりません」

「この人の名前はナン・マホーニー」

フィンバルの口からこの名前が出たのは、ひどく迷惑で、そして充分に予測できることだった。アガサの微笑が消えた。

「すると、わたしが町の登記所へ行けば」チルトンが言った。「この家の所有者はマホーニー夫妻だとわかるわけですな」

「ええ、もちろん」アガサが答えると同時に、フィンバルが「借りてるんです」と言った。

二人は顔を見合わせた。ばれてしまった。でも、それがなんだというの？ 事件を起こしたわけではない。他人の家に勝手に入りこんだだけで、別にたいした罪ではない。

「いいですか、ミセス・クリスティー。あなただってことはわかってるんです。だが、もう一日差しあげますから、よく考えて心の準備をしてください。明朝あらためて伺います。ご主人にどう説明するかを一緒に考えましょう。とても心配しておられますよ」

アガサは笑いだした。その声がひどく冷酷に響いたため、こちらの身元についてチルトンの心に多少の迷いが残っていたとしても、いまの笑い声が迷いを消し去ったのではないかと不安になった。

フィンバルが「じゃ、これで、警部さん」と言って玄関を閉めた。アガサの肩にまわした腕を離す前に、力づけようとして軽く抱いた。アガサの保護者。

「心配いらないよ」


チルトンは歩いて車に戻ったが、頭がくらくらするなかで、たったいま目撃したことを整理しようとした。イングランド全土がひとつの干し草の山だとしたら、何百人もの警官が干し草をかき分けて捜しまわっているときにこの自分が針を見つけだすとは、なんと稀有なことだろう。写真を手にとり、あらためてじっくり見た。彼女だ。同じ女性だ。チルトンは確信した。無事に生きている。どこかの湖底で発見される運命ではなかった。喜ばしいことだ。ただ、彼女が見つかったことから無数の疑問が生まれた。とりわけ大きな疑問は、若きアイルランド人は何者かということだ。チルトンは今日、この若者が二人の女性に手を触れる姿を目撃した。タイプの違う二人だが、どちらも彼に逆らう様子はなかった。

それにしても、自分はどうすればよかったのだろう？　彼女に銃を突きつけて一緒に車へ連れていくべきだったのか？　いまからリーズへ直行して、彼女が見つかったことを署長のサム・リッピンコットに告げるべきなのか？

いや。約束は守ったほうがいい。彼女の心を落ち着かせるために、もう一日待つとしよう。そうすれば、自分はベルフォート・ホテルに戻って温泉に入ることができる。ヨークシャー・プディングを食べ、家のベッドに比べると二倍も幅が広いふかふかのベッドで寝るとしよう。クリスティー夫人の身が危険だったらそんなことは言っていられないが、アイルランドのハンサムな男と粗末な愛の巣に潜んでいるだけのように見える。

よし。アガサ・クリスティーの居所を報告するのは、今日はやめておこう。なぜこんな決心をしたのか、チルトン自身にもよくわからなかった。明日になれば、おそらく気が変わるだろう。しかし、とりあえず今日はこのままで。

失踪

五日目
一九二六年十二月八日水曜日

結婚生活には、一般にあまりイメージされることのない拘束力のようなものがある。わたしも自分自身が結婚するまで、それがよくわかっていなかった。義務や打算から始まった結婚であろうと、もしくは、世間の噂になって、情熱を抑えきれずに秘密裡に始まった結婚であろうと、最初から夫婦仲が険悪で歳月と共におたがいを無視するだけになろうと、夫婦のあいだには容易に断ち切ることのできない絆が生まれるものだ。アーチーは結婚のくびきから逃れてきたと信じていたが、妻が行方知れずになったため、そのくびきの重圧に押しつぶされてしまった。わたしがアーチーの人生に登場してからのこの二年間、彼は妻のことを、たいてい〝アガサ〟という目でしか見ていなかった。ところが、いまでは彼女が姿を消し、危機に瀕している可能性も出てきたため、〝ぼくの妻〟として彼女に熱い思いを寄せるようになっていた。

ただ、クリスティー大佐の憔悴ぶりにトンプソン副本部長が心を動かされた様子はなかった。「女がいることはわかってるんですよ」前日、朝いちばんにスタイルズ荘にやってくるなり、トンプソンはそう告げた。

アーチーはもちろん、〃女？　なんのことです？〃と言いそうになった。しかし、頭の切れる男性なので、露見したことを悟った。「世間にどう見られるかは承知しています」と答え、まずいことに、後悔を示すのではなく偉そうな口調になってしまった。「しかし、ぼくは妻を愛していて、危害を加えようなどとは思ったこともありません」アガサに肉体的な危害を加えていないことはアーチー自身が知っているが、トンプソンの腹立たしげな視線のせいで、つい、危害を加えたような気にさせられる。妻が受けた精神的苦痛のことを思いだし、自分は無実なのにと憤慨すると同時に、罪悪感に打ちのめされた。

「捜査でいずれはっきりするでしょう」トンプソンは憤怒《ふんぬ》を隠そうともせずにアーチーを見た。アガサ・クリスティーが遺体となって発見されたら、それは大きな悲劇で、夫を刑務所に放りこむのがただひとつ残された鬱憤《うっぷん》晴らしの手段となるだろう。トンプソンは捜索にさらに力を入れるよう命じた。

アーチーはいま、彼のデスクの前にすわっていた。目の前にはアガサが書き上げた短篇の写し。タイプライターで打ってあるが、「崖っぷち」という題名だけは別で、激怒した女の手書き文字がいちばん上の紙に並んでいた。ペンが紙を突き破りそうな勢いだ。アーチーはその短篇をもう一度読んでみた。主人公がひそかに愛していた男の身は無事だった。そして、男を自分から奪って妻になった若い女を破滅させようとした主人公の企みによって、若い女は崖っぷちから転落死する。アーチーはアガサに怯えの混じった畏敬の念を抱いた。〃ぼくはアガサのことがわかっていない〃心でつぶやいた。〃まるっきりわかっていない〃

アガサの捜索はイングランドの隅々にまで及んでいたかもしれないが、捜索の中心地はバークシャー州とサリー州だった。水曜日にはもう、ふたつの州に猟犬と警官があふれていた。飛行機まで飛んでいた。たった一人の行方不明者を捜すのに飛行機が使われたのはこれが初めてだった。サニングデール最大の豪邸、コワース・ハウスの使用人たちも今日一日は仕事から解放されて、この界隈に関する知識を提供することになった。それなら、どこの警察よりも彼らのほうが上に決まっている。職業柄、使用人たちの口の堅さは筋金入りで、スタイルズ荘のお粗末な使用人たちから聞いたゴシップを口外することはけっしてなかった（アナがすでに警官にしゃべってしまったことは知る由もなかった。三流のメイドというのはだいたいこの程度だ）。クリスティー夫人はすでに遺体になったものと全員が確信していて、自分たち以外の誰かが遺体を発見するなどというのは、想像するのも不愉快だと思っていた。

イバラの茂みに迷いこみ、浅い小川で凍死した哀れなミス・アナベル・オリヴァーを二人の従僕が見つけたときは、みんな、どれほどがっかりしたことだろう。ミス・オリヴァーの姿に気づいて大きな叫びが上がったが、次に落胆の声になった。アガサ・クリスティーにしては年をとりすぎているし、小柄すぎる。ふつうなら遺体発見は重大事だ。しかし、この遺体は誰からも失踪届が出ていない人物のもので、重大とは言いがたかった。

アーチーはピーターにリードをつけて道路を歩いていた。頭上で飛行機の音がしている。大気を切り裂くプロペラの音。遠くから猟犬の吠える声。妻が姿を消して以来、このあたりに欠かせない音になっている。

アガサの失踪が夫を狂乱状態に追いこむための策略だったのなら、まさに脱帽ものだ。ピーターが反抗的にリードをひっぱったので、アーチーは手荒く犬をひきもどした。犬がアーチーになついたことは一度もない。しかし、モーリス・カウリーが発見された現場へピーターを連れてくるよう、トンプソン副本部長に言われたのだ。車で出向いてもよかったのだが、外の空気――風があって、身を切るように冷たい空気――を吸えば、胸のなかの不安な波立ちも多少収まるのではないかという期待があった。〝ぼくが何をした？　何をしたというんだ？〟自分の人生をズタズタにしてしまった。それが答えだ。この渦巻く集団を呼び寄せ、絶え間なく続くおぞましき騒動をひきおこした。捜索活動はアガサの苦悩に命が吹きこまれたもののように見えた。アーチーがそれをひきおこしたのだ。ゴルフが上手な女のせいで。どの新聞もアガサの失踪を大々的に書き立て、ヨーロッパ大陸にまで噂が届いていた。警察は彼の不倫の事実をつかんでいたが、ナンの居所を突き止めて事情聴取するところまではいっていなかった（わたしが約束どおり身を隠したので、アーチーはホッとしていた）。とはいえ、彼のしたことがすべて明るみに出るまでに、あとどれぐらいあるだろう？　アーチーとナンの不倫が表沙汰になったことをアガサが知ったとき、彼をとりもどしたいという彼女の心に変化が生じるのではないだろうか？　全世界がそれを知ったとき。それとも、いまでは愚行か一時の気まぐれとしか思えなくなったもののために、彼は結婚生活を、全人生を破滅させてしまったのだろうか？

妻の車の横で警察が待っていた。車はチョークの採石場からひきもどされて、いまもニューランズ・コーナーに置いてあった。警官たちがアーチーにきびしい目を向けた。彼が何か悪辣《あくらつ》なことをしたのだと、その多くが確信していた。まるでそんなことが可能であるかのように。アーチーにそんな悪辣な面があるかのように。妻を見つけようとして彼がどれほど必死になっているか、警察にはわからないのだろうか？

「さあ、ピーター」アーチーは言った。犬はまたしても自宅の方角へリードをひっぱった。アガサはこの犬にたいそう甘くて、ベッドに飛び乗るのを許し、自分の皿のものを食べさせ、リードなしで散歩させていたものだ。アーチーは憮然とし、身をかがめて犬を抱きあげた。ピーターは彼の腕のなかでもがき、キャンキャン鳴きだした。若い警官二人が視線を交わした。おもしろがっている？　それとも、呆れている？　颯爽《さっそう》たる大佐は妻だけでなく、こんな小さな犬にすら手こずっている。

「ほら、ピーター」アーチーが犬を車のそばで下ろしたが、ピーターは匂いを嗅ごうともせず、哀れな声で鳴きながらぐるぐるまわるだけだった。

「うーん」二人の警官のうち、非難がましい表情の強いほうが言った。「これ以上は無理なようですね」

「そのとおりだ」アーチーは言った。ピーターのリードをはずしてやると、犬はすぐさま自宅めざして道路を駆けていった。

「ちょっと待って」アーチーが犬を追って歩きだそうとしたとき、彼を呼ぶ声がした。それはトンプソンで、いつもよりさらにきびしい顔だった。いまにもぼくを絞め殺そうとするのではないかとアーチーが思ったことが、これまでもたびたびあった。

アーチーは何か言おうとして口を開いたが、まったく声が出なかった。かわりにトンプソンの声がして、アーチーが言うつもりだったことを不吉な言葉で掻き消した。「進展があったようです。捜索の連中が遺体を見つけました」

遺体。アガサの？　ぜったい違う。アーチーがぞっとしたことに、膝の力が抜けてしまった。つねに彼の忠実な召使いであったはずの肉体がこんな屈辱の裏切りを働いた。地面に崩れ落ちないようにするには、手を伸ばしてトンプソンの襟をつかむしかなかった。

トンプソンのほうは膝を曲げてそこに力をこめ、アーチーが倒れるのを防ごうとした。トンプソンの顔には、迷いの混じった当惑の表情が浮かんでいた。いま目にしているのは悲しみか？　それとも罪の意識か？

ぼくの妻――アーチーは思った。遺体。そんなはずはない。耐えられない。世界が一変して、荒れはてた苛酷な場所に変わってしまった。彼が別のタイプの人間だったら、副本部長の手をふり払い、道路に身を投げだして号泣していただろう。

同じ日の朝早く、ヨークシャー州のホテルでチルトンが部屋のドアをあけると、アメリカ人のリジー・クラークが旅行用の服装で廊下を歩いていくのが見えた。チルトンは彼女に気づかれる前にドアを軽く閉めて、彼女がある部屋のドアをノックするのを見守った。ひそやかなノックで、その部屋の客だけを起こし、両隣の客には気づかれないよう注意している様子だった。ドアが開いて閉じ、クラーク夫人が室内に姿を消すと、チルトンはすぐさま靴を脱いで廊下を忍び足で歩き、部屋の外で聞き耳を立てた。

「ダニーに電報が届いたの」アメリカ人っぽい声が言った。「予定を早めに切り上げなくては。アメリカに帰ることにしたわ」

それに答えた声――女性、イングランド人――を耳にしたチルトンは、誰かに立ち聞きされているのをその女性が知っているのではないかと思った。声がいささか大きすぎるし、どことなくわざとらしい。

「何もかも順調だといいわね」

「ええ。すべて完璧よ。完璧」

まだ整えられていないベッドに並んで腰かけ、手を握り合っている二人の女性を、チルトンは想像した。たとえ片方の声がわざとらしくても、ある種の親密さが感じられる。自分の部屋に戻ったチルトンは、ベッドの裾に置かれたベンチにすわって靴紐を結んだ。靴の縫い目がほころびかけているのに気づいた。朝のうちにリッピンコットに報告しなくてはならない。〝アガサ・クリスティーを見つけました。無事です。衰弱した様子はありません。彼女が望んでいるのはプライバシーだけです〟

たぶん、リッピンコットと二人で善処して、女性作家の希望に沿って今後の方針を決めることができるだろう。夫以外の者には何も言わずに、捜索を打ち切りにし、彼女の心の準備ができた時点でふたたび姿を見せてもらうことにしよう。

しかし、警察を説得して捜索を打ち切ることができても、報道機関が黙っていないだろう。世界じゅうの新聞社がこの話題で大儲けしている。クリスティー夫人を見つけたのが報道機関の人間ではなく、警察の人間だったのは、夫人にとって幸運だった。まさかそんなところに潜んでいようとは誰にも想像できないイングランドで唯一の場所を、クリスティー夫人は選んだようだ。

ただ、それでも見つかってしまった。世の中とはそういうものだ。いつまでも身を隠していることはできない。チルトンは着替えをすませ、朝食をとるために階下へ行った。クラーク夫妻がフロントでリーチ夫人に支払いをしていた。

「ご機嫌いかがですかな?」チルトンは三人に声をかけた。煙草を一本抜いて口へ持っていったが、火はつけなかった。クラーク夫人はほんの一瞬、落ち着きをなくしたが、すぐさま表情の読めない冷ややかな顔になった。

「おはようございます」アメリカ人特有のrの音を強く響かせて、クラーク夫人は言った。夫のほうは何も言わず、リーチ夫人の手に紙幣を押しつけただけだった。

「ありがとうございます、クラークさま」リーチ夫人が言った。「全額お支払いいただき、感謝いたします」ふたつの死亡事件のあと、何人かの客がホテルをひき払ったが、こういう気前のいい客ばかりではなかった。

「道中どうぞお気をつけて」

クラーク氏がチルトンのほうを向き、ポケットからマッチを出してチルトンの煙草に火をつけた。

クラーク夫人が言った。「じつは楽しみなの。帰りの船に乗るのが。ここの温泉は評価されすぎだと思うわ。あ、気を悪くしないでね」申しわけなさそうにリーチ夫人を見た。「わたしは冷たい水のほうが好きなだけだから。湯気がもうもうとしてる暑い洞窟より、広い海のほうがいいわ」

若き夫がマッチ箱を上着の内ポケットに戻し、妻の肩甲骨のあいだに片手を置いて正面ドアのほうへ誘《いざな》った。ダンスのごとき退場だった。

「楽しい旅を《ボン・ヴォヤージュ》」二人を見送りながら、チルトンは静かにつぶやいた。夫妻のわずかな荷物を積んだワゴンをベルボーイが押していった。そのあとで、チルトンはリーチ夫人に言った。「なんとも妙なことですな。遠くからはるばるやってきながら、滞在がわずか二、三日とは。せめて大陸観光ぐらいはするでしょうが」

リーチ夫人は電話が必要かとチルトンに尋ねた。正直に言うと、チルトンにとって電話は必要なだけでなく、義務でもあった。しかし、気がついたときには「いえ、けっこうです」と答えていた。

「いまのところは。ところで、ご存じなら教えてもらいたいんですが。人が住まなくなった家というのはハロゲートにたくさんあるんでしょうか？」

「人が住まなくなった家？　ないでしょうね。一時的に無人になった家なら、ええ、少しありますけど。都会の人が購入した田舎の家。たまに来るだけなら、どうしてホテルに泊まらないのかと、不思議でなりません。わたし自身はどうしても都会になじめないんですよ」

「わたしもそうです」チルトンはツイードの上着の裾をひっぱった。上着がゆるくなった感じで、また痩せたような気がした。〝食べることが大事だ〟と、自分に言い聞かせた。〝仕事をすることが大事だ。仕事をしているふりをすることが〟

あまり客のいないダイニングルームに入っていった。わずかな客のなかに若い女性がいて、一人で席につき、窓の外をじっと見ていた。前のテーブルに置かれたティーカップには口もつけず、お茶が冷めてしまっている。チルトンはその席へまっすぐに向かった。

「いいですか？」自分で椅子をひいた。

「ええ」と答える以外、わたしに何ができただろう？


チルトン警部はわたしより有利な立場にあった。警官はこういう立場を楽しむものだ。わたしがアガサ・クリスティーとどうつながっているのか、警部は知らないようだが、つながりがあることだけは知っている。どこからそんな情報を得たのか、わたしにはまったくわからない。フィンバルが口にした言葉のせいで、わたしはいまもかなり動揺していた。〝ぼくたち〟というのは彼とアガサのことだ。アガサはこのハロゲートにいて、彼と一緒に身を隠している。チルトンもそれを知っているとわかったら、わたしはさらにどれだけ動揺していただろう？　でも、それがわからなかったおかげで、チルトンのことはさほど心配ではなかった。

わたしが心配だったのはフィンバルのことと、ふたたび現われた彼がわたしの将来にどう影響するかということだった。フィンバルの腕に抱かれたあとで、どうしてアーチーの腕のなかに戻れるだろう。人は心理学を重視しなくてはならない。わたしも自分自身の心理を分析するのにずいぶん手間をかけ、計画を成功させてアーチーの妻にならなくてはという複雑な感情を整理しようと努めていた。フィンバルの登場で計画がすべて崩れてしまいそうだった。

わたしが三年前にアーチーに狙いをつけたとき、こちらからアプローチしても無駄なことはわかっていた。かわりに、向こうがわたしの存在に気づくように仕向けた。彼の好きなタイプを調べ上げて、そういうタイプになり、視線を合わせるかわりに目をそらすようにした。完璧なゴルフのスイング、ひどく内気そうな微笑。レシピどおりの手順でおいしいケーキを焼くのにも似て、ひとつひとつの策が狙いどおりの成果を上げていった。

チルトンのほうは、そんなたぐいのゲームを求める男性には見えなかった。近づきやすい雰囲気だった。謙虚だが、卑《いや》しいところはない。好感の持てる謙虚さだ。ナプキンを広げながら、チルトンはおどおどしているとも言えそうな笑みを浮かべた。どこもかしこもすり切れているような印象だ――服も、顔も、髪も。髪は櫛《くし》でちゃんと整える必要がある。彼が頼んだのはコーヒーではなく紅茶だった。

「震えがひどいんです」まともなほうの手を差しだして、チルトンは言った。その手もかすかに震えていた。「戦争へ行って以来」

「大変でしたね」

フィンバルには震えの症状はなかった。一人一人が違う形で戦争をひきずっている。チルトンが自分の弱点を隠そうとするのではなく、正直に言ったことに、わたしは好感を抱いた。

「あなたのお友達は出発されたんですね」

「わたしの友達？」

「アメリカのレディですよ。ミセス・クラーク」

「ええ、今日発つと言っていました。でも、別に友達ではありません。何日か前に会ったばかりです」

「そうなんですか？」

「ええ。わたし、アメリカへは行ったこともありませんし」

「で、あの人がイングランドに来たのも初めて？」

「そういう話題は出なかったと思います」

チルトンから向けられた視線に、わたしは落ち着きをなくした。無遠慮な詮索の視線だった。悪意はまったくないものの、探りを入れ、自分が見つけたものに評価を下そうとする視線だった。リジー・クラークのことを尋ねられるのはうっとうしかったが、その反面、好感の持てる人なので、見つめられると、小さな笑みを返さずにはいられなくなる。元気づけてあげる必要があるかのように。

ウェイトレスがわたしたちのテーブルにやってきたが、彼が手をふって遠ざけた。

「わたしがお料理を注文したくないって、どうしてあなたにわかるんです？」わたしは尋ねた。アーチーの前ではけっして言わないことだ。あるいは、フィンバルの前でも。もっとも、それはただ、わたしが空腹かどうかを訊きもせずにフィンバルがウェイトレスを追い払うことはありえないからだが。

「注文したかったんですか？」

わたしは首を横にふった。

「驚愕すべき事件ですな」チルトンが言った。

「失踪のこと？　あの女性作家の？」

「いやいや、違います。そうじゃありません。もちろん、それも驚愕すべき事件ではありますが」

「見つかったんですか？」

「いや、まだです。どこにいるのか、いまも謎のままです」

「すてきなことね。女性が作家になるなんて」

話題が脇へそれたことに、チルトンは驚いたようだった。「さよう、たしかに。わたしもそう思います」

「わたしも昔は作家になることを夢見ていました。でも、人生は思いどおりにいかないものですね」

チルトンはうなずいた。わたしの告白に驚いた様子はなかった。日常から離れたこういうホテルでは、よくあることなのだろう。客どうしがおたがいの身の上を告白しあう。だから、わたしがリジー・クラークとすぐに親しくなっても、不思議に思う人はいなかったのだろう。

「だが、あなたはまだ若い。その気になれば、本を百冊書く時間だってきっとありますよ」

「そうでしょうね」わたしはカチャンと音を立ててコーヒーカップを受け皿に戻した。

「さっき驚愕すべき事件と申し上げたのは」話題を戻してチルトンは言った。「マーストン夫妻の件です」

「ええ。びっくりしました。お先に失礼していいでしょうか。わたしはもう終わりましたので。どうぞよい一日を」わたしはナプキンをテーブルに置いて立ち上がった。「失礼ですけど、チルトンさん、ひとこと申し上げると、スパで休暇を過ごすような方には見えませんね」

「休暇だなんて言いましたっけ？」チルトンは小首をかしげ、ほんの一瞬、謙虚なタイプには見えなくなった。どちらかといえば、狡猾《こうかつ》な感じになった。

「もちろん、そんなことはひとことも。アガサ・クリスティーを捜してらっしゃるんでしょ。早く見つかるといいですね、チルトンさん。じゃ、これで」

これからどうすればいいのかわからないまま、わたしはダイニングルームを出た。チルトン氏とのやりとりで疲れはててしまった。心に傷を負うことなく人生を歩んでいくのは、なんと困難なことだろう。

この時期を――ハロゲートで過ごした日々だけでなく、ふたつの大戦にはさまれた日々を――ふりかえったとき、わたしはしばしば思う。なんとすばらしい時代だっただろう。誰もが悪は打ち負かされた、悪がよみがえることは二度とないと信じていた。文明の利器がたくさんあった――電話、自動車、電灯――でも、多すぎはしなかったし、簡単に利用できるわけでもなかった。時代がもう少し下がると、騒音も光も過剰になっていく。誰もが簡単に利用できるようになる。地上の光のせいで星々の輝きは薄れてしまい、いまのわたしがしているようなことは、つまり、日常生活から抜けだし、誰にも気づかれずに身を隠すといったことはけっしてできなくなる。

自分の部屋に戻ったわたしは、ベッドに腰を下ろし、『グレート・ギャツビー』の最終章を読もうと思って本を手にした。目で活字を追ったが、わたしの心を占めていたのは自分自身の物語だった。クラーク夫妻は荷物をまとめて去っていった。わたしも同じことをしたらどうなるだろう？　アイルランドに戻ることはもうできない。でも、フィンバルに〝バリーコットンのことは忘れましょう。どこかよそへ行きましょう。アイルランド以外のどこかへ。イングランド以外のどこかへ〟と言ったらどうなるだろう? アガサとアーチーを過去に置き去りにして、ようやく自分自身の未来をつかむことができる。新たな人生を始めることができる。そんなことが可能ならば。

部屋の窓をあけた記憶はないのに、窓があいていて、ある音がはっきり聞こえてきた。空耳だったのかもしれない。ホテルのなかの物音ではありえない。道路をのんびりと行く乳母車から聞こえてきたのかもしれない。ただ、赤ちゃんの泣き声が聞こえたのはたしかだった。要求と空腹を訴えるあの甲高い執拗な泣き声。わたしの乳房が痛みに貫かれ、疼きだし、お乳を出したがっているかに思われた。わたしは本を脇に置いて立ち上がり、窓を閉めた。イングランドを去ることはぜったいにできない。たとえフィンバルが一緒でも。

クリスティー夫人を長いあいだ隠したままにしておけないことは、チルトンにもわかっていた。警察が捜索に人手をとられている。世間の人々が心配している。この手で夫人を自宅へ送り届けることを彼女が承知してくれれば、本人もそうバツの悪い思いはせずにすむし、騒ぎをひっそりと静めることもできる——チルトンはそう考えた。ただちに彼女のところへ行って提案しようと決めた。彼女を車に乗せて二人で田園地帯を走る。彼の頭はいつしか、彼女を連れてサニングデールに——英雄として——到着する瞬間のことより、道中の想像でいっぱいになっていた。田舎道を車で走りながら、二人はどんな話題を見つけるだろう?

ところが、自分の計画に同意してもらおうと固く決心して、アガサを見つけた田舎家へ出向いたところ、煙突からは煙が出ていなかった。車が隠してあった場所にはタイヤの跡が残っているだけだし、車を覆っていた木の枝が芝生の上にきちんと積み重ねてあった。チルトンはドアのノブに手を触れないようにして、玄関をそっとあけた。ドアは抵抗もせず、文句も言わずにすっと開いた。いくつかの部屋を通り抜けたが、いずれも無人だった。暖炉の灰が冷たくなっていた。寝室にラベンダーのかすかな香りが残っていた。化粧テーブルに五ポンドの新札が置いてあった。

チルトンはベッドに腰かけて枕を顔に押しあてた。香りを吸いこんだ。この家の正当な住人たちが戻ってくるころには、香りはすでに消えているだろうが、次にこの枕で眠る人はなぜか、紫色の花が咲き乱れる野原の夢を見るだろう。

いまのチルトンには出世などもうどうでもいいことだが、それでも、わずかばかりのプライドは残っているし、リッピンコットへの義理もある。ふたたびアガサが見つからないかぎり、最初に見つけたときのことは誰にも話せない。

シスター・メアリ、ここに眠る

わたしたちが寝るのは修道院の三階にある共同寝室で、幅の狭いベッドがわずかな間隔を置いて一列に並んでいた。日中は寝室のドアに錠がおろされるので、こっそり三階に上がって休憩することは誰にもできない。夜になってわたしたちがベッドに入ると、ドアにふたたび錠がおろされる。鍵を持っているのは修道女たちだけだ。わたしはいまでもときどき、修道院が火事になり、逃げ道のない部屋にわたしたち全員が閉じこめられる夢を見る。

いくら疲れはてていようと、その部屋で熟睡することはできなかった。真下に育児室があり、目をさました赤ちゃんたちの泣き声が聞こえてくるからだ。スザンナが以前この女子修道院にいたころは、修道院長がいまとは違う人だった。夜になると、修道女たちはベビー服をベッドにピンで留め、朝が来て授乳の時間になるまで放っておいたものだった。「あんなひどい拷問はなかったわ」スザンナは言った。「わが子のそばへ行くこともできないまま、泣き声を聞いてなきゃいけないんだもの。もちろん、赤ちゃんの声が聞こえる場所にわたしたちが寝させられてるのは、偶然なんかじゃないのよ」

可能なかぎりのところに罰が用意してあったのだ。少なくとも赤ちゃんのことに関するかぎり、新しい修道院長は前任者より優しかった。わたしが院長の姿を見たのはミサのときに一度だけで、それもチャペルの向こう側のずっと遠い場所だったので、目や髪の色も、年齢も、顔立ちもわからなかった。この院長の時代に、少女が二人選ばれて夜の番をするようになった。悲痛な泣き声がわたしたちの耳に届いたときも、赤ちゃんが放っておかれることはなくなり、誰かが抱いてあやしていることだけはたしかだった。毎朝、出産したばかりの少女たちの寝間着は、手の届かない赤ちゃんのために滲みでるお乳でぐしょ濡れになっていた。

夜のあいだ、少女たちも泣いていた。お乳の出る少女だけでなく、ここに来たばかりの少女たちも自分の苛酷な運命を嘆いていた。わが子を里子や養子に出された少女たち、また、孤児でもないわが子が隣接する孤児院に預けられ、自分は子供からわずか数メートルのところで暮らす少女たちは、子供に焦がれ、苦役に耐え、叶わぬ夢を抱いていた。誰もが絶望していた。絶望した者が熟睡できることはめったにない。

ベスのベッドはわたしのとなりだった。ある晩、泣き声が聞こえて目がさめたわたしは、身を起こし、闇に目を凝らして、泣いているのがベスかどうかをたしかめようとした。次の瞬間、大きくなった自分のおなかに両手をあてた。小さな子供がおなかを蹴り、ころがり、踊り、ドサッとぶつかってきた。そのときはまだ、赤ちゃんのことを〝彼女〟だとは思っていなかった。でも、記憶のなかでは、そう思っていたことになっている。彼女、わたしの赤ちゃん、わたしの小さな女の子。姿が見える。わたしに笑顔を見せ、手をふっている。わたしも手をふりかえす。投げキスをする。

「ベス」わたしはそっと声をかけた。「泣いてたの？」薄い毛布を脇へどけてベスににじり寄った。彼女の肩に手をかけると、ベスは復員兵のようにビクッとした。「落ち着いて、ベス、わたしよ。ナンよ」

ベスは震えながら片手で口をふさぎ、心を静めようとした。

わたしは彼女のベッドの端に腰かけた。「わたしに遠慮して泣くのを我慢することはないのよ」短く刈られた髪をベスの額からどけてあげた。ベスは優しい顔立ちだ。清らかで愛らしい。若い兵士がベスに恋をする姿は簡単に想像できる。本当なら、長い髪とおしゃれな服で街を歩くはずなのに。笑いながら。

「耐えられないの。おなかが大きくなれば、ほっといてくれると思ったのよ。誰かほかの子を呼ぶだろうって。でも、だめ。だめなの」ベスは肘を突いて上体を起こした。少なくとも妊娠八ヵ月だが、おなかがあまり目立たないタイプだ。丸く膨らんだおなかを別にすれば、全体に華奢でほっそりしている。

わたしはベスの手をとってキスをし、励ましか慰めの言葉はないかと頭のなかを探った。「シスター・メアリ・クレアに訴えようよ」

ベスはわたしに話す勇気がなかったのだが、シスター・メアリ・クレアはすでに知っていた。〝我慢なさい。初めてじゃないんだから〟歌うような声でシスターは言った。そうかと思うと、自分が前に言ったことをベスが覚えているはずはないと思っているのか、口ぶりをがらっと変えることもあった。〝ジョゼフ神父さまがそんなことなさるはずはないわ。神に仕える方なのよ〟

ベスがわたしに打ち明けてくれていればどんなによかったか。でも、優しい子だから、打ち明けるのをためらったのだろう。わたしが見つけられるかぎりの慰めにすがることを、ベスは望んでいたのだろう。かわりにこう言っただけだった。「でも、シスター・メアリ・クレアに何ができるというの？　あの人もただの女よ。どのシスターだって何もできやしないわ。ここに連れてこられる前に崖から身を投げる勇気を出せばよかった」

「そんなこと言っちゃだめ」わたしはコリーンのことを静かな口調で手短に話した。

「利口な人だったのね、あなたのお姉さん」

「やめて。お願いだから。そんなこと言わないで」

「ごめん、ナン。ごめんね。わたし、故郷のドゥーリンに兄さんが五人と妹が一人いるの。毎日、妹のキティのことを考えてるわ。キティはもしかしたら、わたしがほんとに崖から身を投げたと思ってるかもしれない。父さんがキティに何を話したか知らないけど、わたしをここに連れてきたことは言ってないと思う」ベスはふたたび横向きに寝た。両手をVの形に合わせて、枕と頬のあいだに入れた。「キティは映画に出たがってるの。すごい美少女だから。まだ十二歳なのに。妹のそばにいてやれないのが辛い。手紙を書いて〝まずいことになったときは、神父に言っちゃだめ。父さんにも言っちゃだめ。誰にも言っちゃだめ。黙って出ていきなさい〟って言ってやればいいんだけど」

家を出てどこへ行くの？　わたしはそう思ったが、何も言わなかった。妊娠した未婚の少女を喜んで迎えてくれる場所がこの世界のどこかにあるとしても、わたしは聞いたことがない。

「ジョゼフ神父がキティに手を出すなんて、考えただけで耐えられない」ベスは激しい口調で言った。

「あいつを殺してやる。かならず」

ベスはふたたび泣きはじめた。ジョゼフ神父がベスに興味をなくしたら注意がこちらに向くのではないかと怯えている自分が、いやになった。二、三日前、シスター・メアリ・クレアと一緒に廊下を歩いてくる神父を見て、わたしは身を隠すために台所に逃げこんだ。「どの娘もみんな同じだ」神父がシスターに言っているのが聞こえた。それを腹立たしく思っているような口調だった。

「神父さま、そのようなことをおっしゃってはいけません」若き修道女は明るく快活な声でさえずるように言った。シスターはいつもこんな口調だが、わたしがそれを知らなかったなら、媚《こ》びていると思ったかもしれない。「そもそも、わたしたち修道女はああいう娘たちとはまったく違います。そうでしょう？」

ジョゼフ神父は足を止めてシスターの腕に手をかけた。「そうとも。きみたちは忌まわしき悪魔どもの世話をするこのうえなく清らかな天使だ。毒草のそばに咲く純白のユリ。すばらしい光景だ」

わたしたち少女はそっくりな悪魔ども。そして、修道女はそっくりな天使たち。〝シスター・メアリ、ここに眠る〟という墓碑銘のついたそっくりな墓が一人一人を待ち受けている。シスター・メアリ・フランシスがベスの妹のキティとそれほど年の変わらない少女たちのてのひらを革紐でぶつのを、わたしは何度か見てきた。ここで暮らした何カ月かのあいだ、わたし自身がぶたれたことは一度もなかった。つねに目立たないようにし、言いつけに従っていた。従順にするのがいちばん安全だと思ったからだ。そのときのわたしはまだ学習していなかった。この世界でもっとも大きな危険にさらされるのは従順な少女たちであることを。

ベスが頰の下の手をどけたので、わたしはその手を握った。わたしたち全員がそっくりで、ジョゼフ神父がベスを選んだのなら、ベスのおなかが大きくなりすぎたときにわたしを選ぶかもしれない。その思いがどうしても頭を離れなかった。結局は自分の身を守るためにベスを差しだしているのも同然だ。この牢獄暮らしから生まれる最悪の点のひとつは、わたしたちが冷酷な傭兵に変わり、たった一人の軍隊として戦うようになることだ。

「ごめんね」わたしはベスに言った。「助けてあげたいけど」

「いいのよ」ベスが身体をずらしたので、わたしは彼女に背を向けてとなりに横たわった。狭いベッドに二人で寝て身体を密着させ、ベスのおなかがわたしの背中に押しつけられているので、力強い胎動が伝わってきた。わたしたちは息を呑み、少なくとも一瞬だけ胸を躍らせた。

「わあ、この赤ちゃん、強そうよ」ベスが小声で言った。

「男の子かもしれないわね。大きくなったら、あなたのためにジョゼフ神父をやっつけてくれるかも」

「だめ。そんなことさせない。この子を守るのがわたしの役目よ。この子が聖職者と知り合いになることはないし、戦争に行くこともない。ぜったいに」

「名前は決めた？」こちらでどんな名前をつけても、それが認められることはなかった。わたしたちはよく目にしたものだ。赤ちゃんを養子にするためにやってくる夫婦を。あの当時は、女性が病院で出産することはめったになく、たいてい自宅での出産だった。妊娠最後の二、三カ月は、大きなおなかで外を歩くより家に閉じこもるほうが多かった。だから、わたしたちの赤ちゃんを盗むだけでなく、実の子供だと言いはるのも簡単だった。

「女の子だったら」ベスは言った。「ジュネヴィーヴって名前にするわ。男の子ならローナン。〝小さなアザラシ〟って意味よ。あなたの故郷にアザラシはいる、ナン？」

「ううん」バリーウィリング・ビーチの岩場にはアザラシがいたが、あそこが故郷だとはもう思いたくなかった。アイルランドはわたしのもの、もしくは、わたしはアイルランドのものという考えはすでに捨てていた。わたしはロンドンの出身。母の娘。父の娘ではない。

「陸地が災難に見舞われたら、ローナンは泳いで逃げていくの。海が災難に見舞われたら、ローナンは海岸に戻ってくるの」

「ジュネヴィーヴにした理由は？」わたしは聞いた。

「若い女の子の守護聖人だから。この子が自分の力で生きていけるように」

わたしはすてきな響きだと思いながら、自分のおなかを抱きかかえた。

「この子がひどい目にあうことはぜったいにない」ベスは言った。「わたしがかならず守り抜くから」

わたしたちの切なる願いのこもった言葉だった。いまここにいることを嘆く必要はない。これからはいいことばかりが続くはず。愛しい男たちが戻ってくる。赤ちゃんはいつもわたしたちのそばにいて、わたしたちは赤ちゃんの成長を見守る。空想が広がった——台所のテーブルの前にすわったわたし。足元でアルビーと遊ぶ赤ちゃん。わたしがノートを物語で埋めるあいだに、フィンバルがお茶を淹れてくれる。わたしたちの希望は奪われていなかった。このときはまだ。

「どの娘もみんな同じだ」ジョゼフ神父の言葉が執拗にわたしたちにつきまとい、ついには、そのとおりだと信じそうになった。たまに反乱が起きた——ミルクを運ぶトラックがやってきたときに、開いた門から少女が逃げだすといったような。鐘が鳴り響き、修道女たちがあたふた駆けまわり、〝このドアを施錠して。あっちのドアをあけて〟などと命じる。わたしたちは修道女の怒りを買うのもかまわず歓声を上げるが、やがて夜になり、逃亡した子が土埃と涙に汚れた顔で戻ってくると、がっかりする。一日かけて無駄に歩きまわったあげく、どこへも行く場所がないことを、その子はいやというほど思い知らされたわけだ。

「屋根のある場所で暮らせることに感謝しなさい」修道女たちがみんなに言った。「こんなによくしてくれるところはほとんどないのですよ」

ある日の朝、ベスとわたしは玄関ホールの床磨きをしていた。修道女から床磨きを命じられても、床はたいていきれいに磨かれているが、夏に入ると雨の日が増えるため、外で作業をしていた少女たちがタイルに泥だらけの足跡を残すことが多くなる。手と膝を突いて床を磨いているベスを残して、わたしがバケツのお湯をとりに行き、玄関ホールに戻ろうとしたとき、ハミングしながら廊下を歩いてくるシスター・メアリ・クレアに出会った。

「シスター、お願いがあるんですが」

「わがイングランドのバラ」シスターは微笑した。「なんでも遠慮せずに頼んでいいのよ。覚えておいてね」

「バリーコットンに住むフィンバル・マホーニーに手紙を出してもらえないでしょうか。二、三行でいいから、わたしがここにいることを知らせたいんです」

悲しげなためらいの色がシスターの顔をよぎった。

「迎えに来てほしいなんて書いてもらう必要はありません。〝ナンはサンデーズ・コーナーの女子修道院にいます〟って書いてくださるだけでいいんです。わたしの居所がわかれば、彼は迎えに来てくれます、シスター。結婚してくれます。わたしにはわかっています」

「そうね、わたしにもわかるわ」シスターはわたしの肩に手を置いた。妊娠しているにもかかわらず、わたしの肩にはシスターがつかめるような肉はついていなかった。ここで出される食事はとにかく粗末だった。朝はパン、夜もパン、お昼に薄いシチュー。「フィンバルに手紙を書いてあげるわね、ナン。あなたならきっと、幸せな子の一人になれるわ」

シスターは玄関ホールまで一緒に来てくれた。わたしのバケツを一個持とうとは言ってくれなかったので、火傷しそうなお湯がわたしの向こう脛と木靴にはねかかった。

「シスター」ベスが言った。苦労して立ち上がった。石の床が水分で光り、ベスの顔も光っていた。額に玉の汗が浮いていた。

シスター・メアリ・クレアは心配そうにそばへ行き、ふっくらした手を上げてベスの頬に触れた。

「気分がよくないんです。痙攣が起きて、じっとり汗ばんでて」

シスター・メアリ・クレアはベスの頬に触れた手を額へ移した。「熱はないようね」

「お願い。お産が近づいてる気がするんです。生理のときみたいな痛みがおなかに突き刺さってて。どうか病院へ連れてってください」

「あら、わたしにそんなことをしろと言うの？」その声には、愉快そうな響きと同時に警告の響きもあった。いくらシスター・メアリ・クレアでも、わたしたちのような者の図々しさを大目に見てはくれない。

「どうしても病院へ行きたいんです」ベスは言葉を変えて訴えた。その声にはすでに絶望が滲んでいた。

「自分がどんなに小柄か見てごらんなさい。おなかに子供がいるなんて、わたしにもわからないぐらいよ。お産はまだまだだわ。その兆候はわたしがちゃんと知ってるから安心して。あなたを女王さまみたいに何週間も病院に入れてあげるわけにはいかないのよ。そうでしょ？」

シスターはベスからわたしの顔に視線を移し、そこに困惑を見てとったに違いない。「じゃ、こうしましょう。あなたをこっそり上へ連れてってあげるから、しばらく横になりなさい。ここだけの秘密よ。それでいい？」

「ありがとうございます、シスター」ベスの肩から力が抜けた。

わたしはベスの濡れた手から床磨きブラシを受けとった。少女が日中に休憩できるなんて前代未聞だ。わたしはベスのために喜んだだけでなく、自分自身も勇気づけられた。たぶん、シスター・メアリ・クレアがフィンバルに手紙を書いてくれる。早くも彼の姿が浮かんできた。正面の門を大股で通り抜け、芝生に膝を突いて働いている妊娠中の少女たちのそばを通り、院長のところへ直行して、わたしの解放を求める姿が。

ベスとシスター・メアリ・クレアが一緒に歩き去った。こんなことを承知する修道女はほかに一人もいないだろう。少なくとも一人だけ優しい人がいて、わたしたちはなんと運がよかったことか。

ベスは修道女が横にいても身を守る役には立たないことを知っていた。ジョゼフ神父が女子修道院に出向いたときに使っている執務室から出てくるのを見て、ベスの心は重く沈んだ。祈りの力なども う信じていないベスだが、昔からの習慣は捨てられないものだ。毎日、無意識のうちに、おなかがパンパンに膨らんで神父を遠ざけてくれるよう祈っていた。おなかまわりが百キロメートルを超えることを、この世に生まれた者のなかで大きなおなかがいちばん目立つ女になることを願った。

「おや、ベスじゃないか」神父の声は轟《とどろ》くように大きく、恥知らずだった。

絶望というのは、ほかのいかなる罠にも劣らず生々しいものだ。漁網に似ている。空へ向かって投げられ、広がり、それから落ちてきて獲物をとらえる。廊下や教会にいるときのジョゼフ神父はにこやかな笑みを絶やさない。

シスター・メアリ・クレアが言った。「ベスの気分がすぐれないのです、神父さま。上へ連れていって横にさせようと思いまして」

「この部屋で横になればいい」

ベスはシスター・メアリ・クレアのほうを向き、その腕をつかんだ。シスターはつかまれたところを見下ろし、次に神父のほうを見た。神父は腕組みをして立っていて、まさにわが子を叱る父親という感じだった。

「お願いです」ベスは言った。「わたしが何を言っても神父さまは聞いてくれません。でも、シスターの言葉なら耳を傾けてくれるかもしれません」

シスター・メアリ・クレアは笑った。自分が世界でいちばん陽気な人間であることを証明しようと決めたかのように。「あらあら、処刑場へ連れていかれるとでも思ってるの？　コーク郡でもっとも尊敬されている方と二人きりでお祈りできるというのに」

ベスはジョゼフ神父に目を向けることができなかった。いまの賛美の言葉を聞いて、神父はきっと満面に笑みを湛《たた》えているはずだ。どこの郡であれ、もっとも尊敬されている人物にはわたしたちのような毒草が押しつけられるのだ、と言いたげに。いまのやりとりのせいで、ベスと二人になりたいという神父の欲望がさらに高まったことを、ベスは確信した。神父に目を向けるかわりにシスター・メアリ・クレアを見ると、シスターはことさら陽気な表情を浮かべ、目の前の出来事を見るのを頑として拒絶していた。いいえ、もっと悪質なことに、何もかも知っているのにそれを認めようとしなかった。

「シスター、すべてが終わったとき、ご自分は天国へ行けると本気で信じてらっしゃいます？」

シスターは自分の腕をつかんだベスの手をふり払った。ついに、どす黒い表情がシスターの顔をよぎった。「さあ、行くのよ、ベス」低い怒りの声になっていた。「わたしたちみんなにとって何がいちばんいいのか、神父さまはよくご存じなのよ。それはあなたもわかってるでしょ」ベスの腰のくびれに手をあて、強引に敷居をまたがせた。

執務室のドアが閉まった。神父の顔が変化した。激怒。ベスが悪いかのように。すでに汚れている少女をさらに汚すよう、ベスに迫られたかのように。

「横になりたいと言ったな。なりなさい。そこで」神父はデスクのうしろの床を指さし、聖職者のカラーをはずして床に投げつけた。征服し、遺棄すべきものででもあるかのように。

「神父さま」ベスの声がうわずった。こう呼ぶのがつくづくいやだった。「ほんとに気分がすぐれないんです」

「さっき聞いた。そうだろう？」

言うだけ無駄だった。一刻も早く三階へ行こうと思ったら、言われたとおりにするしかない。ベスは横になった。目を閉じた。

「そんなことは許さん。目をあけろ。大きくあけるんだ」

ベスは目をあけた。初めて修道院に来て、無理やりジョゼフ神父の相手をさせられたときは、それが終わるのを待ったものだった。自分と赤ちゃんが無事に解放される日が来るのをいまも願ってはいるものの、永遠に終わらないことをすでに悟っていた。神父の最後のうめきと動きのあとも。神父が修道衣の乱れを直し、ベスが廊下へ逃げだしたあとも。この修道院を出て百歳になるまで生きたとしても。神父の顔がつきまとい、幸せであるべき先々の瞬間のすべてに暗い影を落とし、さらには、ベスの悲惨な過去にまで入りこんでくるだろう。兄たちのことを考えるとき、ベスは自分をジョゼフ神父の部屋のドアまで連れていく兄たちを想像する。わずか十二歳の妹のキティのことを考えるときは、横になれ、目はあけておけ、と妹に命じるジョゼフ神父を想像する。ベスはやがて、妹の愛しい顔を心から払いのけるしかなくなる。たとえ想像の世界にしか存在しないものだとしても、この恐怖から逃れるために。

「恨んでやる」ベスはつぶやいた。無意識のうちに言葉が口から飛びだしていた。殴られると思って身を固くしたが、かわりにこの言葉が効いたようで、最後の激しいひと突きで今日の試練は終わりを告げた。

そのあいだじゅう、シスター・メアリ・クレアは外の廊下に立っていた。待っていた。ベスが震えながら部屋を出ると、シスターは何事もなかったように微笑して、ベスを上の階へ連れていった。

「わかったでしょ」シスター・メアリ・クレアは歌うように言い、その音楽的な声が石の壁から壁へ反響した。「これで休息の安らぎがさらに増すわ。少女の魂を癒すにはどうするのがいちばんいいか、ジョゼフ神父さまはいつだってご存じなのよ。そうでしょ？」

共同寝室でベスは自分のベッドに横になった。ドアに錠がおろされるカチッという音と、修道院のほうへ戻るシスター・メアリ・クレアのハミングが聞こえてきた。階下の育児室で赤ちゃんが泣きだし、やがてほかの子も泣きだした。夜の番をするのに選ばれた少女の片方が先週修道院を出ていったばかりなので、赤ちゃんの世話は疲れはてたたった一人の係に押しつけられていた。でも、日中は修道女も含めて充分な人手があるので、ほとんどの泣き声はほどなく静まった。

ベスが一人きりの部屋で過ごすのはいつ以来だろう？　実家は大家族だったので、一人になったことは、じつのところそんなに多くなかった。彼女の身体はズキズキする執拗な痛みに襲われていた。次のときは拒絶しよう。向こうがわたしに飽きていても、いなくても、黙って従うのはもうたくさん。あの男はわたしたちを思いどおりにできるかもしれないけど、表沙汰になることは望んでいないはず。自分が口にした言葉なんて聞きたくないはず。血色のいい父親みたいな姿でわたしたちのあいだを歩きまわりたいはず。敬虔な優しい人として。怯えたわたしが肉付きのいい手から逃れようとするときは、それほど優しくない。うめき声を上げてわたしの身体に入ってくるときも、それほど優しくない。

ベスはときどき、神父に組み敷かれて横になったまま、握りしめて神父の首を刺すのに使えるものが何かないかと視線を走らせる。自分の歯がある。神父の頸動脈が目の前にあり、むきだしになっているから、そこに歯を突き立てて勢いよくひき抜けば、血が噴きだして、わたしは血しぶきを浴び、神父は声を上げることもできずに脇へころげ落ち、何かをつかもうとするだろうか？　神父のデスクにのっているどっしりしたガラスのペーパーウェイトか、スタンドか、ペーパーナイフをつかんで神父を始末するだけの時間はあるだろうか？

階下に残されたわたしは床にこびりついた汚れを落とすために、腰の痛みをこらえて床磨きブラシを前後に動かしながら、ベスのことを考えていた。こんな想像をした——シスター・メアリ・クレアがついうっかりというふりをして、共同寝室のドアに錠をおろさずに立ち去る。ベスはおなかがずいぶん大きくなっていても足の速い子なので、こっそり出ていく。どこかに開いたままの門がある。修道院の外で愛しいアメリカ人兵士が待っている。その人に関してベスから詳しい話を聞いたことがないので、彼の名前も外見も知らない。でも、きっと軍服でやってくるだろう。ベスが救いだされたら、彼女には二度と会えないけど、それを残念だとは思わないようにしたい。だって、ベスが逃げてくれれば、証明できるもの。誰にだってすぐに救いだされる可能性があることを。そして、わたしはいつの日かロンドンに戻り、手紙を受けとる。封筒にはベスがけんめいに記憶してくれた住所が書いてある。そして、わたしたちは手紙のやりとりをして、最後はすべてがいい結果になったことをおたがいに報告する。

上の階では、ベスが逃亡することはなく、どうあがいても抜けだせない眠りに落ちていた。妹のキティの姿が浮かんできた。部屋の隅に立っている。〝起きて、ベス〟キティに呼びかけられて、ベスは必死にまぶたを開こうとし、返事をするために声を出そうとした。〝逃げなきゃだめよ、キティ。ここから逃げなきゃだめ〟遠くからシスター・メアリ・デクランの足音が聞こえた。ベスが横になることを許されたと聞いて激怒し、共同寝室に荒々しく入ってこようとしている。ベスのほうは深い水底に沈んでいるような感覚だった。はるか上のほうにかすかな光が見え、音が反響している。でも、泳いで浮かび上がることはできない。どうしてもできない。シスター・メアリ・デクランの足音をキティのものだと思いこんだ。こちらに向かって走ってくるのではなく、仔馬のような十二歳の脚で思いきり急いで去っていく。スピードのあるしっかりした足どりではるか彼方へ去っていく。キティの身はもう安全だとわかったので、ベスは安心して深い水底にとどまることにした。〝水底にいさせて。ひっぱり上げようとしないで〟

ベスは知らなかったが、愛しいアメリカ人兵士がついにベスの実家にやってきていた。「ベスが修道院から出られたら、ぼくは一時間以内に彼女と結婚します」ベスがどこにいるかを知って、兵士はそう約束した。
「ベス！」シスター・メアリ・デクランが叫んだ。ベスの頬の片方を叩き、次に反対の頬を叩いた。怒りではなく純粋な恐怖に駆られたせいだった。シスター・メアリ・クレアが十字架を握りしめて、そばで見守っていた。自分たちを天使と呼んでくれる相手を信じるのが、すべての修道女にとって大切なことだった。夜になればロザリオをまさぐって、おたがいの罪を赦《ゆる》す。罪を列挙し、捨て去り、翌日また多くの罪を犯すための準備をする。

ベスを病院へ連れていく時間も、さらには、階下へ運んで洗濯室の横のマットレスに寝かせる時間もなかった。スザンナとシスター・メアリ・デクランが共同寝室にとどまり、ベスの出産に全力で手を貸した。夜が明けるころ、ベスはようやく水面に浮かび上がった。無事に生きていた。奇跡だ。

奇跡がもうひとつ。同じ日の朝、ベスの愛しい若者が修道院の玄関先に姿を見せ、院長に会わせてほしいと申し入れた。ベスは歩いて修道院を出ることができたが、生まれてきた男の子にとっては遅すぎた。小さなローナンは黄色い毛布にくるまれ、母親の腕に抱かれてサンデーズ・コーナーの修道院を出ていくわずかな赤ちゃんの一人となった。とても愛らしくて、丸顔で、石のように冷たくなっていた。

六日目

一九二六年十二月九日木曜日

失踪

バークシャー州警察が用意した猟犬の群れも、アガサの愛犬と同程度の働きしかできなかった。ヨーロッパで最高と言われる猟犬を所有している女性を、トンプソン副本部長がベルギーから呼び寄せた。これら優秀な猟犬たちはアガサの匂いを追って同じところをぐるぐるまわった。その中心となったのが、フィンバルがアガサの車を止め、アガサが車から降り、ラベンダーの香りの汗が地面にポタッと落ちた場所だった。香りは汗が落ちたその場所で終わっていた。アガサが気の毒なミス・オリヴァーの車に飛び乗って大急ぎで走り去ったからだ。犬たちは匂いを嗅いで無駄に吠え立てたが、やがてウサギの匂いを嗅ぎつけ、捜索隊を実りのない新たな追跡にひっぱっていった。いくら優秀な猟犬だろうと、犬は犬だ。

「アガサ、アガサ」アーチーはスタイルズ荘の邸内と敷地をまわりながら、苦悶の声を上げた。敷地を縁どる茂みの下に放りだされていたテディの輪まわしの輪を見つけ、まわしてみた。輪は二、三メートルころがってから、ぐらつき、芝生に横倒しになった。アーチーは捜索には加わらなかった。近所の人々の疑いの視線を避けるためだけではなく、捜索に加われば、何かが見つかるのを認めることになる気がしたからだ――新たな遺体。今度はアガサの遺体――その可能性を考えるのをアーチーは拒んだ。アガサは生きている。どこか予想外の州の警察から連絡が入り、うれしい知らせを届けてくれるはずだ。アガサが無事に見つかり、家に帰りたがっている、と。

ノエル・オーウェンがアーチーの話し相手になるために来てくれた。二人は居間で夜遅くまで飲み、夕食をとった。

「ナンとつきあいはじめたころは」アーチーは告白した。「すべてが新鮮で刺激的だった。ぼくの人生から消えていた目新しさと興奮があった。それに、正直なところ、禁断の恋だと思うと、なおさら、そのう……」

「抵抗しがたい魅力があった？」わたしの知るかぎり、ノエルはいつも奥さんのアーシュラに対して誠実だったが、好色な欲望がないわけではなかった。男はみんなそう。

あら！　なんて辛辣な言い方かしら。〝男はみんなそう〟だなんて。わたしが感じていること、心の奥底で信じていることとは相容れない。世の中には骨の髄まで誠実な男たちもいる。例えば、フィンバル。わたしに対していつも誠実だったし、一緒になるチャンスが与えられていれば、つねに変わらず誠実でいてくれただろう。この世界が戦争と教会から離れ、自然な歩みを続けていたなら。どれほど多くの笑いがあっただろう。どれほど楽しかっただろう。犬、本、フィンバルとわたしの子供たち。いちばん上の子は大切なジュネヴィーヴ。この子がわたしのひそかなお気に入り。もっとも、ほかの子たちにはぜったい内緒だけど。

「抵抗しがたい魅力か……」アーチーはこの言葉を毒薬のように味わいながら、ノエル・オーウェンの意見に同意した。「自分にいろいろ言い聞かせたんだ。ナンについて。ぼくの結婚について。未来を透視し、この瞬間を予見する力があれば、浮気なんかしなかっただろう。本気でそう思ってるんだ、ノエル」

ノエルはアーチーと長いつきあいだが、これほど心を乱した彼を見るのは初めてだった。「アガサがこんなことをするなんて予想外だったよな」ノエルは立ち上がり、アーチーのグラスにウィスキーを注ぎ足した。「妻を捨てる男は毎日のようにいるが、こんな修羅場にはならないぞ。アガサは昔から、分別のあるタイプに見えたが」

アーチーはパイプに刻み煙草を詰めて、窓の外をじっと眺めた。外ではすべてが静止し、沈黙していて、寒さで風までも凍りついてしまったかに思われる。動く枝は一本もない。アガサがこの静けさを破ったなら、道路の先に姿を見せたなら。冷静かつ決然たる足どりで近づいてくる人影。まるでアーチーが作りだしたもののように。自分が家から飛びだしてアガサに駆け寄るだろうということは、アーチー自身にもわかっていたが、それは妻を抱きしめるためだろうか？　それとも、自分をひどい目にあわせた妻を絞め殺すためだろうか？　彼にしては珍しいことに、自分が妻をさんざんな目にあわせてきたのだと自らに言い聞かせた。

アガサが姿を消したいまとなっては、行方を突き止める術《すべ》もなく、アーチーは生まれて初めて無力さに苛まれ、戦争中ずっと胸に抱きつづけたアガサの美しい面影だけを思い浮かべていた。桃のようにすべすべした絹の肌。ほっそりしたスタイル。崇拝を浮かべた大きな目。当時のアガサが書いていたのはおもしろいが風変わりなものばかりで、何をしても妻にはかなわないとアーチーに思わせることはまだなかった。

二人で力を合わせてさまざまなことを乗り越えてきた。アーチーとアガサとで。彼とナンの不倫関係ですら、二人はそれぞれのやり方で一緒に乗り越えてきた。アガサ自身も意識しないまま、その関係の一部を成していたが、いまだに力強くて重要な一部のままだ。アガサの存在によってアーチーとナンのあいだに秘密の絆が生まれ、甘い禁断の関係が強まった。やがて、アガサは二人の関係に気づいたものの、沈黙を守り、その関係が終わるのを待った。そして、アーチーがついに関係を終わらせようとしたが、それはアガサが忍耐強く待ちつづけていた不倫関係の終わりではなく、結婚生活の終わりを告げるものだったため、絶望に追いやられた彼女は彼の人生から出ていき、世界から出ていった。いまの彼が望んでいるのは妻が戻ってくることだけだった。

「ああ、ＡＣ」ノエルが部屋を出ていくと、アーチーはつぶやいた。窓ガラスに片手を押しあてた。「わが愛しの妻よ。どんなことでもしよう。罪滅ぼしをさせてくれ。さんざん心配させられ、こんな騒動になって恥をかかされたが、きみを恨むつもりはない。あの女とは別れる。きみが無事に戻ってくれればそれでいい」

アーチーには魔法の力はなかった。道路は無人のまま、部屋は静かなままだった。いくら懇願しても、何も起きなかった。

いっぽう、ハロゲートでは、マーストン氏の解剖をおこなった監察医が青酸カリを検出した。

「跡がありました」珍しくもドアを閉めたリッピンコットの執務室で、監察医は説明した。リッピンコットもチルトンも遺体はもう見ないことにしていた。「氏の臀部に小さな跡が。ズボンの上から注射針を刺したものと思われます。自然死ではありません」

「妻のほうはどうでした？」

「ストリキニーネです。致死量。経口摂取ですね。注射ではありません」

「どちらの毒物も簡単に入手できる」リッピンコットは言った。「スズメバチやネズミに悩まされる主婦なら、誰だって使用法を知っている」

「たしかに」チルトンはあの夫婦の姿を思い浮かべた。どこから見ても平凡そのものの二人だった。そんな夫婦を殺そうとする者がどこにいる？　「すると、ダイニングルームに誰かがいたに違いない」

監察医は同意のしるしにうなずいた。

「どうも妻が怪しい気がする」リッピンコットは当然ながら、いとこの生計の手段を守ろうとしていた。二人も続けて殺されたとなれば、ホテルの客足はばったり途絶えてしまうだろう。「妻が夫に青酸カリを注射して殺害し、そののちにストリキニーネで自殺した。ひどく悩んでいた様子はなかったかね？」リッピンコットはチルトンに尋ねた。「もちろん、夫が亡くなる以前に」

「まったく逆でした。悩みごとなど何ひとつないように見えました。どちらかといえば、はしゃいでいましたね。周囲のことなどおかまいなしに。うるさいほどでした」

「まあ、まあ」リッピンコットは言った。「自分を容疑者にするものではない」

自分たちの立場も、この協議が陰鬱なものであることも忘れて、三人は笑った。

「しかし、妻がなぜ夫を殺そうとするのです？」チルトンは言った。

「ほほう」焦げた夕食と妻の数々の新たな愚痴に毎晩迎えられている監察医が言った。「一度も結婚されたことがないようですな」

「殺意というのは、ふつう、新婚旅行のときに生まれるものでしょうか？　夫への崇拝をあれほど熱く語った女性はほかにいないと思いますよ」

「なおさら怪しい」リッピンコットが言った。「熱愛ぶりを吹聴しすぎている。わたしから見ればすでに明らかだが、きみがせっかくホテルに泊まっていることだし、わたしの説の裏付けをとるために少し嗅ぎまわってもらおうか。ひそかにな。騒ぎ立ててはいかん。マーストン夫人が何か参考になりそうなことをほかの女性客に打ち明けていなかったかどうか、探ってほしい。きみに注ぎこんだ金額分の働きをしてもらうには、そうするにかぎる」

チルトンはうなずいたが、車でホテルへ直行して客たちの話を聞いてまわるかわりに、冬景色に目を向けながら裏道をしばらく走った。木々が葉を落としているので、森の奥まで見通せる。アイルランドの青年の姿も、オディー夫人の姿も、アガサの姿もなかった。捜しまわっても何も見つからなかったので、あきらめてホテルへ向かった。せっかく来たのだからマッサージを受けて、母親に〝マッサージしてもらった〟という絵ハガキを出そうと決めた。息子がくつろいで楽しくやっていると思えば、母親も安心するだろう。

フロントデスクにはリーチ夫人がいて、そのにこやかな態度には無理が感じられた。チルトンが推測するに、マーストン夫人が亡くなったあと、さらに多くの客が次々とホテルをひき払っているのだろう。そのなかの誰が犯人であってもおかしくないが、よく考えた結果、リッピンコットの意見に賛成したくなった。あの夫婦の死は家庭内の事件と見てほぼ間違いない。

「マッサージを予約しようと思うんだが」チルトンはリーチ夫人に言った。

夫人は温かな笑みを浮かべてペンをとった。「ご宿泊料金は無料ですが、マッサージの代金が含まれていないことはご承知と思います」

突然、見知らぬ人間に裸の皮膚を揉まれることがさほど魅力的とは思えなくなった。かわりに温泉に入ることにした。風呂には彼のほかに誰もいなかったが、誰にも邪魔されずに疲労回復の効能のある湯に浸かっても、少しもくつろげなかった。車を走らせてきた道路のことが頭から離れなかった。凍結し、人影も見えず、黒い自動車の姿はどこにもなく、煙突から煙が立ちのぼっている家々には正当な所有者が住んでいた。計算違いから生まれたパニックがチルトンに襲いかかった。本人を目の前にしながら、まんまと逃げられてしまった。リッピンコットがアガサ・クリスティー捜しを頼んできた裏には、温泉でのんびりさせてやろうという心遣いがあった。しかし、チルトンが彼女を見つけていながら、ぼやぼやしているうちに逃げられたと知ったら、リッピンコットはなんと言うだろう？人生で残された日々において、きみは何ひとつまともにできないのか？

ディナーをすませると、チルトンはマーストン夫妻に関するリッピンコット説の裏付けをとろうと思い、パイプを持ってホテルの小さな図書室へ行った。女性はしばしば煙草に苦情を言うが、パイプに文句をつける女性はめったにいないし――パイプを手にした男性を見ると自分の父親を思いだすのだろう――彼のほうは喫煙の欲求を満たせると同時に、すべきことがあるように見せかけることもできる。棚に並んだ本はほとんどが前世紀のものだった。本の背をざっと見ていって『荒涼館』を選び、カウチに腰を落ち着けた。誰かが入ってきたら、彼のとなりにすわるか、使い古された大きな肘掛け椅子のひとつに彼と向かい合ってすわるしかない。前にオディー夫人が本を持って歩いているのを見たことがある。本好きな人間は、休暇中でもすぐ新しい本が必要になるものだ。もし彼女が図書室に入ってきたら、アガサ・クリスティーとどういう関係なのかを探るとしよう。一石二鳥だ。

いくらもたたないうちに、暖かそうなピンクのショールを肩にかけた黒髪の女性が図書室に入ってきた。ミス・アームストロングだ——チルトンは思いだした——先日の夜、一緒に食事をした女性。彼女はチルトンにおざなりな笑顔を向けてから、本棚に直行した。

「現代のものはあまりないみたいですよ」本の背を調べる彼女にチルトンは言った。「ドロシー・セイヤーズの新刊は残念ながらありません」

「いえ、探偵小説はあまり好きじゃないので。わたしが好きなのは恋愛小説なの」彼女は埃をかぶった『ジェーン・エア』をとると、カバーの埃を払ってから、チルトンの期待どおりに向かいの椅子を選んですわった。

リーチ夫人が図書室に顔をのぞかせた。「お客さまがた、何かお入り用な品はありませんか?」明るく尋ねた。残っている客を逃すまいと必死なのだろう。「紅茶をお持ちしましょうか?」

「紅茶? うれしい」ミス・アームストロングが答えた。リーチ夫人が去ったあとでチルトンに言った。「あの人たちを見てると、ほのぼのします。リーチ夫妻のことですけど。二人が一緒にいても、人種の違いを気にする人なんていないみたい」

チルトンはうなずいた。気にする者がたくさんいることを彼女には言いたくなかった。かわりにこう言った。「人間というのは、自分になんの影響もないことでも猛烈に攻撃したがるものです」

「たしかにそうね。でも、リーチ夫妻はそうした攻撃にも負けずに結ばれたわけでしょ。すごくロマンティックだと思いませんか?」

リーチ夫人が紅茶のトレイを運んできた。きわめて事務的な態度で、ロマンティックな雰囲気はどこにもなかった。リーチ夫人が出ていき、二人のカップに紅茶がたっぷり注がれて湯気を上げたところで、チルトンは言った。「大変な騒ぎでしたな、マーストン夫妻の件は」

「ええ」ミス・アームストロングは本をパタンと閉じた。この話をしたくてうずうずしていたようだ。「ぞっとします。でも、それなりの美しさがあるでしょ？　悲しい星のもとに生まれた二人だとマーストン夫人が言っていました。一緒になれる日を長いあいだ待ってたんですって。それなのに、ようやく夢が叶った矢先に……」ミス・アームストロングの目に涙が盛りあがった。

チルトンは観察力をなくしてはいなかった。物事の本質を見抜き、さらには評価することもできた。目の前にいる若い女性の美しさ、非の打ちどころのないマナー、瞳孔が見分けられないほど黒い目。また、女性の自立を気丈に主張するいっぽうで、自分の人生に愛が訪れることを強く願う若い女性の愛らしさに、チルトンは気づいていた。彼自身が女性の夢に登場するたぐいの男性でないことはわかっていた。本当だったら多少は心を動かされるべきだということもわかっていた。欲望を感じ、手に入らぬものとあきらめて悲しいため息をつきながら、その欲望を抑えるべきなのだ。ところが、ミス・アームストロングを見つめても、新聞を読んだときと同じようなもので、個人的な感情が湧くことはなかった。すべてを目にしていながら、何も感じなかった。

「生前のマーストン夫人にお会いになったでしょ？　おしゃべり好きで愛想のいい人だったと思いません？　ああ、わたし、あの方が好きだったわ、チルトンさん。きっと、胸が張り裂けて死んでしまったのでしょうね」ミス・アームストロングはここでティーカップを置き、両手に顔を埋めた。

マーストン夫人はたしかに、自分の恋物語を宣伝するのに夢中だった。ひょっとすると、あの饒舌《じょうぜつ》さは計算されたものだったのではなかったのか？　チルトンはポケットからハンカチをとりだしてミス・アームストロングに手渡した。

これが図書室に入ったときにわたしが目にした光景だった。わたしに関するチルトンの想像はあたっていた。『グレート・ギャツビー』を読み終えたので、ベルフォート・ホテルの大混乱を忘れさせてくれる本が、なんでもいいからほしくてたまらなかった。わたしが聡明な人間だったら、クラーク夫妻のように故郷に帰っていただろう。でも、滞在を延ばすことにして、もうしばらく部屋を押さえておきたいとリーチ夫人に告げた。フィンバルがこのあたりをうろついているときに、どうしてここを離れられるだろう？

ミス・アームストロングがわたしのほうを見た。困惑で目が大きくなり、次に顎をつんと上げて困惑を消し、批判したいならどうぞと言わんばかりの顔になった。チルトンが超然たる態度でなかったら、逢引きの現場に足を踏み入れたのかと思ってしまったかもしれない。チルトンは目の前で泣いている若く美しい女より、わたしの突然の登場のほうに興味がある様子だった。わたしはたちまち警戒した。

「ミセス・オディー」チルトンは涙に暮れている女性のほうをしぐさで示した。

わたしは彼女の横にすわって、その肩を片手で抱いた。「大丈夫、ミス・アームストロング？」

「ご親切にどうも」ミス・アームストロングは彼女のものではなさそうな粗末なハンカチで目頭を押さえた。「馬鹿みたいね。数日前まで知りもしない人たちだったのに。でも、マーストン夫人と話をして、身の上話を聞いたでしょ。もうすっかり友達だったわ。それに、あの二人は結ばれる運命だったのよ。中国の伝説に〝月下老人〟という話があるのをご存じ？　わたしたちが生まれたときに、神々が小指に見えない糸を結びつけ、その糸がただ一人の本当の恋人と自分をつないでくれるんですって。どのような力が働いてわたしたちをひき離そうとしても」

「すてきな話ね」自分自身の耳にも誠意に欠ける響きだった。わたしだってこうした恋物語に感動しない人間ではない。無数の赤い糸がフィンバルとわたしを結んでいると信じることができる。ただ、この伝説をマーストン夫妻にあてはめる気になれないだけだ。

「ほんとに悲しくて痛ましいこと」ミス・アームストロングは泣いた。「目の前で二人が死んでしまうなんて。小指に結ばれた糸がようやくおたがいを会わせてくれたというのに。幸せの一歩手前まで行ったというのに」

「一歩手前じゃないわ」わたしはミス・アームストロングが握っていたハンカチをそっとはずしてチルトン氏に返し、かわりにわたしのハンカチを渡した。イニシャルがついた絹のハンカチで、彼女の繊細な肌にはこちらのほうがずっとふさわしい。アーチーのプレゼントで、彼が〈ハロッズ〉で特別に注文したものだ。「あの二人は何日か幸せに過ごしたわけでしょ。そんな資格はなかったかもしれないのに」

ミス・アームストロングは急に泣くのをやめて、非難のこもった目でわたしを見つめた。「どういう意味なの？」

「あなた自身が言ったじゃない。二人のことはほとんど知らなかったって。卑劣な人たちだったかもしれないでしょ」

チルトンが辛辣な小さな笑い声を上げた。

「あら、マーストン夫人は世界でいちばん気立てのいい人に見えたわ」ミス・アームストロングは咎《とが》めるように言った。

「外見と本質は違うものよ。どんな罪を犯したかわからない人の死を悼《いた》むなんて、やめておくに越したことはないわ」

ミス・アームストロングはこの世でもっとも冷酷で無情な女を見るような目でわたしを見た。たしかにそうかもしれない。でも、わたしはそれを表に出すような世間知らずではない。冷酷な女ほど疑惑を招きやすいものはない。

立ち上がり、どんな本があるのか見に行った。ミス・アームストロングがわたしにハンカチを返そうとして差しだしたが、わたしは手をふって断った。「持ってらして。何枚もありますから」

チルトンとミス・アームストロングは読書に熱中しはじめたが、その様子からすると、本の内容はまったく頭に入っていなくて、ページの活字を目で追いながら、わたしが出ていくのを待っているようだった。二人だけになったら、わたしの感情の爆発について話しあおうというのだろう。わたしがもっと気をつけるべきだったが、フィンバルと一緒のところをチルトンに見られたなんて夢にも思っていなかったし、ましてや、この界隈に身を隠していたアガサをチルトンが見つけたことなど知る由もなかった。チルトンはアガサが見つからないよう必死に願っていたのだ。

わたしはようやく、ウィリーという作家の小説を選んだ。クローディーヌ・シリーズの一巻目で、わたしの少女時代に出版されたときは大評判になったものだった。オリジナル版と同じフランス語だったため、英語で読むより面倒で、どうにも集中できなかった。チルトンとミス・アームストロングにそっけなく別れを告げた。

図書室を出ていくと、フロントデスクにいたリーチ夫人が顔を上げた。「ミセス・オディー。たったいま、小さな男の子が手紙を届けに来ましたよ」

わたしはリーチ夫人が差しだした手紙をあわてて受けとった。少々せっかちすぎたかもしれない。わたしのファーストネームが書いてあるのではないかと心配だったが、封筒には——男性の大胆な字で——〝ミス・オディー〟と書かれているだけだった。〝ミセス〟ではなく〝ミス〟となっていることにリーチ夫人が目を留めたとしても、表情には何も出ていなかった。わたしの首筋がカッと熱くなった。このホテルに泊まるのに本当の名字を使ったのは、これまでに冒したいかなる危険にも見合う価値があったわけだ。だから、封筒を開いて、ごわごわした粗末な紙に書かれた文字を読んだ。

大切なナン。今夜十時にホテルの正面玄関の外で待っててほしい。時間どおりに行けなくても、かならず行くからね。玄関ドアを出たら、そこから先へは行かないように。暗くなってからレディが外へ出るのは安全ではないから。

わたしはすべるような足どりで上の階へ行き、夜の訪れをじっと待った。

いっぽう、図書室では、わたしのハンカチを見せてもらえないかとチルトンがミス・アームストロングに頼んでいた。ミス・アームストロングは早く手放したがっているかのように、チルトンにハンカチを渡した。

「ずいぶん上等なハンカチだ」チルトンはつぶやいた。「こんなのを何枚も持っているとはねえ」

「あの方、どうしてあんなひどいことが言えるのか、わたしには理解できないわ」ミス・アームストロングは腹立たしげに言った。「あなたはどうか知りませんけど、チルトンさん、わたしは死者の悪口は慎むようにと言われて育ちました」
チルトンは同意するかのように悲しげにうなずいた。ただ、世の中を見すぎてきたため、死者のなかには悪く言われて当然の者もいることを知っていた。だから、彼にはわたしを咎める気はなかった。ずっとあとになって彼が言っていたが、わたしの名前はジュネヴィーヴ・オディーのはずなのに、ハンカチになぜ筆記体の大きなNのイニシャルがついているのかと不思議に思ったそうだ。

ベルフォート・ホテルに残った勇敢な、もしくは、のんきな客たちは、温泉にも、スパの施術にも、先日の悲劇にもうんざりしていた。わたしが一階に下りたとき、人影はどこにもなかった。リーチ夫人までが持ち場を離れていた。グランドファーザー時計がボーンボーンと十回鳴り終わると、冬の夜にしか味わえない静けさがあたりを包んだ。小鳥や虫の声すら聞こえなかった。わたしは編み上げ式のブーツ、ウールのコートと帽子、ミトン、マフラーで身支度をした。音を立てないように注意してドアを開閉し、外に出た。手入れの行き届いたホテルで、ドアも最近油を差したばかりだった。錠がおりていないことはわかっていた。ふたつの世界大戦にはさまれたこの時代、イングランドの田舎で犯罪が起きることはめったになかった。マーストン夫妻の身に降りかかった事件について、完璧に筋の通った説明をわたしたちの多くが求めた理由も、ひとつはそこにあったに違いない。言うまでもなく、行方不明の女性作家一人を捜すのに千人もの男たちが駆りだされた理由もそこにある。

もっとも、捜索隊の人数がどこまで膨れあがっていたのか、そのときのわたしはまだ知らなかった。宿泊客からリクエストがないかぎり、リーチ夫妻がホテルに新聞を置くことはなかった。スパで過ごす時間は浮世の悩みを忘れるための時間だから、とリーチ夫人は言っていた。

自分の吐く息が目の前で白く見えた。大気が爽やかに感じられる。クリスマスが近いことを実感した。まだ小さかったころ、わたしたち姉妹は母にベッドへ追いやられる前に家の外に出て、空を見上げ、サンタクロースの姿が見えるのを待ったものだった。「あなたたちが起きてたら、サンタさんはこの家を素通りしてしまうわよ」火にくべて焼いた栗をみんなで食べ、ベトベトした指のまま、笑みを浮かべて眠りについた。アイルランドの夏とフィンバルに出会うまでは、それこそが、わたしが何よりも待ち焦がれていた季節だった。

フィンバルの名前が頭に浮かんだ瞬間、両手をポケットに入れた彼が暗がりから現われた。わたしは進みでて、彼の首に両腕を巻きつけた。彼も抱擁を返してくれた。心臓が三回打つあいだ。

「ぼくと歩こう」例のざらざらしたささやき声で彼が言った。

わたしはフィンバルの腕に手を通し、二人でホテルをあとにした。道路を進み、いまはもうほとんど存在しなくなった闇のなかに入っていった。こういう田舎では、電灯はまだ普及していなかったし、暗くなってから車が道路を走ることはあまりなかった。しばらく歩いたとき、一匹の犬が飛びだしてきて、わたしたちに向かってうなり声を上げた。フィンバルがしゃがみこむと、数秒もしないうちに、その超大型犬――コリーと何か怪獣のような犬種のミックス犬――は彼の膝に身をすり寄せて、首筋の白い毛をなでさせ、フサフサのしっぽをうれしそうにふりはじめた。わたしたちはそのまま歩きつづけ、犬もしばらくついてきたが、やがてフィンバルが「家にお帰り」と命令した。犬は耳を伏せてしょんぼりしたが、命令に従い、もと来たほうへ小走りで去っていった。

「いまも犬を飼ってるの？」わたしは尋ねた。

尋ねずにいられなかったのだが、そこからアルビーの思い出がよみがえり、フィンバルの返事も結局アルビーのことになった。彼の話だと、アルビーを買った男はアイルランド共和国軍《IRA》に入ったそうだ。犬を使って王立アイルランド警察隊《RIC》の建物へ爆弾を運ばせ、アルビーは標的もろとも木っ端みじんになった。「ぼくがアルビーを訓練して、じっとうずくまって何があっても動かないよう教えこんだのを覚えてるかい？　そのせいでアルビーは死んでしまったんだ、ナン。そこまで徹底的に犬を訓練するなんて、もう二度としたくない」

　わたしの胸に耐えがたい痛みが湧き上がった。絶望のあまり、いまフィンバルから聞いたことを記憶から消してしまいたいと思ったほどだ。この瞬間から生涯にわたって、わたしの夢にアルビーが登場することになる。うずくまり、動きたいのを我慢してわたしたちのテニスのゲームを見守り、〝よし、行け〟と声をかける前に爆発炎上するアルビー。

「遠い昔のことみたいだね」フィンバルは言った。「だけど、そうでもない。戦争が終わってから八年。開戦からだと十二年だ。ただ、世界が変わりすぎた。変わってほしくない方向へ。おかげで時間の流れまで変わってしまった。塹壕は昨日の出来事か、それとも、一時間前のことか。明日また復活しかねない。きみとぼくとアルビーとアイルランド、それは百年前のことでもあり、そのあと毎日のことでもある」

「じゃ、ジュネヴィーヴは？」

「千年前のことでもあり、けさのことでもある」

「でも、明日のことではないのね？」

「そうだ、ナン。明日のことではない」

　ミス・アームストロングがわたしに求めていた涙が、いま、この目に浮かんだ。二人で歩きつづけ、ずいぶん遠くまで行ったので、今夜じゅうにベルフォート・ホテルに戻るのは無理だとあきらめた。誰が気づくだろう？　悲しそうだが油断のない目をした、片方の腕が不自由なチルトン警部？　わたしに関して何を知ってるつもり？　フィンバルと二人で歩く魔法の時間を変えてしまうほど重要なことなど、あの警部は何ひとつ知らないはず。修道院から逃げたときにわたしがいちばん強く望んだのは、歩きまわることだった。アイルランドの端から端まで、次にイングランドの端から端までも歩いただろう。イングランド南西端のランズエンドからスコットランド北端のサーソーまでも歩いただろう。どこを捜せばいいのかわからないまま、この世でわたしがなすべきは、捜して、捜して、捜しまわることだという思いだけを胸に抱いて。

フィンバルがイングランドの端から端までわたしと一緒に歩くようなことはなかったが、かわりに、ある荘園館へ続く長い馬車道まで行った。道の両側の木々が葉を落としているため、月の光に照らされた館が前方に見えた。わたしたちを待っている。豪華絢爛《けんらん》たる屋敷ではないが、かなり広いようだ。おそらく、裕福なロンドンっ子が田舎の別荘にしているのだろう。

「どうやって見つけたの？　ここに泊まる許可はもらってる？」そう尋ねながらも、わたしには、休戦記念日のお祝いの最中に彼が二人の部屋を見つけたときと同じ方法を使ったことがわかっていた。

「泊まる許可はこの家がくれた。所有者の許可よりもそっちのほうが重要だよ」

木々が葉を落とした頭上の天蓋のあいだでオークの木の梢《こずえ》がたわみ、失った葉を思いだしてうなだれていた。木の枝を透《すか》して星の光が降りそそぎ、わたしたちが吐く息を霧のように見せていた。

「玄関までかけっこしようか」フィンバルが言った。

わたしは笑った。でも、わたしの声が反対を唱える前に、身体が答えていた。いきなり走りだしたおかげで、ひと足早いスタートを切ることができ、こわばっていた筋肉も冷たい大気に触れて生き返った。ほどなくフィンバルに追い越されたが、あっというまではなかったし、彼に続いてすぐゴールできたから、自慢してもいいと思う。血液と生命が心室を通ってあらゆる細胞へ運ばれていくという爽快な敗北感を味わった。

ゴールしたフィンバルが玄関ドアにもたれかかった。荒い息をつきながら二人でなかに入り、玄関ホールでくすぶっている暖炉の前を通り過ぎた。

「ミセス・クリスティーがここに？」

「そう。ここにいる」

フィンバルのあとから階段をのぼり、この館でいちばん豪華な寝室だったに違いないと思われる部屋に入ると、彼のわずかな荷物がすでに室内を占領していた。椅子の背にマフラーがかかり、お父さんのイニシャルがついた古びた肩掛けカバンが隅のほうに置いてあるのがちらっと見えた。アガサは優しい人ね——わたしは思った——この部屋を自分が使うかわりに、フィンバルに譲ったんですもの。フィンバルが膝を突いて消えかかった暖炉の火を掻き立てるあいだ、わたしはそばに立って、炎に照らされた彼の顔を見つめていた。左右の手で反対側の肘を包んでいた。薪がパチパチはぜて炎を上げはじめるまで、本当だったら寒くて震えているはずなのに、これまでに味わったことのない温もりを感じていた。

フィンバルが立ち上がった。コートを脱いで隅のほうへ放り投げた。わたしに腕をまわして抱き寄せた。

「ナン、きみの悲しみはぼくにもわかる。ぼくも悲しんでいる。あの子を忘れることはけっしてないだろう。でも、次の子を作ることはできる。一緒になろう」

「なれないわ」優しくコートを脱がされ、首筋に彼の唇を感じつつも、わたしは言った。「だって、あの子のそばにいなきゃいけないから。わが子と離れて別の世界で暮らすなんて、わたしにはできない」

「ナン」彼の声が鋭くなった。わたしを揺り起こそうとするかのように、こちらの肩を軽く揺すった。「ぼくはここにいる。だけど、あの子はもういない。見つからないものを捜しても虚しいだけだ。あるいは、すでに失われたものにすがりつくのも」

フィンバルはわたしたちの赤ちゃんを一度も見ていないし、抱いてもいない。あの子を愛することはできても、理解することはできない。でも、そう言っても無駄なだけ。口論はしたくなかった。この夜は思いがけなくやってきた。どこからともなく届いた贈物。だから、このままずっと続いてほしかった。時間の流れから抜けだし、小さなシャボン玉のなかに入って、この世界からも、世界がわたしたちに与えたあらゆる試練からも離れたかった。過去を作り変えることができるなら、それとひきかえに、フィンバルとのこの瞬間をいますぐ差しだしてもかまわない。でも、そんなことは不可能。だから、この瞬間を楽しむことにした。それが未来にどんな影響を及ぼそうとかまわない。ロンドンを出るとき、避妊用の海綿を置いてきてしまった。なぜなの？　でも、気にならなかった。今回どういう結果になろうと、前とは状況が大きく変わっている。

「シーッ、フィンバル。何も言わないで」

わたしはキスで彼を黙らせ、そのキスがわたしたちをベッドへ誘《いざな》った。長い年月のなかでようやく場所と時間が整い、わたしたちをひとつにしてくれた。これが二人の運命であることはずっとわかっていた。

チルトンは足音を立てずに歩くコツを戦時中に身につけていた。ほどほどの身長で細身の者に与えられる利点のひとつで、かかとを突きだすようにしながら腰を軸にして進めば、歩幅を最大にしても、足音をほとんど立てずに歩くことができる。

それに、正直に言うと、存在を悟られないようにするための用心をまったくせずに、チルトンが足を踏み鳴らしてあとをつけてきたとしても、おたがいのことで頭がいっぱいだったわたしたちはチルトンの尾行にまったく気づかなかっただろう。チルトンはとにかく、気づかれることなく尾行してきた。フィンバルがふりむいて、家の方向を犬に教えてやったときですら、わたしたちは尾行に気づいていなかった。チルトンはそのとき、両腕を脇に垂らし、動物の前でも透明人間になれるかのように凍りついていた。フィンバルが向きを変えてわたしと一緒にふたたび歩きだすと、チルトンも躊躇なく大股に戻った。哀れなカップル。きっとそう思っただろう。わたしたちが戦争で離れ離れになり、ようやく再会できたことは、チルトンにも推測できたはず。いえ、すでにわかっていたはずだ。彼に推測できなかったのは、わたしたちとアガサ・クリスティーの関係だった。わたしたちを尾行すればアガサ・クリスティーのもとへ行ける――彼にわかっていたのはそれだけだった。まさしくそのとおりになった。

わたしたちが荘園館の馬車道に入っていくと、こちらの目的地を知ったチルトンは見つからないよう、さらに慎重に行動した。フィンバルが――田舎育ちなのでフェンスのことには神経質――門を閉めて掛け金をかけるまで、近くでじっと待った。わたしたちが遠くへ歩き去り、ギーッと音をさせても聞かれる心配がないことを確信してから門をあけ、馬車道を歩きながら、さっきのわたしと同じように、葉を落とした木々の天蓋を目にして、あらゆるものが最盛期を迎える春と夏にはどれほどみごとな景色になるだろうと想像した。心を落ち着かせるために夜の空気を吸いこんだ。しばしば起きることだが、いまも急に不安に襲われ、誰かに監視されているような、どの暗がりにも誰かが潜んでいるような幻覚に陥った。ヨークシャーはヨークシャーでいいところだが、チルトンは海辺で育った人間だ。重要なのはそれ。それだけだ。浜辺に打ち寄せる波の音を聞きたかった。チャーストン・コーヴの岩場を歩き、そこで日向ぼっこをするアザラシの群れを見たかった。厳寒の季節であろうと、塩辛い海水に頭を突っこみ、冷たい衝撃で頭のなかをすっきりさせたかった。

チルトンは荘園館の前に立った。古びた美しい建物で、大きな石の箱のようだ。星々のかすかな光を受けて窓がきらめいている。上階の窓のひとつで光が揺らいだ。あのアイルランドの男がオディー夫人――それが彼女の本名だとすれば――との一夜のために、火を掻き立てているのだろう。チルトンは、何がフィンバルとわたしを離れ離れにしていたとしても、その問題が解決してわたしたちがふたたび一緒になれるようにと願っていた。彼も戦争のせいで恋人を失った。恋人はキャサリンといって、辛抱強く彼を待ち、彼の帰国を祈りつづけていた。ところが、祈りは中途半端にしか聞き届けられなかった。帰国した彼は彼女が愛した男性とは別の人間になっていた。〝あなただとは思えないわ、フランク〟そう言って彼女は泣いた。彼と別れてほどなく、生花店の息子と結婚した。息子は店を継ごうと決めていて、片方の目が見えないため戦争には行かなかった。そのせいもあって、チルトンは何年か前にブリクサムを離れてリーズへ越すことにしたのだった。ある日、生花店の前を通りかかった彼は、大きなおなかをしたキャサリンが花瓶にあふれんばかりに活けたシャクヤクを手直ししているのを目にした。町を出ようと決めた。何かを目にすることがなければ、それがもたらす悲しみから逃れられるとでもいうように。

トーキーはブリクサムのすぐそばだから、アガサ・クリスティーがその店で花を買ったこともあるかもしれない。もしかしたら、キャサリン自身から。いや、たぶんないだろう。使用人の仕事だから──花を買うのは。

荘園館の敷居をまたいだチルトンは、背後の玄関ドアを静かに閉めた。邸内は隙間風のせいで寒かった。家具はほとんどなく──命あるものの気配もほとんどなかったため──売却か賃貸を待っているのかもしれないとチルトンは考えた。広い家だが、圧倒されるほどの広さではない。一階の台所、ワインセラー(無人のように見える家にしては大量のストック)、家政婦の事務室をざっと調べることができた。次に上階の客間と書斎に入ってみた。部屋のほうも、あの男女が使っているところ以外はすべてのぞいた。ドアの下からちらちら漏れてくる光が男女の部屋の目印になっていた。ひそやかな声が廊下に流れてきて、柔らかな笑い声が混じっていることにチルトンはホッとした。苦悩に苛まれている様子の生真面目なあの二人のどちらにせよ、笑う姿は想像しにくいことだった。

屋根裏は使用人用の質素な区画になっていて、閉じたドアが並んでいた。あるドアの下からかすかな光が射していた。ろうそくを燃やしているらしい。チルトンは指の付け根の関節をふたつだけ使って静かにノックをした。

「ええ、ダーリン」返事があった。うんざりしたような、やや心配そうな口調。真夜中にベッドを抜けだした子供に声をかける母親という感じだ。チルトンが育った家庭では、暗くなってから母親を起こすのは彼ではなく末の弟だった。そんなとき、母親はいつも子供に甘かった。三人の息子を目に入れても痛くないほど可愛がっていた。

アガサの親しげな口調はチルトンも知っていたが、そこに含まれた〝なかへどうぞ〟という響きは彼に向けられたものではなかった。それでも、チルトンはドアを押し開いた。すると、硬い木の椅子に彼女がすわっていた。男物のパジャマを着て、カールした髪をふんわり垂らし、ほの暗い部屋のなかで美しい姿を見せていた。シングルベッドが二台置いてあり、片方だけが整えてある。アガサがデスクがわりに使っている化粧テーブルには、タイプライターと曇りの生じた銀の燭台が置かれ、燭台に立てられた二本のろうそくが炎を上げ、蠟を垂らしていた。整理だんすに紙の束がのっている。むきだしのベッドにさらに多くの紙の束が置いてある。万年筆を手にしたアガサが、文章の途中で動きを止めたかのように、チルトンを見つめていた。

「まあ、失礼な方ね」ペンを置こうとはしなかった。

チルトンは部屋に入ると、紙の束を散乱させないよう気をつけて、むきだしのベッドの裾に腰かけた。コートは脱がなかった。隅に小さなストーブがあり、石炭が燃えていたが、彼が見た感じでは、朝が来るころには燃え尽きていそうだった。白い息を吐き、震えながら目をさます彼女の姿を想像した。自分であらためて火をおこすのか？　それとも、アイルランド人の男を呼ぶのか？　部屋割りに変化が生じても、それぞれの役目は変わらないということか？

「ミセス・マホーニー」皮肉のかけらも交えずに、チルトンは言った。アガサは彼と向き合うために、ベッドに腰かけたまま身体を少し反らさなくてはならなかった。

「これがヨークシャー州警察のなさり方ですか？」その声には上流階級の不快感が物慣れた感じでこ

められていたが、チルトンが見たところ、心ここにあらずの様子だった。「夜の夜中にレディの寝室に押し入るというのが？」

「ノックしましたよ。ご主人を待っておられたのですか？」

悲しげな表情がアガサの顔をよぎった。チルトンには彼女を泣かせるつもりはなかった。少なくとも男性としての彼は、そんなことはしたくなかった。警部としての彼は、心が弱った者は情報を吐露する可能性があることを知っていた。

「ご主人は階下の寝室で別の女性と一緒におられるようです。こんな不幸な知らせをもたらす役は務めたくなかったのですが」

彼女はとうとうペンを放し、集中力をすっかり削がれて迷惑がっている者の腹立たしげなしぐさで、ベッド脇のテーブルにそのペンを置いた。「ゲームはやめましょう。彼がわたしの夫でないことはよくご存じのはずです」

「だが、さっき〝ダーリン〟と言われたのは彼のことじゃなかったんですか？　まさか……」

「それ以上おっしゃらないで。わたしはフィンバルの母親と言ってもおかしくない年です」

「〝あなたの弟さんじゃないですよね〟と言おうとしてたんです」

「たしかに弟のような気がしていますし、愛しい《ダーリン》存在であることは事実です。ただ、あなたになんの関係があるのかわかりません」

「わたしになんの関係があるかと言いますと、ミセス・クリスティー」チルトンは彼女の本名に切り替えた。もっとも、彼女のほうはまだ自分の身元を明かしていなかったが。「わたしはヨークシャー州警察から依頼を受けています。ものすごい数の警官があなたを捜しているのですよ」

「ものすごい数？　わたしを捜している？　ヨークシャー州で？」

「ヨークシャー州でも、イングランドのその他すべての州でも」

アガサは眉をひそめた。ヨークシャー州に身を隠した不運を嘆くことすらできない。ダービーシャー州や、カンバーランド州や、ノーフォーク州へ逃げたとしても、警察がやってきて隠れ家のドアをノックすることだろう。

「まあ……」チルトンの知らせを聞いて、アガサはぐったり疲れてしまった。「なんてひどい騒ぎなの」

「では、ご自分がミセス・アガサ・クリスティーであることを認めるのですね？」

「認めません」しかし、自信のなさそうな表情だった。

もし、ミス・オディー（チルトンはわたしのことを、ほぼ無意識のうちに〝ミス〟として考えはじめていた）や、その他の女性が、アガサが次にとったような行動に出たなら、チルトンは自分を丸めこむための策略だと思い、警戒していただろう。しかし、アガサが片手を伸ばして彼の腕に触れ、分厚いウールの生地を指でつかんだとき、そのしぐさは女から男へのものではなく、人間から人間へのものだと感じられた。心からの純粋な懇願だと。

「チルトンさん。災難に巻きこまれた経験はおありでしょうか？　本物の災難。外からだけでなく、自分のなかのどこかから襲いかかってくるような災難。意識したこともないような場所から」

彼女の表情は率直で、痛々しいほど繊細だった。三十六歳というのは、あとでふりかえれば若かったと思える年齢だ。しかし、三十六歳として生きているときは、若いとは思えない。女性たちは自分がすぐ年をとってしまうと思いこんでいる。あのすわり心地の悪い硬い椅子に何時間もすわって、老眼鏡をかけずに原稿のページに目を通しても、腰のくびれに痛みが走ることすらないのは自分の若さのおかげであるのに、アガサは気づいていない。遠い未来のある日、人生のこの時期をふりかえったときに、自分が老人どころか中年にもなっていなくて、若さにあふれ、その先に長い人生が——言うまでもなく人生最高の日々が——待っていたことを悟るだろう。

アガサはチルトン氏に鋭い視線を据え、彼の袖から手を放しながら、相手のことを遠慮なく値踏みした。

フィンバルと一緒に逃げて以来、アガサの人生はどれほど大きく変わったことか。その経験がすでに彼女をどれほど大きく変えていたことか。所有者に無断で、さらには所有者の身元すらわからないまま、空き家にもぐりこんだ。まるで逃亡中の犯罪者のように。今回は、家のなかのものをいくら勝手に使おうと、お金を置いていくつもりはなかった。いまは使用人の部屋を使っている。とても簡素な部屋だし、プライバシーが守れる点も気に入っている。いま、見知らぬ相手と、しかも男性とこうしてすわっていても、恐怖はまったく感じなかったし、世間体を気にする必要もなかった。これまで知っていた世界から抜けだして、何も気にしなくてもよさそうな場所にたどり着いた。どこかよそで彼女を捜している大規模な捜索隊のことすら気にならなかった。

「チルトンさん」

チルトンは彼女の声を耳にして、策を弄する気がまったくなさそうな様子にふたたび胸を打たれた。美しく痛々しい姿は生まれつきのものなのか？　それとも、心にどんな傷を負ったか知らないが、そのせいで弱い人間になってしまったのか？　もしくは、かえって強い人間になったのか？

戦争へ行った経験がある者の問題点のひとつ。それは、他人の傷の深さがひと目では理解できないことだ。どの傷もきわめて軽いものに思えてしまう。だが、いま、しわが刻まれた彼女の愛らしい額を目にして、彼の心に同情が芽生えた。

「ほかにもこのあたりに誰かいるのでしょうか？　ハロゲートに。わたしを捜す人たちが」

「いや。この区域はわたしの担当です。それに、たぶん想像がつくと思いますが、捜索はご自宅を中心におこなわれています。泉を浚ったりして、あれこれと」

「その人たち、テディには何も言ってないでしょうね？　わたしの娘なの。あの子を心配させるようなことはしていないでしょうね？」アガサは立ち上がった。すわったままだと、湧き上がった不安を抑えこめないような気がした。

「わたしには知りようがありません」チルトンはそう答えたあとで、こういう状況のもとでは（〝こういう状況〟というのがどんな状況を指すのか、彼にはよくわからないとしても）相手の気持ちを静めたほうが効果的だと思い、「でも、きっと大丈夫ですよ」とつけくわえた。その子に会ったことはないが、どんな子かは想像がつく。周囲が甘やかし、その子に悲しい思いをさせそうな知らせや事実はいっさい耳に入れないようにしているのだろう。たぶん、子供のためというより、親のために。泣きわめく子供をなだめる以上に面倒なことがどこにあるだろう？

アガサ・クリスティーが自分の感情をここまで露骨に顔に出したことが、これまでの人生で果たしてあっただろうか、とチルトンは考えた。

彼女はこうした感情をふたたび人目につかないところにしまいこもうと努めた。「ゲームはやめましょう、チルトンさん」その声はふだんの偉そうな口調をとりもどしたがっているように響いたが、それでもなお震えていた。化粧テーブルの上のろうそくが揺らめいた。ストーブに石炭を足す必要があった。

「さっきもそう言われましたね。二度も言わなくていいですよ。わたしもゲームは好みません。あなたを無事にお宅へ送り届けたいと思っているだけです」アガサの返事がなかったので、チルトンはさらに続けた。「ミセス・クリスティー、もう充分じゃないですか？　ご主人にさんざん冷や汗をかかせた。ご主人はあなたの無事をたしかめたくて必死になっている。すべてを終わらせてお宅に帰る潮時ですよ」

「女をごらんになりました？　あなたのお話ですと、女がマホーニー氏と一緒に来たそうですが」

よしよし、やっと進展がありそうだ。ようやく謎が解ける。

「その人、偶然ですけど、わたしの夫の愛人なんです。本当の夫のクリスティー大佐。女はもうじき彼の妻になるつもりでいます」

状況がはっきりしてきた。理不尽な状況ではあるが。「その点はどうも彼女の思いどおりにならないようです」

家のなかは静かだったが、階下の部屋とそのなかの様子を意識してしまうせいか、どことなく刺激的な感じがした。若い恋人たちがふたたび結ばれた（それだけは明らかだ）。物理的に起きていることだけでなく、二人のまわりに渦巻く感情までがドアの下から滲みでて、人を酔わせる新たなタイプの酸素のように家のなかを浮遊している。チルトンは自分が彼女のことをクリスティー夫人というよりアガサとして考えるようになったことに、ほとんど気づいていなかった。この瞬間、靄が二人を包みこんだ。二人に親密に寄り添うかのように。

（〝悠久の館〟――のちに、アガサとわたしはこの家をそう名づけた。わたしがハロゲートを、もしくは、この荘園館を訪ねることは二度となかった。でも、ときどき考える――もし訪ねたとしても、座標を正確にたどったとしても、目に入るのは延々と続く荒野とヒースとイバラだけで、荘園館はふたたび百年にわたって靄のなかに姿を消していたのではないだろうか）

「きれいな人だとお思いになります？」アガサが訊いた。「あの……女」

彼女が別の言葉を使いそうになったことを、チルトンは見抜いていた。節操のない馬鹿正直な返事をした。どちらも彼女に必要なものだと思ったからだ。「あなたに比べれば、たいしたことはありません」

あらゆる点で完璧な冷静さを保ちつづける一途なアガサの様子を目にして、チルトンは一瞬、彼女が身を乗りだして自分にキスするのではないかと思った。

しかし、キスはしなかった。こう言っただけだった。「わたしを見つけたことは誰にもおっしゃらないで。いまはまだ。あと一日か二日ください」

反対し、彼女を言いくるめ、頑として拒むべきであることは、チルトンにもわかっていた。彼女が身を隠したままでいるのを黙認しようなどという考えは、きっぱり捨て去るべきだとわかっていた。だが、かわりに、仕方がないと言いたげに立ち上がった。殺人事件が起きたわけではない。なぜ電話の甲高いベルの音で人々をベッドからひきずりださなくてはならない？　この人は財産も地位もある一人前の女性、自分のことは自分で決めればいい。そして、彼のほうはこの状況をけっこう楽しんでいた。終わりにしたくないと思っていた。自分の職責を果たして、彼女が見つかったことを報告すれば、もう一度会える見込みはほとんどなくなる。

「誰にも言わないと約束します。しばらくのあいだは。二度とよそへ行かないと約束してくれるなら。

頼むからここにいてください。必要が生じた場合、すぐ見つかる場所に」

「わかったわ。約束します」

アガサは彼に握手の手を差しだした。柔らかくてひんやりした肌。

「かわいそうなフィンバル。ナンに弄《もてあそ》ばれたりしなきゃいいけど」

「あなたは優しい人ですね」

アガサは笑った。肯定しているのだとチルトンは気がついた。「おたがいさまでしょ」

チルトンは長いあいだ、自分は人に心を読まれることのない人間だと思いこんでいたので、アガサの言葉を信じる気になったのに驚いていた。「じつは、さっきふと思ったんです。ほんの一瞬ですが、あなたに見つめられたとき、キスされるのではないかと」

「夫以外の男性にキスしたことはもう何年もありません。夫と出会った日以来」

「いい奥さんなんですね」

アガサは勢いよくうなずいた。自分はなんといい妻だったのかと思うと、腹立たしくてならなかった。チルトンから見た彼女は息を呑むほど若く、彼には読むことのできない考えでいっぱいの女性だった。恋人だったキャサリンの戦争前の姿が思いだされた。いつもの癖で、自分の心が暗い思いのほうへ向かい、世の中の苦い面を見ようとしているのを感じた。自分に歯止めをかけた。

「ミセス・クリスティー」

「アガサと呼んで」彼女は二人のあいだの距離を詰めてチルトンにキスをした。おずおずとしていたが、ゆっくり時間をかけたキスだった。チルトンは彼女のウェストに腕をまわす勇気がなかった。少しでも動いたら、彼女が自分のしていることに気づき、すべて終わってしまいそうで怖かった——彼の唇に重ねられた彼女の柔らかな唇も、彼の胸に羽のように軽く触れた手も。二人の唇はおたがいの息を吸える程度に少しだけ開いていた。彼女の息はバラの花と春の草の香りがした。

「アガサ」彼女がついに唇を離したところで、チルトンは言った。

「もう行ったほうがいいわ」ひどく冷静で落ち着いた声だったので、チルトンは傷つきそうになった。

「わかった」アガサのように冷静な態度はとれなかった。十二歳の男の子みたいに声が裏返った。

「でも、約束は守ってね？　誰にも言わずにいてくださる？」

「わかった」

チルトンは背後のドアを閉めた。階段を下り、亡霊になったような気分で玄関ドアを通り抜けた。歩くかわりに、地上三センチほどのところに浮かんで、ふわふわと進んでいくような気がした。

失踪

七日目
一九二六年十二月十日金曜日

サー・アーサー・コナン・ドイルはミステリをこよなく愛していたので、アガサ・クリスティーが失踪事件を起こすまで彼女の名前など聞いたこともなかったのに、それを認めるわけにはいかなかった。アガサ・クリスティーの売名行為だという噂も流れているが、それがどうした？　もしこれが売名行為だとしたら、宣伝効果は抜群だ。

　誰しも問題を解決した当事者になるのが大好きだ。事件の謎を解明しようとする者が増えれば増えるほど、人はその当事者になりたがる。

　新たにアガサのエージェントとなったドナルド・フレイザーは、予定をすべてキャンセルしてコナン・ドイルと会うことにした。シャーロック・ホームズの高名なる生みの親！　コナン・ドイルがアガサ捜しにどんなふうに手を貸してくれるのかはわからないが、こちらの説得によっては、現在のエージェントとすっぱり手を切って自分と契約を結んでくれるのではないだろうか？

　もっとも、アガサに対するフレイザーの気持ちは欲得ずくではなかった。心配していた。夫のクリスティー氏のことが気の毒でならなかった。フレイザーの妻も去年の春、彼が担当する作家の一人と駆け落ちしてしまった。アガサも似たようなことをしたに違いないとフレイザーは見ている。アガサはつねに言い負かすことのできないレディだったが、考えてみれば、彼の妻もそうだった。

フレイザーだって、イングランドじゅうの警官が発見できなかったものをコナン・ドイルなら見つけだせる、などと信じているわけではなかった。コナン・ドイルは作家であって探偵ではない。自分でこしらえた謎を解く以上に簡単なことがどこにあるだろう？　作家は問題を創りだす側で、解決する側ではない。もう一人の人気ミステリ作家、ドロシー・セイヤーズはすでに自らサニングデールに出向いて、手がかりを捜し求め、エネルギーの痕跡がないか調べていた。アガサ・クリスティーはそういうわけのわからないことに関わりたがるタイプではない。ペテン師が乗りだしてくるのを望むはずはない。フレイザーはそう確信していた。

六十七歳のコナン・ドイル（スピリチュアルな世界に出会ってまだわずか四年）はハンサムで自信にあふれていた。不屈の精神を持つこのような人物があの世からのメッセージを信じるとは、なんとも微笑ましいものだ。いくら甘い言葉で釣ろうとしても、コナン・ドイルに現在のエージェントを切る気がないことを悟ったフレイザーは、この会見をさっさと終わらせようと決めた。彼と会うことにしたのを後悔した。アガサ・クリスティーが見つかるよう誰よりも強く願っているフレイザーとしては、こんなことで時間を無駄にしたくなかった。

「彼女の持ち物が何かあるかね？」コナン・ドイルの表情がいくら熱を帯びても、口髭はみごとに静止したままだった。「所持品を何か置いていなかっただろうか？　いちばんいいのは着衣だ。手書きのメモでもかまわない」

フレイザーはデスクの引出しをあけた。上等の革の手袋が九カ月前からそこに入ったまま、持ち主が戻ってくるのを待っている。それをとりだす前に躊躇した。

「で、ご計画を伺ってもいいでしょうか？　猟犬がすでに彼女の匂いを追っています。本物の軍隊がバークシャー州に出動して、彼女を捜しています」フレイザーはドロシー・セイヤーズも捜索に乗りだしていることを告げた。

コナン・ドイルはくだらないと言わんばかりに、手をふってその話を退けた。「どこを捜せばいいのか、あの女は何もわかっていない」フレイザーがためらいがちにとりだした手袋を奪いとった。

「必要とされるのはスピリチュアルな指紋だ。わたしはホレス・リーフと連絡をとっている」

フレイザーは目をしばたたかせ、その名前になんの心当たりもないことを露呈してしまった。

「おいおい、ヨーロッパで最強と言われる透視者だぞ」こともあろうにコナン・ドイルのような人物が、演繹《えんえき》的な推理よりも心霊主義——霊媒と占い——に傾倒しているとは、なんと興味深いことだろう。「そして、じつに幸運なことに、リーフは現在ロンドンに住んでいる。この手袋は最近使われたものかね？」

「はい、つい最近。失踪する前日に、クリスティー夫人がここに来たのです。まさにその椅子にすわりました」

コナン・ドイルはうなずくと、アガサが残していった分子を集めようとするかのように、椅子の肘掛けをなでた。まるで自分が見つけたような顔をして、このうえなく重要な手がかりだと言いたげに手袋をかざした。「これが大いに役に立つ。ホレス・リーフが解決してくれるだろう。生きているにせよ、死んでいるにせよ、われわれの手でアガサ・クリスティーを見つけだしてみせる。朝までに居所がわかるはずだ。それは間違いない」

フレイザーにはなんの罪悪感もなかった。ホレス・リーフなる人物に多少なりとも霊能力があるなら、まず見抜くべきは手袋がフレイザー夫人のものだということだ。デヴォンシャー州へ駆け落ちして、彼女を熱愛していた夫の心を打ち砕くまで、フレイザー氏の妻だった女性の。

分厚いドアが閉まった。フレイザーはドアを見つめて憂鬱な思いで胸をいっぱいにした。〈ハロッズ〉へ出かけて妻のために新しい手袋を買い、デヴォンシャー州にいる彼女に送るとしようか。プレゼントとして。手が凍えているかもしれない。

シャーロック・ホームズの生みの親に会っても、スターに会えたという感激がなかったのがフレイザーには意外だった。世の無常をしみじみ感じただけだった。来年一月にアガサ・クリスティーの新作『ビッグ4』を刊行の予定だ。礼儀正しい女性だから、そのときまでには夫のもとに戻ってくるだろう。もしくは、不吉な予想が的中して、遺体が見つかるかもしれない。いずれにしろ――彼女の姿をふたたび目にする者がいてもいなくても――一月には、全世界とまではいかなくても、イングランド全土に彼女の名前が知れ渡っているだろう。本の売り上げにとって悪い話ではない。

自分の強欲さのせいで憂鬱になり、フレイザーはため息をついた。人生とは何事も思いどおりにはいかないものだ。そうだろう?

〈悠久の館〉のベッドのなかで、わたしは肘を突いて上体を起こし、フィンバルの寝姿を見つめていた。夜明けの光のなかで彼の顔を見たかったのだ。暖をとるために火にくべて暖めておいたレンガは、わたしたちの足元ですでに冷たくなっていた。分厚いカーテンが閉ざされたままだし、冬の夜明けは遅いため、室内は真っ暗だった。太陽がわずかに射しこむころ、フィンバルの目が開き、わたしを見つめ返した。わたしは彼の傍らで横になったアイルランドの夜のことを思いだした。二人が同じベッドで一夜を明かしたのはあのとき一度きりだった。

「この前一緒に寝たときは、朝が来てもあなたは目をあけなかった」

フィンバルはわたしの両手をとって彼の心臓の上に持っていった。「もし目をあけてたら、その日のうちにきみと結婚していただろう」

わたしの目に涙があふれた。「そしたら一緒にいられたのにね」

「いま一緒にいるじゃないか」

「しばらくのあいだだけよ。それに、家族全員そろってるわけじゃないし」

フィンバルが身を起こした。ゆうべ見落としていたものを、わたしはいま初めて目にした。彼の豊かな黒髪が短くカットされ、整えられている。うなじが刈りあげられている。これまでの彼とは違うきちんとした印象で、別人かと思うほどだ。ありえないことが現実に起きたという証拠だった。アガサ・クリスティーがここにいる。間違いなくここにいる。わたしたちと一緒に。フィンバル・マホーニーと一緒に過ごしている――わたしには一度もその機会がなかったのに。

「あの人が髪を切ってくれたの？」カットのあとで彼のうなじに頑固に貼りついた髪をアガサの手が払い落とす様子を、わたしは想像した。豊かな絹のような髪をアガサが指でかき分けて持ち上げ、ハサミでカットし、手を離す。彼の肩に落ちた髪をアガサの手が払い落とす。

「そうなんだ」フィンバルはたったいま思いだしたかのように、頭頂部に手を走らせた。「気に入った？」

「長いほうが好き」わたしは饐《す》えた臭いのする、カバーもかかっていない枕に、ふたたび頭を戻した。

家具がほとんどない家なので、野宿をしているような気分だ。無法者と侵入者。フィンバルがベッドから出て暖炉に薪をもう一本くべた。わたしは天井をじっと見上げた。天井には円形の飾り模様が彫刻されている。無駄な装飾。アーチーの手が妻に触れるところを想像しても、わたしが嫉妬を感じたことは一度もなかった。それなのに、アガサの手がフィンバルに触れたことを思っただけで不愉快になる。アーチーの手がわたしに触れることを思ってアガサがどんな気持ちになったかが、前よりはっきりわかるようになった。アーチーの手は髪を切るよりずっと多くのことをしたのだし。

「それで、あの人はこの家にいるの？　いまも？」

「もちろん。さっきそう言っただろ。ほかにどこへ行くところがある？」

「トーキーにある実家の豪邸とか。高級ホテルとか。お金に不自由してない人だもの。そんな贅沢ぐらい平気なはずよ」

「きみが贅沢してるように？」

わたしは返事をしなかった。フィンバルがベッドに戻った。「あの人は夫を愛してるんだ、ナン。夫が戻ってくることを願っている。夫をあの人に返して、ぼくと一緒に来てくれ。戦争が終わったときにすべきだったことを二人でやろう」

「まあ、フィンバル」

「バリーコットンに帰ろう」

「わたしがアイルランドに足を踏み入れる日が来ると思ってるのなら、あなたは馬鹿だわ」

「あんな目にあわされたんだから、きみがアイルランドを憎むのも無理はない。でも、ぼくもアイルランドの人間なんだよ。ぼくのことも憎むのかい、ナン？」

「そんなはずないでしょ。わかってるくせに」

「それに、そういうことが起きるのはアイルランドだけとはかぎらない」

「でも、わたしはアイルランドでそういう目にあわされたの」

フィンバルは目を閉じた。わたしは短くカットされた髪を額からどけ、頭皮を爪でこすりながら、髪が速く伸びて、以前のように乱れただらしない髪形に戻るよう念じた。そして、ずっと感じていたことをあらためて感じた。彼はこの世でわたしがいちばん好きな人。わたしの身も心も彼のもの。でも、同時に、わたしはジュネヴィーヴのほうをもっと愛している。

「フィンバル」ついさっき口にした言葉のとげとげしさを消そうとして、ささやきかけた。「あなたはわたしの大好きな人。いまも大好きよ」

フィンバルは目をあけた。彼の心は曇り空になってしまったが、わたしは思い出を目にすることができる。日差しにあふれた昔の彼の姿を。たぶん、わたしの力でその日差しを呼び戻せるだろう。そこで、わたしたちは唇と手で愛撫に戻り、ひそやかな感傷に浸った。


上の階でアガサがタイプライターを打つ音は聞こえてこなかった。ずっとここに隠れているのは、自分の居所を明かさないのは、許されることではないのを彼女も承知していた。ミス・オリヴァーの車で警察へ直行し、自首すべきなのだ。

自首！　心に浮かんだその言葉に、アガサは憤慨した。わたしがどんな犯罪に関わったというの？　何もしていない。この世界から姿を消したところで、誰にも文句を言われる筋合いはない。

でも、やはり……。多くの人が捜索をおこない、心配していることを考えると、いますぐ家に戻らなくてはと思う。同じ理由から、ぜったい戻れないとも思う。その人たちと顔を合わせるの？ 弁明するの？ ふたたびアーチーの顔をのぞきこんで、愛のかけらも残っていないことを知るの？ それは無理。

チルトンが約束を守ってくれることを願った。ゆうべのチルトンはアガサへの気遣いから自分の欲望を抑えこんでいた。彼の唇はアーチーより柔らかだった。石鹸やおしゃれなスキンケア製品の香りはせず、彼自身の匂い――爽やかな草とかすかな潮風の香り――がするだけだった。アガサ自身の匂いもこの二、三日で変化していた。ラベンダーの香水がなくなったため、燻煙《くんえん》と昔ながらの健全な汗の匂いに変わっていた。

あの人が警官であっても関係ない。きっとわたしの秘密を守ってくれる。信頼できる人だ。

チルトンも夜明けの光のなかで目をさましていた。着替えはしておらず、一睡もできなかった。女性と最後にキスしたのがいつだったのか、ほとんど思いだせなかった。幸せに酔っている場合ではない。厄介なことになった。全世界が捜している女性を見つけたというのに、そこで何をしたかというと、その女性にキスをして、居所を秘密にしておくと約束しただけだ。歳月がどれだけ彼を変えたとしても、利口にしてくれなかったことだけはたしかだ。

上のほうから不意にドサッという音が聞こえたので、チルトンはたちまち警戒態勢をとった。従軍経験のある者は、目ざめたときに悲鳴を耳にすれば、次なる悲鳴が続くのを予期するものだ。しかし、静まりかえったなかでしばらく時間が過ぎたので、ようやくまた息ができるようになった。今日はマーストン夫妻の事件に集中するつもりだった。リッピンコット説の裏付けをとり、殺人犯が野放しになっていないことを確認しようと思っていた。活動のみならず、怠惰も周囲に害を及ぼすことがある。チルトンは大戦が終わってからずっと、世界にこれ以上の害を及ぼしてはならないと自分に誓っていた。

戦争というのは、棒切れやおもちゃの銃をふりまわした子供時代の戦争ごっことは別物だ。自分の手が人の命を奪う。チルトンの記憶にもっとも強烈に残っているのは、塹壕襲撃のさいのドイツ人少年兵だった。少年が塹壕から這いでてきたので、チルトンは身をかがめて銃剣でその心臓を刺し貫いた。少年はどれほど驚いた顔をしたことか。戦争に行けばこういう結果もありうることを、誰も彼に教えていなかったかのように。チルトンは罪の意識に苛まれ、膝を突いて自分の水筒の水を飲ませようとした。だが、少年はもはや水をほしがることも、何かをほしがることもなかった。「何をしている?」伍長が言って、塹壕に爆弾を投げこんだ。チルトンは水筒のねじ蓋を閉めた。少年兵はとても若くて、頬はまだバラ色だった。一度も髭剃りをしたことがないような、少女みたいに透き通った肌。あとになって、いちばん下の弟も銃剣で命を落としたことをチルトンが知ったとき、二人の顔が入れ替わった。刺された衝撃で目を虚ろにしたのは、誰からも可愛がられていた弟のマルカムだった。あまりにも若いため、大砲が轟くまっただなかにいても自分は不死身だと思いこんでいた。人はみな、なんと愚かな生きものか——チルトンは思った。死体をまたいで歩いていても、死神の手が自分に触れることはないと信じている。

上の階でまたしても静けさが破られた。悲鳴が聞こえたが、すぐに弱くなり、そのあとにドアが開いて閉まる音が続いた。チルトンはあわてて上の階へ向かった。大急ぎだったが、荒い足音でホテル全体を起こしてしまうのを避けるため、走らないようにした。上の階の廊下でレース夫妻に出会った。

美男美女のカップルだが、どちらも顔を紅潮させていた。夫は怒りで、妻は苦悶で。レース氏が夫人の手首をつかんでいた。きつくつかんでいるため、あざが残るに違いないとチルトンは思った。

「おい、きみ、奥さんを放してあげなさい」チルトンの声は、牙をむきだす犬にあとずさりしながら声をかけるような感じで、低くて冷静だった。ただし、いまはあとずさるかわりに一歩近づいた。

「あなたには関係ないことだ」レース氏が言った。「自分の部屋に帰ってください」

「おやおや。その人はきみの奥さんだろ。そんなひどいことをするものではない」

レース夫人が夫につかまれた手をふり離し、自分の胸にあてた。夫がまたしても妻の手をつかもうとするかに見えたので、チルトンはさらに一歩、夫に近づいた。

「きみがホテル全体を起こしてしまう前に」冷静な声を崩さずにチルトンは言った。「わたしが奥さんを厨房へ連れていき、紅茶を飲んでもらうことにする。きみはそのあいだに部屋に戻り、頭を冷やしてきたまえ」

夫妻はここで初めてチルトンに注意を向けた。コートまで含めてきちんと服を着ている彼に夫妻が目を留めたことに、チルトンは気がついた。それに対して二人は寝間着姿。二人の行動は別として、服装のほうはチルトンよりずっとこの時刻にふさわしい。

「わかりました」レース夫人は優雅なしぐさで髪の乱れを直した。「紅茶をいただきたいわ。ありがとうございます、チルトンさん」

チルトンは紅茶を飲ませると約束したが、ホテルの従業員はまだ出勤していなかった。そこでロビーのすぐそばにある談話室へレース夫人を連れていった。チルトンの神経はひどくたかぶっていた——

―たかぶりすぎて、ほかの誰かの神経を静めることなどできそうになかった。若いレース夫人は両腕で自分のウェストをきつく抱き、狭い部屋のなかを行ったり来たりしていた。チルトンは上着の内ポケットに手を入れて煙草を出した。火をつけると、チルトンがそこにいることを忘れていたかのように、レース夫人がビクッと彼のほうを見た。チルトンは立ったまま、開いたシガレットケースを彼女に差しだした。彼女が一本とった。チルトンはケースをポケットに戻して、夫人の煙草に火をつけた。これはつねに親密な瞬間だ。彼女の手首にあざが残るかと心配していたが、そんなことはなく、なめらかな肌には傷ひとつついていなかった。鮮やかな金髪は肩までの長さで絹のようだ。まっすぐな髪で、寝ていたために乱れている。化粧をしたり髪を結いあげたりしないほうが美しく見えることに、自分ではたぶん気づいていない女性たちの一人だ。アガサ・クリスティーもそうだ。彼女を思ったとたん、自分でも驚いたことに、自然と微笑が浮かんで口元がほころびた。

レース夫人は煙草の煙を飢えたように深々と吸いこみ、それから、慣れた様子で煙を脇のほうへ吐きだした。

「ブランデーを注いだほうがいいかもしれませんね。リーチ夫人がフロントデスクの陰にボトルを置いているのを見たことがあります。品質は保証できませんが」

「ありがたいわ」レース夫人はソファのほうへ行き、崩れるようにすわりこんだ。「お日さまがのぼる前にお酒を注いで煙草に火をつけるような女になったほうが楽よね。この結婚でわたしがどんな目にあってるか、あなたもごらんになったでしょ、チルトンさん」

「暴君と結婚されたようですな」

「そうみたい」レース夫人はこわばった声で答え、その目はチルトンを素通りしてどこか一点を見つめていた。「そして、いまでは夫に縛りつけられている。実家の者は離婚なんて許してくれないわ。スキャンダルになるのがいやなの」

「どんな男かわからなかったのですか？　結婚前に」

レース夫人はふたたび煙草を深く吸いこんだ。「薄々気づいてはいたのよ」

「だったら、なぜまた結婚まで進んだのか、お尋ねしてもいいでしょうか？」

「いいえ。それは勘弁してください、チルトンさん」

「では、別の話をしていただきましょうか。先日のことに興味がありましてね。ダイニングルームで起きたことです。気の毒なマーストン氏。あなたはじつに英雄的だった」

「いえ、とんでもない」

「あの夫妻のどちらかと話をする機会はあったのでしょうか。そのう……不幸な出来事が起きる前に」

「いいえ、一度も。自分の不幸で頭がいっぱいだったものですから」レース夫人はコーヒーテーブルに置かれた磁器の灰皿で、必要以上に力を入れて煙草を揉み消した。それから立ち上がった。「お気遣いに感謝します、チルトンさん。でも、部屋に戻って困難に立ち向かうことにします。人生はお伽《とぎ》話じゃありませんもの。あなたたち年配の方々は戦争でそれを学習なさったのでしょうね」

　夫人はすべるような足どりで部屋を出ていった。頭をしゃんと上げ、看護婦というよりダンサーのような雰囲気だった。チルトンは煙草を深く吸い、指ぎりぎりのところまで吸ってしまったことに気づいた。指を軽く火傷してハッと目がさめた。ぐっすり眠って――というか、とにかく一夜の睡眠のあとで――目ざめるかわりに、火傷が起こしてくれたようなものだ。

いっぽう、〈悠久の館〉では――アガサはこの家をすでにそう考えるようになっていたのだが――アガサが一階の台所に下り、使用人用の長いテーブルの前にすわっていた。サニングデールに帰ることは考えていなかった。スタイルズ荘と違って、この家には善なるエネルギーが感じられた。いや、彼女が善なるエネルギーを持ちこんだのかもしれない。彼女だけでなく、フィンバルも。興奮の風に乗り、さまざまな責任を置き去りにしてニューランズ・コーナーをあとにして以来、二人の胸には予想もしなかった善なるエネルギーがあふれていた。テディのことが心配ではあったが、その思いを抑えこんだ。ホノーリアが行き届いた世話をしてくれる。アーチーのことを心配するのもやめようと決め、正直に白状すると、これまでと違って彼に心配させていることを心地よく感じていた。

世間体など気にしなくなっていた。昔からずっとそうだったように、読者やエージェントや編集者のことはいっさい考えずに書きつづけた。アッシュフィールドで過ごした子供のころに、輪まわしをしてチリマツの周囲をまわりながら登場人物を考えだし、お話を作ったのと同じやり方で、自分の楽しみのために書いていた。本を書くというのは別世界で過ごすことだ。そして、アガサは別世界を切実に必要としていた。

ここ何日か、前に忍びこんだ家から何着か持ってきた男物の服ばかりを着て、そこにミス・オリヴァーの着古された暖かなコートも加えていた。虚栄心はもう消えていた。ただ、真珠のネックレスだけはいまもつけていた。母親の形見なのだ。しかし、真珠の指輪は、彼女が寝起きしている使用人部屋の空いた引出しの奥に入れてある。この日の朝、アガサは鏡に自分の姿を映してみた。洗っていない髪、男物の服。顔見知りのすぐ横を通っても、よほど親しい相手でなければ気づかれることはないだろう。では、よほど親しい相手とは誰なのか？　一人も思いつけなかった。ホノーリアですら違う。正直に言うなら、彼女は親しい相手というより、金で雇われている世話係だが、アガサを連れて逃げたアイルランド人に負けないぐらいアガサをよく理解してくれているので、ホノーリアといると心からくつろげる。

ずいぶん広いこの家のなかでも、悪夢にうなされるフィンバルの声がアガサのところまで聞こえてきた。二人で逃げだして以来、ナンが現われるまでは毎晩のように、アガサが自分のベッドを離れてフィンバルの肩に両手をかけたものだった。すると、彼の目が不意に開いてアガサに気づき、安堵の息を吐く。彼がアガサに腕をまわして抱き寄せたことが二回あった。彼を抱きしめた自分にアガサは衝撃を受けたが、同時に、それは衝撃ではなかった。アガサ自身は生まれ変わりというものを信じていなかったが、もし信じていれば、フィンバルと自分は前世からの知り合いだと思ったことだろう。理論的にはありえない組み合わせだが、じっさいには似合いの二人だった。夫の存在がどれだけ重く自分にのしかかっていたかを、アガサはようやく悟った。彼女にとっては、夫の顔がすべての男の顔であり、夫が彼女に向ける視線から、男たちの目に自分がどう映っているかが想像できた。フィンバルはまったく違う種類の男で、アガサは風変わりではあるがきわめて自然な感じで、彼と歩調をそろえて歩きだしたのだった。

おかげで、別の男性とも歩調をそろえることができた。アガサが警部と結婚するなどと言いだしたら、実家の母は眉をひそめるだろう。でも、母がこの世にいて反対するわけではない。そうでしょ？　アガサは思わず笑いだした——母親の死を思いだしたすぐあとで笑った自分を不謹慎だと思ういっぽうで、大きな安らぎを感じた。

「何かおもしろいことでも?」

そう言ったのは、ドアのところに立ったわたしだった。愛の行為で顔を上気させ、髪を乱し、挑みかかるように顎をつんと上げていた。わたしの姿を見ても、アガサが動揺することはほとんどなかった。わたしを羨む気持ちも、傷つけたいという思いも、アガサにはなかった。わたしの存在を邪魔に感じることすらなかった。逃亡者がもう一人。沈黙を守ることを承知しさえすれば、わたしも仲間に入れてもらえる。アガサはすでに忘れているようだった——フィンバルが負っている使命のことを。

「久しぶりね、ナン」

「お久しぶりです、ミセス・クリスティー」


アガサはわたしに会えてうれしそうだったが、この瞬間、こちらはそんな気分になれなかった。なぜか腹立たしかった。使用人のテーブルの前にすわっている彼女を目にしたからだ。名称までついている広い家で育ったアガサ。彼女が考えるお金の苦労とは、年に百ポンドのお小遣いしかもらえないことだった。執事とメイドがいる五部屋の住まい。作家としてのキャリア、夫、子供など、さまざまなものを求め、与えられてきた人生。何かをほしがれば、手に入るのが当然であるかのように。いつの時代も、アガサのような女性のせいで百人以上の者が苦労を背負ってきたのだ。

「ねえ」アガサが言った。その楽しげな様子がわたしにはどうにも理解できなかった。「アガサと呼んで。いいでしょ? ここまで来た以上、堅苦しいことは抜きにしましょうよ。二人とも逃亡中ですもの」

「わたしは逃亡なんかしてません。休暇中です」

「ずいぶん風変わりな休暇ね。アーチーがなんて言うかしら」

わたしは返事をしなかった。

「あらあら。あなたがアーチーを愛していないことはわかってたのよ」

わたしはテーブルの前に腰を下ろした。

アガサが席を立ってティーカップをもうひとつとってきた。「悪いけど、ミルクなしよ」わたしに紅茶を注いでくれた。

「今回の件について、アーチーには何を言う権利もないと思います。いまはまだ」

「ええ、そうね」アーチーと過ごした最後の夜の様子をアガサの口から語ることもできただろうが、彼女は何も言わなかった。おたがいに演技を続けるのをついにやめて以来、わたしたちが顔を合わせたのはこれが初めてだった。アガサも彼女なりに演技をするのがけっこう好きだったのかもしれない。アーチーと別れるよう、アガサがすぐさま要求してくるものと思っていたが、黙ってすわって紅茶を飲みながら、わたしが同じようにするのを見つめているだけだった。彼女に対するわたしの気持ちがなんとなく和らいだ。その恵まれた境遇を妬《ねた》んだりしなければ、わたしもいずれそういう境遇に身を置けるかもしれない。

「ここの食料のストックはどうなんです？　しばらくもちそうですか？」

「果物の缶詰があるわ。タンと燻製ニシンとサーディンの缶詰も。あなたがワイン好きだったら、ワインもどっさりあるわよ。フィンバルが何回か町へ出かけて新鮮な食料を買ってきてくれたし。リンゴとチーズ。当分は大丈夫そうね。でも、もちろん、永遠にもつわけじゃないけど。それに、家の本当の持ち主がいつ戻ってくるかわからないでしょ」

「近々戻ってきそうな感じではありませんけど」

「そうね。でも、人間のすることとって予測がつかないから」

「わたし、心の一部では、上の階へ行くことだけを考えてます。飲み食いはもうやめようって。彼の腕に抱かれて骨になりたい」

「サーカス芸人だったエルヴィラ・マディガンと、スウェーデン貴族のシクステン・スパーレ中尉のように？　悲しい物語ね。わたしたちが二人の亡霊と話せたら、二人はきっと、悲恋に溺れるだけの価値はなかったと言うでしょう。わたしはもともと、ロマンスを好むほうではないし。とくに、悲劇的な恋は苦手だわ」

「わたしもです」わたしは嘘をついた。わたしがフィンバルの腕のなかで――いえ、どこでもいいから――死ぬ場面をアガサが想像し、そうなれば自分が夫のもとへ楽に戻れると思って喜んだとしても、彼女の顔には何も出ていなかった。

「フィンバルが言ってたけど、あなた、作家になりたいそうね」

「彼が？」ひどい屈辱。フィンバルったら、ほかにどんなことを話したの？　「そう思った時期もありました」

ちょうどそのとき、フィンバルが入ってきた。きびきびして、エネルギーにあふれていた。「おはよう、アガサ」完全に対等な立場の親友どうしみたいな口調で、フィンバルは言った。

「おはよう、愛《いと》しのフィンバル」純粋な温かさをこめてアガサが言ったので、わたしは昔から誰もが彼を愛していたことを思いだした。いつも幸せそうな顔をしているからだと、以前は思っていた。でも、いまの彼はもう幸せそうではないのに、人から愛される点は変わっていない。

何分間か、家事に関するやりとりがあった。フィンバルが食料貯蔵室からパンをとってきた。アガサがママレードを見つけ、彼のカップに紅茶を注いだ。貴重な光景だった。わたしはすわったまま、手伝おうともしなかったが、やがて、わたしの前に食べるものが置かれた。

「その後、わたしたちの男から連絡はあった？」すべてが落ち着いたところで、アガサがわたしに訊いた。

わたしがフィンバルにちらっと目を向けると、彼は表情を曇らせることも、ほかの人間を〝わたしの男〟として認めることも拒んでいた。

「いえ、ありません。何日か前から。こちらの居所を知らせていないので」

「わたしも」

「あなたのことが心配でたまらないみたいですよ」わたしは言った。

「あの人から連絡がないのに、どうしてわかるの？」

「だって、心配してましたもの。最後にわたしと話をしたとき」

「二、三日前のわたしなら、それを聞いて喜んだかもしれないわね。いまは正直に言うと、もうどうでもいいと思ってる」

アガサの顔に浮かんだ微笑は、少なくともひとつにはゆうべチルトンとキスをしたおかげだったのだが、わたしにそんなことがわかるはずはなかった。ただ、こう思っただけだった。〝アーチーも気の毒に。先週は二人の女が彼の注意を惹こうと必死だったのに、今週は一人もいなくなってしまった〟

「フィンバルに頼まれたんだけど、わたしからあなたに伝えてほしいことがあるそうよ」アガサは言った。

「この人が？」

「話に入る前に、ひとこと言わせてちょうだい。これまでの人生で、あなたほどひどくわたしを傷つけた人はいなかったわ」

このやりとりをフィンバルに見られているのが耐えがたかったせいもあって、わたしは両手に顔を埋めた。アガサがテーブルの向こうから手を伸ばし、わたしの手をはずした。「そういうのはやめましょう。わたしにひどいことをしたあなたをわたしが慰めるなんておかしいでしょ」

わたしはフィンバルを見た。彼はアガサに視線を据え、彼の希望を彼女が伝えてすべてを正してくれるのを待っていた。

「じつは、わたしもひどいことをされました」自分が険悪な声になっていたのはわかっていたが、気にしないことにした。「夫よりはるかに大切なものを失ったんです」

「あなたの過去をフィンバルが少し話してくれたわ。わたしが知らなかったことを。たぶん、アーチーは知りもしないでしょう。そうでしょ？」

これは脅し？　ごくわずかの人しか知らないことをアガサに打ち明けたフィンバルに、わたしは非難の視線を向けた。

アガサはやがて、わたしを驚かせることを言った。「アイルランドではずいぶん辛い思いをしたのね」アガサはわたしの手に自分の手を重ねていた。「本当に心が痛む。とんでもないことだったわ。ひどい話ね。暴挙だった」

ここでふと気づいたのだが、サンデーズ・コーナーで送った日々のことで人から心を寄せられたのはこれが初めてだった。そして、これはアガサが次に発した言葉とは無関係な気持ちなのだと思った——いまもそう思っている。

「わたしの居所を誰にも言わずにいてくれる？」

「ええ」わたしは約束した。「言いません」

アガサ・クリスティーが失踪騒ぎを起こしたあと何年にもわたって、彼女の心理状態、行動、動機に関してさまざまな推測がなされたが、わたしに答えを訊きにきた人はただの一人もいなかった。人間というのは特定の台本を追うのが好きだ。アガサとわたしが友達かもしれないとは、誰一人考えもしなかった。アガサが永遠に沈黙を守りつづけたのは、彼女自身ではなくわたしを守るためだったということも。

やがて、アガサはこのすべてを乗り越えて進むことになる。彼女よりずっと若い相手と再婚し、作家として想像を絶する成功を収める。わたしにはけっして望みえない人生を歩んでいく。誰であれ、そんな人生を歩める者はめったにいない。

わたしたちはいま、ストーブの火が心地よくパチパチ燃える台所で幅の狭いテーブルをはさんですわり、おたがいを見つめていた。相手がいちばん聞きたがっていることを、どちらも口にしようとしなかった。そのあいだ、フィンバルはわたしたちと一緒にすわって、これでやっと自分の使命を果たすことができると思っていた。近い将来、わたしの名前も結局クリスティー夫人になるのだが、彼にそこまでわかるはずもなかった。

シスター・メアリ、ここに眠る

ジョゼフ神父はイングランドを愛していた。一九一九年当時、アイルランド人としては珍しいことだった。その年の六月、ラスクラレンで少人数の英国巡視隊が襲撃され、神父は説教の時間に肉欲を戒めるいつもの長たらしい話を中断して、糾弾の言葉をわめき散らした。「王冠と祖国」――聖書台をバンバン叩いた――「それを守るためにわれわれは戦争に行きました。それなのに、いまになって、こういう馬鹿どもがすべてをひっくり返そうとしているのです」。

「安心だわ。そうでしょ？」ある日の午後、シスター・メアリ・クレアがわたしに言った。「こちらの人たちがわたしたちイングランドの人間に敵意を持っていないとわかったから。故郷に帰ってイングランドの修道会に入ろうかと思ったこともあったのよ。でも、ジョゼフ神父さまがこちらの修道会の指揮をとってらっしゃるかぎり、その必要はなさそうね」シスターはわたしにというより、自分自身に向かって微笑した。「じつのところ、わたしが神父さまに目をかけられているのは、そのおかげだと思うの。わたしがイングランドの人間だから」

それは毎月第一金曜日におこなわれる聖時間という儀式に出るため、少女たち全員が列を作って廊下を歩いていたときのことで、シスター・メアリ・クレアはわたしの横を歩いていた。シスター・メアリ・デクランがふりむいて眉をひそめたが、わたしに話しかけているのが仲間の少女ではなく修道女だったので、わたしはかまわず返事をした。

「そうなんですか？」興味のなさそうな口調を心がけたが、顔から血がひくのを感じた。イングランドからやってきたわたしに神父が興味を持つのではないかと不安になった。

「線香花火みたいなものよ。IRAの騒動なんて」わたしの不安に気づかないまま、シスター・メアリ・クレアは話を続けた。「あと一カ月続いたら、それこそ驚きだわ。若者たちはうんざりするほど戦い、うんざりするほど恐怖を目にしてきたんだから、祖国でまたしても騒ぎを起こさなくたっていいのにね」

「ジョゼフ神父さまはご存じなんでしょうか？　わたしがイングランド出身だということを」

「神父さまがあなたの噂をなさるのは一度も聞いたことがないわ」

この言葉で本当なら安心できるはずだった。わたしはジョゼフ神父の目に入っていない――魔法のマントが神父の目からわたしを守ってくれているかのように――でも、事態がいずれ変わるだろうという恐怖は消えなかった。

チャペルに入る前に、シスター・メアリ・クレアはわたしの手を握りしめ、いつものように風変わりなメロディーをハミングしながら歩き去った。そのメロディーに歌詞がつくことはけっしてなかったが、きれいな声だった。悔い改めるよう命じられた仲間の少女たちと一緒に、わたしが両腕を左右に広げ、十字架にかけられたような姿勢で十五分間静止したまま立たされているあいだも、シスター・メアリ・クレアのハミングが聞こえてきた。わたしたちの誰かがピクッとでも動けば、シスター・

メアリ・デクランに叱られて最初からやり直しだった。わたしたちはこの日、チャペルからまる一時間出してもらえなかった。イングランドに対する神父の愛を考えると、震えずにいるのはむずかしかった。わたしの赤ちゃんの小さな手が子宮の壁を押すのを感じ、この子が外の世界をまだ見ていないことに感謝した。

火曜日に新しい少女が入ってきて、金曜日に逃亡した。どんな手段を使ったのか、誰にもわからなかった。その子は誰にも何も言わずに、わたしたちのあいだから忽然《こつぜん》と姿を消した。鐘が鳴り響き、修道女たちがあたふた駆けまわった。その子が二度と戻ってこなかったので、わたしは勇気づけられた。翌日、修道女たちの墓地で作業をしていたときに、その子が逃げるのに使ったルートを突き止めようとして、鉄格子から外をのぞいてみた。墓地を囲むフェンスの向こうに修道院の入口が見えた。フェンスには錬鉄の門がついていて、それが開いて訪問者を招き入れるようになっている。そして、わたしは門とコンクリート塀が接している隅のところに目を留めた。腐食した鉄の棒がはずれて、丈の高い草むらに落ちていた。そのあとに残された隙間はとても狭くて、妊娠中のわたしには通れそうもなかった。でも、永遠に妊娠が続くわけではない。

ほかに二人の少女が従順に沈黙を守って作業にいそしみ、雑草を抜いたり、墓石の苔をこそげ落としたりしていた。わたしは膝を突いて鉄の棒をもとの場所にはめこみ、入念に調べないかぎり腐食した部分が人目につかないように固定した。

その日の午後、シスター・メアリ・クレアが裁縫室でわたしの横にすわった。わたしは何人かの少女と一緒に古い制服の繕いをしているところだった。ほかに、わたしと違って器用に編み物ができる子たちは、赤ちゃんに着せる防寒用の小さな上着を編んでいた。わたしは自分の子がけっしてこれを着ることのないように祈った。修道女たちがこの子に上着を着せる前に急いで逃げだすつもりだった。わたしの子がどんな服を着るにしても、この修道院で作られたものだけはぜったい着せたくない。

「ねえ、ナン」わたしたちみんなが使っているのと同じ背もたれのないスツールに腰かけて、シスター・メアリ・クレアが言った。「あなた、なんだか様子が変よ」わたしの腕を軽く叩いた。

二人の修道女が赤ちゃんを抱いて入ってくると、生みの母親である少女たちは編み物を脇に置いてお乳をあげに行った。

「シスターは何になってました？」繕いものの針を不器用に運びながら、わたしはシスター・メアリに尋ねた。「修道女になっていなかったら」

「そうね。お母さんよ、もちろん」シスター・メアリ・クレアは授乳中の赤ちゃんたちのほうへ笑顔を向け、それからコールリッジの言葉を引用した。もっとも、そのときのわたしはシスター自身の言葉だと思いこんでいた。「〝母親はあくまでも母親、この世に生を享《う》けた者のなかでもっとも神聖なる存在〟」

　わたしは繕いものを膝に落とし、両手に顔を埋めてベスのことを思った。赤ちゃんが死んでしまったいまも、ベスはこの世に生を享けた者のなかでもっとも神聖なる存在なのだろうか？　「ベス。かわいそうなベス」

「あらあら。ベスのことは心配しなくても大丈夫。だって、ちゃんと奥さんになったんですもの。次の赤ちゃんを作ればいいのよ。正式に洗礼を受けさせてやれる子を。赤ちゃんを十人産んで、丸々太った幸せな子たちを足元に集めることだってできるのよ」

わたしが泣き崩れると、シスター・メアリ・クレアはわたしの背中を優しくさすってくれた。この人ならきっといい母親になれただろう。「元気を出して。ベスは愛する人に迎えに来てもらったのよ。あなたにもきっと迎えが来るわ。わたしが出した手紙をその人がもう読んでるはずよ」シスターがハンカチを渡してくれたので、わたしは洟《はな》をかんだ。

「ほら」シスターは袖のなかに手を入れた。「いいものをあげる」ソーダブレッドをひと切れ、わたしの手に置いてくれた。まだホカホカで、新鮮なバターがたっぷり塗ってある。家を出て以来、一度も目にしたことのない贅沢だ。申しわけない気持ちでほかの子たちを見た。

「さあ、食べてしまいなさい。ご馳走《ちそう》をもらったあなたを友達が妬むはずはないんだから。そうよね、みんな？」

顔を上げてシスターの挑むような視線を受け止める子はいなかった。わたしはその光景を目にすべきだった。でも、できなかった。ソーダブレッドをかじると、舌の上でバターがとろけた。あまりにもおいしかったので、思わず「シスターのことが大好き」と言いそうになったが、自分を抑えた。

その夜、ジョゼフ神父の二重顎の顔がわたしを見下ろしている夢を見た。静脈の浮いた手がわたしをなでまわす。うめき声、鼻を鳴らす音。

「いや、いや、いや！」

わたしはすでに目をさまし、身を起こしていた。顔を覆った両手は他人の手のような匂いがした。知らない場所にいるような気がした。フィオーナがわたしの横にすわり、何も訊かずに背中を軽く叩いてくれていた。誰もが同じ夢を見る。いい夢も、悪い夢も。この点は、そして、たぶんこの点だけは、〝どの娘もみんな同じだ〟というジョゼフ神父の言葉が正しいのだろう。

「言ってみて」わたしはささやいた。フィオーナはロンドンのわたしの実家の住所を暗誦《あんしょう》した。その声は妖精のように軽く明るかった。

修道女の数よりわたしたちの数のほうがずっと多い。わたしたち全員が団結したら？　いっせいに立ち上がったら？　百人の少女がひと握りの修道女と一人の好色な聖職者に立ち向かったら？　わたしたちが戦う目的は、IRAのいかなる戦闘員よりも大きい。わたしたちを監禁していた者たちを倒して世界に凱旋し、わたしたちの若さと子供をとりもどすのだ。

ベスと相手のアメリカ人兵士は大西洋を渡る前に、ロンドンで国教会の牧師に頼んで式を挙げてもらった。フィラデルフィアに居をかまえた。ベスが二度と戻ってこなかったことを故郷ドゥーリンに住む両親は嘆き悲しんだだろうか？　それとも、娘の罪と恥辱に関わり合う必要がなくなって喜んだだろうか？

ベスにとっては、そんなことはもうどうでもよかった。兄たちに会えないのを悲しく思い、妹のことは生涯愛していくつもりでいたが、いまだに許せないのは、彼女自身が受けた数々の罪深い行為だった。ベスが教会に足を踏み入れることは生涯二度となかった。

夜ごと、新婚の夫にすがりついた。迎えに来るのが遅すぎたと言って夫をなじったことは一度もなかった。こうした事態に、喪失に、自分たちが受けた非道な仕打ちに、二人は心をひとつにして耐えた。ただ、ベス一人になされた仕打ちについては、ベスが一人で耐えるしかなかった。神父に凌辱《りょうじょく》された記憶を消し去ることができなくて、日夜耐えつづけていた。

また、腕に痛みがあった。子供を奪われ、今後も子供を抱くことがないときに、母親だけが感じることのできる痛みだった。

「ローナン」ベスは一日じゅう名前を呼んでいた。たいていは誰にも声を聞かれずにすむときに。ふだんとは違う声で。愛情に満ちた声。叱りつける声。笑いにあふれた声。誇らしげな声。まるで息子の亡霊がそこにいるかのように。息子が生きていれば、きっとそこにいたはずだ。ベスのそうした声には、彼女が現実に経験した感情ではなく、ローナンと一緒に経験できたはずの数々の感情が映しだされていた。

失踪

七日目

一九二六年十二月十日金曜日

金曜日の朝、サニングデールは雨だった。気温が上がっていた。テディが子供部屋の窓辺に立っていた。手には、アガサがタッチストーンと名づけたウサギのぬいぐるみ。アーチーと二人で世界一周旅行に出かけたとき、その前にテディにプレゼントしたものだ。「ママの愛情をここに入れておくわね」ぬいぐるみの首に青いリボンを結びながら、アガサはテディに言った。「このウサギくんを抱っこすれば、ママの愛がいつもそばにあるのよ。あなたがウサギくんを抱きしめたときは、お返しにママもあなたを抱きしめてあげる」

「タッチストーンは女の子だよ。男の子じゃないもん」テディは言いはった。男性にあまりなつかない子だった。世話をしてくれるのは女性たちだ。顔のあるおもちゃはみんな女の子だった。サニーという木彫りの小さな犬も女の子だった。

雨にもかかわらず、サニングデールには人がうようよしていた。テディは雨が窓を叩くのを見つめていた。レインコート姿で散らばっている人々を見ていたが、とくに怖いとも思わなかった。自分と関係のない騒ぎが家のまわりで起きることには慣れていた。タッチストーンを下に置いた。母親の愛犬が足元にいたので、犬も窓の外を眺められるように抱きあげてやった。知らない人々の姿を目にして、ピーターは二回吠え、次にあきらめて丸くなった。ふつう、アガサが旅に出るときはこの犬も一緒に連れていく。今回、アガサが犬を置いていったので、テディは喜んでいた。犬がいつもそばにいて、自分一人のものにできるのがうれしかった。誰か新しい人物が車道を歩いてくるのを見て、ピーターが吠えた。〝ワン〟と小さな愛らしい声で。

「よしよし」テディはピーターに言った。「あんなの気にしなくていいよ」窓から離れ、学校へ行くために着替えを始めた。この天気だと、ホノーリアと一緒に歩くかわりに車で行くことになりそうだ。

新聞はアガサ捜しに〝グレート・ハント〟という呼び名をつけた。まるで小説か映画のようだ。わくわくするイベント、国民的娯楽。もしくは戦争。警官と公共心のある市民がイングランド全土に散らばり、自分たちの役目を果たしていた。

「今回の捜索に〝グレート〟をつけるのは、いささか大げさです」この言葉が特大の見出しになっている新聞をかざして、アーチーはトンプソンに怒りをぶつけた。「親指の指紋ひとつ見つかっていないのに」

トンプソンは腕組みをして、部下を叱り飛ばすような勢いでバークシャー州警察本部に入ってきたアーチーに視線を据えた。トンプソンだってもちろん、アガサ・クリスティーが無事な姿で発見されることを願っているが、その可能性は日一日と薄くなっていくように思われた。生きている人間は短時間で見つかる。死んだ人間は見つけるのに時間がかかる。殺人犯が手間暇かけて遺体を隠した場合はとくに。

「あなたはイングランドで女性の遺体を片っ端から発見している」アーチーは続けて理不尽なことを言った。これまでに発見された女性の遺体は気の毒なミス・アナベル・オリヴァーのものだけだというのに。「本当に見つけなくてはならないものを除いて」

トンプソンは片方の眉を上げようとしたが、うまくいかなかった。それはアーチーがよくやるしぐさで、まねをしようとした自分に気づいて憮然とした。

「女性の遺体を見つけろと言われるのですね？」トンプソンの口調は、誰が捜索の責任者なのか、誰がそのやり方を知っているのかを、アーチーにわからせようとするものだった。

「いえ」アーチーは折れなかった。「妻は生きています。ぼくにはわかるんです」

「警察は女性を見つけるのがあまりうまくないというご意見はごもっともです。われわれがほかにどんな女性を見つけられずにいるか、おわかりですね？　ミス・ナン・オディーという女性です。勤め先からも、住まいからも、姿を消してしまったらしい」わたしの無事については心配していないということを、トンプソンはアーチーに言わなかった。警官が〈英国ゴム製造会社〉に立ち寄ったところ、休暇の予定を数日延ばしたいという電話がわたしからあったことがわかったのだ。そのほうが好都合だとトンプソンは考えた。わたしへの事情聴取は殺人の件を確認したあとにすればいい。

「ナンを煩《わずら》わせる必要はありません」アーチーは言った。「いっさいありません。アガサがどこへ消えたのか、ナンに訊いてもわかるわけがない」

「では、誰に訊けばわかりますか？」

暗く悲しげな表情がアーチーの顔をよぎり、トンプソンががっかりしたことに、アーチーは泣き崩れてしまった。妻の失踪の陰にアーチー・クリスティーがいるのではないことが証明されたとしても、トンプソンは彼に同情する気になれなかった。アーチーは昨日、いささか軽率にも《デイリー・メール》紙のインタビューに応じて、妻が自身に危害を加えることはありえないと主張し、もしあるとすれば毒薬を使う可能性がいちばん高いとつけくわえた。自分の言動は非の打ちどころがなく、世界で重きをなすのが自分に与えられた当然の運命である、と信じている多くの男性の例に漏れず、アーチーも己をどう律するべきかがまったくわかっていなかった。トンプソンのほうは、権力の座にありながらアーチーのような相手に黙って従わなくてはならない多くの男性の例に漏れず、アーチーの転落を想像して楽しんでいた。彼に同情する気はこれっぽっちもなかった。だから、アーチー・クリスティーの涙が抑えきれない本物の苦悩から生まれたように見えたのは、トンプソンにとってきわめて不本意なことだった。

アーチーは震えながら、雨のなかを車で母親の家へ向かっていた。彼にしては珍しくコートも着ずにスタイルズ荘を出てきた。ほかの男の前で泣き崩れてしまったが、恥ずかしいともバツが悪いとも思わず、ただ、執拗な疑問に苦しめられておかしくなりそうなだけだった。アガサはどこにいるんだ？

《デイリー・メール》紙のインタビューに応じたことを後悔していた。警察から疑いの目で見られていることはわかっていたのに。報道機関と関わり合うのはもうやめようと誓った。自分のことではなく、妻のことを考えて。妻はひっこみ思案だ。売名行為ではないかという噂が一部の警官のあいだに広まっているが、馬鹿々々しくて話にならない。妻がそんなことをするわけがない。生きているとすれば、新聞記事を見ずに過ごすことがどうしてできるだろう？　イングランド全土に――全世界に！

——記事が広まり、アガサの名前を叫び立てているというのに。アガサは恐怖におののくだろう。見出し——彼女の年齢まで公表！——を目にした瞬間、アーチーに電話するか、または、警察に出頭するか、または、電車に飛び乗って帰ってくるはずだ。アーチーが心配でならないのはこの点だった。新聞も読んでいないとなると、いったいどこにいるのか？　唯一考えられるのは死の世界だ。

ミステリ作家であると同時に自分を霊媒だと思っているドロシー・セイヤーズがサイレント・プールへ出向き、そこにアガサの気配は感じられないと主張した。そのほうが立派な売名行為だ。この特製の醜聞に便乗して探偵小説を大量に売ろうとするとは、なんとさもしい女だろう。サー・アーサー・コナン・ドイルからは電話があり、霊能者に相談したところ、アガサはもはやわれわれ人間の世界には存在していないと断言された、という悲しい知らせをよこした。「われわれは彼女からじかに届く言葉に従って捜索を進めます」と、コナン・ドイルが言ったので、アーチーは何も言わずに電話を切った。サーだろうがなんだろうがくそくらえだ。まったくもう、愚にもつかないことを。何百人もの生きている連中が自身の手と目を使って捜しても見つけだせなかった相手に、霊魂が連絡をとれるというのか？

さて、母の住む家に着いたアーチーは車のエンジンを切り、運転席側の窓ガラスに頬を押しあてた。目を閉じ、アガサがすでにこの世を去ったのかどうかを感じとろうとした。男が一人の女と何年も暮らし、幾夜も女の横で眠っているというのに、女の死後、男の体内に存在する分子の配列にはなんの変化もないなどということがありうるだろうか？　二人の肉体や愛情が離れてしまったことを、アーチーは忘れていた。〝離婚〟という言葉が英語に存在することも忘れていた。

アガサは生きている——アーチーは思った。ぼくにはわかる。

アガサはひっこみ思案で、愛らしくて、思慮深くて、礼儀正しい。アガサは思いやりがある。自分をめぐって大騒ぎが起きていることを知ったら、震え上がるだろう。生きているなら、新聞を見ないことなどありえない。そして、新聞を見たなら、あわてて帰宅しないことなどありえない。

それでもアガサは生きている。生きていてほしい。


「あの女とはぜったい結婚してほしくなかった。わかるだろ?」

ペグ・ヘルムズリーはいとも控えめな意見を口にしながら、銀の握りのついた杖を手にすると、剣をふりかざすような勢いで彼のほうへ突きだした。もう何年も前になるが、婚約したことをアーチーが初めて母親に報告したとき、ペグは猛反対した。息子はまだ若い少尉に過ぎないし、相手の女の持参金も期待できそうになかったからだ。そのうえ、彼女の服の襟がピーターパン・カラーなのも気に入らなかった。首を見せびらかすなんて! ペグはアイルランドの厳格なカトリック家庭の出身で、十二人きょうだいで育っていた。首をむきだしにしたアガサ、前に一度婚約したことがあるアガサは、ペグから見ればショーに出るような女も同然だった。猛反対にもかかわらず若い二人が勝手に結婚したとき、ペグはワッと泣き崩れ、何日もベッドにひきこもったほどだった。

「今回のことでアガサを責めるわけにはいかない」アーチーは言った。心の一部ではアガサを責めていたが。夫の浮気に黙って耐えてくれればよかったのだ。そういうふうに育てられたはずなのに。そうすれば、ぼくが背負いこむ苦労は、ナンのことを知ったときに母親がかならず示したであろう狂暴な怒りだけですんだだろうに。

ペグが杖を下ろした。二番目の夫のウィリアムは散歩に出かけていて留守だった。家にいるのはアーチーと母親の二人だけ。告白にはもってこいのタイミングだ。ペグは息子に近づき、彼の襟をつかんだ。

「おまえ、何か恐ろしいことをしたんじゃないだろうね」

「やだなあ、母さんまで。するわけないだろ」アーチーが急にあとずさったので、母親はバランスを崩して前のほうへよろめいた。アーチーは母親の肘を支えて椅子にすわらせた。

「ウィリアムが新聞を買ってくるのを、わたしが必死に止めなきゃいけなかったんだよ」ペグは腹立たしげに杖を床に打ちつけながら言った。「家族のことを新聞で読んだりしたら、わたしなんか、発作を起こしかねないからね。恥さらしだわ、まったくもう。ああ、アガサが死んでなかったら、ガンガン文句を言ってやる」

アーチーは母親の向かいのソファに崩れるようにすわりこんだ。妻を殺せる男だと実の母親にまで思われていることに愕然としていなかったら、同意のうなずきを見せていたことだろう。ただ、〝するわけないだろ〟という彼の返事は百パーセント真実ではなかった。彼がアガサに何か恐ろしいことをしたのは事実で、それが失踪の引金になったのだ。アガサの手首のあざと、冷淡な態度をとった自分を思いだした。この時点で彼が妻にしていない恐ろしいことはただひとつ、殺人だけだった。

その夜、家に帰ったアーチーはパイプをくゆらせ、意識朦朧とするまでウィスキーのグラスを重ねた。階段をのぼってテディの部屋へ行くと、娘は安らかな寝息を立ててぐっすり眠っているようだった。今日、娘の顔を見たのはこれが初めてだった――たぶん数日ぶりだろう――テディの世話はアーチーの役目ではないので、家にいても行動範囲が違っている。ベッドに腰を下ろした。テディの横でピーターが寝ていた。テディの額をなでたかったが、起こしたくなかったので、かわりに、アガサが娘にプレゼントしたウサギのぬいぐるみを手にとり、ベルベットのような毛に顔を埋めて泣いた。

テディは横になったまま、起きていることを父親に悟られないよう目を閉じていた。父親がそばにいるせいで落ち着かない気分だった。パパの泣き声を耳にするなんて。父親ってふつうは泣かないものなのに。

もっとも、テディは父親を怖がっているのではなかった。相手が誰だろうと、怖いと思ったことはない。アガサとアーチーから与えられた暮らしのおかげで、男たちがどんなけだものになりうるかをテディが知ることはけっしてなかった。

この日の朝に時間を戻そう。

ハロゲートも雨で、〈悠久の館〉の窓を雨粒が叩いていた。朝食のあと、フィンバルとアガサとわたしは階段をのぼり、アガサは執筆のためにそのまま最上階へ行った。わたしは寝室に戻りたかったが、フィンバルが首を横にふった。「ホテルでみんなが心配してると思うよ。あまり注意を惹かないようにしないと。今日のうちにぼくと一緒にイングランドを離れる気なら、話は別だけどね」

「そりゃ、できればそうしたいけど」そのつもりはないことをはっきり示す口調。

フィンバルはミス・オリヴァーのベントレーにわたしを乗せて、ホテルまで送ってくれた。ロビーに入ると、リーチ夫人に声をかけられて、フィンバルの言ったとおりだと思った。「戻ってらしたんですね、ミセス・オディー。もう少しで、猟犬にあとを追わせる準備をするところでしたよ」

「まあ、ごめんなさい。このあたりの美しい田園地帯を歩くのがとっても楽しくて」

「こんなお天気なのに？　死んでしまいますよ。スパの施術の予約をなさいません、ミセス・オディー？」

あとでやっておくと約束すると、リーチ夫人がダイニングルームへ案内してくれた。朝食の時間は終わっていたが、サイドボードに紅茶とスコーンがのっていた。とくに空腹でもなかったが、椅子に腰を下ろして、長い窓から外を見つめた。わたしの全身がフィンバルを求めていた。少し冷めた紅茶を飲んだ。

「ミセス・オディー。ご一緒してもよろしいかな？」

チルトンだった。髪がくしゃくしゃで、ハンサムで、やや疲れた感じ。彼が入ってくる足音に気づかなかった——人間というより亡霊のような人だ。

「忍び足がお得意のようね」

「とんでもない」わたしがどうぞとも言っていないのに、チルトンは椅子にすわった。「リーチ夫人から聞きましたが、滞在を延ばされるそうですね」

「あの人が？　ずいぶん口が軽いのね」

「夫人はあなたのことが心配だったんです。そして、わたしは失踪した女性に関する権威だと思われていますから」

チルトンというのはどんなことを言っても、意見を述べたというより、胸の思いをつぶやいたような印象を与える人だ。内面の魅力が、自分自身を疑うことを厭《いと》わない気持ちが、外面によく出ている。チルトンに手首をつかまれて手錠をかけられるその瞬間まで、わたしは彼に好感を抱きつづけるだろう。いいえ、そのあともずっと。チルトンは人が非難したくなるたぐいの人物ではなかった。わたししたちみんなと同じように世の荒波に翻弄されながら、そのなかを必死にくぐり抜けてきたのだ。わたしから見れば、まったく脅威を感じさせない人だったので、「監察医のところへ行ってきました」と彼に言われたときは、どうしようもなくうろたえてしまった。

「えっ、あなたが？」

「はい。気の毒なマーストン夫妻の件で。わたしは夫妻とまともに顔を合わせる機会がありませんでした。あなたは？」

「ええ、わたしも。恐ろしいことだわ。たびたび耳にしますよね。夫婦の片方が亡くなると残されたほうも悲しみのあまりあとを追う。ちょっと失礼していいでしょうか、チルトンさん。しばらく横になりたいので」

わたしは立ち上がり、唐突すぎる感じで椅子をうしろへ押しやった。床とこすれあういやな音がした。疼くこめかみの奥で頭痛が始まりかけていた。ほとんど睡眠をとっていないので、頭が働かない。「おやすみなさい、チルトンさん」それから言い足した。「朝だけど」


チルトンはじっと考えこむ表情で、ダイニングルームを出ていくわたしを見送った。わたしが残していった手つかずのスコーンをとって、ひと口かじった。彼がゆうべ荘園館に来たことをわたしが知らないようだったので、いささか落胆した様子だった。二人のキスの話でアガサとわたしが女子学生みたいに盛りあがったとでも思ってたの？

雨が上がった。チルトンは唇に手を触れ、ダイニングルームを出ようと立ち上がった。しばらく寝るつもりだったが、気が変わって、ハロゲート図書館まで歩いた。こぢんまりした居心地のいい図書館を運営しているのは白髪の司書で、チルトンが入っていくと挨拶をよこした。チルトンは彼女に、アガサ・クリスティーの本が置いてあるかどうか、すぐわかるだろうかと尋ねた。

「全部貸出し中です」司書のミス・バーナードは答えた。新聞をかざして、目の大きな少女を膝に抱いているアガサの写真を彼に見せた。「このところ、この女性への好奇心が高まっていますから。悲劇的な失踪のせいで」

ミス・バーナードは新刊本が積み重ねてあるテーブルのほうをチルトンのために指さした。チルトンはそれらをざっと見た。わたしがベルフォート・ホテルの本棚からウィリーの小説を抜きだすのを前に目にしていたので、わたしの好みにもっと合いそうな本を見つけようと思ったのだ。わたしがどうしてもあれを読みたくて選んだわけではないことを、チルトンは見抜いていて、こちらにその気がなくても、親しくしておけば何かと重宝だと考えたのだろう。新刊本に目を通したあとで、ジョン・ゴールズワージーの『フォーサイト・サガ』の最新作『銀の匙《さじ》』を選んだ。その本をまともなほうの小脇に抱えたとき、彼の目が一人の女性をとらえた。となりの部屋のテーブルにつき、目の前に本を何冊も積み上げ、手にした本を一心に読んでいる。アガサ・クリスティー夫人だ。出かけるために自分の服に着替えていた。スカートとストッキング。くたびれていて、しわが寄り、裾が汚れ、男物の服のときと同じくけっこう目立つ姿だった。

チルトンはすばやい足どりでとなりの部屋に入った。彼女は読書に没頭していたので、顔を上げて彼に気づくまでにしばらくかかった。

「あら、チルトンさん」アガサはうっとりするほど美しく頬を紅潮させた。顔が火照ったことに驚いたのか、頬に手をあて、それからあわてて手をどけた。胸の内が顔に出てしまったため、さらに当惑していた。

「フランクと呼んでください」

無言のうちに意見が一致して、二人は立ち上がった。アガサはウールのロングコートをはおったが、サイズが合っていなくて、身幅は広すぎるし、丈は短すぎた。積み上げた本を彼女が集めるのをチルトンも手伝い、二人で一緒に貸出カウンターへ向かった。アガサがミセス・オディーと名乗るのを聞いて、チルトンは驚きの目をみはった。

ミス・バーナードは顔を上げて微笑した。表情が変わった。「まあ。行方不明の女性作家にそっくりだわ。その作家の本がないかって、この方に訊かれたんですよ」と言ってチルトンのほうを指さし、次に新聞を二人に向けて、ふたたび写真を見せた。

これはチルトンの失策だった。あらかじめアガサに警告し、司書に彼女の正体を見破られないよう、彼のほうで気をつけるべきだった。彼が見ている前で、アガサは両手を真珠のネックレスに持っていき、さっき赤くなったときに劣らず急激に青ざめた。チルトンは助け舟を出そうとして彼女の肩に腕をまわした。「ダーリン、ちょっと似てるようだね。そう思わないかい?」それから司書に言った。「ほかの誰かに似ていると言われるのが、妻は大嫌いなんです。自分の個性を大事にしているので」

ミス・バーナードは疑わしそうな顔で写真に視線を戻し、それからアガサにふたたび目を向けた。「はあ……」あまり信じていない様子だった。「気の毒な女性が無事に見つかるよう心から願っています。でも、こんなに日がたってしまうと無理でしょうか……」

「ええ、たしかに」チルトンは言った。

アガサは本を置き去りにしてすでに向きを変え、ドアへ向かっていた。チルトンはすべての本を——

――わたしのために選んだゴールズワージーも含めて――抱えてから、司書に「では失礼します」と挨拶した。

「こういうことになると、なんとも不器用な人ですね」外でアガサに追いついてから、チルトンはたしなめるように言った。「ポーカーも得意ではないのでしょうな、たぶん」

「ごらんになりました？　見出しを。わたしの写真を。〝グレート・ハント〟と書いてあったでしょ？　いまさらどうやって帰れるというの？　世間にどうやって顔向けできるの？」アガサは手袋をはめて手で顔を覆うと、一歩前に出て、頭のてっぺんをチルトンの胸に押しつけた。チルトンのほうが長身だが、たいした差ではないので、アガサはそのために身をかがめなくてはならなかった。彼女を支えようとしてチルトンが片腕を上げた拍子に、何冊もの本が地面に落ちた。司書が窓辺に立ってこちらを見つめているのを、チルトンはいまいる場所から目にすることができた。

「アガサ」

彼女が一歩下がり、二人は膝を突いて一緒に本を拾った。

「荘園館まで車の運転をお願いできません？　自分ではできそうもないので」

チルトンがベントレーのクランクをまわすあいだに、アガサは助手席に乗りこんだ。ミス・オリヴァーのコートはバラの香水の香りがした。ベントレーは大きすぎてアガサの好みに合わなかった。自分の小さな愛車が恋しくてたまらなかった。あの危なっかしい場所に置き去りにしてきた車のことを考え、無事であるよう願った。どこかの親切な人が――アーチーでもかまわないから――車を道路に押し戻して、本来の居場所である自宅へ運んでくれていればいいけど。少女のころ、父が亡くなって一家は財政難に陥ったし、ほかにも苦しい時期があった。例えば、新婚のころはお金に苦労することが多くて、アーチーの母親の警告の正しさが証明された。家計の収支のバランスがとれなくなったこともあった。そんなとき、誰かがアガサに向かって、あなたはいつの日か自分の手で莫大な金を稼ぎだし、モーリス・カウリーのような愛車を買える身分になる、と言ったとしたらどうだっただろう？あの車と再会できるだろうか？　ふたたび姿を見せたときに世間がぶつけてくるであろう質問に直面したくないばかりに、あの車を、そして、その他すべてを――テディまでも――置き去りにするだけの価値はあるのだろうか？

運転席にすわったチルトンに、アガサは言った。「家に帰って世間と顔を合わせることには耐えられません。でも、ほかにどうすればいいの？　わたしの捜索に世間が時間をかければかけるほど、事態が悪化していくのね。このまま車で警察本部まで行ってください。いますぐすべてを終わらせなくては」

「わたしにはできそうもありません。いまはまだ」

膨大な数の警官が、膨大な数の人々が、アガサの捜索に加わっている。彼女を見つけたのがチルトンのように感じのいい警官だったのは、なんという幸運だろう。アガサは手を伸ばしてチルトンの手を握った。「わたし、ロマンスは好きじゃないのよ。嘘っぽい響きがあるから。とくに、ひと目で恋に落ちるなんて」

「何度か会ってからだったら？」

アガサは笑いだし、彼の手を離した。二人ともすわったまま、フロントウィンドーの前方を何分か見つめていた。やがて、アガサが言った。「あの人、まだ見てるわ。司書の人。車を出したほうがよさそうね」

ベルフォート・ホテルに話を戻そう。わたしは上階の部屋に戻って横になるとチルトンに言ったが、そうはせず、着替えをしただけだった。ホテルの人たちに姿を見せて、わたしがこの世から消えていないとみんなに示したあとで、すぐまた姿を消すことにした。今日は暖かくなっていた。雨も上がった。問題は一歩ずつ解決される。〈悠久の館《ソルウィートゥル・アンフランドー》〉の車道にたどり着き、奥まで歩いた。

「見て。こんなものがあったよ」わたしがすぐ戻ってくることを知っていたかのように、フィンバルが外の芝生のところでわたしを迎えて言った。それはテニスのネットとラケットとボールだった。彼がネットを張って、二人でゲームを二セットやった。どちらもわたしの楽勝だった。

黒い大型車が車道をやってきた。わたしは片手を額にかざして陽光を遮った。運転席にチルトンがすわっていた。わたしの全身の機能が停止した。肺に空気がとりこまれることも、心臓から血液が送りだされることもなくなった。アガサが見つかってしまった。チルトンがここに来たのはフィンバルを逮捕するため？　住居侵入罪でわたしたち全員を逮捕するため？　次に何が起きるのかわからないけど、最悪の展開になって、この時間が不意に終わりを告げ、全員が以前の暮らしに戻ることになるの？

ところが、車を降りた二人にフィンバルが声をかけた。とても陽気な声で、相手の男性と長年のつきあいがあるかのように言った。「やりますか、チルトンさん？」

すると、チルトンはくつろいだ口調で答えた。「戦前に一度か二度やったことがある。いまは足手まといになりそうだ」悪いほうの腕を指さした。

「ただの遊びですから」フィンバルは言った。

チルトンはうなずいた。わたしのほうを見たが、ここで顔を合わせるのを当然のことと思っている様子だった。「やあ、ミス・オディー」〝ミス〟のところをわざとらしく発音した。

「わたし、球技は苦手なのよ」アガサが言った。「昔からずっと」それでも、ふたたび男物の服に着替えるために上の階へ行った。フィンバルとチルトンとわたしは芝生の上に立った。わたしはいつアガサを見つけたのかとチルトンに尋ねたかったが、なぜか沈黙を通した。何も言いたくなかった。このひとときをもたらした魔法を破るのが怖かったのだ——全員が見つかってしまったのに、まだ破滅に至っていない。アガサを見つけておきながら世間に知らせるつもりのなさそうなチルトンに、わたしはあふれんばかりの愛を抱いた。

「ここって魔法の国みたいね」質問をするかわりに、わたしは言った。

「たしかにそうだな」チルトンも同意した。

アガサが戻ってきた。テニスの腕はわたしがいちばんだったので、チルトンとペアを組んだ。今日だけは勝ちたい気持ちを抑えて、わたしが楽に間に合うボールのときも、チルトンに譲った。アガサは謙遜していたわりにはかなりの腕前だった。上流階級の令嬢はみな、けっこうテニスができる。わたしたち四人がプレイを続けるあいだに、頰と同じく手も赤くなり、ガサガサになってきた。でも、悲劇を伴うことなく全員をここに呼び集めたのと同じ魔法が働いたようで、誰もが寒さから守られ、半分使いものにならなくなったテニスボールが宙にトスされ、スコアが叫ばれ、ラケットを振るヒュッという音が響きわたった。

どれぐらいの時間、プレイしていただろう？　時間が消滅してしまった空間でどうやって時間を計測すればいいのだろう？　途中で一度、道路の先の茂みから毛むくじゃらの犬が飛びだしてきた。ラリー中のボールを奪い、くわえて逃げだした。ボールをなくしたと言ってゲームを中断すればよかったのに、フィンバルとわたしが若かったころのように犬を追いかけ、大声で呼び、必死に追い詰めたものだから、犬もとうとう疲れはててフィンバルの足元にボールを落とした。わたしたち二人は笑いながら地面に倒れこみ、犬の毛をなで、顎をなめさせてやった。フィンバルがボールを拾って立ち上がった。

「願いごとをしてみなよ」

わたしの表情から彼も悟ったようだ。このゲームがどんなふうに展開するか、わたしにはわかっていた。〝願いは聞き届けられた〟と宣言しても、現実にそうなることはない。フィンバルはボールを落とした。笑いは消えていた。フィンバルの魔法の力にも限界があり、それは致命的なものだった。わたしは破れてしまった魔法に直面する勇気がなくて、目をそらし、木立を見つめた。

わたしたちがあたりを見まわしたときには、アガサとチルトンの姿はすでになかった。

二人は暗黙の了解のうちに最上階まで行き、アガサはベッドに横になった。ベッドメーキングはいつも使用人にまかせてきたため、この日の朝も、彼女の手でベッドを整えるのは省略したままだった。チルトンはストーブに火を入れ、それから彼女のとなりに横たわった。アガサは拒まなかった。現実はどこにも存在していなかった。時間を超越したひととき。結果を気に病む必要はない。自分がどう感じるべきか、アガサも自覚してはいた——フィンバルとわたしのあいだに恋の炎がふたたび燃えあがったのを見て、アーチーのところに戻る気になるべきだった。ところが、それとは違うものを感じて、大きな解放感に浸っていた。

アガサの心に生まれたのはチルトンにキスしたいという思いだった。彼に服を脱がせてもらい、片手だけでは脱ぎにくい彼の服を脱がせる手伝いをしたいという思いだった。彼を自分のなかに導いて快楽に溺れたかった。アーチーのもとに戻ったあとで妊娠が判明したときは、夫の子供として押し通せばいい。アーチーにとっては当然の報いだ。アガサが妊娠し、チルトンが彼女の人生から姿を消し、アーチーと離婚したとしても、結婚していたという事実が彼女を守ってくれる。そして、彼女の財産も彼女を守ってくれる。いまや自分一人の力で立派に生計を立てていけるのだから。人も羨むアガサの資質のなかでもっとも価値があるのは、たぶん、この男社会で大きな成功を収めることができる能力だろう。社会のルールに従いつつも、それを超越できる力を持っている。

新作が一ヵ月後に出る予定だった。新聞の見出しを見てアガサが狼狽したのはたしかだが、新たな冷静さを身につけて社会慣習をすべて捨て去ったおかげで、こう考えるようになった——〝書店のウィンドーで『ビッグ4』を見たとき、わたしの名前を思い浮かべる人がどれだけ増えるかしら〟好奇心というのは本の売り上げにつながるものだ。

しかし、それはまあ、どうでもいいことだった。いちばん大切にしたいのは、日常の煩わしさから切り離された、泡に包まれたようなこのひとときだった。

しばらくのちに、分厚い毛布を何枚かかけて横たわったチルトンが天井を見つめ、横たわったアガサが裸で彼の腕に抱かれていたとき、彼が言った。「ひとつ訊きたいんだが。きみはミス・オディーのことを夫の愛人だと言ったね」

「ええ」小さなため息。こんなひとときを過去や世間のことで煩わされたいと思う者はどこにもいない。

「だが、それだけの関係ではないはずだ。そうだろう？」

「ええ」アガサは正直に答えた。「ミス・オディーが夫の愛人になったのは、うちの娘が自分の産んだ子だと彼女が信じているからなの」

そして、アガサはフィンバルから聞いたことをひとつ残らずチルトンに語った。わたしがアイルランドで過ごした時期のことを。そして、それが終わりを告げるに至った事情を。

シスター・メアリ、ここに眠る

わたしの小さな娘は一九一九年八月五日、コーク市にある州立病院で生まれた。初めてのお産は時間がかかってたいへんだと一般に言われているが、わたしの場合、そんなことはなかった。わずか数時間。それだけだった。出産後の縫合はしてもらえないだろうとスザンナに警告されていた——サンデーズ・コーナーの修道院から来た少女には与えられるかぎりの罰を与えようというのが世間の方針で、病院ですらそうだった——でも、わたしの赤ちゃんをとりあげてくれた助産婦は親切な人だった。緑色の目をしていて、そばかすがあり、実家の母とコリーンを思いださせる人だった。わたしへの態度のどこにも、わたしが修道院から来たことを知っている様子はなかったが、わたしの短い髪と灰色の服から、そしてもちろん、二度と抱く機会がないかのようにわが子のほうへ必死に手を伸ばすわたしの様子から、察してはいたに違いない。

「ねえ、名前はもう決めた?」助産婦に訊かれた。とても優しい口調だったので、わたしの選んだ名前が一生この子の名前になるのだと信じることができた。

「ジュネヴィーヴ」わたしは小さく答えて、この世に生まれてくる奮闘のせいで少しひしゃげてしまった小さな鼻をなでた。この子が初めてわたしのお乳を飲んだとき、わたしたちはおたがいの顔を記憶に刻みこんだ。〝母親はあくまでも母親、この世に生を享けた者のなかでもっとも神聖なる存在〟

「わたしのかわりに手紙を出してもらえません？」小さな声で助産婦に頼んだ。それと同時に、シスター・メアリ・クレアからフィンバルに出してもらった手紙に返事がなかったので、宛先をどうするかを頭のなかで考えた。実家の母。メグズかルイーザ。ロージーおばさん。

助産婦の顔が悲しげに曇った。「赤ちゃんを抱きしめてあげて」手紙は出せないと答えるかわりに、助産婦は言った。「ありったけの愛を赤ちゃんに注いであげて」

わたしはそのとおりにした。病院で過ごしたまばゆいほどの十日のあいだずっと。わたしのベッドの横にベビーベッドが置かれていたが、ジュネヴィーヴがそこで寝たことは一度もなかった。かわりに、わたしたちは抱きあって眠り、ジュネヴィーヴがわたしの顎のところで満ち足りた小さな息を吐くと、初乳の匂いが、やがてはお乳の匂いが、この子の口から広がった。

その十日のうちにチャンスをつかめばよかったのに、と思う人もいるかもしれない。鉄格子はどこにもなかった。夜ごと部屋に閉じこめられることもなかった。わたしが逃亡を考えたのは事実だ。でも、考える端から、無力な新生児を抱いて暗い道路をさまよう自分の姿が浮かんできた。ふところには一ペニーもない。髪形と服がわたしの正体を世間に向かって叫び、修道院に、もしくは、さらに苛酷な場所に戻るようわたしに求めているのも同然だった。

だから、おとなしく時機を待つことにした。修道院に戻り、最初の夜は階下の部屋にいるジュネヴィーヴに手を触れることができないまま、共同寝室で自分のベッドに横たわった。そばへ行くこともできずにわが子の泣き声を耳にする少女たちがどんな思いでいるか、以前のわたしはわかっているつもりだった。少女たちの悲しみを共有しているつもりだった。でも、じつは半分もわかっていなかった。窓から抜けだし、壁を伝い下りて育児室へ行けるものなら、そうしていただろう。かわりに、ジュネヴィーヴのそばへ行けるまで一滴もお乳をこぼすまいと決意して、岩のように硬くなった乳房を抱くだけだった。ところが、そのうち床板を通して泣き声が聞こえてきて、ジュネヴィーヴの声だとわかったとたん、わが子の口に一滴も届かないまま、お乳があふれてしまった。

「母乳がたっぷり出るのね」翌朝、けんめいに乳房に吸いつくジュネヴィーヴを見て、シスター・メアリ・クレアが甘い声で言った。お乳を吸おうとする努力で赤ちゃんの小さな頰がへこみ、生まれて初めて母親と離れて夜を過ごしたせいで、紅潮した顔が悲しそうだった。

「あのう」わたしはシスターに懇願した。「夜勤係って、いまは一人だけでしょ？　もう一人いりません？　わたしじゃだめでしょうか？」

「ふつう、新米ママがこの係になることはないのよ」シスター・メアリ・クレアは無理だと言いたげな口調だった。

「お願い。一生けんめいやりますから。上手にできます。約束します」

「頼んでみるわ」シスター・メアリ・クレアは優しく目をきらめかせて、わたしの顎を軽くつついた。

その夜、わたしはベッドに横になり、なんとかして眠ろうとしたが、わが子の泣き声に耳を傾けることしかできなかった。ベッドを出てドアまで行き、鍵がかけられる音を何時間も前に聞いていたにもかかわらず、ノブをガチャガチャやってみた。ドアは厳重に錠がおりていた。

「無駄よ」スザンナが彼女のベッドからささやいた。彼女もいつお産が始まるかわからない状態だ。

何年かあとにアーチーと結婚して二度目の妊娠をしたとき、わたしは枕を五個も周囲に置いて眠ったものだった。スザンナは横向きになり、頭をのせるための薄っぺらい枕をおなかにしっかり押しあてていた。

わたしは彼女のベッドの端に腰かけて、腰のくびれをそっとさすった。手を払いのけられるかと思ったが、スザンナは安堵の息をついた。わたしは目を閉じると、フィンバルを捜してアイルランドに来たせいでだめにしてしまった、大変かもしれないがここにいるよりはましだったはずの将来を思い浮かべた。祖母の結婚指輪を持ちだし、輝く美徳のしるしを指にはめて逃げだす。アメリカ行きの船に乗り、戦争未亡人だと偽ってニューヨークかサンフランシスコで出産する。自分とわが子の運命を異国の他人の手に託すような少女にだけはならずにすんだだろう。

朝になると、シスター・メアリ・デクランがわたしや授乳中の少女たちを赤ちゃんのところへ連れていった。お祈りの前におっぱいをあげるためだ。わたしがジュネヴィーヴを抱いてスツールに腰かけたとき、シスター・メアリ・クレアが得意げな笑みを浮かべて勢いよく入ってきた。

「うまくいったわ、ナン。院長さまが許可してくださったの。あなた、夜勤係になれるのよ。今夜からさっそく始めてちょうだい」

ジュネヴィーヴを思いきり強く抱きしめたものだから、乳首がはずれてしまった。赤ちゃんが不満そうに目をあけたとき、わたしはこの子の目が新生児特有の青みがかったグレイから、父親譲りの鮮やかなブルーの濃淡に変化したことに気づいた。

「あらら、ごめんね」わたしはジュネヴィーヴの顎についたお乳の雫《しずく》を拭きとってから、ふたたび乳首を含ませ、おなかいっぱい飲めるようにした。「いまの聞いた？　もう心配いらないわ。これからは一緒にいられるのよ」

わたしはシスター・メアリ・デクランが目の前に差しだした書類に署名するのを拒んだ。教会がジュネヴィーヴを養女に出すことに同意する、という内容の書類だった。

「では、それがあなたの望みというわけ？」シスター・メアリ・デクランに叱られた。「この子が孤児院で大きくなるのが？　本当にこの子を愛していたら、きちんとした両親を与えてあげようと思うはずですよ」

「この子にはきちんとした両親がいます」

口答えしたわたしをシスター・メアリ・デクランが革紐でぶったが、ぶち方がおざなりだった。わたしを哀れに思う程度の人間性は残っていたようだ。修道女たちの親切を思いだすとき、わたしは怒りに駆られる。わたしがあの修道院に長くとどまりすぎたのは、そうした小さな親切のせいだった——わたしをぶつときに手加減するのも親切なことであるかのように。

小さな親切に当時のわたしは深く感謝していた。例えば、ジョゼフ神父がわたしに目もくれずに通り過ぎるとか。育児室でジュネヴィーヴやほかの赤ちゃんの世話をして夜通し起きていることを許可してもらえるとか。赤ちゃんが泣くたびに、わたしは上の階で耳をすましているその母親のことを考え、哀れな子を抱っこして静かになるまであやしたものだった。夜勤が終わると、ジュネヴィーヴにお乳を飲ませて湯を浴びさせ、お祈りとミサに出かけ、それから共同寝室に戻って昼食まで眠り、そのあと夕方まで床磨きや衣類の洗濯などの作業に戻るのだった。

シスター・メアリ・クレアが余分な食料をこっそり運びつづけてくれた。「気にしなくていいのよ」と言いながら、ビスケットやゆで玉子をわたしの手にのせてくれた。「ジュネヴィーヴをちゃんと隠しておいてあげる。養女には出さないって約束する。いまにあなたのいい人が来てくれるわ。あなたはあいかわらずきれいだって、手紙に書いておいたの。きっと幸せな子の一人になれる。ぜったいそうよ」

スザンナは出産のために州立病院に入り、退院後は三週間ほど修道院で暮らして、そのあと、リメリックにあるマグダレン・ランドリーへ送られた。彼女が産んだ男の子は修道院に残った。

「二度も罪を犯した者をここに長く置いておくことはできないのよ。あとの少女たちまで汚されてしまうから」スザンナを追放したときに、シスター・メアリ・デクランは言った。サンデーズ・コーナーとペレッツタウンは未婚の母親と赤ちゃんのために造られた二十世紀の施設だった。マグダレン・ランドリーのほうは、もともとは娼婦を投獄するために造られたものだが、アイルランド自由国の独立が近くなったころ、性的な不品行を疑われる少女たちの収容施設に変わった。そこに入れられたのは次のような少女たちだった——男を誘惑したとか美貌を鼻にかけすぎているとみなされた少女たち。性的虐待を受けたことを聖職者や家族に話すという過ちを犯した少女たち。借金を清算したもののどこへも行くあてのない少女たち。スザンナのようにサンデーズ・コーナーに二回も放りこまれて、救済が無理なことを自ら立証した少女たち。背徳者というわけだ。

スザンナはたしか、残された全生涯をマグダレン・ランドリーで送ったはずだ。そういう人間はスザンナが最初ではなく、最後でもなかった。

そうこうするうちに、フィオーナの小さな息子が養子に出された。修道女たちはその子の行き先をフィオーナの明るい口調は変わらなかった。「シスターたちがいちばんよくご存じだわ。あたしにはとうてい与えることのできない幸せな人生を、あの子は歩んでいけるのよ」と言うとき、彼女の手は震え、白い肌はさらに白くなった。洗濯物を屋上へ運ぼうとして歩きだした彼女が、小さな息子はいなくなってしまった、自分がその姿を見ることも心配することももうないのだ、と気がついて凍りつくことがときどきあった。

「言ってみて」フィオーナがくじけてしまいそうな瞬間に、わたしは言う。するとフィオーナはわたしの実家があるロンドンの住所を暗誦するのだった。心を癒す呪文。修道院を出たあとで訪れる時間を示すもの。

秋の冷たさが大気の中に忍びこんでくるころ、わたしは修道女の墓地で週に一回、腐食した鉄の棒をチェックして、修理されていないことを確認していた。去年の冬、わたしは若い女の手をしてここに来た。もうじき出ていくときは、カサカサにひび割れた老女の手になっているだろう。でも、わたしは頑健だ。きびしい冬が訪れる前に、寒さが日ごとに増していく秋のうちに、ここを出ていったほうがいい。手は年老いているかもしれないが、わたしはまだ若い。重労働、授乳、乏しい食事のおかげで、妊娠中大きく膨らんでいたおなかは不格好なワンピースの下で平らになっていた。

明日こそ――毎日のように自分に言い聞かせた。明日こそ育児室をこっそり抜けだして墓地へ行こう。門の鉄の棒のあいだからジュネヴィーヴを外に出して芝生の上に寝かせ、わたしもくぐり抜ける。ジュネヴィーヴを抱いて、わたしたちを故郷のイングランドへ運んでくれる船を見つける。盗みを働いたり、身体を売ったりしなくてはならないのなら、やってやる。ここから無事に逃げだせるなら、どんな苦労も厭わない。

生後四ヵ月未満の赤ちゃんはスザンナの息子とジュネヴィーヴだけだった。夜のあいだ、もっと年上の赤ちゃんたちは、わたしたちが抱いてあやしたり、こちらの指を吸わせたりすると泣きやんだ。日中は、ミルクに浸したパンを修道女たちがスザンナの息子に食べさせた。もっとも、まだ生後六週間にもなっていなかった。夜になってその子が泣きだすと、わたしがベビーベッドから抱き上げて、わたしのお乳を飲ませてやった。

ある日の午前中、ミサが終わってからジュネヴィーヴの身体を洗っていると、シスター・メアリ・クレアがうしろからのぞきこんだ。「むっちり太ってて、頬もバラ色ね！」と感嘆の声を上げた。ほかの赤ちゃんの多くは授乳の間隔が長すぎるため、痩せていて顔色も悪かった。でも、ジュネヴィーヴは母親がそばに置いて大切に育てているどんな赤ちゃんにも劣らず健康そうだった。鮮やかなブルーの目に水が入ってジュネヴィーヴがまばたきをしたので、顔をそっと拭ってやった。石鹼の泡だらけのたらいからこの子を抱きあげ、ふたたびお湯に戻して頬をつついたとき、ジュネヴィーヴが生まれて初めて笑った。

「まあ」シスター・メアリ・クレアが言った。「赤ちゃんの初めての笑い声以上にすてきなものがこの世にあるかしら」

もう一度ジュネヴィーヴを抱き上げ、それからさっと下ろして頬をつつくと、ジュネヴィーヴがまた笑った。おなかを震わせて楽しげに笑っている。わたしのほうは、喉の筋肉が弱くなっているのか、笑い声が喉にひっかかった。子供のころのわたしが母をとても愛していたことを、ふっと思いだした。母がいてくれるだけで、大きな喜びと安心感に包まれたものだった。母の緑色の目とそばかすだらけの顔が恋しくなり、いまのわたしを母に見てほしいと思った。わたしが自分の赤ちゃんを抱き、その子が昔のわたしと同じように母親を愛している様子を。

何度も何度もジュネヴィーヴを抱き上げては下ろし、赤ちゃんが笑い、シスターが笑い、わたしも笑い、頬をつつくたびに赤ちゃんの甘い香りを吸いこみ、そのうち、お湯のしぶきでエプロンがびしょ濡れになった。親しみのこもった微笑をシスター・メアリ・クレアに向けた。シスターでは実家の母のかわりにはならないが、一緒に笑ってくれる人がいる、この場面を見てくれている、と思うとうれしかった。

やがて、シスター・メアリ・クレアがわたしの手からジュネヴィーヴを抱きとってタオルでくるんだ。「あなたはしばらく休んでらっしゃい。あとで特別におやつを届けてあげる」

シスター・メアリ・デクランがもう一人の夜勤係の少女とわたしを上の階へ連れていくためにやってきた。共同寝室に閉じこめて、二、三時間だけ仮眠をとらせようというのだ。わたしが最後にもう一度ふりかえると、シスター・メアリ・クレアがジュネヴィーヴを優しくあやしながら部屋を出ていくところだった。


その日の午後、わたしは濡れたシーツをのせたカートを押して温室の上の屋上に上がり、日光にあてて乾かすためにシーツを洗濯ロープにかけていた。自動車が止まって男性が降りてくるのがそこから見えた。髪をきっちりなでつけた偉そうな物腰の男性だった。わたしがいたのは三階建ての建物の屋上だったため、目に入ったのは男性の輪郭と、遠くからでもわかる富の輝きだけだった。かっこいい男性だと思う少女もいただろう。でも、わたしが男性のかっこよさに惹かれたことはなかった。ただの一度も。

とはいえ、その男性には何かがあり、上を向いた顔など見てもいないのに、その存在がわたしの心に残った。濡れたシーツの次の分を干すために屋上へ運んだときには、自動車は消えていた。洗濯室に戻る途中、育児室にこっそり入ってみた。ふつうなら、ジョゼフ神父とばったり顔を合わせたり、ジュネヴィーヴと夜を過ごせなくなったりするのが怖くて、日中に出入りを禁じられている場所へ行くようなことはしないわたしだが、このときは虫の知らせとでもいうのか、木靴がカタカタと音を立てないように気をつけながら、天井の高いアーチの下を急いでくぐり、多彩な色を持つタイルの床を歩いた。育児室にいたのがほかの修道女だったら厄介だが、シスター・メアリ・クレアだったら、わたしが規則を破っても気にしないはず。ジュネヴィーヴが笑ったときだって一緒に喜んでくれた。

育児室に入ると、わたしの赤ちゃんのベッドは空っぽだった。シーツもなく、無数の赤ちゃんが寝かされてきたしみだらけの小さなマットレスが置いてあるだけだった。シスター・メアリ・クレアが腕を差しだしてわたしのほうにやってきた。心配そうな同情の表情が陽気で若々しい顔を曇らせていた。ただ、ほかにも何かがあった。目のきらめき。わたしはそれを見てしまった。シスターが何を話す気でいるにしろ、それがこの興奮の説明になるはずだ。わたしは稲妻に打たれたかのように不意に気がつき、初めて殺意を抱いた。

「わたしの赤ちゃんはどこなんです?」シスターに詰め寄った。

ほかのベビーベッドで、すでに立てるようになっていた小さな男の子が、鮮やかな銅色の髪をくしゃくしゃにして立ち上がった。抱っこしてというように両腕を伸ばしたので、シスター・メアリ・クレアはその子をあやそうとするかのようにわたしから離れた。わたしはシスターのひらひらした袖をつかんだ。

「ジュネヴィーヴはどこ？　いますぐあの子のところへ連れてって。お願い」

シスターはわたしよりやや背が低かったが、横幅はかなりあった。「ああ、ナン。かわいそうなナン。赤ちゃんのことは心配しなくていいのよ」

ほかの修道女たちも、いつもこうだ。わたしたちの子供を〝赤ちゃん〟とか〝あの赤ちゃん〟と呼ぶ。まるで子供がいまも子宮のなかにいて、紛《まが》いものの両親に渡されるか、もしくは、となりの孤児院に移されたときに初めてこの世に誕生するかのように。でも、シスター・メアリ・クレアはこれまで、少なくともわたしの前では、わたしの赤ちゃんのことをジュネヴィーヴと呼んでいた。

「あなたの赤ちゃんはもらわれていったのよ。とてもすてきなお宅に。そこのみなさんが赤ちゃんにすばらしい人生を与えてくれるわ」

「養女に出すなんてひどすぎます。わたしの子供なのに」

「まあまあ。もちろん、あの子はあなたのことをずっと忘れないでしょう」

「いまどこにいるんです？」

「あのね、ナン。ほんとは教えちゃいけないことになってるのよ。教えたら、わたしが困った立場に立たされかねないけど、あなたはきっと喜んでくれるでしょう。あの子を養女にしたのはイングランド人の家族なの。すてきなイングランド人の家族。あの子は何不自由なく育ててもらえるわ」

「イングランドのどこです？」思わず大きな声を出してしまった。抑えようにも抑えきれないわめき声。わたし自身の耳にはけだものの咆哮のように響いた。シスター・メアリ・クレアの耳にはどう響いただろう？　あまりの獰猛《どうもう》さにシスターは一歩あとずさり、わたしをなだめすかす自信をなくしたように見えた。

どうしてこんな人を信じてしまったの？　たぶらかされた気がした。わたしの手はいまもシスターの袖をつかんでいた。距離を詰め、鼻と鼻がくっつかんばかりに顔を近づけた。

「いますぐわたしの赤ちゃんのとこへ連れてって」今度はわめき声ではなく、険悪なうなり声だった。頭のなかで続きをつぶやいた。〝いやだと言うなら、神にかけて誓う――この場であなたを殺すことを〟

シスターもようやく悟った。いまは怖がっていた。脅し文句がわたしの頭のなかだけにとどまらず、口から飛びだしたかのように。陽気な表情が消え、それと一緒に同情も消えた。わたしは一歩前に出た。シスターは一歩あとずさった。いま、彼女は壁すれすれのところにいた。修道服越しに石の冷たさが伝わってくる近さだった。

ジュネヴィーヴの分子がいまもこの部屋のなかを漂っていた。その笑い声がいまも石壁に反響していた。

わたしがさっき見たあの男性だ。ピンと来た。修道院の人たちがジュネヴィーヴを男性のところへ直接連れていったの？　それとも、子犬を買うときみたいに好きなのを選ばせたの？　男性がずらっと並んだベッドのそばを行ったり来たりしながら、ベッドを一台ずつのぞいていくと、わたしのジュネヴィーヴのブルーの目が男性を見つめ返す。とても警戒している。とても愛らしい。母乳を飲んでむっちり太り、頬はバラ色だ。修道女たちがいくら請求しようと、支払うだけの価値はある。ジュネヴィーヴはたぶん、新しい芸を披露して笑ってみせたのだろう。愛らしい笑い。〝これにしよう〟

そこで、シスター・メアリ・クレアはすぐさまわたしの赤ちゃんを男性に手渡す。ジュネヴィーヴは知らない男性の腕に抱かれて連れ去られる。そのあいだじゅう、わたしは同じ建物のなかで働いていた。

シスターがわたしをまっすぐに見つめた。わたしの顔が生涯彼女の記憶に刻みつけられそうなほどに。でも、シスターが見ていたのはわたしの顔ではなかった。彼女の目に映っていたのは紛いものの親切心だけで、当人の目にはそれが本物として映っていたのだった。わざとらしい額のしわと同じく、わたしを気遣っているかに思える視線も本物ではなかった。わたしの娘の誘拐を陽気な笑顔で進めたことなどなかったような顔をしていた。

犯罪者。わたしはこの物語のなかで、さまざまな種類の犯罪について語ってきた。しかし、これ以上に凶悪で、暴力的で、悪辣な犯罪はどこにもない。わたしの赤ちゃんが盗まれたのだ。わたしがシスター・メアリ・クレアをどんな目にあわせようと、彼女がわたしにした仕打ちに比べればたいしたことはない。

わたしの指が疼いた。自分の意志とは無関係に指が持ち上がった。両手をシスター・メアリ・クレアの首に巻きつけた。彼女のあえぎがどれほど心地よく響いたことか——最初は衝撃のあえぎ、次は苦悶のあえぎ。シスターは息をしようとしたが、できなかった。酸素がない。わたしの手が遮断しているのだ。シスターの目が飛びだした。両手が上がり、わたしの腕をひっかこうとしたが、わたしには子供を守ろうとする母親の力があった——守るのはもう手遅れだったが、力は弱まっていなかった。シスターが殴りかかってきて、わたしの手をふりほどこうとした。でも、その殴打は空気のように無力で、自分の身を守る権利などないことを自覚しているかのようだった。

爽快な気分だった。ここからがスタートだと思った。この女を殺して、それから修道院を飛びだし、髪をきっちりなでつけたあの金持ち男を見つけてわたしの赤ちゃんをとりもどす。でも、まずはこの甘い仕事を終えてしまおう。シスター・メアリ・クレアの顔が真っ青になるまで首を絞めあげる。シスターが死んだら、彼女の頭を石壁にぶつける。ガツンと強烈に。彼女が床に倒れたところで、最後にその頭を打ち砕く。あの残酷なピンクとブルーの硬いタイルの床の上で叩き割ってやる。シスター・メアリ・クレアがくぐもった恐怖の叫びを漏らし、彼女を傷つけるわたしの喜びをさらに高めた。

〝あんたはもうすぐ死ぬのよ〟

手の下にシスターの脈を感じた。規則正しい脈、止めることのできる脈。徐々に遅くなっていく。わたしのてのひらに反発して、シスターの喉があえぎを漏らそうとしたが、できなかった。わたしはさらに絞めつけた。シスターが目をむいた。上出来。最高。上出来。自分自身の力が自分ではほとんどわかっていなかった。わたしが修道院の神聖な壁の内側で初めて知った敬虔なる瞬間だった。

そのとき、赤ちゃんが泣きだした。たぶん、スザンナの赤ちゃんだ。空腹を訴える弱々しい泣き声。絶望に満ちた甲高い声。焼けつくような痛みと共にわたしのお乳があふれでて、ワンピースの胸とエプロンをぐっしょり濡らした。わたしはシスターを放した。シスターは両手を喉へ持っていくと、そこをなでてわたしに加えられた危害を消そうとし、耳ざわりな大きな音を立てて室内の酸素を吸いこもうとした。赤く腫れた跡がわたしの目に入った。夜までに青黒いあざに変わっているだろう。シスターはわたしの胸を見つめた。濡れたワンピースとエプロンから漂うお乳の甘い匂いが部屋を満たしていた。

この瞬間、ジュネヴィーヴはどれほど遠くにいるのだろう？　一秒ごとにわたしの腕から遠く離れていく。わたしがもう一度両手を持ち上げたら、シスター・メアリ・クレアを殺したら——生涯を獄中で送ることになる。裁判が開かれる。実家の両親は新聞記事でわたしの居所を知ることになる。キリストの花嫁を絞め殺した娼婦。運よく死刑を免れても、一生牢獄に閉じこめられる運命だ。

そこで木靴を脱ぎ捨てて、汚れたエプロンのまま、ストッキングだけの足で育児室を飛びだした。修道院の外に出る。修道女の墓地に入る。孤児院の子供たちが庭で遊んでいて、宙に声が飛びかっていた。鉄の門にたどり着くと、あとは鉄の棒を蹴飛ばして、前に練習したように横向きになってくぐり抜けるだけでよかった。走って道路を離れ、野原を横切った。しばらくすると修道院の鐘の音が、次に、遠くから警察車のサイレンの音が聞こえてきた。

鐘が鳴っているのはわたしをとらえるためだ。修道女たちがうろたえ、大声で叫び、あたふたと無駄に走りまわっていることだろう。でも、サイレンはほかの理由で鳴っていたのだ。わたしにとって幸運なことに、警察の目はよそへ向いていた。コーブで王立アイルランド警察隊《RIC》が待ち伏せ攻撃にあったため、動員可能な警官は一人残らずそちらへ向かっていた。わたしから修道院の少女たちに連絡する方法がありさえすれば、誰一人つかまらずに逃げだせただろう。

わたしはまず走りだした。これまで経験したことのないスピードだったが、喜びはなかった。歩幅を乱すことなく、走りながら帽子とエプロンを脱ぎ捨てた。道路を離れて野原を横切った。足をすべらせることも、くるぶしをくじくこともなかった。トレーニングを重ねてきたかのような、なめらかでスピードのある走り。農家の前を通りかかると、洗濯物がロープに干してあり、午後の涼しい爽やかな風に揺れていた。足を止めて服を盗み、外見を変えるべきだった。ワンピースの前身頃はお乳でぐっしょり濡れていたが、わたしの走りと太陽のおかげで乾きつつあった。でも、わたしは止まらなかった。ひたすら走りつづけた。

「ちょっと待ちな、あんた」女性の声がした。

納屋にもたれた彼女の姿にわたしは気づいていなかった。ズボンと厚手の上着という格好で、片手に煙草を持ち、反対の手を宙に上げて目の前に出てきたので、わたしはあわてて足を止めた。女性のカールしたグレイの髪は乱れ、顔は強風のせいで肌荒れしていて、わたしのすぐ前に立ったため、ゆうべのウィスキーの匂いが息に混じっているのが感じられた。

「お願い。お願いだから見逃して」

女性の視線がわたしの胸で止まり――お乳に濡れた生地はすでに乾いていた――それから、ズタズタに裂けたストッキングだけの足へ移った。煙草の煙を吐きだすと、危険なことに、干し草のなかに吸殻を落とした。一瞬で火を揉み消した。

「どこへ行くつもり？」

「どこだっていいでしょ」喧嘩腰というより、泣きそうな声になっていた。じっと立っているのがこのうえなく間違ったことに思われた。走らなくては。修道院から逃げているのか、そちらへ戻っているのか、わからなくなっていた。

女性は上着を脱いでわたしの肩にかけてくれた。「どこへ行きたいのか、わかってるよ」と言った。しわがれた声は、本当は親切な響きを望んでいるのに、わざときびしい響きになっていた。「こっちに来る原因になった男のとこへ飛んでくつもりだろ。だけど、それはやめたほうがいい。自分のしゃべり方を聞いてごらん。イングランドの人間の口調だ。だったら、そっちに帰ったほうがいいんじゃないの？」

女性はヴェラという名前で、わたしを連れて家に入ると着替えを出し、食事までさせてくれた。彼女の人生について、一緒に住んでいる友達について、また、修道女たちのことをどう思っているか、いわゆる慈善なるものをどう思っているかについて、いろいろ話をしてくれたように思う。わたしはひとことも聞いていなかった。これまでずっと、人の話には知らん顔でやってきた。わたしは靴も履かずに歩き、車と船を相手にしたレースに勝とうと必死になっている少女だった。妊娠を知った瞬間から、わたしにできるのは自分の足で歩くことだけになった。

別の女性が入ってきた。同じく男物の作業服を着て、煙草とウィスキーの匂いをさせていた。「おやまあ」わたしを見て、女性は言った。

「マーサだよ」ヴェラが教えてくれた。

マーサはわたしの乳房を無遠慮に見た。母乳で腫れあがり、傾いた岩のようになっている。「こっちにおいで。ちゃんとしてあげる」

わたしを狭い寝室へ連れていき、包帯を出してきてほどくと、乳房に巻きつけるように言った。「ときどき、母乳を少しずつ搾ってやるといい。バンバンに張った胸を楽にするために。だけど、たくさん出すと、身体のなかでまたおっぱいができちまうからね」

いま考えてみると、マーサの過去にいったいどんな赤ちゃんがいたのだろう？　母乳を止めなくてはならなかったなんて……。でも、そのときのわたしはそこまで考えなかった。ヴェラとマーサはビスケットの缶からポンド札やシリング硬貨をとりだした。いちばん上等のコートの一枚と思われるものを着せてくれた。靴はヴェラのもののほうがぴったりだったので、柔らかな革のブーツをくれた。

それから、荷車のうしろにわたしを乗せた。

「身体を伏せてじっとしてて」ヴェラが指示した。

そういうわけで、わたしは来たときと同じく、馬のひく荷車でサンデーズ・コーナーをあとにした。マーサが馬を走らせながら歌った。シスター・メアリ・クレアがよくハミングし、修道院の階段の吹き抜けと廊下にバグパイプのごとく響きわたっていた旋律。わたしはついに歌詞を知った。

ここにおいで、麗《うるわ》しく優しき少女たち
いまを盛りと咲き誇る少女たち
気をつけて、気をつけて、庭はきちんと手入れして
あなたのタイムを男に盗まれないように

この歌と二人の女性がわたしを鉄道駅まで運び、二人はわたしのためにダブリンまでの切符を買い、船でイングランドに帰れるように残りのお金をくれた。

「どうすれば恩返しができるでしょう？」わたしは尋ねた。

「元気でいるんだ」ヴェラが答えた。「そして、幸せにおなり」

マーサのワンピースは大きすぎた。わたしは上等のコートのボタンを顎のところまでかけた。船がリヴァプールの港に入ったとき、イングランドの兵士の一団がアイルランドへの出発を待っていた。ふと思った——母親の手から奪いとられた子供をとりもどすために送りだされた兵士が、世界の歴史

のなかに一人でもいただろうか？　それから数ヵ月のあいだ、わたしはこのうえなく無分別な方法でジュネヴィーヴを捜しつづけた。ロンドンからクロクスリー・グリーンまでの遠い道のりをひと晩かけて歩いたせいで、靴底がすり減り、ところどころ穴があいた。乳母車をひとつひとつのぞきこむと、警戒した母親や乳母が乳母車をころがしてあとずさり、幌《ほろ》を下げてしまった。

赤ちゃんを失ったら、どこにいてもその子の泣き声が聞こえてくるものだ。何キロも続く緑地の向こうから。ふたつ先の通りの開いた窓から。真夜中に目をさまし、間違った場所にいることを知る。本当はどこか別の場所にいるはずなのに。誰かと一緒に。赤ちゃんがどこにいようと、その子も目をさましていることがわかる。暗闇のなかでブルーの目を開き、「ママ」と呼べば答えてくれる世界でただ一人の相手を捜している。偽りの母親ではない。血のつながった本当の母親。心が知らなくても身体が知っている。

青白い顔で倒れそうになりながら、ようやく実家にたどり着くと、フィンバルからの手紙の束がわたしを待っていた。そのうち何通かにお金が同封されていた。アイルランドへの旅費として。わたしがすでにアイルランドへ出かけたことを、フィンバルは知りもしなかった。

〝どうして返事をくれないんだ、ナン？〟フィンバルは何度もくりかえし書いていた。

わたしがフィンバルの家を訪ねたことを、彼の両親は黙っていたのだ。彼の傍らで横になり、熱がある彼の身体にこの身を押しつけた夜のことも、フィンバルはまったく知らなかった。シスター・メアリ・クレアがフィンバルに一度も手紙を出さなかったことをわたしは確信した。万が一、出したとしても、フィンバルの両親がその手紙を捨ててしまっただろう。

〝きみがもうぼくを愛していないのなら〟わたしより一足先にイングランドに着いた手紙に、フィンバルはついに書いていた。〝きみの口からじかにそれを聞きたい。その言葉を聞くためにロンドンまで行くつもりでいる〟

わたしは鉛筆と便箋をとって、返事を書こうとした。でも、言わなくてはならないことが多すぎた。伝えなくてはならない悲しみが多すぎた。

わたしの母がロージーおばさんに手紙を書いて、何があったかを伝えたところ、おばさんはダブリンからサンデーズ・コーナーまで出かけて、女子修道院長に面会したいと強硬に言った。院長はおばさんをすわらせて、一枚の死亡証明書を見せた。

母親：ナン・オディー
女児：死亡

その横に書かれていたのは、わたしが屋上から見た男性に赤ちゃんが渡された十一月のあの日と同じ日付だった。

シスター・メアリ・クレアの小細工だ。わたしにはわかっていた。

「なんて悲しいことかしら、ナン」わたしに死亡証明書の話をして、母はすすり泣いた。あの日のジュネヴィーヴを母は見ていない。楽しそうに笑っていた健康そのものの姿を。

「死んでないわ」わたしは断言した。

母はわたしを見た。子供を失ったわたしに、そしておそらくはわたしの妄想に、胸を痛めている。

歩きまわる以外、わたしに何ができただろう？　ロンドンの隅々まで、そして、その先までも。自由を楽しむのを拒み、ジュネヴィーヴを捜したいのにどこから始めればいいのかわからないままに。自分の身体に触れてみた。残酷にもかつての状態に戻ってしまい、おなかは平らですべすべになり、お乳は干上がっていた。

この当時、わたしの頭がまともに働いて時間を正確に追っていたなら、帰宅してフィンバルを見つけたときの日付を伝えることができるだろう。彼は足元に布製のカバンを置いて、わが家の前で歩道の縁にすわりこんでいた。彼の姿を見ても胸がときめかなかったのは、わたしの人生でこのときだけだった。ジュネヴィーヴのことを打ち明け、ふたたび別れを告げて彼に胸の張り裂けそうな思いをさせる以外、わたしにできることは何もなかった。

彼が訪ねてくるのがあと少しだけ遅ければよかったのに。そのころになると、わたしも昔の自分に戻ったふりだけはできるようになっていた。翌年の春には〈ボタンズ&ビッツ〉で週に二、三度、午後から働いていた。メグズはもう看護婦として研修中だった。ルイーザはまだ家にいたが、すでに婚約して、秘書養成コースで学んでいた。わが家の台所のテーブルでわたしに速記とタイプを教えてくれ、おかげで、のちに〈英国ゴム製造会社〉で働けるようになった。その年の夏には世の中に出て、打ちひしがれた顔や、絶えず何かを捜している顔を世間に見せずにすむようになっていた。

それでも、絶えず捜しつづけていた。あきらめたことは？　ない。やめようとしたことは？　自分の敗北と、見つけるのは不可能であることを認める時期が、もしくは瞬間がいつか来ると思ったことは？　もちろん、ない。

イングランドに戻った四年後、まったくの偶然から、わたしはわが子を見つけた。間違えようがなかった。トーキーの新居に越した姉のメグズを訪ねたときのことだった。姉はそちらで看護婦をしていた。

その日はメグズが休みをとり、二人で浜辺へ散歩に出かけた。幼い少女がこちらにやってきた。小さな子がよくやるように、ジグザグに走りながら。わたしは最初、少女が一人きりなのかと思ったが、日差しのなかに視線を走らせると、ずっとうしろに二人の女性の姿が見えた。ずいぶん距離があったので、かろうじて見分けられたのは二人の輪郭だけだった。少女はメグズとわたしが前にいるのに気づくと、よけて走っていくかわりに、わたしの脚に腕を巻きつけた。

「あら」わたしは鮮やかなブルーの目を見下ろした。秀でた額。少女がわたしを見上げたとき、つややかな黒髪が背中に流れた。つんと尖った愛らしい小さな顎。わたしは一瞬のうちにこの子を見分けた。そして、少女もわたしを見分けた。わたしにはわかる。

「ナン」わたしが身をかがめて幼い少女を腕に抱くと、メグズがきびしい声で言った。「よそさまの子を勝手に抱いたりしちゃだめよ」

少女のほうはそう思っていなかった。抱きついてきた。まるで、母親に——本当の母親に——最後に抱かれたときのことを思いだしたかのように。

「テディ」女性の一人が呼んだ。「いらっしゃい。そろそろアッシュフィールドに帰らなきゃ」

少女の意識が現在の人生に戻った。わたしの腕から抜けだすと、二人の女性のところへ駆け戻り、三人は向きを変えて反対方向へ歩き去った。わたしはメグズの腕をつかんで自分を落ち着かせようとした。

「ほらほら」メグズが言った。「いつか自分の子供ができるわ、ナン。きっとできる」

「自分の子ならすでにいるわ」わたしは声に出して言った。心のなかでは、〝アッシュフィールド〟と何度もくりかえして、逡巡《しゅんじゅん》することなく記憶に刻みつけ、そこに住む人々のことをできるかぎり探りだそうと自分に誓った。

〝可愛い子だった？〟

〝ええ、想像もつかないほど可愛い子よ〟

フィンバルがついにわたしを連れに来た日、わたしは彼の抗議の言葉も、これまでに送ってくれたお金も無視して、追い返した。話しはじめて一時間もしないうちに、わたしに負わされた余分の悲しみに打ちひしがれて、彼はとぼとぼと歩き去り、姿を消した。

「ぼくがどこにいるのか、今後もずっとわかるようにしておく」立ち去る前に、涙で頬を濡らしてフィンバルは言った。「どこで暮らすにしても、かならずきみに知らせるからね。いつかきみの心は変わる。ぼくにはわかっている」

母親コウモリは視力のある目を持たなくても、何千匹というコウモリでぎっしりの洞窟で自分の子供を見つけることができる。子供を奪われた者は、過ぎ去った日数によって子供の成長を推し測る。ほかの子供たちの顔をのぞきこんで確認する。それを何度もくりかえしたのちに、ついに子供とめぐりあったとき、自分の思い違いではないことを全身で知る。

わたしはときどき思う――アガサはわたしから学んだのではないだろうか。人がほかの者に与えうるもっとも酷《むご》い暴力行為について。その余波を受けてどんな状態に陥るかについて。自分の手で始めることのできる戦いについて。おこなわれるべき正義について。すべては子供を奪った者に復讐するためだった。

第三部

「ええ、悪は罰せられます、ムッシュ。ただ、その罰がいつも目に見えるとはかぎらないのですよ」

——エルキュール・ポアロ

一九二六年九月十六日

大好きなフィンバル

何年もたってしまいましたが、この手紙が届いたとき、どうかあなたが元気でいてくれますように。ええ、この手紙があなたのもとに届きますように。そして、わたしからの連絡をあなたが喜んでくれますように。正直に白状すると、いろんなことがあったし、あなたの手紙にわたしが返事をしたことは一度もなかったけど、封筒に書かれたあなたの名前を見るたびに（便箋のいちばん下に書かれた〝愛している、フィンバル〟という言葉を見るたびに）、わたしの心臓は宙返りをして空へ舞い上がります。

だから、黙っていようと自分に約束した事柄について、あなたに打ち明けなくてはなりません。わたしは危険を承知で、ある計画を進めています。わたしたちの赤ちゃんが、わたしたちの娘が、わたしたちの愛しいジュネヴィーヴが見つかったのです。わたしはあの子を目にし、この腕に抱きさえしました。あの子は幸せで健康に暮らしています。バークシャー州サニングデールにあるスタイルズ荘という名の家で、〝両親〟に育てられています。あなたにあの子を見てもらいたい！　あの子の目はあなたにそっくりよ、フィンバル。頭がよくて、物怖じしない、きれいな子。犬と本が大好きな子。つまり、わたしたちの願いの少なくともひとつは叶えられたのです。

あの子を育てているのはアーチボルド・クリスティーとその夫人アガサ。そして、ここからが厄介な部分です。アーチー・クリスティーは妻と別れてわたしと結婚しようとしています。わたしがそう仕組んだのかって？　計画したのかって？　ええ。あなただけに白状すると、そのとおりよ。理由はただひとつ。その理由を知ってもらえば、わたしの行動は許されるはず。わたしはわが子のそばで暮らしたいの。

もしあなたからそんな手紙が届いて、ぼくは結婚することにしたと言われたら、わたしはひどく悲しむことでしょう。でも、あなたからじかに打ち明けてもらえたことに感謝するでしょう。わたしにはこうするしかなかったと、あなたにわかってもらいたいのです。ジュネヴィーヴにとってただひとつの家族のもとからあの子を連れ去ろうとしても、もう遅すぎます。だけど、少なくともこの方法をとれば、わたしはあの子の継母になれるのです。少なくとも、あの子を見守り、抱きしめ、あの子が眠っているときに本名で呼ぶことができます。

アーチーのことは別に愛してはいません。ただ、こうなってしまった原因が彼にあっても、憎むことはできません。わたしがふたたびジュネヴィーヴのもとへ行くための唯一の手段なのですから。だから、すべきことをするつもりです。ねえ、フィンバル、わたしたちのような恋人はどこにもいないのよ。わたしの心は永遠にあなたのもの。

愛をこめて
ナン

失踪

八日目

一九二六年十二月十一日土曜日

フィンバルは三階の階段のてっぺんでアガサをつかまえ、焦りつつも優しいしぐさで彼女の肘に手をかけた。時刻は午前零時をまわったところで、家のなかは暗かった。アガサとチルトンは夕食をとりそこねた。体力維持のために缶詰を少し食べれば、アガサはそれでよかった。

「アガサ」焦りでいっぱいのざらざらした声で、フィンバルは言った。「ぼくに協力するのはやっぱりやめたなんて、頼むから言わないで」

アガサは彼を見た。手にしたろうそくの光だけでは、彼の顔はほとんど見えなかったが、痛々しいほど真剣な表情だった。心のなかで思った――〝ナンはなんて馬鹿なの。少しでも分別のある女なら、一緒に逃げようってこの人に言われた瞬間にそうするはずだわ〟迷うことなくそう思ったので、チルトンが上で待っているというのに、アーチーに同情したくなったほどだった。ふたつの思い、引き裂かれた忠誠心。

「あなたがひとこと言ってくれるだけでいいんです。ナンに言ってほしい。あなたの娘はあなたが産んだ子だって。ジュネヴィーヴではないんだって」

「ひとことですって！　千の言葉を口にしたところで、ナンは信じようとしないでしょう。わたしが出生証明書を見せれば、偽造だと言うでしょう。ナンが何年ものあいだそう信じこんできたことが、あなたにはわからないの？　逆のことを示す証拠を受け入れれば、またしても彼女の子を失うことになってしまうのよ」

フィンバルはその瞬間、というか、どの瞬間にしろ、立ち止まって考えてみただろうか——テディとジュネヴィーヴが同一人物であることを否定するアガサを信じていいのかどうかと。アガサが〝彼女の子〟と言ったとき、〝彼の子〟という意味もそこに含まれていたのではないかと。わたしには、どうもそうは思えない。フィンバルの最初の目的と相容れないからだ。テディの誕生日がジュネヴィーヴと同じであることを、わたしはすでに彼に話していた。また、アーチーの母親はアイルランドのコーク州の生まれだから、アーチーは自分の子供として押し通すための赤ちゃんをもらい受けるのに最適の場所を知っていたはずだ、ということも。

〝修道女たちがプロテスタント教徒に赤ちゃんを渡すはずはない〟フィンバルは言った。〝アーチーのお母さんはカトリック教徒よ。それと、お願いだから、修道女が何々するはずはないなんて、わたしに言おうとしないで〟

あのときの顔。木彫りの犬をテディに渡したとき、フィンバルは少女の前で膝を突いた。彼とまったく同じ目が彼を見つめ返していた。彼もその目を見たに決まっている。

人間とは手近な使命から離れようとしないものだ。その使命を推し進めるのに役立つものを信じる。そんなフィンバルを責めるつもりはない。わたしが盗まれたものを、彼もまた盗まれたというのに。わたし以上に徹底的に。なんのために戦うべきかが、彼にはどうしても理解できなかった。わたしのために戦うだけでいいと思っていた。

「だから、ナンを説得してほしいんです」フィンバルはアガサに言った。「まだ何も言ってくれてないじゃないですか」

アガサは目をそらし、遠くの暗がりを見やった。もどかしい沈黙が続いた。

「だったら、ナンに言ってください。あなたがどんなに傷ついたかを。夫を失ったことで」フィンバルがアーチーの名前を口にするのを、わたしは聞いたことがなかった。ただの一度も。「ナンだって冷酷な人間ではない。夫なしでは生きていけないと、あなたがナンに言えばいい」

「でも、わたし、彼がいなくてもたぶん生きていけると思うの。あなただって、ナンがいなくても生きていけるでしょ」

「それはわかっています。これまでずっとそうだったから。ただ、ぼくがそう望んだわけではない。アガサ、夫に戻ってきてほしいという気持ちは、あなたにはもうないんですか」

「あるとは言えないわね。まったくないわけではないけど」アガサはこう答えたあとで、いまのは彼をなだめるためだったのか、それとも、本心からそう言ったのか、自分でも判断がつかなくなった。

「わたしにはわからないのよ、フィンバル。ごめんなさい。とにかく、わからないの」

フィンバルはアガサの肘から手を離すと、ざらっとしていて肌ざわりのいいてのひらで彼女の頬に触れた。それから向きを変えて立ち去った。アガサは肩を落とした彼の姿を見るのが忍びなかった。希望を与えてあげたいと心から思った。でも、アガサ自身の希望がなくなってしまうほど多くは与えられない。

夜明けの光が射したとき、アガサがまず感じたのは胸に湧き上がる幸せだった。いつもと違うこの感覚、なんてすてきなんだろう。なんという解放感だろう。礼儀作法をすべて捨てたおかげで、〝これからどうすればいいの？〟という疑問がほぼ消え去った。あれほど派手に世間から姿を消してしまった以上、こっそり戻ることがどうしてできるの？

「一人の女が大騒ぎを起こしておきながら」その日の朝、チクチクするウールの毛布を山のようにかぶり、チルトンの腕に抱かれて横になったまま、アガサは彼に言った。「なんの弁明もせずに黙って戻ることができると思う？」

「まず無理だろうね」チルトンがアガサを両腕で包みこむときは、複雑なやり方があって、いいほうの腕を使って不自由なほうの腕を持ち上げる。こうすると、アガサが身を起こして彼の顔を見ることもできなくなるほど強く彼女を抱きしめられる。「けっして戻れないことは明らかだ。ずっとわたしのそばにいてほしい」

アガサは目を天井に据えたまま、彼の唇に指をあてた。

「わたしは殺人事件を解決しなきゃいけないんだ」チルトンは言った。

アガサは彼の腕から抜けだして上体を起こし、彼と向かい合った。殺人事件のことは初耳だった。チルトンはマーストン夫妻のことを話した。

「なんて悲しい話なの」アガサの目に涙が盛りあがった。いろいろと悩みを抱えていたせいで、広い世界とそこに住む人々のことを忘れていた。

「どう思う？　きみは探偵小説を書いている。リッピンコットの説に同意して、捜査を終わらせるべきだろうか？」

「あら、自分で考えだした犯罪でなければ、わたしには解決なんてできないわ。すぐれた探偵小説を書くコツは、作中ですべてを明らかにすること。そこへ不確定要素をいくつも放りこんで、読者が自分の推理に迷いを持つように仕向ける。そして、読者は最後まで読んだところで、自分の推理があっていたことに満足する。でも、現実の世界で通用するのは〝オッカムの剃刀《かみそり》〟の理論よ。つまり、もっとも単純な答えがつねに正解なの」

チルトンは笑みを浮かべた。アガサの話に耳を傾けるのはとても楽しかった。

「あなたはどう考えてるの？　妻が怪しいというリッピンコットの説が正解だと思う？　ほかの誰かを疑う理由はないの？」

「正直に白状するなら、本当はまじめに捜査すべきだが、どうでもいいような気がしてきた」

アガサは彼にキスをした。

「きみの本が読みたいな。きみがこれまでに書いた言葉をひとつ残らず読みたい」

アガサは微笑し、彼の額に自分の額を押しつけた。「家に帰ろうという気にはまだまだなれないわ」熱烈なキスが始まった。

愛の行為に溺れるあいだも、心のなかであれこれ思いをめぐらすのが可能であることを、いったい誰が知っていただろう？　アガサは目をあけたままでいた。簡素な部屋を、そして、つい何日か前には見知らぬ他人だった男性を見つめていた。こうした日々にこの先ずっと感謝するだろうと思い、次に、このまま永遠に続けてもいいのではないかと思った。今日からチルトン夫人と名乗って、二人を知る者が誰もいない土地へ逃げてしまえばいい。離婚という厄介な言葉で頭を悩ませる必要は二度とないし、失踪して世間を騒がせたことで非難されずにすむ。バークシャー州の家に残されたテディは心に傷を負うだろうが、いくら真摯《しんし》な努力を続けようと、誰もが人生で傷を負うものだ。ナンが母親の役目をひきうけ、ふつうの母親が娘に注ぐのとは比べものにならない強い愛でテディを育ててくれるだろう。

このまま身を隠していれば、わたしが失踪したことも、そもそもこの世に存在していたことも、世間はいずれ忘れてしまう。アガサはすべてを捨て去る自分を想像した。以前の人生が風に飛ばされ、海の沖合で靄となって大気に溶けこむ。ナンはすべてを手に入れる——家、夫、子供。フィンバルにとってはむごいことだ。でも、人はわが身のことだけを考えなくてはならないときもある。

一歩脇へどけば、新たな自分になれる。書くこと以外は捨て去るのだ。名前を変えて新たな人生のスタートを切ろう。髪形を変え、別人のように痩せ細り、もしくは肥満体になり、かつてアガサ・クリスティーだった女性は未解決の謎に過ぎなくなる。いっぽう、チルトン夫人はタイプライターを打ち、浜辺をゆっくり散歩し、優しい夫とベッドにもぐりこむ。アガサを熱愛——いや、崇拝している夫と。

「愛しいアガサ」チルトンが彼女の耳に唇を寄せてささやいた。

〝愛しい〟と言われるのはとても心地がよくて、失踪したまま生きていくのも悪くないとアガサは思った。

それからしばらくして、チルトンはベルフォート・ホテルに戻るため、お昼近くに雨模様のなか車を走らせた。すり切れたウールのコートは助手席に置き、あかぎれのできた片手でハンドルを握っていた。サニングデールで降っていた雨が北上し、こちらでしとしとと降りつづいている。微笑が彼の顔に広がり、口角を上げていた。アガサがどんな空想をしていたのか——彼と一緒に逃げてチルトン夫人になる光景を空想していたことなど——チルトンは知らなかった。しかし、もし知れば、その場で同意していただろう。

戦争が終わってから初めて、チルトンは自分の一部をとりもどしたように感じていた。自分のなかの無垢な部分も、弟たちも、もう戻ってこないが、何かすばらしく大切なものをとりもどした思いだった。母親にこれ以上苦労をかけたくないという気持ちを圧倒する、生きることへの熱意。もしわずか数日前に母親の死の知らせを受けたなら、列車に飛び乗って家に帰り、亡くなった母親の額にキスをしてから、父親が昔使っていた〈パーディ〉の散弾銃の銃口を自分に向けて、安堵の思いと共に引金をひいていただろう。ようやく死ねると思いつつ。

だが、いまは……いまは、あと何日か生きようという気になっていた。何が起きるのかを見届けるためだけにでも。いいほうと悪いほうの両方の腕にアガサを抱いたとき、チルトンは確信した——熱い思いが二人のあいだを往復するという奇跡が起きた瞬間に人が確信するように——情熱の一夜が永遠のものに変わることを。いますぐ彼女と逃げてもいいではないか？　世間から見れば、彼女はすでに消え去った人間なのだから。

チルトンがホテルに車を止めたとき、煙草を吸いながらホテルの前を行ったり来たりしているレース氏の姿が目に入った。紫煙が薄く渦を巻き、そのあとに、吐く息がもう少しくっきりと白く続いている。これを見たチルトンは、もう何時間も、いや、まる一日のあいだ、煙草を吸うのを忘れていたことに気がついた。シガレットケースを出そうとしてコートの内ポケットに手を入れ、そこで動きを止めた。レース氏と同じことはしたくなかった。彼が想像するに、レース氏はおそらくアーチー・クリスティーと同じ階級の人間だろう。そういう人間に対して、チルトンは軽蔑以外の何も感じない。もっとも、連中は気にすることも、気づくこともないだろう。人を軽蔑するのは自分たちの特権だと思っている。最高に機嫌のいいときでさえ、とかく相手を攻撃しがちだし、自分のことしか考えない。塹壕で戦う男たち、そして、大空で戦う男たち。レースは若すぎて、どちらにも属していなかったかもしれないが、ぜったい後者だとチルトンは決めつけた。

ひとこと言わせてもらうと、アーチーに対するチルトンの意見はきびしすぎる。まともに顔を合わせたこともない相手だし、しかも、その妻と夜から朝にかけて愛を交わしていたというのに。それはチルトン自身にもわかっていた。しかし、アガサに惹かれれば、必然的にアーチーのことを悪く思わずにはいられない。

車を降りたチルトンは、レースがしていることを見て意外に思った。煙草を地面に落とし、足で揉み消してから、吸殻を拾い、てのひらにのせたのだ。あとで捨てるつもりのようだ。彼が自分のゴミを自分で片づけるタイプだとは、チルトンは思いもしなかった。次の瞬間、帽子をかぶり、コートをはおったレース夫人がホテルから出てきた。夫の姿を見た瞬間、最高に幸せそうな笑みを浮かべて夫の腕に飛びこみ、深い喜びのこもった顔で彼を見上げた。

チルトンも世の中をずいぶん見ているので、女が横暴な夫のところに戻るのを見ても別に驚きはしない。しかし、この光景にはどこか違和感があった。一人の女性がふたつの別人格を持っているかに思われた。レース氏はチルトンの姿を目にして、自分の行動の矛盾に気づいたようだった。妻の肩に両手を置くと、妻もチルトンのほうを見た。とたんに、あわてた様子であとずさった。

「いい日ですな、ミセス・レース」チルトンは大声で呼びかけ、精一杯陽気にふるまおうとした。

「やあ、レースさんも」

二人は小声で挨拶を返した。これまでと違って控えめな態度だった。

チルトンはホテルに入ってしばらく待った。それから、ふたたび外に出た。レース夫妻はいなくなっていた。足音を忍ばせて建物の裏にまわると、二人がそこに立っていた。おたがいの肘を抱き、ぴったり身を寄せている。愛情だけでなく、信頼と親密さも感じられる姿だった。

二人の話が聞きとれるほど近くまで忍び寄るのはためらわれた。見つかってしまうに決まっている。しかし、いま立っている場所から二人をこっそり観察し、耳をそばだてた。言葉を鮮明に聞きとることはできなかったものの、二人がアイルランド訛りで話していることだけは間違いなかった。

この日のもっと早い時刻、冬の灰色の夜明けが訪れるころに、フィンバルとわたしは車でホテルに戻った。

「ずっと考えてたんだけど」わたしは言った。「イングランドでも、アイルランドにいるときと同じように犬を訓練することはできない？」

フィンバルは車を道路脇に寄せて、わたしのほうを向いた。「何が言いたいんだ、ナン？」

わたしは彼に虚しい希望を与えてしまったことを知った。彼が望むものを差しだすことはできない。でも、少し形を変えたものなら差しだせる。「何が言いたいかというと……」そこで黙りこみ、どんな言葉で伝えようかと考えた。「わたしの計画は予定どおりに進めるつもりよ。そして、あなたにも加わってもらいたいの。考えてくれないかしら、フィンバル。アーチーは旅に出ることが多いわ。ふだんも朝から晩まで仕事ばかり。二年前なんて、まる一年ロンドンを留守にしたこともあった。二人で会うチャンスがけっこうあるわよ。たまにはジュネヴィーヴを連れていくこともできるし」

「待ってくれ、ナン。きみはどういう人間になってしまったんだ？」

わたしの心のなかには恥辱を示すための表示灯があり、つねに最高レベルを示そうとしているが、それが明滅した。怒りでそれを消し去った。「一九一九年の八月以来、わたしはずっとこういう人間なの。わが子を愛する母親。そして、必要なら何をするのも厭わないと覚悟を決めた女。わたしはそういう人間になったのよ」

フィンバルは長いあいだ身じろぎもしなかった。「だったら、あの子を連れていこう」ようやく言った。「ぼくたち二人で。イングランドを出て、どこでもきみの好きなところへ。そして、ぼくたちの子供としてあの子を育てるんだ」

「どうしたらあの子をそんな目にあわせられるの、フィンバル。誘拐しろというの？　まだ赤ちゃんのころだったらいいけど、いまになって？　あの子がどんな思いをするかわかる？　それに、アガサ・クリスティーが失踪しただけで大がかりな捜索がおこなわれているのなら、その子供の捜索はどれほどすごいものになると思う？　あの子がわたしの子供だという証拠はどこにもないのよ。その種の正義を求めてももう手遅れだわ。そうでなければいいけど、現にそうなんですもの」

「では、いまから一カ月後に、またぼくの子供ができたとわかったら？　そのとき、きみはどうするつもりだい？」

（ああ、フィンバル。あらゆることに対してわたしが答えを出さなきゃいけないの？）

涙をこらえようとして目を閉じると、フィンバルが腕に包みこんでくれた。わたしを強く抱きしめて耳元でささやいた。「あの男がぼくたちの子を盗んだのだと本当に信じているなら、あいつに抱かれてどうして平気でいられるんだ?」

わたしはしばらく沈黙を続け、いまここで理由を考えているような顔をした。でも、じつはずっと以前にさんざん考えたことだった。アーチーが一方的に悪いとは思わない。自分の前に差しだされたものを、そうなるに至った事情など考えもせずに黙って受けとっただけのことだ。アーチーのような男たちはそうするのがふつうなのだ。何も考えなくてもこの世界で生きていける。彼のような身分の男たちにはそれが許されている。でも、アーチーが世界を創りだしたわけではない。ほかのみんなと同じように、この世界に生まれてきただけだ。

「終戦後に外交官が和平を結ぶのと同じようなものよ」わたしは答えた。「そして、わたしを妻にするだけでも、アーチーが受ける罰としては充分だわ。あなたが近くに住むとなればとくに」

「ぼくにはそういう生き方はできない。こそこそ行動するなんてまっぴらだ。ぼくはきみの夫になるために生まれてきた。きみだってわかってるだろ、ナン。それだけじゃない。あの男を目にしたときに殺さずにいられるかどうか、ぼくには自信がない」

フィンバルの誇張だったのかもしれないが、その衝動はよくわかるので、彼の言葉を額面どおりに受けとることにした。フィンバルがアーチーを殺して自由を失うようなことになっては大変だ。ついでに言うと、アーチーが殺されることになっても大変だ。アーチーがどんな罪を犯したにせよ、罰として死を与えられるほどひどいことは何もしていない。

「解決策としては」フィンバルは意見を曲げようとしなかった。「ぼくたちがここを一緒に離れるしかない」

わたしは同意の言葉を口にしなかった。反論の言葉も口にしなかった。抱擁のなかで、彼の腕に力がこもるなかで、フィンバルがわたしの沈黙に希望を見いだしていることが感じとれた。

チルトンがベルフォート・ホテルにやってきたとき、わたしはすでに自分の部屋に戻っていた。チルトンがわたしの部屋のドアをノックしたので、ドアをあけると、彼はわたしの手にゴールズワージーの小説を押しつけた。

「ありがとう。ご親切にどうも。ただ、返却期限までに読み終える時間はなさそうだわ。近いうちにロンドンに戻らなきゃいけないから」

「えっ？　マホーニーと一緒にアイルランドに帰るものと思っていたが」

「アイルランドにはぜったい帰りません」

わたしが〝フィンバルと逃げるつもりはぜったいない〟とは言わなかったことに、チルトンも気づいたに違いない。「アイルランドといえば、妙な話をしておかなくては。ついさっき、レース夫妻が話しているのを聞いたんだが、別人のような雰囲気だった。おたがいに愛情いっぱいという感じで、そのうえ、ダブリン発の船から降りたばかりのような話し方だった」

わたしの頰がカッと熱くなり、目に涙が滲んだ。わたしの部屋に入ってこられては困る。「ねえ、チルトンさん、ミセス・クリスティーの居所を誰にも言わないことにしたのなら、そろそろ家に帰ったほうがいいんじゃありません？」

「わたしがここにいるのは、きみと似たような理由からだと思っているが」チルトンは優しい口調で言った。何を言っても優しい口調になる人だ。でも、それはかならずしも優しさを示すものではない。

「あなたの立場がなくなるんじゃない？」わたしはトゲのある口調で言った。「アガサがずっとこちらにいたことが明るみに出たら」

「きみがつかまらないかぎり、立場がなくなる心配はない。そうだろう？」

わたしはシスター・メアリ・クレアの首に巻きついた自分の手を思いだした。修道院の裏手にある墓石を想像した。ほかのものと同じく〝シスター・メアリ、ここに眠る〟と刻まれた墓石を。でも、それはシスター・メアリ・クレアのものだ。

廊下の向こうでドアが開いた。若きミス・アームストロングが出てきた。黒髪をふわりと垂らし、明るい表情を浮かべていて、過去の苦労の影などどこにもない。わたしの魂をこの肉体から連れだして彼女の肉体に入りこみ、まったく違う人生を送ることができたら、どんなにすてきだろう。

「あの、チルトンさん」そう言った瞬間、床板が急激にわたしの顔に迫ってきた。

チルトンにはわたしを動揺させるつもりはなかった。少なくともここまで追いこむつもりはなかったはずだ。相手の警戒心を解き、無力にして口を割らせるのが、彼の仕事のひとつだった。そうするのは習慣のようなものだ。それに比べると、彼自身の警戒心を解くのはあまりうまくなさそうだ。わたしが床にぶつかる前に、チルトンはいいほうの腕を差しだした——わたしの頭を強烈な衝撃から守るのがやっとだった。

「うわっ、大丈夫？」ミス・アームストロングが飛んできた。「ベッドに運びましょうか？」

「いえ、いいの」わたしは身体を起こし、ワンピースの襟をひっぱった。「大丈夫よ」二組の手をふり払った。「空気が少し必要なだけ。スペースが少しと空気が少し」

「せめて階下まで付き添わせて。お昼を召しあがるでしょ」ミス・アームストロングが言った。「冷たい空気と熱いお湯の組み合わせは健康にとてもいいそうよ。ただ、わたしはこっちに来てから軽いめまいが続いてるけど。もしかしたら、マーストン夫妻が亡くなったのはそのせいかもしれないわね。身体に負担だったんじゃないかしら。年配の人にはなおさらでしょ」ミス・アームストロングは心配して警告するかのように、チルトンにちらっと目を向けた。

チルトンはわたしに注意を向けたままだった。「本当に大丈夫かね？」

「ご心配なく。ちょっとふらっとしただけ」

「あの看護婦さん、近くにいるかしら」ミス・アームストロングが言った。「ミセス・レース」

「いないと思うよ」チルトンは言った。「あとで相談してみるといい」

「必要ないわ」わたしは言った。

ミス・アームストロングの手にすがって、わたしは立ち上がった。二人を安心させるためにお昼を食べよう。それからこっそり抜けだしてフィンバルに会いに行こう。本当なら、もうロンドンに戻っているはずだったのに。あと一日だけ。何度も自分に言い聞かせた。あと一日だけちょうだい。

ミス・アームストロングが見るからに心配そうな顔でわたしに腕をまわし、一緒に歩き去るのを、チルトンがじっと見守っていた。こう思いながら——人はとても親切になれるものだ。女性はとくに。災難に見舞われたとき、ほかの女性が頼ってくれれば、女性はごく自然に力になるものだ。

失踪

最後に目撃された日
一九二六年十二月三日金曜日

フィンバルとアーチーが横に並んだ場合、ハンサムなのはアーチーのほうだとほとんどの女性が思うことを知ったら、あなたは驚くだろうか？　フィンバルが陽気な輝きを失ってしまった戦後は、とくにそうだった。

そのいっぽう、歳月を経て、わたしは少女のころより魅力的になっていた。打ちのめされた自分を隠すことを覚えたからでもあった。それが男性を魅了するようになっていた。

「ああ、ナン」オーウェン家に泊まったあの夜、わたしを腕に抱いてアーチーは言った。翌日どんなことが起きるのか、そのときは二人ともまだ知らなかった。アーチーが妻を抱いてから二十四時間もしないうちにわたしを抱いたことに嫌悪を感じないでいてくれるなら、どうかわかってほしい。彼がわたしを愛していることを。

フィンバルと同じように、わたしがアーチーを憎むべきだと思っている？　たぶん、彼を憎んでいたと思う。すべてが始まったときは憎んでいた。それは間違いない。でも、いまふりかえってみると、そう断言するのはむずかしい。やがてアーチーの妻になったのだから。彼の子供を産み、失った子に劣らずその子を深く愛している。目ざめているときも、眠っているときも含めて、何千日も、何十万時間も、彼のそばで過ごしてきた。いまこの瞬間、彼を憎んでいるかという質問に対してわたしが返せる答えはひとつだけだ。〝ときどき。いくつかの面で〟それが憎しみだとすれば。

世の中には、楽々と世間を渡っていける男がいるものだ。あの時代、複数の妻を持つことがこの国で許されていたなら、アーチーは妻を十人持ち、優先順位に違いはあるとしても全員に愛を注いでいただろう。ただし、彼がアガサやわたしを所有物として愛していたという意味ではない。彼なりの方法でわたしたちを見ていた。ゴルフコースに出れば、腕組みをしてうしろに立ち、わたしのスイングを、フォームを、わたしが飛ばしたボールのコースを評価する。「すばらしい」と、みんなに聞こえるように言う。二人きりになったところで、「すばらしいよ、ゴージャスなぼくの恋人」と言ったものだった。

わたしがその気になれば、ゴルフでアーチーを負かすこともできたが、アーチーはわたしがいいスコアを出すのを望んでも、彼以上のスコアを出すことは許さない人だった。テニスクラブでわたしがほかの女性とゲームをするのを見守るのが好きな人だった。わたしのそういう姿を見て彼が喜んでいるのは、わたしにとってもうれしいことだった。アーチーを手に入れようという計画は、やむにやまれぬ必要から生じたものだが、走りまわり、ラケットをふり、ゲームに勝つことに、わたしがなんの喜びも感じていなかったわけではない。

機能快、これは心理学用語で、〝自分がもともと持っている能力を充分に活かしたときに生まれる快感〟を意味している。アーチーを誘惑して妻から奪いとるのには特別な目的があった。じっさいにやってみると、わたしの手腕はすばらしかった。すばらしいという以上だった。テニスのゲームをするようなもので、テニスクラブの女性たちはみな、いえ、どこの女性であろうと、わたしの足元にも及ばなかった。

「ああ、ナン」アーチーが言った。なめらかな手がそれ以上になめらかなわたしの脇腹をなでた。アーチーはすてきな唇をしていて、夜になるとスコッチの匂いがした。わたしはこのころすでに、身体を弓なりに反らせてあえぐ方法も、のぼりつめて男を征服する方法も身につけていた。アーチーの妻の失踪が明らかになる前日の夜、どんな手段を使ってでも彼をひきとめておかなくてはと決意した。彼が離婚すると決めた以上、失敗や逡巡はもう許されない。彼を手に入れるために、わたしはサメのように泳ぎつづけなくては。さもなくば、死ぬしかない。

アーチーの口を片手でふさいだ。彼が怪我をしかねないほど乱暴に。「黙ってて」と命じた。

「ナン」くぐもった声で彼がささやいた。

やがて、すべてが静まったところで、「愛してるわ」と言った。寝具はすべて床に放りだされ、わたしの頭は汗に濡れた彼の胸に置かれ、彼の息遣いはいまも荒かった。

「大切なナン。どんなにきみを愛していることか」

九日後にアーチーの胸にようやく疑問が湧く。ナンはどこへ行ったんだ？

その日の午後、スタイルズ荘の敷地と虚しい捜索が生みだす大混乱から逃げだす。ロンドンへ出かける。

寒さを防ぐためにコートの襟を立て、街の通りを歩いてわたしのフラットにやってくる。階段をのぼり、わたしの住まいのドアをノックする。返事がないので、ドアに耳をつける。ドアの向こうの静けさはずいぶん前から続いているように思われる。無人の部屋。

妻のせいで抱えこんだストレスを解消しようと思ったら、愛人に慰めてもらうのがいちばんだ。わたしの応答を待って耳をすますあいだも、アーチーは考えていた——ナンがドアをあけ、誘惑の笑みを浮かべてぼくを招き入れたとしても、ナンは哀れな代用品に過ぎず、彼女が与えてくれる満足は一時的な儚いもので終わるだろう。だが、妻が見つかるまで、いまの耐えがたい苦悩はナンに癒してもらうしかない、と。

わたしの住まいのドアは閉じたままだし、ドアの奥の部屋からは物音ひとつ聞こえなかった。隣人のケタリング老夫人がそちらのドアをあけた。夫人がアーチーを見かけるのはこれが初めてではなく、いつものように彼に渋い顔を向けた。アーチーは愛想笑いを返した。わたしたちが一緒にいるところをこういう人に見られたら、先々面倒なことになるものだ。

とはいうものの、アーチーの胸に質問が生まれ、口にせずにはいられなくなった。「こんにちは、ミセス・ケタリング。あのう、ミス・オディーを見かけませんでしたか？」

「何日も見てませんよ。一週間以上になるかしら。ちらっと目にすることも、向こうが顔を見せることもないわね。同じ年ごろのどっかの男と逃げたんじゃないかしら」ケタリング夫人はタカのように鋭い目で最後に一度アーチーをにらみつけてから、背後のドアを閉め、荒々しい足どりで階段を下りていった。世の中には男たちの悪事に協力する女がずいぶんいる。でも、思いがけない瞬間におたがいの味方になる女もそれ以上にいるものだ。

同じく思いがけないことに、アーチーはずっと望んでいた息抜きのひとときにめぐりあう。何日かぶりに、ひどい当惑のせいで頭のなかが空っぽになる。ほんのいっときではあるが、疑問が苦悩を忘れさせてくれる。〝ナンはどこに消えたんだ？〟

急いで階段を下りて通りに出た。荒い息を吐きながら、足早に歩いていった。両手を上げて顔を埋めたいのを我慢した。目に浮かんだ涙は寒さのせいだと言ってごまかせばいい。何キロも離れたハロゲートにいるわたしは、アーチーのことなど考えてもいなかった。これっぽっちも。まるっきり。

そのあいだ、アーチーは考えていた――なんと奇妙なことか。何がきっかけで始まったんだ？　失踪する女性たちの時代が。

失踪する女性たちの時代はアガサ・クリスティーから始まったのではなかった。アガサが車に飛び乗ってフィンバルと一緒にニューランズ・コーナーから走り去ったときより、ずっと以前から始まっていた。そして、その後もずっと続くことになる。わたしたちは姿を消した。学校を捨てて。住み慣れた町を捨てて。家族と仕事を捨てて。ある日、いつもどおりの日常のなかで授業に出たり、友達と笑ったり、恋人と手をつないで歩いたりしていたと思ったら、そのあとでヒュッと消えてしまう。

〝あの少女に何があったの？　あの少女のことを覚えてない？　どこへ消えてしまったの？〟

アメリカなら、わたしたちはフローレンス・クリテントンのホームを頼っていった。イングランドだと、クラークス・ハウスか、英国国教会がその大部分の運営にあたっているホームのどれかを頼っていった。オーストラリアの病院では、麻薬に溺れたり、子育てするのが無理だったり、子育てする気がなかったりする母親から赤ちゃんが奪い去られていた。そして、わたしたちのなかには、どこへも行き着かない者もいた。手術台で血を流して死ぬ者、橋から飛び下りる者がいた。

〝失踪する女性たちの時代〟――それははるか昔から続いていたのだ。何千人という女性が姿を消しているが、捜索した警官は一人もいない。新聞には一行の記事も出ない。わたしたちの長い失踪とひそかな帰宅があるだけだ。どうにか帰ってこられた場合には。

アガサが姿を消すまで、フィンバルが英国に戻ってきたことを知るまで、わたしが立てた計画は順調に進んでいた。オーウェン夫妻の家で、夫妻の家のベッドで、わたしの腕をアーチーに強くまわして。欲得ずくの計画だったことは事実だ。でも、それだけではなかった。

「愛してる、ナン」アーチーが言った。何度言っても足りないかのように。この言葉を果てしなくくりかえせば、世間も彼の共謀者になり、この瞬間を、そして、そこに秘められた息もつけないほど甘美な秘密を永続させるのに協力してくれる、と思っているかのように。

わたしもアーチーを愛していた。それが世間でいう愛というものであるのなら。

失踪

八日目

一九二六年十二月十一日土曜日

大嵐の真っ最中にアガサが逃げこめるもうひとつの場所が仕事だった。自分自身の世界とは別に、彼女が訪れることのできる世界だった。何が起きようと、そこなら無我の境に入ることができた。〈悠久の館〉ではタイプライターを叩く音が続いていた。警察には勝手に捜索させておけばいい。アーチーには勝手に心配させておけばいい。アガサの指がタイプライターのキーの上を飛ぶとき、消え去るのは全世界だった。彼女ではなかった。

わたしはそこまで恵まれてはいなかった。ハロゲートでフィンバルのいない時間を過ごしながら、恐怖、不安、危惧に苦しめられていた。チルトンが渡してくれた小説を読むのに集中しようとした。苦労しながらやっと第二章まで読んだとき、部屋のドアにノックが響いた。ドアをあけると、リーチ夫人の姿があった。

「あなたに会いたいという男の方が階下にみえています」リーチ夫人が眉を上げて礼節を気にしている様子から、フィンバルが来たのだと察して、不意にわたしの表情が変化し――明るくなり――それを見た夫人も微笑した。

「ほんとは結婚してないんでしょ。ミス・オディー」

「ええ」わたしは白状した。「そうなの」

「あらあら」夫人はわたしの肩を軽く叩いて励まそうとした。恋をしたことがある者なら誰だって、恋する人間には励ましが必要なことを知っている。「階下へいらして。元気を出すよう、その人に言ってあげるだけでいいんですよ。それから、部屋へ連れて入るようなことはしないでください。ここはそういうホテルではないので」

「もちろんよ。ありがとう、ミセス・リーチ」

ロビーに下りると、フィンバルがピーコートの前をあけた姿でソファにすわり、両手で膝の上をさすっていた。彼が立ち上がったので、二人で一緒に寒い戸外に出て、そこでわたしが彼に近づいてピーコートのポケットに両手をすべりこませた。四角い紙が入っているのを感じた。指先に触れる感じがつるっとしていたので、ひっぱりだすと、わたしが何年も前に彼に送った写真が出てきた。たわみ、傷がつき、縁がぼろぼろになっていた。四隅に小さな穴が重なっているのは、あちこちの壁にピンで留めたからだろう。

誰かのとても若かったころの写真を見たとき、〝なんて悲しいの。すてきな未来を夢見ていたでしょうに。希望にあふれていたでしょうに〟と思ったことはないだろうか？　写真のなかからわたしを見つめ返している少女は悲しみを知っていたかもしれないが（打ちひしがれた母親が苦悩を乗り越え、娘を写真館へ連れていったのだ）、どんな人生が待っているかは知らなかった。姉の死を悲しんではいたが、自分にそうした運命が降りかかることはないと思いこんでいた。戦争が続いていることは知っていたが、実感はあまりなかった。戦争がどうやってイングランドの海岸まで押し寄せてくるとい

う の？ そんなわけないでしょ。少女に迫りくる災難をわたしが予言したなら、少女はたぶん、どう対処すればいいかを頑固に主張していたことだろう。写真のなかからわたしを見つめている少女の顔は、これからもっとすてきな人生が待っていることを信じていた。兵士のために写真を撮り、その兵士が戦争から戻ってきたら結婚し、二人でアイルランドへ行っていつまでも幸せに暮らすのだと思っていた。

「わたしもあなたの写真がほしかったわ」わたしは言った。「女の子は兵士に写真を送るのに、どうしてその逆はないのかしら」

「よく聞いて、ナン」フィンバルはわたしが手にしていた写真――大切な思い出の品――をそっととりあげ、コートのポケットに戻した。「いますぐぼくと逃げてくれたら、この写真を持ち歩くことはもうなくなる。新しい写真を撮ってもらおう。この写真は本にはさんで、いずれ子供たちに見せることにしよう」

「でも、そんなことをしたら、わたしは二度と会えなくなるのよ。あの子に」

「二人とも自分では想像もしなかった人間になってしまったね。ぼくは戦争なんか行きたくなかった。病気にもなりたくなかった。祖国を離れたくなかった。バリーコットンを離れるのさえいやだった。とりわけ、ぼくがけっして望まなかったのは、きみにさまざまな苦難が降りかかることだった」

わたしは彼の手を握りしめて、そこにキスをした。

「ひとつ、恐ろしいことを言わせてくれ」フィンバルはさらに続けた。「一九一四年からこれまでに、アイルランド、イングランド、オーストラリア、ドイツ、トルコなどさまざまな国の兵士がたくさん戦死しているが、時間を遡《さかのぼ》ってその人たちを生き返らせるか、もしくは、ぼくたちの赤ちゃんをきみの腕に戻すか、どちらかを選ぶように言われたら、兵士たちには死んだままでいてもらいたい。一人残らず」

「そこまで言えるのなら、フィンバル、この計画を進める必要があることをどうしてわかってくれないの?」

「以前のきみに——本物のきみに——戻る方法はひとつしかない。きみ自身に戻るんだ、ナン。ぼくと一緒に」

「でも、わたし、以前の自分に戻りたいとは思ってないわ。ジュネヴィーヴのそばへ行きたいの」

わたしは長い歳月のなかで初めて、わが子の顔を思い浮かべた。クリスティー夫妻の娘ということになっている幼い少女の顔ではなく、七年前にシスター・メアリ・クレアの腕に抱かれて連れ去られた赤ちゃんの顔を。不意に焼けつくような感覚に襲われて、息を吸いこんだ。わたし自身の肺がマスタードガスにやられたような気がした。アガサ・クリスティーが——フィンバルのためだけでなく、わたしのためにも——とれたはずの、もっとも思いやりに満ちた行動は、あの子が本当にアガサの子だとわたしを納得させることだっただろう。


チルトンが〈悠久の館〉の三階に上がると、アガサのタイプライターの音が聞こえてきた。カタカタ、カタカタという陽気で勤勉な音。チルトンはその音が自分の家を満たすところを想像した。毎日夕方に帰宅して、やかんを火にかける。もうひとつの部屋からタイプライターの音が聞こえてくる。執筆に没頭しているアガサは彼が帰ってきたことにも気づかない。彼はやがて、湯気の立つ紅茶のマグを持ってその部屋へ行く。〝あら、ダーリン〟彼女は言う。〝あっというまに一日が過ぎてしまったわ〟チルトンはそれで満足する。自分のことは自分でするのに慣れているし、アガサのために何かできるのがうれしい。〝仕事を続けてくれ〟と言う。〝夕食の支度はわたしがするから〟

いま、アガサは彼のノックに応え、仕事を中断して、彼が帰ってきた喜びに顔を輝かせる。チルトンが物珍しい存在でなくなれば、彼がアガサの仕事の邪魔をすることが二人の口論の種になるだろう。考えただけで、チルトンはわくわくする。忍び足で歩けるようにしておこう。やかんがピーッと鳴る直前に火を消すのも、アガサのそばのテーブルにマグをそっと置くのも熟練の腕になるが、それでも、集中を乱されたと言ってアガサが文句を言うだろう。〝あなたときたら、いつもわたしの邪魔をせずにはいられないの？〟チルトンはアガサの頭のてっぺんに唇をつけ、忍び足で出ていき、残されたアガサは仕事に戻る。

しかし、いまのアガサは脇へどいて彼を部屋に通した。チルトンは幅の狭いベッド――彼はすでに二人のベッドだと思っている――にドサッとすわって、手を伸ばし、マットレスがむきだしになったもうひとつのベッドにきちんと重ねてあるタイプ原稿の一枚をとった。アガサが彼の手からそれを奪い返してもとの場所に置き、自分の椅子に戻った。

「だけど、いつ読ませてもらえるんだい？」

「印刷と製本が終わってからよ。それまではだめ」

アガサはふたたびタイプライターを打ちはじめるが、口元に浮かんだ微笑を見れば、チルトンの好奇心を歓迎していることがわかる。

彼女がタイプライターのキーを叩きつづけるあいだに、チルトンはさっき目にしたレース夫妻の様子を話した。

「聴いてる？」しばらくしてから尋ねた。「それとも、書いてる？」

「両方やってるわ」しかし、アガサは立ち上がり、ベッドにドサッとすわって、機能を失った彼の腕を手にとった。彼が二本の腕の存在を感じられたのは何年も前のことだが、アガサのおかげで、両腕を彼女にまわしている気分になれた。「キスがこんなに楽しいものだなんて、これまで知らなかった」すばらしく心地よい時間が過ぎたあとで、アガサは言った。

しかし、本当は知っていた。そうよね？　何年も前、アーチーと出会ったばかりのころに、アガサはキスがどれほど楽しいものかを知った。当時の彼はいまとは別人のようで、その強引さには彼女を傷つけるのではなく守る力があった。アガサが知らなかったのは別離がいかに人生を変えるかということだった。世界が広がり、そこにはもう失うものはなく、喜びが待っている。例えば、服装はだらしないが、じつはなかなか魅力的な警部が。

チルトンは階下の食料貯蔵室へ行き、タンの缶詰を二個持って戻ってきた。アガサはすでに、タンの缶詰は二度と食べないと断言していたが、気がついたらひどく空腹だったので、くりかえし登場するこんな哀れな食材でもおいしく味わうことができた。

「わたしが何をしたいかわかる？」アガサは言った。「お風呂に入りたい」

「寒いなかを遠くまで歩いたあとで、火傷しそうに熱い湯に浸かるのかい？」

「それ以上にすてきなことがあって？」

二人は腕を組んで足早に歩いた。道路に車の姿はほとんどなかった。馬のひく荷馬車でやってきた若い蹄鉄工が馬車を止め、乗っていかないかと言ってくれた。最初は断った二人だが、気が変わり、走って追いかけて大声で呼び止めると、蹄鉄工が鹿毛のメス馬二頭を止めてくれたので、二人で荷台に乗りこんだ。アガサはガチャンとぶつかりあう器具類の真ん中で干し草の梱《こり》に腰かけ、彼女にすり寄ってハアハアあえいでいるラブラドールをなでていた。犬がアガサの顎をなめると、笑いだし、彼女からも犬にキスを返した。寒さで頬が赤くなっていた。彼女の笑い声はウィンドチャイムのような響きだった。

「ねえ、チルトンさん」蹄の音と金属がぶつかりあう音に負けないよう、アガサは大声で言った。「犬はお好き？」

「けっこう好きだよ」ラブラドールに両腕をまわし、汚れた被毛に顔を押しつけるアガサを見て、チルトンはもっと強調しようと決めた。「大好きだ」さらにつけくわえた。「きみのその姿もすてきだ。若い娘さんのように見える」

こう言ったのが間違いだった。アガサの微笑が消え、血の気が失せた。「でも、わたし、若い娘じゃないわ」そう言ったとたん、その言葉どおりになった。額のしわ、顎のたるみ。

蹄鉄工がカルナック・バス＆スパで降ろしてくれたあと、二人は無言で別れた。チルトンは更衣室へ、アガサは水着を買うためにギフトショップへ。多くの人に姿をさらすことになるわけだが、新聞の写真の上品な女性と、髪を風に乱し、男物の服を着た目の前の女性を結びつけるほど観察眼の鋭い者がどこにいるだろう？　妙な印象を与えてはいけないので、ミス・オリヴァーのものだった無地のウールのコートのボタンを顎のところまでかけた。ギフトショップでできるだけ地味な水着を買った。緑とブルーのVネックで、膝すれすれの丈。おそろいの水泳帽も買った。

ベルフォート・ホテルの男女別になった洞窟風呂と違って、カルナックの温泉は混浴で、広々とした吹きぬけのアトリウムになっていた。湯気がこもり、シダが生い茂り、熱い湯と人の呼気が生みだす靄のおかげで、ふつうならガラスの天井からのぞけば見えるはずのものもぼやけた輪郭になっている。施設で貸してくれる分厚いガウンをはおって、アガサがアトリウムにやってきたとき、チルトンはすでに湯に入っていた。湯気が立ちこめるなかで、アガサはガウンを脱いで熱い温泉にそろそろと入り、痛みと心地よさにたじろぎつつも身を沈めて、チルトンにふたたび笑顔を向けた。

チルトンは喉がこわばるのを感じた。息が止まりそうだった。荘園館を離れたことを後悔した。外の世界では、どれだけ強く願ってももとに戻せないほどのスピードで時間が流れている。

「アガサ」

彼女はほかの温泉客たちに不安な目を向けた。誰かが自分の名前を耳にして、朝刊の見出しに結びつけるのではないかと心配だった。しかし、気づいた様子だったのは一人だけ、親切そうな目をした若い女性で、水泳帽はかぶらずに、黒髪を頭のてっぺんでまとめていた。ミス・コーネリア・アームストロング。

「あら、こんにちは」ミス・アームストロングは言った。なんとも気立てのいい女性だ。「チルトンさんの奥さんですね？　ご主人に会いにいらしたの？」

アガサは微笑した。〝チルトンさんの奥さん〟という響きが気に入ったようで、チルトンはそれがたまらなくうれしかった。

「ええ」アガサは言った。「この人は出張だと言ってたけど、わたしにはどうも休暇旅行のように思えて。だから、仲間に入ろうと思ったんです」

チルトンはミス・アームストロングに言った。「こういう温泉には興味がなくなったのかと思っていた」

「あら、とんでもない、チルトンさん。人はつねに新しいものに挑戦し、困難のなかを進んでいかなくては。それに、こういうタイプのお風呂に母がどれだけ文句をつけるかと思ったら、入らずにはいられなくなったの。混浴ですもの。とっても淫《みだ》らでしょ」ミス・アームストロングは最後の〝淫ら〟という言葉を、こんなすてきな単語はないと言いたげに口にした。「マーストン夫妻はお気の毒だったけど、わたし、休暇をうんと楽しもうって決めたんです」アガサのほうを向いた。「ご主人からお聞きになりました？　わたしたちの小さなホテルで起きた騒ぎのことを」

「ええ。なんて悲惨なことかしら」

「想像もつかないでしょうね。だって、男の人では、そういう話を正しく伝えられるはずがないから。あの夫妻の恋物語は特別なものだったんですよ。何年ものあいだ、一緒になることを夢に見てきたの。そして、ようやく一緒になり、恋い焦がれた瞬間が訪れたとき、二人の前にあった年月は奪い去られてしまった。あっというまに。そこに教訓があると思いません、ミセス・チルトン？　不幸のなかで時間を浪費してはいけない」

「まさにそうね」アガサは言った。「幸福のなかで時間を浪費するほうがずっといいわ」

チルトンは思った――アガサを説得して、明日の朝いちばんで列車に乗ることができたら、二人は幸福のなかで残りの人生を浪費できるのだが。

いまのところ、コーネリア・アームストロングを幸せにしてくれるのは、マーストン夫妻の早すぎる最期に対して悲しみを募らせることのようだった。アガサのところに来て、すぐ横にすわった。マーストン夫妻の体内から検出された毒物に関してホテルの客が誰一人知らないことに、チルトンは感謝した。

「ねえ、ご存じ？」ミス・アームストロングがアガサに言った。「マーストン氏と結婚する前、夫人は修道女だったんですって」

「えっ、そうなの？」アガサはチルトンを見た。儀礼的なものに過ぎなかった興味が本物に変わっていた。

「夫人からじかに聞いたの。誰にも言わないでって頼まれたわ。でも、いまならもう言ってもいいわよね」

「いいと思いますよ」チルトンは誰かが何か重大なことを明かそうとするときにかならずそうするように、心臓の鼓動の高まりを相手に悟られないよう願いつつ、ひたすら待った。

「修道女だったそうよ」ミス・アームストロングはロマンティックな物語に声を震わせた。「そして、マーストン氏のほうは聖職者だった。ああ、小説みたいでしょ？　恋に身を焦がす二人。長年のあいだ共に神に仕えてきたけど、やがて、もう一刻も我慢できなくなった。誓いを捨て去り、一緒になるために逃げだした」ミス・アームストロングは声をひそめ、ささやき声になった。「二人が正式に結婚してたかどうかも、正直なところ、わからないわ。でも、それって、わたしがさらにスキャンダルを求めてるだけかもしれないけど」と言って笑った。鳥のさえずりのような軽やかな声。若く美しい女性が楽しそうに笑っているのだから、この言葉がほかの者の破滅につながる恐れさえなかったなら、心地よい響きだったかもしれない。

「あの二人がどの修道会に属していたのか、知っていますか？」チルトンは慎重に言った。

「どこかの孤児院にいらしたみたい」ミス・アームストロングは温かく言った。それ以上すばらしい慈善事業は想像もできないと言いたげな口ぶりだった。「愛情豊かな方なのよ、ミセス・マーストンって。ひと目でわかるわ。子供たちの世話もきっと行き届いていたでしょうね」

「ええ、きっと」チルトンは言った。「その孤児院がどこにあったか聞いていますか？」

「コーク州ですって。アイルランドの。それから、町の名前も覚えてるわ。とても詩的な名前だった」

ミス・アームストロングの口から〝サンデーズ・コーナー〟という言葉が出る前に、チルトンはアガサのほうを見た。彼女の表情から、彼と同じく彼女の頭のなかでもすべてがたったいま鮮明になったことが見てとれた。

この瞬間、誰もがチルトンとアガサと同じ推測をしたことだろう。マーストン夫人とシスター・メアリ・クレアは同一人物だ、と。いえ、もしかしたら、とっくに察していたかもしれない。あの日、サンデーズ・コーナーでシスター・メアリ・クレアの喉に指をまわしたとき、わたしは最後までやりとげることができなかった。

温泉のなかでは、温かな蒸気が雫となって垂れていた。天井がかなり高いので、チルトンは閉所恐怖症に陥る心配もなく、現在担当しているふたつの事件とそれを結ぶ要素――つまり、わたし――のあいだにつながりがあることを確信して、それを解明しようとしていた。

「奇遇ね」アガサはつぶやいた。「わたしの義理の母もサンデーズ・コーナーからそう遠くないところの出身なのよ」

「あら」ミス・アームストロングがチルトンのほうを向いた。「お母さま、アイルランドの方なんですか？」チルトンが曖昧《あいまい》にうなずくと、今度はアガサに言った。「マーストン夫人はすごく明るい方だったんですよ。そうですよね、チルトンさん」

チルトンはふたたびうなずいた。またしても偽りのうなずき。マーストン夫人はたしかに明るかったが、チルトンに言わせれば胡散《うさん》臭い明るさだった。何かを隠すための、もしくは、何かの欠如を隠すための明るさ。それを若いミス・アームストロングに伝える方法があればいいのにと思った。人が警戒すべきは怒れる相手だけではない。陽気な相手のほうがもっと危険な場合もある。

「ところで、どこへお戻りになるのかしら、ミス・アームストロング？」アガサが尋ねた。「実家にお帰りになるときは」

「ムンデスリーです」

「すてき」アガサは言った。「わたし、こういう田園地帯より海のほうがずっと好きなのよ、ミス・アームストロング。冬の季節でも。どんな種類の天然温泉があろうと、温泉がいくら手招きしようと、出かける気になれないの。まあ、温泉も悪くはないでしょうけど、海辺にいるときぐらい生き返った気がすることはないわ。じつはね、うちの母なんか、海水にはおできから心臓病まであらゆるものを治療する力があるって信じてたのよ」

「わたしの父も同じことを言ってます」ミス・アームストロングは言った。

「ああ、冷たい海に飛びこみたい」温泉に入ったおかげで、アガサはくつろいだ顔になり、生き返ったようにすら見えた。しばらくのあいだ、耳のところまで湯に身体を沈めた。誰かが反論したとしても聞く気はない、と言っているようにも見えた。

外から冷たい風が吹いてきた。けっこう強い風だったので冷気が忍びこみ、ガラスの天井がカタカタ鳴って、見かけよりちゃちな印象を与えることになった。海辺への愛を語るアガサの言葉はチルトンの胸に心地よく響いた。すばらしく心地がよかった。

チルトンとアガサはもとの服に着替え、湿った髪のまま外に出た。髪が凍った。アガサがひと房を手にとってつぶすと、パリッという音がした。

「わたしが何を考えてるかわかる?」道路のほうへ歩きながら、アガサが言った。

さきほど知ったことについて、二人はまだ話し合っていなかった。無言のうちに意見が一致しただけだった。〝愛があるからだ〟と、チルトンは思った。〝人の心が協調して働くのは〟

いまは二人のロマンスよりもっと重大な件について考えるべきであることを、アガサはチルトンよりよく理解している様子だった。「ナンの単独犯行ではないような気がするわ。ベルフォート・ホテルに泊まっていた女性たちが手を貸したんじゃないかしら。その施設で過ごした少女や、似たような境遇の少女がずいぶんいたわけでしょ。復讐を考えて当然の少女がたくさんいた以上、たった一人で犯行に及ぶのは不自然な気がする」

チルトンには思いもよらない意見だった。「ナンの自供をひきださなくてはならない」

「そんなことしないで」

「しかし、アガサ。これは殺人事件なんだよ。ゲームじゃないんだ」

「殺人と呼ぶ者もいれば、正義と呼ぶ者もいるでしょうね」

チルトンは足を止めたが、アガサのほうは断固たる足どりで歩きつづけた。チルトンはポケットに両手を入れ――まず、悪いほうの手を反対の手で持ち上げてから――戦場で自分がおこなった殺しについて考えた。いくつもの遺体を踏みつけながら、両軍のあいだの中間地帯を駆け抜けた。すべては世界が認めたもの。いや、それどころか、世界が求めたものだった。女性には別の判断基準があるのかもしれない。どんなときに殺人行為が容認されるのか、もしくは、必要とされるのかに関して。

シスター・メアリ、ここに眠る

わたしの逃亡からほどなく、フィオーナは修道院から解放され、サンデーズ・コーナーのとある家庭でメイドとして働くことになった。教区教会でジョゼフ神父が挙げるミサに従順に顔を出していた。わたしのもとに届く誤字だらけの手紙は、昔のフィオーナと同じく偽りの快活さに満ちていて、いまほど幸せで安心できたことはない、幼いわが子のために毎日祈っている、と書いてあった。〝どこで生まれたのかを息子が誰からも聞くことのないよう願っています。あたしたちにとって何がいちばんいいかは、いつだってシスターたちがご存じですもの。そうでしょう?〟

わたしはこれを読んだ瞬間、フィオーナの手紙をビリビリにひき裂いた。その後何週間も、自分の部屋を掃除するたびに、乱暴に裂かれた紙が舞い上がったものだった。

〝フィオーナに腹を立てちゃだめよ〟と、ベスが書いてきた。〝シスターたちに育てられた人だもの。シスターたちを信じることで、フィオーナの心がこわれずにすんでいるなら、わたしたちにそれをやめさせる権利はないわ〟

わたしはやむにやまれぬ思いで腰を下ろしてフィオーナに手紙を書き、幼い坊やにはいつもフィオーナの記憶が残っている、骨と血の奥深くに刻みつけられていると彼女に告げた。〝赤ちゃんが母親の子宮から完全に離れてしまうことはないわ〟と書いた。〝あなたの坊やの痕跡が――命ある身体を作りあげている細胞が――いまもあなたのなかで息づいているのよ〟

フィオーナから返事が来て、今年のバラはこれまでに見たなかで最高に美しい、奉公先の家庭のために修道院へミルクとラディッシュを買いに行った、シスターたちはみんなとても元気そうだ、と書いてあった。

フィラデルフィアでは、ベスが幸せになろうと努めていた。本当ならそうむずかしいことではない。夫は優しい人でベスを熱愛しているし、造船所の所長といういいポストについている。白い板張りの住宅に住んでいて、周囲の環境もいい。ふたつの寝室が子供たちでいっぱいになるのを待っている。夫の希望は二男二女。しかし、ベスが寝室に入ったときに目にするのは、未来の子供たちを迎えようとする光景ではない。家族を増やしていける自信が彼女にはない。ベスが目にするのは、ローナンがそこにいない光景だ。彼女のおなかのなかで蹴りを入れ、泳ぎ、もうじき生まれることを約束していたローナン。それなのに、生まれたときには、息をしていない冷たい骸《むくろ》になっていた。

「どんなに可愛い子だったか覚えてる？」夜遅く、ベスは夫に尋ねる。夫は彼女を強く抱きしめて髪にキスをし、彼女がいつかすべてを乗り越えて先へ進んでいけるように願う。

「でも、わたし、乗り越えられなくて」ベスは医者に打ち明けた。医者は頭がはげていて、眉が驚くほど濃く、物腰の柔らかなタイプだった。「怖くてたまらないんです」

「奥さんは健康そのものですよ」レヴァイン医師は保証した。「怖がる必要はありません。若いのだし」

「神父のせいだったと思われます？　死産だったのは」前回の診察のとき、ベスは自分がどんな目にあわされてきたかをレヴァイン医師に話した。初めての診察で医者が傷跡を見つけ、夫がつけた傷ではないかと危惧したので、その説明をしようとしたのだ。

医者は返事をする前に、眉を天井のほうへ吊りあげた。考えこんだ。正直に答えることにした。

「どちらとも言いかねます」ようやく答えた。「しかし、そうなる運命だったのでしょう」

ベスが泣きだすと、医者は彼女の肩をそっと叩いた。アイルランドを離れたあと、ベスは男の手をすべて拒絶する状態になっていたわけではなかった。レヴァイン医師に優しく肩を叩かれれば心が慰められた。夫との愛の行為に喜びを感じることもできた。ジョゼフ神父もそうしたものまでベスから奪い去ってはいなかった。

しかし、神父に奪われたとベスが心から信じているものについては、とりもどすことができなかった。コーヒーのマグを手に（ベスもいまや立派なアメリカ人で、紅茶は飲まなくなっていた）、瀟洒《しょうしゃ》な家の外に出て、通勤列車に乗るために徒歩で駅へ向かう夫に手をふる。夫の姿が見えなくなると、母親たちの幻が現われ、こぎれいな庭で子供たちと遊びはじめる。ベスはローナンの姿をはっきり目にする。ローナンが何歳になっていようと。乳母車に乗せられたローナン。庭で猫を追いかけるよちよち歩きのローナン。おもちゃのトラックをひっぱって車寄せを歩くローナン。歩道にチョークで落書きをするローナン。

ローナンはここにいるはずだった。ここにいるはず、ここにいるはず、ここにいるはず。

〝わたしは過去の人生を置き去りにしたいの〟ベスは手紙でそう言ってきた。〝あなたとフィオーナと妹のキティには手紙を出してるわよ。でも、それを別にすれば、大切なのはここの暮らしだけ。いま、ここにある暮らしだけなの〟

こうしたことを書きつつも、ベスはそれが百パーセント真実ではないことを知っていた。ベスは子供をほしがっていた。本当だったら、幸せと喜びにあふれて二階の寝室を子供たちで満たしたことだろう。でも、ジョゼフ神父が息をしていて、ローナンの息が止まっているかぎり、それはできない。胸にたぎる憎悪のせいで、母親になることができなかった。そして、憎悪を消す方法はこの世にひとつしかなかった。

まさかそこまでできるとは思わなかった。フィオーナから手紙が届いて、サンデーズ・コーナーのゴシップを知らせてくるまでは。シスター・メアリ・クレアとジョゼフ神父が恋に落ち、聖職者として立てた誓いを捨てたというのだ。

〝シスターは村に住んでいます。あいかわらず話し好きな人。来月、式を挙げて、ヨークシャー州へハネムーンに出かけ、ベルフォート・ホテルというところに泊まるんですって。ミセス・マーストンと呼んでもかまわないって、あたしに言っていました。もうじきそう名乗るようになるそうです〟

そのあとに続く陽気な笑い声がベスには楽に想像できた。急いで計画を立てなくてはならない。シスター・メアリ・クレアとジョゼフ神父が二人でイングランドにやってくるなら、そのほうが実行は簡単だ。しかも、ナンという頼もしい共犯者がいるのだから。

失踪

五日目

一九二六年十二月八日水曜日

チルトンがドアの外で立ち聞きをしていることは、ベスもわたしもよく承知していた。彼の足音が聞こえたからではなく——ハツカネズミより静かに歩ける人だった——わたしたちを監視するに違いないとこちらで予想していたからだ。うわべは人畜無害に見えるあの二人を殺す計画を立てたせいで、わたしたちが大きな危険を背負いこんだことはわかっていた。でも、まさかわたしの不倫相手の妻と、彼女の行方を捜索中の警部に出会うことになろうとは、夢にも思っていなかった。おまけに、わたしをとりもどしにやってきたフィンバルまでも。

「ダニーに電報が届いたの」ベスが言った。ひどく大きな声だったので、そのわざとらしさにわたしは危うく噴きだすところだった。「予定を早めに切り上げなくては。アメリカに戻ることにしたわ」

ベスはベッドに並んで腰かけ、わたしの手を握りしめた。おたがいの目を見つめ合った。これからどうなろうとも、実行した価値はあった。

毒薬を入手するのはあっけないほど簡単だった。ただ、スズメバチのいない冬に青酸カリを買ったりすれば妙だと思われる。わたしはロンドンの別々の店へ行き、一軒で青酸カリを、もう一軒でストリキニーネを買った。それが人口の多い大都会のありがたいところで、わたしの顔を記憶に刻みつける者や、ヨークシャー州で起きた死にその毒薬を結びつけようとする者は一人もいない。アーチーはアガサの本を読んでいないかもしれないが、わたしは読んでいた。短時間で簡単に人を殺したければ、毒薬が最上の手段であることを知っていた——犯行は容易だが、解決はむずかしい。

シスター・メアリ・クレア——現在のマーストン夫人——は言動のひとつひとつが偽りで、軽率だった。ベルフォート・ホテルでわたしを正面から見た。でも、わたしの顔には気づかなかった。うわべをちらっと見ただけだ。ベスに対してもそうだった。わたしたち二人に視線を向け、それから自分のことを語りはじめた。修道院にいたころもいまと同じように笑みを浮かべ、おしゃべりをし、ふっくらした手をわたしたちの肩に置いたものだった。可愛がっているつもりだったのかもしれない。でも、わたしたちがふたたびシスターの人生に登場したとき、向こうは二人のどちらにもまったく気づかなかった。彼女にとってはどの少女も同じだったのだ。

ハムレットではなかっただろうか？　〝人はほほえみ、ほほえみ、しかも悪党たりうる〟と言ったのは。

少なくともわたしたち毒草のような者にはけっして笑顔を向けなかった男でも、一部の少女のことはよく覚えていた。ベスをひと目見た瞬間、ジョゼフ神父は彼女だと気がついた。ホテルのダイニングルームでなすべきことを終えたあと、ベスの心に恐怖はなかった。これっぽっちも。神父の苦悶を目にした安堵があるだけだった。わたしたちの正体を妻に告げる暇もないうちに、神父が死んでしまうことはわかっていた。

ベスの妹のキティと夫のカーマイクルが仲の悪いイングランド人夫婦を演じて、この場に必要な陽動作戦を進めてくれた——派手な夫婦喧嘩をして、まわりの人々の注意を惹きつける。その隙にベスが進みでて、ジョゼフ神父の腿に注射針を刺し、神父が痛みを感じるよりも早く、注射器をワンピースのポケットにこっそり戻す。キティが看護婦のふりをして神父のところに駆け寄る。彼を助けるためではなく、死亡を確認するために。万一の場合に備えて、彼女自身のポケットに予備の注射器を入れておいたが、結局は必要なかった。

神父が死んでいくのを見守るのは、厳密に言うなら、ベスにとって喜びではなかった。もともと残忍な性格ではない。不快ではあるが必要な任務だったのだ。世間はなんの正義も与えてくれなかった。だから、わたしたちがこの手で正義をおこなうことにした。

ベスがアイルランドでわたしに話してくれた妹のキティ——映画女優になるのを夢見ていた愛らしい十二歳——は成長し、若い男性と結婚していた。資産家の御曹司で、しかも、舞台に立ちたいという夢を持っていた。彼の協力を得て、キティは映画界にデビューする前に早くも最高の演技をやってのけたわけだ。キティと夫のカーマイクルは事件後もホテルにとどまり、あのときの喧嘩がマーストンの死と関係していたのではと疑う者が出てこないよう、演技を続けた。

ベルフォート・ホテルのわたしの部屋で、チルトンがドアに耳を押しつけているのを計算に入れて、わたしも同じく大声で言った。「何もかも順調だといいわね」

「ええ」ベスが言った。「すべて完璧よ。完璧」それから、ささやき声になった。「チルトンがどれほど近くにいようと、聞かれる心配はぜったいにない。「キティとカーマイクルはこのまま滞在を続ける予定で、あなたの宿泊代も来週いっぱい分まで二人が払ってくれてるわ。でも、わたしたちは帰ることにする。アメリカへ。あなたも一緒に来て」

わたしは首を横にふった。強く。

「どうしてもだめなら、イングランドにいてちょうだい。でも、ロンドンに戻って。一刻も早くここを出るのよ」

「そんなことをしたら怪しまれるだけだわ。そうでしょ?」でも、わたしが気にしていたのは怪しまれることではなかった。フィンバルの腕のこと、足早に去っていった姿のことだった。わたしはもうじき、彼のいない人生に向き合わなくてはならない。でも、いまはまだ無理。もうしばらく時間がほしい。警察につかまる危険が大きくなるとしても。

ベスとわたしはおたがいの服を握りしめ、おたがいの首に顔を埋めて抱き合った。ここに来た目的を果たすことができた。これからは必要に応じて世界が広がっていくだろう。ジョゼフ神父をこの世から排除したおかげで、ベスは自分の人生を続けていくことができる。誰もまだ知らなかったが、イングランドを離れたとき、ベスはすでに小さな女の子を身ごもっていて、その子が九月に元気な産声《うぶごえ》を上げることになる。

そして、シスター・メアリ・クレアはわたしが始末した。湯気の立つ紅茶のカップを持って彼女の部屋のドアまで行き、そっとノックをした。

「まあ」わたしが部屋をのぞくと、かつての修道女は言った。「わざわざ来てくださるなんて優しい方ね。今夜は一睡もできそうにないわ。一睡も」彼女の顔はむくみ、しみが浮いていた。両手で顔を覆ってしばらく泣いた。

わたしは彼女のベッドまで行き、腰を下ろして、その手にカップを押しつけた。「これを飲んで」

このうえなく思いやりに満ちた声で言った。「ブランデーを少し垂らしておいたわ」わたしはガウンをはおり、髪をほどいていた。シスター・メアリ・クレアの髪はナイトキャップに押しこまれていた。顔に塗ったクリームがてかてか光っていた。夫を亡くした悲しみのなかにあっても、明日のことを考えて、お肌の手入れは欠かさないわけだ。

「まあ、気の利く方ね。さっきお医者さまが睡眠薬をくださったけど、神経がたかぶってて眠れそうもないのよ」彼女はカップを受けとって紅茶をひと口飲んだ。

人生の苦悩を軽くする手段としてイングランドの人々の紅茶愛があるおかげで、わたしたちは毒薬を簡単に使うことができる。

「明日どこへ行けばいいのかわからない。次はどこへ行こうかって、夫と相談してたのよ。マンチェスターへ行くつもりだった。わたしが少女時代を過ごしたところなの。アイルランドへ送られる前に」シスター・メアリ・クレアは自分自身に語りかけていて、わたしが前にもこの話を聞いていることには気づいていなかった。「でも、そちらに家族はもういない。夫を亡くして、どうやって生きていけばいいの？　一人で暮らしたことなんて一度もないのに。わたし、昔は修道女だったのよ。信じられないでしょうけど」

「あら、信じるわ、ミセス・マーストン。信じますとも」

彼女は泣きながら紅茶を飲み、また、泣きながら紅茶を飲んだ。わたしはとなりにすわって彼女の膝をそっと叩いた。あれから七年しかたっていない。人をひどく老けこませる年月ではない。二十七歳になったわたしは二十歳のころと同じく、まずまずの容姿を保っていた。シスター・メアリ・クレアは何カ月かのあいだ、毎日わたしと顔を合わせていた。ジュネヴィーヴが初めて笑ったとき、わたしのそばにいた。修道院の育児室でわたしの赤ちゃんを最後に抱いたのが彼女だった。わたしは彼女をじっと見つづけて、視線が返ってくるよう念じた。彼女にとりつくはずだった亡霊たちは何も考えずに漂い去ってしまった。

「ほんとに優しい方ね」彼女は空っぽになったカップをわたしに返した。

わたしはそれをベッド脇のテーブルに置いた。あとでかならず、指紋と紅茶の残りを拭きとっておかなくては。シスター・メアリ・クレアは横になった。手を伸ばし、わたしの手を握りしめた。「そばにいてくださらない？　わたしが寝入るまで」

「ええ、もちろん」

彼女のまぶたが震えて閉じた。このまま待っていれば、毒がまわって彼女は死ぬ。でも、ベスと違って、わたしは自分の手で獲物を仕留めたかった。監察医はストリキニーネを見つけだすだろう。でも、わたしは毒薬が効く前に彼女に死んでもらいたかった。シスターの大のお気に入りだったあの忘れられないメロディーを何小節かハミングしたが、それでも彼女は気づかなかった。軽く笑みを浮かべて言った――とても静かな口調で、目を閉じたままで――「まあ、わたしの大好きな曲」。

さらに時間が過ぎた。階下の時計がボーンボーンと鳴ったが、わたしが回数を数えることはなかった。枕を手にした。ゆうべ、ジョゼフ神父の頭がここにのっていたのは間違いない。次に、シスターがまだ寝入っていないことを確認するため、軽く叩いてみた。彼女のまぶたが震えて開いた。わたしは微笑した。そこに浮かんだ愛と優しさを彼女に見せたいと心から願った。向こうもお返しに、弱々しい感謝の笑みを浮かべた。そこで枕がふりおろされた。

わたしは途中で一度、危険を承知のうえで一瞬だけ枕をどけた。その甲斐あって、シスター・メアリ・クレアはこれまでの人生で隠しとおしてきた正直な表情を見せた。恐怖と衝撃と苦悶。この瞬間、わたしの口から正体を名乗ることもできただろう。でも、彼女を圧倒している恐怖の感情に、わたしは混乱も加えたかった。だから、ふたたび枕を押しつけた。相手が身動きできないようにした。彼女がもがくのをやめるまで。彼女が人に危害を加えられないようになるまで。彼女の身体がぐったりし、呼吸が止まるまで。枕をどけたとき、その顔には偽りの陽気さも、偽りの親切さも見られなかった。唇から空虚な約束の言葉が出ることもなかった。そこにあったのは、ガラスで作ったばかりのような目。開いてはいるが、何も見ていない。口も開いていた。酸素を吸おうとする無駄なあがきのなかで凍りついていた。

わたしは何年ものあいだ、行くつもりのなかった方向へ流されつづけてきた。偶然によって、もしくは必要に迫られて行動し、失敗ばかり重ねてきた。この瞬間、ようやく自分で物語を書き上げることができた。それを糾弾する気は、この世界にはなかったに違いない。だって、そのあとすぐに〈悠久の館〉での日々というご褒美をもらえたのだから。

シスター・メアリ・クレアが遺体となってわたしの前に横たわったとき、空気がなんと大きく変化したことだろう。火花を放っていた粒子が動きを止めた。わたしのなかの怒りが静まった。猛烈な嵐が過ぎ去った。

殺したいという衝動。ついにそれを成し遂げるまで、その衝動がわたしから離れたことは一度もなかった。

失踪

八日目
一九二六年十二月十一日土曜日

チルトンとアガサが〈悠久の館〉に戻ると、フィンバルが階下にいて、台所の火に薪をくべていた。テーブルにはワインのボトルが並び――セラーへ行って勝手に何本かとってきたのだ――そばのトレイには、焼きたてのパンのかたまりが三個、何種類ものソーセージ、スウェイルデイル・チーズの丸いかたまり、桃の缶詰がのっていた。

「タンはもううんざりだと、あなたが言ってたから」フィンバルはアガサに言った。「ちょっと買い出しに行ってたんだ」

「まあ、いい人ね」アガサは言った。

チルトンはほんの少し眉をひそめて、フィンバルからアガサへ視線を移した。アガサは疲れた顔ですわっている。家を出てから何日かたったが、この先どうなるのかまったく見えてこないため、そろそろ疲れてきたのだろう。チルトンは椅子をひっぱりだしてアガサのとなりにすわった。二人でつなぎあわせた推理を冷静な声でフィンバルに語った。マーストン夫妻の正体を、そして、夫妻の殺人にわたしが関わっていたことを。

フィンバルは眉ひとつ動かさず、謎めいた表情を浮かべたまま、話に耳を傾けた。チルトンの話が終わると、「よかった」と言った。

「よかった？　何を言いだすんだ？　まさか本気ではあるまいな」

「いや、本気です」

アガサはティーカップにワインを注いだ。今夜ぐらいは自制心を捨ててもいいような気がした。わたしが刑務所に放りこまれることになるなら、本当なら喜ぶべきなのに、とふと思った。邪魔なわたしを追い払えるだけでなく、わたしに苦しめられたことへの仕返しができる。でも、わたしたちが姿を消す前であっても――偶然、同じ時期に消えたわけだが――アガサがそうした事態を喜ぶことはなかっただろう。そういうたぐいの人間ではないし、今後もそれは変わらないはずだ。アガサがほかの人々の復讐の筋書きや、その動機となる恨みを想像することはできるかもしれない。わたしの動機に共感することだってできるだろう。しかし、自分の手で実行することはけっしてない。その点では彼女のほうがわたしよりすぐれている。いえ、幸運なだけかもしれない。

「で、次はどうなるんです？」フィンバルが尋ねた。

「いままでにわかったことをヨークシャー警察に話すしかない」チルトンは言った。「マーストン夫妻が何者なのか。ナンとその友達がどんな罪を犯したのか。検死審問が開かれることになると思う」

「今日はやめてください」フィンバルは言った。マスタードガスの後遺症による声のざらつきがふだんよりひどくなっていることに、アガサは気がついた。

「ええ」アガサはうなずいた。「今日はやめましょう」

「だが、アガサ」チルトンは彼女のほうを向いた。フィンバルには聞こえないと思っているかのように。「ナンを連れて逃げるのに必要な時間を、フィンバルに与えることになってしまう」

「それがいけないこと？」アガサは言った。「まさに逃亡が必要な場合だってあるのよ」

チルトンは疑わしげな表情になった。この件がすべて片づくまでに、警官としての義務をどれだけ放棄することになるのだろう？　アガサがナンの逃亡を望んでいるのは彼女自身が夫のもとに戻るためだとしたら？　でも、わたしが逮捕された場合も同じ結果になるはず。殺人事件の裁判のあいだ、アーチーがわたしを支えることはありえない。注意深く押し隠してきた労働者階級のアクセントでしゃべるのを耳にすれば、最初からわたしに近づこうとしなかったかもしれない。

「あと一日」アガサは柔らかな口調で言った。自分がチルトンに及ぼしているロマンティックな影響力を心地よく意識していた。「できれば、あと二日」

身を隠したままであと一日。できれば、あと二日。時間と世間の騒ぎから離れてあと一日。礼儀と責任を免除されてあと一日。実家の母は死んでいないし、夫は自分のもとを去っていないと思いながら、あと一日――いえ、喜びをくれた母も、苦痛をもたらした夫も、そもそも存在しなかったと思うことにしよう。あと二日もらえない？　あと千日もらえない？

「あと一日」アガサはふたたび言った。「一日だけ。どうするかは明日決めましょう。計画を立てる？」疑問符をつけたのは賢明なやり方だった。チルトンに決めてほしいという含みを持たせていた。

「一緒に来て」全員が合意に達したかのような口調で、フィンバルが言った。トレイを手にして台所を出ていき、そのさいに軽く頭を動かして、ワインを持ってきてほしいとチルトンに合図をした。

上の階にある大広間は家具がほとんどなく、埃よけのカバーがかかったソファが置かれ、大きなクッションが床に散乱しているだけだった（まるで〈悠久の館〉に無断で忍びこんだのはわたしたちが初めてではなく、ほかの誰かがここで寝泊まりして、見つけた品を手あたり次第に使ったかのようだ）。ソファの横の床にヴィクトローラが置かれていた――なんとも時代遅れの蓄音機で、マホガニー製のホーンがついていた。

「食器室で見つけたんだ」フィンバルは言った。ねじを巻き、レコードに針をのせると、雑音混じりのビッグバンドの演奏が広い部屋を満たした。

わたしがパーティに参加するには、音楽をたどって進むだけでよかった。フィンバルが床にすわりこんで大きなクッションのひとつにもたれ、ワインをなみなみと注いだゴブレットを片手に持っていた。チルトンとアガサが踊っていた。暖炉の光と温泉で過ごした一日のおかげでアガサの顔はつやつやし、ズボンとカーディガンという格好なのに、どこの舞踏室でどんなドレスで踊ったときにも劣らず魅惑的な姿だった。

三つの顔がわたしに向けられた。優しい表情。衝撃の事実にはひとまず目をつぶることにしたようだ。明日。明日まですべてを棚上げにすればいい。いまはもうしばらく失踪したままでいよう。今夜まで、そして、夜中を過ぎるまでこのままでいよう。荘園館を見つけたあとでわたしたちが学んだことがひとつある。この世の中に待てないものはひとつもない。

「あら、ナン」チルトンのリードで頭をのけぞらせながら、アガサが言った。わたしのことを世界でいちばんの親友だと思っているような、うれしそうな声だった。「ここに来てワインとチーズをどうぞ。一緒に踊りましょう。明日がどうなるか、誰にもわからないんですもの」

意外なことに、こう言われても不吉なものは感じなかった。招待されたような気がした。わたしが違うタイプの人間で、違う時代と国で育ったのなら、〝愛してるわ〟とアガサに言っていたかもしれない。そして、彼女からも同じ言葉が返ってきたかもしれない。かわりに、二人で笑みを交わした。ライバルではなく、同胞として。悲しみを共有すれば、予想外の温もりが生まれて、その温もりが光を放ち、悲しみに破壊された世界を照らしてくれる。

失踪

九日目、十日目

一九二六年十二月十二日日曜日、十三日月曜日

身を隠したままのわたしたちに対して、世間という機械装置がすでに動きはじめていた。ハロゲートの図書館で司書をしているミス・バーナードが好奇心を募らせながら新聞を手にとり、新しい記事に残らず目を通し、自分が見かけた女性は行方不明のミステリ作家に違いない――ぜったい間違いない――と考えた。ついにリーズの警察署に電話をかけた。電話に出た警官は、間違いないと言いはる相手の声がやけに興奮していたため、とりあおうとしなかった。それでも……。種はまかれたのだった。

しかし、〈悠久の館〉のなかでは、何もかもが美しかった。

その夜、わたしたちは空が白みはじめるまで起きていた。レコードが音楽を奏で、ワインがどんどん注がれ、わたしたち四人は笑い、踊り、旋回した。アガサは若返った気分だった。本当に若くなっていた――ヘアピースが風に飛ばされたために馬の背からすべりおり、笑いころげながらそれを拾ったころの娘に戻っていた。娘時代に顔を出したいくつものハウスパーティ。ひとつのパーティから次

のパーティへと飛んでいった――必要に迫られてそうしたこともある。家にお金がなくなり、アッシュフィールドの実家が貸しだされていたからだ。社交界に出入りできなくなれば、アガサはどこへも行くところがなかった。しかし、ハウスパーティの客になれば、行き届いたもてなしが受けられたし、何もかもが明るくて陽気で楽しかった。ただ、いまほど楽しかったことはない。フィンバルみたいな人はいなかった。もちろん、アガサのウェストに片手をかけて自在に踊らせてくれるチルトンのような人もいなかった。昔の暮らしを思わせる奇妙で豪奢なひとときだが、同席しているのはこのうえなく風変わりな予想外の人々で、なんのルールもなかった。

〝母がこれを見たらなんて言うかしら〟くだらない問いかけだと思い、答えを出さずに捨て去った瞬間、アガサは解放感に包まれた。かつては母の意見がアガサの行動のひとつひとつを強く縛っていた。若いときから、アガサは自分の行動にひどく気をつけていた。飲む機会があっても、飲みすぎないようにした。こんなことを言ってはだめ。あんなことを言ってはだめ。夫以外の男性と階段をのぼって寝室に入り、二人で好き勝手なことをしたりしてはだめ。母はこの世を去ってしまったが、人生は新たな形で続いている。人間らしい形で。大事なのはそこだ。思慮深く人間らしい生き方。たとえ、いまのアガサがとくに思慮深いとは言えないとしても。おそらく生まれて初めて――しかも、この短いあいだだけ――アガサは自分の行動の善し悪しを自分で判断し、自分の運命を自分の手に握ることになったのだ。

アガサとチルトンが上の階へ消えたあと、フィンバルとわたしは大広間に残ってもうしばらくダンスをした。そのため、ベルフォート・ホテルに戻るのを忘れてしまい、わたしが泊まっている部屋はまたしても無人になった。キティとカーマイクルはすでに旅立っただろう。険悪な夫婦の演技をずいぶん長く続けてすべての人をだますことができた。あとから考えてみてあれが陽動作戦だったことに気づく者など一人もいないだろう。二人はアイルランドには戻らず、アメリカへ渡って、リジーとダニーの住むフィラデルフィアに寄り、それからニューヨークへ向かった。二人とも舞台に立つのが夢なのだ。旅立つ前に、わたしの宿泊代をさらに何日分か払っておいてくれた。誰が払ったのかをリーチ夫人がわたしに明かすことはけっしてないだろう。また、誰かにわたしを追わせることもないだろう。少なくともいましばらくは。リーチ夫人はフィンバルのことを知っている。若い恋人たち。ひそかに笑みを浮かべて首を横にふり、彼女の恋も前途多難だったころのことを思いだすだろう。

わたしたちが眠りについたときには、とっくに朝の光が射していた。全員の頭がワインでふらふらし、愛でくらくらしていた。この日、わたしの殺人を糾弾した者は一人もいなかった。

月曜の朝のサニングデール、目をさましたテディは横で父親が眠っているのを見てギョッとした。父親は上掛けに覆いかぶさるように寝ていて、スーツのままだし、靴も脱いでおらず、口があきっぱなしで、よだれが枕に垂れている。テディは大急ぎでベッドから飛びだすと、タッチストーンを手にとり、胸にきつく抱き寄せた。

「クリスティー大佐！」もっとも正式な呼び方をするしかないと思ってそう叫んだ。

アーチーがどうにか目をさまし、足を床に下ろした。「なんてことだ。つい眠りこんでしまったに違いない」

「そのとおりよ」少女は非難のあまり険悪な顔になっていた。

アーチーは片手を額に持っていった。乱れた巻毛が額に垂れていた。テディに非難の目を向けられたアーチーは、無力さをさらけだした自分がどれほどハンサムに見えるか、まったく気づいていなかった。無力な人間になることに彼はなんの興味もない。ところが、この十日のあいだに、自分がもっとも忌み嫌っていた人間になってしまった——陰気で、病的で、無能な人間に。

「パパは幸せになりたいだけなんだ」うなだれ、自分の声の哀れな響きにうんざりしながら、アーチーは言った。

テディは優しい子なので、父親の頭のてっぺんを軽く叩いた。「大丈夫、きっとそうなるよ」と約束した。

司書のミス・バーナードと同じく、カルナックのギフトショップの女店員もアガサ・クリスティーのことを考えていた。しかし、日曜日に騒ぎを起こすのはどうかと思ったので、月曜日まで黙っておくことにした。

「行方不明のあの女性作家を、わたし、この目で見たんです」リーズ警察の建物に入って、ミス・ハーリーは断言した。悲しい恋をした中年女性で、ボーア戦争へ行く前に求婚してくれるはずだったのに、二度と頼りをよこさなかった男のことを思いだしては、いつも目を潤ませている。

受付デスクの若い警官がリッピンコットを呼んできた。

「たしかですか?」リッピンコットは問いかけながらミス・ハーリーを観察したが、あまりいい印象を受けなかった。「その件に関しては、部下からわたしのほうに日々報告が入っています」ただ、いま気づいたのだが、この数日、チルトンからの連絡が途絶えている。「報告によると、その作家の影も形もないそうです」

「あら、わたしは影も形も見ましたよ」憤慨のあまり、ミス・ハーリーの首のぜい肉が震えた。「ホテルのギフトショップにいて、わたしと視線が合ったんです。新聞の写真とそっくりでした。水着と絵ハガキを買っていきました。こちらの目の錯覚かもしれないと思いましたが、今日の朝刊で別の写真を見たら、やっぱりその人でした。わたしにはわかるんです」

〝捜索の責任を負う必要がなければ、そう言えるだろうがね〟リッピンコットは思った。ミス・バーナードに質問するため、図書館へ出かけた。

「ええ、あの人に間違いありません」ようやく話を聞いてもらえることにホッとして、ミス・バーナードは言った。「似ていることを指摘したら、向こうは真っ青になりました。当の本人に向かってずばり〝似てますね〟なんて言いにくいわよね」ミス・バーナードは笑ったが、リッピンコットがおもしろがっていないことに気づいて、あわてて笑いをひっこめた。「本を何冊か借りていきました。ほとんどが探偵小説でした」

「名前はなんと名乗りました？」

「オディー夫人。ベルフォート・ホテル＆スパに泊まっていると言っていました」

「ベルフォートですと！」

アガサ・クリスティーがこれまでずっとチルトンの――そして、もちろんリッピンコットの親戚の――目の前にいたのかと思うと、もう我慢がならなかった。チルトンはお気に入りの部下ではあるが、リッピンコットは指をわなわな震わせて図書館を飛びだした。必要な手段をすべて講じるつもりだった。

その夜、スタイルズ荘で電話が鳴りだした。メイドのアナがアーチーを捜すと、ダイニングルームのテーブルについていた。目の前の料理には口もつけず、スコッチのタンブラーを片手に持っていた。窓にじっと目を向けていた。窓はもう暗く、彼自身の悲しげな顔が映っているだけだ。

「クリスティー大佐。警察の方からお電話です。リーズからかけているとおっしゃってます」

失踪

わたしたちの最後の夜
一九二六年十二月十三日月曜日

ヨークシャー州で一緒に過ごしたあと何年ものあいだ、アガサとわたしは機会があるたびに二人だけで会う時間を作ってきた――ロンドンで偶然に出会うこともあれば、家族の集まりで会うこともあった。例えば、アーチーのお母さんの葬儀とか。テディの結婚式とか。過去と現在の家族が集まる機会があれば、避けて通るわけにはいかない。

〈悠久の館〉で過ごしたのは一週間足らずだったし、あのときは真冬で、木々は葉を落とし、窓は曇っていたが、アガサも、わたしも、季節がめぐるたびにこの家を思いだすだろうと言っていた。わたしたちの目には、豪華な木々の天蓋が苔と緑をまとって車道の上にアーチを作る光景が映っていた。わたしたちみんなでテニスをした芝生は雨が降ったばかりで柔らかいため、プレイするあいだに、わたしたちの足跡で地面にくぼみができる。目をさますと小鳥がにぎやかにさえずり、日の出がずいぶん早くなって、太陽がカーテン越しに射しこんでいる。家の裏手に広がる野原には、ダリア、スズラン、プリムラが咲き乱れている。テディが花々のあいだを駆けまわり、スカートの裾を土と草で汚しながら、いちばん鮮やかな色の花を摘む様子を、わたしたちは覚えている。もっとも、本当のことを言うと、テディがそこにいたことは一度もないのだが。

「記憶喪失だったと主張しても、嘘をついたような気はまったくしないのよ」アガサが以前わたしに言った。「だって、いまもすてきな夢のように思えるんですもの。何か恐ろしいことを忘れようとしてこしらえる夢」

「一緒にこっそり出かけましょうよ」少なくとも一度、わたしから提案したことがある。「もう一度あそこへ行きたい」

アガサはあの家の所有者を見つけて買いとることも考えた、と正直に言った。でも、彼女が家を買いとることはなく、わたしたちがふたたびあそこを訪れることもなかった――二人一緒であろうと、別々であろうと。あの家はわたしたちが会話と思い出のなかだけで訪れる場所として生きつづけ、誰にも知られずに身を潜めていたわたしたちと同じく、外の世界からは見えない存在となっていた。

夜になると、わたしはときどき、自分だけのすてきな夢を見る。パーティの夢。荘園館は埃だらけではなく、家具が乏しいわけでもなく、明るく輝き、設備も整っている。ジュネヴィーヴ、幼いロージー、わたしの妹ルイーザの子供たち、コリーンの子供までいる。みんな、ずいぶん前にベッドへ追いやられたのに、いまは二階の廊下にすわりこみ、手すりのあいだから下を見ている。フィンバルがいる。チルトンも、わたしの両親も。フィオーナと息子も。ラズベリー色のあざは薄くなっている。ベスとダニーとローナン――それに加えて、これから生まれる三人の女の子。わたしの姉妹もいる。マホーニー夫妻とジャックおじさんとロージーおばさん。シーマスは成長して大人になり、病気になったことなど一度もなさそうな顔で笑っている。白と黒のつややかな毛をしたアルビーは完璧な紳士で、フィンバルの横にぴったりついている。きらめく光、泡立つシャンパンに満たされたフルートグラスが並ぶトレイ。そして、とても陽気な音楽――古いヴィクトローラから流れる雑音混じりのものではなく、オーケストラの生演奏。この世で最高に幸せなひとときだ。わたしが願ったものがすべてそろっている。ついに願いが叶ったのだ。

わたしたち四人はその日一日をほとんど眠って過ごしてから、ふたたび大広間へ移り、食料とワインを持ってパチパチはぜる暖炉の前に集まった。新鮮な食料は食べ尽くしてしまい、フィンバルが思いきって外へ出かけることもなかったため、タンとニシンの缶詰に逆戻りで、縁が黄ばんだ大きな麻のテーブルクロスの上にそれを並べた。

ワインを注いだあとで、フィンバルがわたしに言った。「そろそろ本当のことを白状するときだよ、ナン。きみが殺したんだと、この人たちは思っている」

火明かりを受けると、人はとくに美しく見える。アガサはあぐらを組んでいて、男物の服を着た姿は女探検家のように見え、髪はつややかに流れ落ち、頬はバラ色に染まっていた。チルトンはここ数年なかっただろうほど若く見え、横向きに寝そべり、なんの苦労もなさそうな顔をしていた。フィンバルが手を伸ばしてわたしの手を握った。わたしは彼の頬にキスをした。

「そうでしょうね」それだけしか言えなかった。

アガサがわたしに皿を差しだしたが、手をふって断った。まったく食欲がなかった。「お話を聞きたくない？　わたしが人を殺しそうになったときのことを」

幽霊の話をするにはもってこいの夜だった。外は風が吹いている。部屋のなかは暖炉の明かりだけ。わたしたち四人は親密さと、安心感と、不思議な楽しさに包まれていた。わたしはシスター・メアリ

・クレアの首を絞めようとしたことと、修道院から逃亡したことをみんなに話した。
「そして、それがミセス・マーストンだったのだね」チルトンが言った。

わたしは肯定せずに、別の幽霊物語に移った。神父と妊娠中の少女の話。鉄の棒によって、神と人間の掟《おきて》によって、わたしたち全員がだだっぴろい石の修道院に閉じこめられていた。神父には自分の好きなようにふるまう権利があった。修道院のなかでは、彼の罪は許されたが、彼が凌辱《りょうじょく》した少女たちの罪は許されなかった。

わたしは細かな点まですべて話したわけではなかった。キティとカーマイクルのことや（チルトンは結局のところ、エルキュール・ポアロではなかった。二人のアイルランド訛りを耳にしながら、それをすっかり忘れていたのだから）、リジーの本名や、彼女がどこに住んでいるかといったことは省略した。

「わたしは人殺しなんてしてないわ。自分の手で正義をおこなっただけよ」

上の階からドアの蝶番《ちょうつがい》がギーッと鳴るのが聞こえてきた。風にあおられてドアがあいてしまったようだ。アガサの目が天井へ向いた。心の内を読まれないように警戒したのだろう。そんな警戒はしてほしくなかった。真実を認めてほしかった。赤ちゃんを自分の家に迎えたとき、アガサは盗まれたものを受け入れたのだ。

「本当のことを話して」わたしはアガサに言った。

「そうだよ」フィンバルも促した。「ナンに話してください。きっぱりケリをつけるために」

部屋を満たしていた喜びが消えてしまった。

アガサは言った。「はっきりわかっていると思ってたわ。二人とも」

「わかってる」わたしは言った。「でも、あなたの口から聞きたいの。わたしはもう白状した。今度はあなたの番よ」

「ええ、いいでしょう。すべて真実よ」

フィンバルが立ち上がった。袖をまくりあげた。いまにもアガサを殴りつけそうな勢いだった。チルトンが身をこわばらせて上体を起こし、二人のあいだに割って入ろうと身構えた。

「どっち？」フィンバルは言った。「どっちが真実なんです？」

「ナンの話のほうよ」

「それは違う。あなたは承知してるはずだ」

「ごめんなさい、フィンバル。でも、正直に話すしかないわ。ナンの言うとおりよ。わたしは子供の産めない身体だったから、アーチーがわたしのために赤ちゃんをもらってきてくれたの。わたしは何も知らなかった。何も考えなかった。どれほど残酷なことかに思いが及ばなかったの。ほんとにごめんなさい」

「ナン」フィンバルが言った。「いまの話に耳を貸しちゃだめだ。この人、ぼくにはずっと逆のことを言ってたんだぞ。いまになってなぜ話を変えるのか、ぼくにはわからない」フィンバルは床に膝を突き、アガサの両手を握った。相手の心を和らげ、納得させることのできる目で、アガサを見た。なぜ納得させられるかというと、もっともな理由があるからだ。何かを企んでいるからでも、隠れた動機があるからでもない。口にする言葉のひとつひとつに深い誠意がこもっているからだ。

「ごめんなさい、フィンバル」アガサは言った。「ほんとにごめんなさい」

フィンバルは彼女の手を離して立ち上がった。「あなたがなぜこんなことをするのか、ぼくにはわからない。どうしてもわからない」

でも、わたしにはわかっていた。みんながわたしを見つめていた。火明かりのなかで、わたしもたぶん美しく見えるだろう。

テディはわたしが産んだ子だとアガサが認めたのは、アーチーとやり直す気をなくしてしまい、そう言っておけばわたしが彼のもとに戻るはずだと読んだからかもしれない。もしくは、自分の結婚生活は終わりを告げ、これから何が起きるにしても、わたしならテディをわが子のように可愛がるだろうと確信したうえで、そう言うしかないと決めたのかもしれない。もしかしたら、わたしの過去に胸を痛め、本当の子を永遠に失ってしまったわたしのために、テディのことをわが子だと信じさせ、この優しい嘘によってテディをわたしに返すことができると思ったのかもしれない。偽りでしかないとしても。

いいえ、答えはもっと単純なのかもしれない。オッカムの剃刀。テディはジュネヴィーヴだとアガサがわたしに言ったのは、たったひとつの理由からかもしれない。

それが真実だから。

上の階では、フィンバルがベッドに腰かけていた。わたしは彼の前に立ち、彼の膝がわたしの両脇を支えていた。彼がわたしの髪を耳にかけた。「昔はこの髪が長かったのを覚えてるかい？」

もっと短く切られていたときの姿を、フィンバルは一度も見たことがない。耳に届くか届かないかの短さだった。「何もかも覚えてるわ」

「これも覚えておいてくれる？」

「いつまでも」

暖炉の光がなかったら、部屋のなかは漆黒の闇になっていただろう。でも、ほのかな光がわたしたちの顔をおぼろに照らしだし、初めて出会ったあの夏に戻ったような気がした。未来を信じ、未来の悲しみをまだ知らなかったあのころに。何も気づいていないふりをしたくなった。こうして二人で過ごすことは二度とないだろう。

部屋は暖炉の火の温もりに輝いていた。荘園館の煙突から立ちのぼる煙がわたしたちの存在を明かしていたことだろう――恋に溺れた四人の逃亡者。炎で窓が輝いている。今夜はとくに。〈悠久の館〉の姿を思い浮かべるとき、わたしは外から見た光景を心に描く。魔法にかけられた家のごとく、どの窓もカタカタ音を立て、光り輝いている光景を。

失踪

発見の日
一九二六年十二月十四日火曜日

わたしは夜明けよりずっと前に目をさまし、暖炉に薪を足した。この家の持ち主が自宅のある場所からいつなんどき戻ってくるかわからない。もしくは、家が売りに出ていたのなら、新しい持ち主がやってくるかもしれない。いや、それよりたぶん、準備のために使用人たちが先に送りこまれてくるだろう。この次、誰が玄関から入ってくるにしても、わたしたちがここにいた証拠を見つけられてしまう。暖炉に残った灰。消えた缶詰。セラーのワインラックに戻された空き瓶。そして、たぶん、いくつかの部屋にしみこみ、ほのかに漂っている幸せの残り香。

眠っているフィンバルの頰にキスをして忍び足で部屋を出たわたしは、低く流れる靄に包まれて田舎道を歩きはじめた。何も怖くなかった。自分の縄張りで吠えている犬も、身を切るように冷たい大気も、さらには男性の姿さえも。その男性は影のようにわたしとすれ違い、帽子を傾けて挨拶をよこした。自分がこの道路からそれて別世界に入りこんでしまっても、わたしは驚かなかっただろう。でも、別世界が夢のようなところだとしても、わたしはこの世界に戻るために力のかぎりを尽くすはず。だって、わたしの子供がいまもこの世界で生きていて、その子から離れることはぜったいにできないから。

ベルフォート・ホテルの階段を忍び足で上がって、部屋のベッドにもぐりこみ、何時間か眠り、やがて、聞き慣れた声に起こされた。その声はロビーからここまで届くぐらい大きく響き、人を捜していた――ただし、相手はわたしではなかった。

チルトンも早朝に目ざめていた。眠っているアガサの横でベッドに身を起こした。ゆうべ、三階の豪華な寝室のひとつへ移ろうと二人で決めたのだ。娘に関するアガサの主張（前に彼女から聞いた話と矛盾していないか？）にも、チルトンがわたしを守るという三人の合意にも、彼は疑問を持っていなかった。二人の人間が死亡した。だが、チルトンは何もせずに放っておくつもりだった。

アガサを起こさないように気をつけて、優しく髪をなでた。おたがいのあいだに流れる思いのなかで、二人は暗黙の了解に達していた――けっして言葉にはしない、と。しかし、いまは彼女がぐっすり――唇を開き、夢が作りだすことのできる無邪気な興奮に頬を紅潮させて――眠っていたので、その言葉をささやいた。「愛している、アガサ」彼女のまぶたの下で目が動いた。かすかな笑みで彼女の唇がほころんだ。ナンの件で誤った行動をとるよう、みんながこの自分に期待してどこが悪い？自分はすでに、アガサを守ろうとして、とってはならない行動をとってしまった。

〝釘がないので王国が滅びた〟マザーグースの歌ではないけれど、ひょんなことから大事になることもある。いま彼の傍らで眠っている女性を見つけるために膨大な数の警官が投入されたせいで、イングランド全土でどれだけの犯罪が見逃されてきただろう？恋に酔ってぐっすり眠り、彼の顔に暖かな息をかけている、チルトンが生涯にわたって求めつづけるただ一人の女性。そっとベッドを出て窓辺まで歩いた。考えごとをするときは景色を眺めるにかぎる。アガサが目をさました気配が背後から伝わってきた。彼女が起き上がり、すべるような足どりで彼のところにやってきた。それでも、チルトンはふりむかなかった。アガサは彼の背中に身をすり寄せ、ウェストに腕をまわすと、尖った顎を彼の肩にのせて一緒に景色を眺めた。はるか遠くまで丘陵地帯が続いているが、モミの木立がその眺めを遮っている。

「ナンのことを考えてるのね」

「そう」

「クロード・モネという画家を知ってる？」

「睡蓮とぼやけた景色？」

「ええ、その人。今月の上旬に亡くなったの。死亡記事に、モネがかつて言ったという言葉が添えてあったわ。〝見るためには、自分が見ているものの名前を忘れなくてはならない〟」

「どういう意味だい？　正確に言うと」

「あなたの事件もそうでしょ。あなたはそれを見ている人。大きな幸運によって、事件を解決する役目を果たした。だから、解決法は、つまり名前は、あなたの好きなものにしてもいいんじゃない？」

「そうかもしれない」

「よかった」これで決まりと言わんばかりに、アガサは彼から離れた。

「で、そのあとは？　永遠にここにいることはできないんだよ」

アガサはベッドの端に腰かけた。

「もう一日も延ばすわけにはいかない」チルトンはアガサの前に膝を突き、彼女の両手をとった。

「もしくは、永遠に延ばすこともできる。きみとわたしがここを去れば。二人で。今日。一生のあいだ失踪したままでいよう。いいだろう？」

「いいわ」

胸に湧き上がる喜びを抑えて細かい点の相談に入ったりすれば、アガサの同意の言葉が霞《かす》んでしまいそうで、そんなことはしたくなかった。細かい相談はあとですればいい。車、列車、目的地。

「ベルフォートに戻って荷物をとってくる。それから二人で計画を立てよう」

「一緒に行くわ。少し新鮮な空気が吸いたいの」

「しかし、ダーリン。わたしといるところを人に見られるわけにはいかないぞ」

「見られてしまったら、人生を共にするのがむずかしくなる。そうよね？」アガサは笑い、彼の帽子を目深にかぶった。「これなら誰も気づかないわ。あなたの弟だと思ってもらえるかもしれない」

もしかしたら、チルトンは〝弟〟という言葉に動揺するあまり、反対しなかったのかもしれない。もしかしたら、アガサは――自分では意識しないまま、心の奥で――見つかることを望んでいたのかもしれない。いや、もしかしたら、危ない橋を何度も渡ってきたが、これまでのところはなんの危険もなかったからかもしれない。だったら、もう一度やってみてもいいじゃない？　人前に出ることこそ、最高の隠れ場所なのだから。

アガサがホテルの上の階でチルトンの部屋に入って荷造りを手伝っていたあいだに、アーチーとリッピンコットがベルフォート・ホテルに到着した。リーチ夫人が二人を図書室へ案内した。二人に見せるために宿泊名簿を持ってきた。

アーチーの目はすぐさま、わたしの名字オディーの上で止まった。「これだ」と言って指さした。「妻の字だ」わたしの筆跡はもちろんのこと、自分の名字まで忘れてしまったというの？　妙な錯覚を起こしてわたしたち二人を混同している。二人の女のどちらかが書いた文字。どちらでもかまわないの？　彼のためにひとこと言っておくと、この間違いはたぶん希望から生じたものだろう。彼は妻が無事に生きていて、目の前に現われることを願っていた。わたしの名字と筆跡を妻のものだと言って、わたしの存在を消してしまえば、すべてを正すことができる。無事で元気にしている妻をようやく呼びだすことができる。

わたしは自分の存在が消されたことなど知りもしないまま、上の階にいた。アーチーの頭の真上にわたしの足があって、床板の上をすべるように歩いていた。ドアにわたしの顔を押しつけた瞬間、心臓が縮みあがった。

リーチ夫人は強硬に言いはった——二〇六号室にお泊まりのジュネヴィーヴ・オディー夫人は行方不明の小説家ではありません。

「あのね、サム」夫人はリッピンコットに言った。「ミセス・オディーは一週間以上もうちに泊まってらっしゃるのよ。お顔はよく存じ上げてるわ。もっと小柄よ。まだ若いし。髪の色ももっと濃いし」

「写真から髪の色を判断するのはむずかしい」リッピンコットはリーチ夫人に言った。「わたしなんか、自分の母親の写真を見たときに別人だと断言したぐらいだ。わたしに言わせれば、写真は邪悪な芸術形態だな」

「あら、わたしは写真でも自分の母親ぐらいわかるけど。そして、オディー夫人のこともわかるわ。この写真は別人よ」

リーチ氏が部屋に入ってきた。いとこにあたるリッピンコットと心からうれしそうに握手をし、それから写真に目を凝らした。「うちに泊まっているミセス・オディーはまさにこの女性だと思う」

「馬鹿なこと言わないで、サイモン。ミセス・オディーの顔なんて、あなた、ろくに見てないでしょ」リーチ夫人は言った。夫は眼鏡もかけていない。夫人は「ではこれで」という挨拶もせず、ふりかえりもせずに、プリプリしながら立ち去った。

「いやはや」リーチ氏はリッピンコットに笑顔を向けた。「すごい宣伝になりそうだ。そうだろ、サム。ベルフォート・ホテルが国じゅうの新聞に派手に出る。アガサ・クリスティーにとってもいい宣伝だな」リーチ氏がアガサ・クリスティーの名前を聞いたのは今回が初めてだったが、行方不明になった彼女の名前がここ何日か新聞に出ていたことからすると超有名人に違いない、と思っていた。

リッピンコット、リーチ、アーチーは計画を立てた。アーチーが妻の部屋に押しかけるとか、朝食に下りてくる彼女を階段の下で待つといった形で対決するのは避けたほうがいいということで、三人の意見は一致した。かわりに、アーチーを談話室へ案内して、広げた新聞で顔を隠してもらい、そのあいだにリッピンコットがロビーで待つことになった。

「イザベルの話だと、ミセス・オディーは間違いなく部屋にいるそうだ」リーチ氏はいとこのリッピンコットに言った。「しじゅう外へ出かけているが、朝食はたいてい、起きてからすぐにとっている」

リーチ氏の口からこの言葉が出るか出ないうちに、チルトンとアガサが階段を下りてきた。顔を寄せ合い、おたがいのことしか眼中にない様子だ。アガサは彼の帽子をかぶるのを忘れていた。自分の姿は外の世界の人にはもう見えない、どんな状況にあろうと誰にも気づかれずに動きまわることができる、と信じこんでいるようだ。幸いなことに、チルトンは彼女のウェストに腕をまわしてはいなかったが、しゃべりながら片手をふって彼女の肘のあたりに添えるしぐさがいかにも親密そうだった。リッピンコットは呆然とした。ひとつには、あるまじきその光景に。もうひとつは、前回会ってからわずか数日でチルトンが大きく変わったことに。背が伸びたように見える。髪にはちゃんと櫛が入っている。そして、とても快活そうだ。本来そういうタイプではなく、しかもいまは失踪事件と二重殺人と思われる事件を担当しているというのに。

しかし、リッピンコットをもっとも驚かせたのは女性のほうだった。写真より若く見え、明るくて、幸せそうで、輝いていると言ってもいいほどだった。野良仕事を終えて帰ってきたばかりのような服装で、なんとも場違いな雰囲気だ。リッピンコットが予想していたのは亡霊のごとき抜け殻だった。ところが、彼の前に立った女性は――連れの男性のこと以外、まわりの状況が目に入っていない様子で――彼の予想とは正反対だった。

「ミセス・クリスティー」リッピンコットは言った。そして、一瞬のうちに泡が弾けた。

アガサとチルトンはハッとして階段の下へ視線を向けた。それぞれの手を脇に垂らした。本来は思いやりのあるリッピンコットだが、この瞬間の口調には――〝ミセス・クリスティー〟という怒りを含んだ突然の呼びかけには――きびしい非難がこもっていて、無言のうちにこう続けているかのようだった。〝ミセス・クリスティー。よくまあこんなことを。ミセス・クリスティー。いったいどういうつもりです?〟と。あらゆる男性が好き勝手に使う口調。相手を現実にひきもどし、まともな行動をとらせ、有名作家にふさわしい振舞いを求めるためのもの。アガサの反逆精神が消えた。浮世のしがらみを捨ててのびのびしていたのに、ふたたびまといつかれてしまった。バケツの水か屍衣のようなものだ。

「はてさて、チルトンくん」リッピンコットは言った。口調ががらっと変わって、度を失ってはいるものの、賛美の念も混じっていた。「見つけたんだね」

ロビーのそばにある談話室で新聞の陰に隠れて耳をそばだてていたアーチーは、もはや我慢できなくなった。本当に妻かどうかをその目でたしかめずにはいられなかった。ふたとおりの筋書きを想像していた。ひとつは、妻を、アガサを目にして安堵し、無事に生きていることを確認し、この悪夢がようやく終わったことを知るというもの。もうひとつは、見知らぬ女性を、赤の他人を目にして、この旅がまたしても行き止まりになり、サイレント・プールを浚ったときや、霊能者を雇ったときと同じく、時間の無駄だったことを知るというもの。その場合、今回の騒動が彼の人生にいつまでもつきまとい、世間から疑惑の目を向けられ、答えの出ない疑問を抱えて生きていくことになる。

アーチーはロビーに出て大きく息を吸った。そこにアガサが立っていた。ズボンをはき、男物のカーディガンをはおっている。ヘアピンで前髪を押さえていて少女のように見える。もし彼がチルトンの存在に、そして、アガサとの距離が近いことに気づいていれば、その場でチルトンに飛びかかったかもしれない。しかし、チルトンというのは、アーチーのほうで何か用がないかぎり、彼の目に入るタイプの男性ではなかった。アーチーがどこかの部屋に入って、近くにチルトンがいるのを見たら、何も言わずに自分のコートと帽子を預けたことだろう。

まるで麻薬を注射されたかのように、アーチーの体内に安堵があふれた。これまでは、妻の命なき身体が横たわる場面を想像してきた――湖の底、溝のなか、どこかの変質者の車のトランク。アガサ自身は人々の遺体が発見される場面をありとあらゆる形で描いてきたが、アーチーの頭に浮かんだのはアガサの遺体のことだけだった。しかも、彼は想像力豊かなタイプではない。いまも、安堵のあまり、妻の顔に浮かんだ困惑に気づいていなかった。ふつうなら気づくはずなのに。ひと目見た瞬間、妻を失ったことを悟るはずなのに。

「アガサ」

「アーチー」不自然に大きな声だった。わたしがホテルのなかにいるかもしれないと思ったのだろう。警告しようとしたのだ。二人とも見つかってしまう必要はない。

アーチーが図書室のドアを指さした。その手が百歳の老人のように震えていた。この十一日間でこんな姿になってしまった。ずいぶん老けこんだ。しかし、二人だけで話し合わなくてはならないことがいくつもあり、話をすればもとの姿に戻れるかもしれない。

アガサは悪いことをして校長室に呼びだされた女学生のように、立ったまま凍りついていた。新聞の見出しとそれを読んだ人々。捜索に浪費された人手と人々の懸念。〝出かけてくるわね〟という母親の言葉もないまま、家に置き去りにされた子供。アガサが奇跡的にも見て見ぬふりをしてきたすべてのものが、ダムが決壊した川のごとき勢いで襲いかかってきた。

チルトンのほうを見る勇気がなかった。彼のそばを離れ、頭を軽く下げてから、階段を下りていった。おとなしく図書室に入り、ソファを汚してはいけないと思ったのか、くたびれたソファのいちばん端にすわった。こんなみっともない格好で、アクセサリーもつけずに世間に顔を出したことに、いま突然気がついたかのようだった。通りで遊んでいてつかまった腕白少年になった気分だった。

しかし、アーチーは……。思いもよらぬ行動に出た。図書室でアガサと二人きりになり、当惑している彼女の顔を――愛しくて、こわばっていて、可憐で、見慣れたその顔を――目にしたとたん、床に膝を突いた。妻の膝に顔を埋め、なじみのない匂いなど気にもせず、両腕でアガサを包みこんだ。「AC」アガサがこれまで耳にした彼の声のなかで、泣き声にもっとも近かった。「生きてたんだね。無事だったんだね？」

「ええ」アガサの声は驚くほど弱々しかった。彼女のほうからも〝AC〟と言うべきなのはわかっていたが、どうしても口にできなかった。

アーチーは彼女の手を握ると、かつて結婚指輪がはまっていた場所に唇をつけ、次にポケットから神聖なるその指輪をとりだして、妻の指にふたたびはめた。妻が失踪して彼をさんざん心配させたことを許そうと決めた（彼がいろいろやったことについては、すでにアガサが許してくれたものと思いこんでいる）。

「どこにいたんだ？」アーチーは言った。発見されたこのホテルにずっと泊まっていたと考えるのが自然なのに、この疑問にずっと頭を悩ませてきたため、尋ねずにはいられない様子だった。「どこへ行ってたんだ？　何をしていた？」

アガサの頭にまず浮かんだのは、〝ここよ。わたしはここにいたの〟という返事だった。

しかし、正直な答えだとは思えなかった。そこで、次に頭に浮かんだことを答えた。嘘をついているという意識はあまりなかった。なぜなら、奇妙な混乱の出来事の連続だったから。それに、事実が明るみに出た場合、危険にさらされるのは彼女一人ではない。アガサはわたしを守ろうとすでに決めていて、その決心が揺らいだことはただの一度もなかった。

「思いだせないの」

そして、生涯にわたり、それで押し通すことになった。

失踪

一九二六年十二月十四日火曜日
発見の日

わたしは上の階で大至急荷物を詰めると、旅行カバンを持って、廊下の向かいのコーネリア・アームストロングの部屋まで行った。不可解な死亡事件がふたつも続いたのだから、彼女の部屋のドアはロックされていたのではと思う人もいるかもしれない。でも、ホテルに残って一人旅を続けようと決心するぐらい意志が固く、自分を信じることのできる女性なので、ロックはされていなかった。わたしが入っていくと、鏡の前で髪をブラッシングしていた彼女が驚いてこちらを見た。ノックもしなかったからだ。わたしは唇に指をあてた。

「お願い。カバンをここに置かせてくれる？　それから、誰にも言わないと約束してくれる？　わたしがここに来たことも」

ミス・アームストロングはブラッシングの手を一瞬止め、それから立ち上がってわたしのカバンをとると、ベッドの下にすべりこませた。「ぜったい言わない」

「頼もしい人ね」わたしは心臓の上で両手を交差させた。「これをとりに戻ってこられないときは、中身は全部あなたのものよ」

「馬鹿なこと言わないで。かならず戻ってきて」同時に、ミス・アームストロングはうなずいた。その後しばらくして、まったくの偶然から《デイリー・ミラー》紙の記事で彼女の消息を知ることになった。ハロゲートでわたしたちが出会ったわずか数カ月後に、ミス・アームストロングはストラトフォード＝アポン＝エイヴォンにあるシェイクスピア・メモリアル・シアターの残骸を探検する旅に出た。この劇場は一年ほど前に火事で焼け落ちてしまったのだ。焼け跡へ一直線に入っていく彼女の姿が、同じく冒険に来ていた人物の目をとらえた。それは反逆児という評判の、すばらしくハンサムな若き伯爵だった。二人は二週間もしないうちに結婚し、彼女はダービーシャー州にある夫の屋敷で暮らすことになった。彼女が憧れていたように、星まわりの悪いロマンスがハッピーエンドを迎えたのだ。旅行カバンをとりに戻ることができなかったわたしとしては、ミス・アームストロングが伯爵と出会ったときにわたしのカシミアのカーディガンを着て、模造真珠をつけていたと思いたい。

さて、わたしはいま、ミス・アームストロングの手を握って別れを告げ、靴を脱いで手に持ち、ストッキングだけになって忍び足で階段の上まで行った。下をのぞくと、アーチーが妻のあとから図書室に入っていくのが見えた。部屋に入ったら、アガサはたぶん、彼にすべてを話すだろう。わたしがアーチーに狙いをつけて誘惑したこと。その理由はただひとつ、アガサとアーチーの子供をわが子だと信じたからだということ。アーチーと離れ離れになっていたあいだ、わたしが彼とは一度も経験しなかったようなロマンティックで官能的な抱擁に身を委ねていたこと。彼の妻の居場所をずっと知っていたのに、黙っていたこと。殺人を犯し、別の殺人を幇助《ほうじょ》したこと。これらの行動のうち、アーチーにとってもっとも許しがたいのはどれだろう？

でも、わたしはなぜ、アーチーが何を許すかをたとえ一瞬でも気にしなくてはならないの？　お金を払って手に入れた赤ちゃんを毛布でくるんで車に乗せ、サンデーズ・コーナーをあとにし、家に連れて帰ってダイヤモンドみたいに妻にプレゼントしたとき、アーチーは赤ちゃんの母親のことを一秒でも考えただろうか?

一か八かやるしかなかった。呆然としている気の毒なチルトンと、ぽかんと見ているリーチ夫妻と、びっくり仰天しているリッピンコット氏の横を飛ぶように走り抜けて、ホテルの玄関から飛びだした。外に出るとすぐ靴を履き、チルトンに貸しだされていた警察車の運転席にすべりこんだ。チルトンが次にどこへ行くにしても、歩いていくしかないわけだ。わたしは不器用に車を走らせた。時間が残忍な雄叫《おたけ》びを上げて舞いもどって来る前に、なんとしても荘園館に戻るつもりだった。

幸いにも、胸にたまっていたのが明らかな叱責の言葉を警察署長のリッピンコットがチルトンにぶつける前に、サイモン・リーチが談話室へ署長をひっぱっていった。

チルトンはすかさずこの機会をとらえた。「ミセス・リーチ」ダイニングルームを出てフロントデスクにやってきた夫人に声をかけた。「ちょっといいですか?」

人の精神というのは外側と内側の層に分かれて驚異的な働きをするものだ。チルトンは落ち着いてふるまい、自分の耳にはろくに届かない言葉を口にしつつも、そのいっぽう、頭のなかは恐ろしい事態のことでいっぱいだった——ミツバチの巣から蜜が滴るごとく傲慢さを滴らせた夫が、アガサを連れて逃げようとしている。

「どうか助けてください」リーチ夫人に言った。「せめて矛盾点が表に出ないようにしてほしいんです。いいですか。アガサ・クリスティーはこのベルフォート・ホテルにずっと泊まっていた。ジュネヴィーヴ・オディー夫人という名前でチェックインした。健康増進のため、温泉に入り、マッサージを受け、あとは部屋にこもっていた」

「お断りします。名誉のために言っておくと、わたしはけっして嘘をつかない人間です」リーチ夫人は腕組みをした。その声がさらに音楽的な響きを帯びた。彼女の言葉がチルトンを元気づけた。〝わたしはけっして嘘をつかない〟と言う者は、まさにその言葉によって、少なくとも一度は嘘をついたことになる。

「あなたにお伝えする機会がありましたっけ？　わたしの捜査が完了したことを。マーストン事件に関して。殺人犯が野放しになっている恐れはないと判断するに至りました」

談話室から出てきたリーチとリッピンコットがこの意見をタイミングよく耳にした。リーチ夫人はゆっくりまばたきをして、取引を持ちかけられているのかと首をかしげた。

「噂を広める必要はありません」チルトンは話を続けて、リーチ夫人の疑念を裏づけた。「世間の人々への危険はないし、最初からずっとなかったのです。マーストン夫人が夫を殺害し、そののちに自殺したのです」

「やっぱりね」リーチ氏が手を叩いた。これ以上はないというほどうれしそうな顔になっていた。

「サムが最初からにらんでたとおりだ。でしょう？　その痛ましい事実については、けっして口外しません。それから、ミセス・クリスティーがここに泊まっていたことは、大いに宣伝させてもらいます。これからは商売繁盛だ、イザベル、待っててくれ」

リーチ夫人が大きく息を吐いた。夫がいとこのリッピンコットに何か言おうとして向きを変えた隙に、チルトンがささやいた。「ミス・オディーと若い恋人は大助かりだと思いますよ」

ようやく、リーチ夫人がうなずき、黙認することにした。ホテルの評判を守るために嘘をつくのに比べれば、ナンを助けるために嘘をつくほうがまだましだ。「あの人がミセスじゃなくてミスだってことはわかってました」リーチ夫人はひそひそ声で返した。「わたし、そういうことには勘が働くんです。悲しそうなあのハンサムな男性と結婚できるといいですね。わたしはハッピーエンドが好きなんですよ、チルトンさん」

「誰だってそうです。誰だって」

図書室のドアが開いて、アーチーとアガサが出てきた。いまこの瞬間ほど彼女の視線をとらえたいとチルトンが強く願ったことは、これまで一度もなかったが、アガサは床に視線を落としたままで、さんざん叱られた子供のようだった。

「ミセス・クリスティー」警官らしい声を崩すまいと努めながら、チルトンは言った。「ご自分の部屋に戻っていただきましょう。事情聴取をさせてもらいたいので」

「妻はそんなものには応じない」アーチーが言った。「この件は解決済みだ。犯罪が起きたわけではない。単なる誤解だったんだ。警察の手を煩わせる必要はもうない。警察には一生分ぐらいお世話になった」

チルトンは自分がこの男みたいに自信たっぷりの物言いをしたことはあっただろうかと考えた。妻のほうを向いたアーチーがはるかに優しい口調になっていることに気づいて、胸が痛んだ。

「アガサ、ダーリン。荷物をとってきなさい。きみが見つかったことを新聞社の連中に嗅ぎつけられる前に出発しなくては。これから何週間も、連中に追いかけまわされることになりそうだ」

依然としてチルトンに目を向けないまま、アガサは階段をのぼってわたしの部屋まで行った。チルトンが一歩前に出て、あとを追おうとするかに見えたが、リッピンコットに袖をつかまれた。

ホテルの上階にあるわたしの部屋に入って、アガサは室内を見渡した。まるで、わたしたちの存在が重なりあっているこの部屋が、わたしについて、もしくはアガサ自身について、彼女がまだ知らなかった何かを明かしてくれるかのように。ライラック色のものが目についた。テーブル横の椅子にかけてあるショールだった。アガサはそれを手にとり、椅子にすわった。わたしが前に買ったノートと万年筆が使われないままデスクにのっていた。アガサは両方をとって、筆跡がわからないように活字体で何かメモしてから、ノートの紙をふたつに折り、大きな活字体で〝チルトン警部さま〟と書いた。ほかの誰かがこれを見つけて読むかもしれないという懸念はなかった。アガサがホテルを出たら、チルトンがすぐさまここに来て手がかりを捜すことは予測できた。

アガサはわたしのショールを肩にかけた。そうすれば、男物を着ていても多少はまともに見えるかのように。すべるような足どりで部屋を出て階段を下り、立ったまま待っている夫のところへ行った。アーチーの顔には安堵があふれていて、愛と希望でいっぱいだった。かつて、彼の顔からそれが失われたときは、目にしたいとアガサは焦がれたものだった。

「きみの荷物はどこ?」アーチーが尋ねた。その声は恐怖に震えていて、妻がここに残ろうと決めたのではないかと恐れている様子だった。

「必要な品は何もないわ」

アガサはわたしのショールをしっかり巻きつけたまま、彼の横を通り過ぎ、ホテルを出て、待っている車に乗りこんだ。サニングデールに帰る車のなかで、これまで数々の疑問に困惑させられ、おかしくなりそうだったアーチーは、その疑問を残らず妻にぶつけた。

「なんであんな危険なところに車を乗り捨てた？」

「どうやってヨークシャーにたどり着いたんだ？」

「なぜそんな服装をしている？」

「新聞を見なかったのか？　いったいどれだけの人間が捜索に駆りだされたか、きみは知らなかったのか？　あの大騒ぎのことを知っていたとすると、きみが身を隠したままだったことが信じられない」

アガサは何も答えず、窓を少しだけあけた。生き返るために冷たい空気が必要だった。アーチーが身を震わせた。二週間前だったら、アガサはあわてて窓を閉めていただろう。いまの彼女は夫に我慢させるつもりでいる。荘園館に置いてきた真珠の指輪とネックレスのことを思いだした。あそこを使わせてもらった代金と、みんなで盗んだ食料やワインの代金としては、あれで充分だろう。アガサは早くも、法を遵守する思考法に戻っていた。

「知ってたか、ＡＣ？」アーチーがしつこく尋ねた。「いったいどれだけの人がきみを捜していたかを」

「何も覚えてないわ」アガサは窓の外を流れていく景色を見つめた。何度も何度も説明を求められるたびに、そう答えた。〝何も覚えてないわ〟と。真実に少しでも近いことを言えば、わたしの破滅を招くだけでなく、アガサ自身も彼女が最近まで必死に求めていたはずの場所へ行き着くことになるからだ。すなわち、アーチーのそばで一生を送ることになってしまう。

サニングデールの自宅に到着した二人が記者連中を前にしたとき、アーチーは——妻を守るのが彼の役目で、しかも想像力がほとんどない男だったので——妻の答えをそのまま伝えた。

「妻は何も覚えていません」

〝その次の年は、わたしの人生で思い出すのもいやな年である〟アガサは自伝にこの年のことをこう書いている。

何年もたってからこの文章を読んだとき、わたしは思わず微笑した。時間から解き放たれてみんなで過ごしたあの時間のことがアガサの作品にちらほら出てくると、つい微笑してしまう。あのときの断片が、小さな思い出が、さまざまな作品にちりばめられているので、いつどこで出会うか予測がつかなかった。

「ひとつ残らず読まなきゃ気がすまないのかい？」わたしがアガサの新刊本をベッドに持ちこむたびに、アーチーが尋ねたものだった。

「ごめんなさい」わたしはいつもこう答えた。「すごくおもしろいんですもの」

アガサにとって、一九二六年は思いだすのもいやな年だったかもしれない。でも、全部がいやではなかったはず。ぜったいそうだと思う。


チルトンはアーチーがアガサを車に乗せて走り去るのを見送り、それからホテルのなかに戻った。人の目を意識した。リーチ夫妻とリッピンコットの目。冷静さを保つのはひと苦労だろうと思っていた。だが、そんなことはなかった。神経が麻痺していたのではない。感情が消えていただけだ。不思議なことに、それで希望が湧いてきた。

「チルトン」リッピンコットが言った。相手は大切な友達なのに、ついきびしい口調になっている。

「きみから説明すべきことがあるはずだ」

「わたしはアガサ・クリスティーを見つける任務を与えられました。そして、任務を果たしました」

リッピンコットが返事をする暇もないうちに、チルトンは向きを変え、一度に二段ずつ階段をのぼった。ミス・オディーの部屋のドアが軽くあいたままになっていた。ドアを押すと、ギーッと悲しげな音を立てて内側に開いた。次の客が到着する前に、リーチが蝶番に油を差すに違いない。もしかしたら、有名作家滞在記念のプレートを作ろうと、すでに考えているかもしれない。

ふたつに折ったノートの紙がデスクに置かれ、くっきりした字でチルトンの名前が書いてあった。そこまで行って手を触れた。鼻先へ持っていった。アガサがこの十日間、自分だけの世界にこもっていたのなら、ヤードリー社のオールド・イングリッシュ・ラベンダーの香りがするだろう。しかし、アガサが紙に触れた時間はごくわずかで、字を書くときに手首を端に置いていたので、煙と松の匂いがしただけだった。彼自身の匂いに少し似ていた。紙を丁寧に開いた。〝ごめんなさい〟か〝愛しています〟と書いてあるかもしれないと思った。彼がもっとも強く望んだのは、二人がどこで待ち合わせるか、次にどうすべきか、一緒になるにはどうすればいいかを指示する言葉だった。

〝わたしのタイプライターと、いちばん大事なことですが、わたしの原稿をとってきてください〟紙にはそう書いてあった。〝わたしの仕事を一刻も早く、こっそり返してもらわなくてはなりません〟

チルトンは紙を裏返した。もう一度。しかし、アガサが書いていたのはそれだけだった。

ここでわたしのことを述べておこう。

少女のころ、わたしは海に恋をした。信じられないほど美しい緑と、ヒバリのチチチというさえずりと、優しく穏やかな人々に恋をした。「サンタクロースがいっぱいいる国みたい」アイルランドで初めての夏を過ごして家に帰ったとき、わたしは父に言った。すると父は笑って「おまえの話を聞くと、父さんは自分がなんでアイルランドを離れたのかと不思議になってくる」わたしはそのころ無条件で父を愛していたから、どんな未来が待っているか、おたがいに知るはずもなく、二人でしっかり抱きあった。

少女のころ、わたしはエメラルド色の丘をうろつく羊の群れと、それを追う犬たちに恋をした。舞い下りるカモメとチドリ、蹄の音と大気中の湿気、大地に飛んでくる潮の香りのする海の泡、岩場に寝そべるアザラシ、歌うようなアイルランド訛りに恋をした。ロンドンに帰るたびに、話し方が訛っていると言って、母にからかわれたものだった。

そして、わたしは一人の少年に恋をした。月日が流れていくなかで、すべてのものへの恋は消え去ったが、少年への恋だけは消えなかった。けっしてわたしの共犯者ではなく、わたしと共に犠牲になった人。わたしが失ったものにつながるごく細い糸を理解できる、この世でただ一人の人。あと一度でも彼に会ったらわたしの決心が揺らいでしまうのは自分でもわかっていた。フィンバルはジュネヴィーヴの顔を見たことも、腕に抱いたこともない。ジュネヴィーヴが生まれたのを知ったのは、あの子がすでに連れ去られたあとだった。だから、フィンバルは一緒に逃げようと、わたしに何度も懇願するのかもしれない。あと一度でも彼に会ったら、懇願に負けてしまうかもしれない。

コーネリア・アームストロングから聞いた〝月下老人〟の話を思いだした。目に見えない糸。でも、それはフィンバルとわたしを結びつける糸ではない。その糸は、いまも、これからもずっと、わたしとジュネヴィーヴを結びつけてくれる。わたしの心臓からジュネヴィーヴの心臓に向かって、命ある触手のように延びていくのが感じられる。その糸がわたしを導く先は〈悠久の館〉ではなく、鉄道の駅。チルトンは殺人罪でわたしを追及しないことに同意してくれた。車の窃盗もきっと見逃してくれるだろう。だって、アーチーをとりもどすためにわたしにできることはすべて、チルトンに有利に働くのだから。

アガサとアーチーが仲直りしたら、わたしは二度とテディのそばへ行けなくなる。せめてもう一度だけテディの顔を見ておきたかった。何か困ったことがあったら、わたしが駆けつけてなんとかしてあげる、どんなことでもしてあげる、とテディに言っておきたかった。その誓いに効力があるなどとなぜ信じたのか、自分でもわからない。わたしの母もかつて、わたしに同じことを誓った。

〝愛してるわ〟念力でこの言葉を送った。念力なんて自分では信じていないのに。それでもなお、フィンバルが――どれだけ落ちこんでいても――それを聞いて理解してくれるよう祈った。わたしの一部はたぶん、ロンドンに戻ったときに自分がクリスティー夫妻の世界から閉めだされていることを願っていたのだろう。三年かけてひたすら進めてきた計画が失敗に終わることこそ、フィンバルとわたしが一緒になれる唯一のチャンスだった。失敗を受け入れるしかないのなら、潔くそうするつもりだった。でも、わたしはけっして、黙って流れに身をまかせるタイプではない。

いっぽう、チルトンは荘園館――もはや〈悠久の館〉ではなくなっていた――へ歩いて出かけ、アガサに頼まれた品をとってくることにした。彼女のタイプライターと、今回の冒険のあいだに彼女が書いた原稿のすべてを。失踪中に書いた原稿をアガサがのちに評価することはけっしてなかった。短篇がひとつかふたつと、長篇『青列車の秘密』の冒頭部分。自分の作品のなかでいちばん気に入らないのはこれだ、とアガサはいつも言っていた。それでも、とにかく出版した。書いたものはすべて出版した――短篇の「崖っぷち」までも。最後にわたしの分身である女性が崖から落ちて死亡するというストーリー。これは翌年《ピアソンズ・マガジン》に掲載されたが、結末が書き換えられ、わたしの分身は突き落とされるのではなく、自分から飛び下りることになっていた。

アガサのタイプライターと原稿をサニングデールに送るつもりはなかった。ブリクサムに持ち帰ろうと思っていた。そうすれば、アガサが訪ねてきてくれるだろう。

「でも、ナンはどこにいるんです?」アガサが見つかってしまったことをチルトンに聞かされたとき、フィンバルはそう尋ねた。

チルトンは同情をこめてフィンバルの肩に手を置いた。チルトンはすでにわたしに自由を贈ってくれた。フィンバルの恋が望みどおりに成就することを願うだけの寛大さは、チルトンにはもはや残っていなかった。

「気の毒だが、ナンが夜までに戻らなかったら、永遠に戻ってこないだろう」

「戻ってきますよ」フィンバルは言った。でも、自信のある口調ではなかった。それを裏づけるかのように言った。「もしナンに会ったら、ぼくがバリーコットンで待っていると伝えてください。世界のどこでもいいから、ナンの好きなところへ行くつもりでいると。頭を冷やしたら、バリーコットンまで来てほしいと」

でも、残念ながら、わたしがバリーコットンへ出かけることはなかった。

新しい年

一九二八年

臆測はいらない。すでにご存じのとおりだから。アガサとアーチーはやり直そうとしたものの、長続きしなかった。何がなんでも結婚生活を続けたいという思いを、アガサはすでになくしていた。かわりにスタイルズ荘のなかを物憂げにうろつき、〈悠久の館〉が失われたことを嘆いていた。あとはわたしがアーチーの前にふたたび姿を見せるだけでよかった——笑顔を絶やさずに。アガサはテディを連れて出ていった。今度は永遠に。

でも、やがて、テディをスタイルズ荘に帰らせた。そのとき、アーチーとわたしはすでに結婚していた——ダイヤモンドの指輪と結婚指輪がフィンバルのクラダリングにとってかわった。テディはそれから丸一年、わたしたちと暮らすことになり、アガサはそのあいだに、一人で冒険の旅に出ることにした。オリエント急行で出かけた数多くの旅の、これが一回目だった。

ホノーリアがテディを連れて、ロンドンからわたしたちのところにやってきた。わたしはテディが到着したら、アーチーと一緒に階下で出迎えるつもりだった。でも、車が車道に入ってきたとき、感動がこみあげてきて、そんな姿を夫に見られてはならないと思った。アーチーとよりを戻して以来、テディと何回か会っていたが、テディの正式な継母としてこの家で長期間一緒に暮らすのはこれが初めてだった。

「きみ、大丈夫かい?」アーチーがわたしのウェストに片手を添えて訊いた。最初の結婚を経て、彼も多少は気遣いができる人になっていた。

「ええ、大丈夫よ。少しめまいがしただけ。二階へ行って休むことにするわ」

階段をのぼっていくと、声が聞こえてきた——ホノーリアとテディ。ひとつは暗くきびしい声、もうひとつは小さく軽やかな声。いまではわたしのものになった家の廊下を歩いて子供部屋に入った。無断で入りこんだと言ってわたしを咎める者は、もうどこにもいない。ホノーリアはこのままロンドンに帰るだろう。「この手でテディの世話ができるなら大歓迎よ」今後の子育てをどうするつもりかとアーチーに尋ねられたとき、わたしはそう答えた。「ええ、ぜひそうさせて」

そして、それから何年ものあいだ、わたしはこの手で何度もテディの世話をすることになった。テディが悪夢にうなされて泣きながら目をさませば、急いでテディのところに駆けつけた。医者がテディの膝小僧の傷口を縫うときは、テディの肩を抱いて手を握りしめた。テディが第二次大戦中に結婚したときは、アーチーの参列すらない大急ぎのささやかな挙式だったが、アガサが電報をよこし、わたしだけは式に出られるようにしてくれた。

子供部屋の窓敷居に、フィンバルがテディのために作った木彫りの犬が置いてあった。名前はサニー。それを手にとった。急ぎ足で廊下をやってくるテディのパタパタした足音が聞こえた。〝幼子のパタパタ走りまわる音〟という言葉を誰が生みだしたか知らないが、その人は史上もっとも聡明な人物かもしれない。家のなかを満たす足音のなんてすてきなこと。そこに住む子供が生みだす音楽だ。

わたしは息を吸いこみ、涙があふれないよう気をつけて、テディのほうを向いた。

「ナン」テディは子供部屋のドアから入ってくると、木彫りの犬を手にしたままのわたしを見つけた。「捜してたのよ」

わたしはサニーを窓敷居に戻して膝を突き、鮮やかなブルーの目に見つめられながら、テディの頰に片方ずつ手を触れた。それから両方の腕でテディを抱きあげ、その髪——最後に見たときと比べると色が濃くなっている——からアイルランドの海の香りが漂ってくるように思った。

「わたしもずっと捜してたわ」

フィンバルはバリーコットンに帰り、わたしとアーチーの結婚の知らせをそこで受けとった。結婚したという手紙をわたしが彼に送り、テディの髪をひと房同封したのだ。二、三年後に、フィンバルはアイルランド人の娘と結婚することになる。それを思っただけでわたしの胸は痛んだが、同時に、彼の幸福を心から願った。彼を深く愛していたから、すべての犬と、すべての本と、二人で計画したすべてのことが彼のものになるよう願った。フィンバルは三人の息子の父親になった。若くして亡くなる前に、彼がどんなに息子たちを愛し、慈しんだかは、わたしにも想像がつく。彼の命を奪ったのは徐々に肺を蝕《むしば》んでいった癌で、マスタードガスの最後の贈物だった。

戦争のことを考えるとき、怒りはいつまでも消えない。

でも、それはすべて忘れよう。何が事実なのかをわたしたちが知っていても、この物語を読む人は、心のなかでハッピーエンドを願うものだ。イングランドをふたたび爆撃にさらした第二次大戦は起きなかったことにしよう。戦争なんて一生に一度耐えるだけでたくさんだ。二度も経験するなんてひどすぎる。この物語はわたしのもの。わたしには歴史への忠誠心などない。歴史の恩恵をこうむったことが一度もないのだから。ただ、いくらわたしの想像のなかであっても、フィンバルと結ばれるという形でわたしの物語を終わらせることはできない。なぜなら、最後に彼と結ばれたら、わたしたちの子供から遠く離れることになるのだから。

でも、アガサの物語については、わたしの好きなように終わらせることができる。

ここで足を止めて、時間を遡ることにしよう。夫と共にベルフォート・ホテルをあとにしてスタイルズ荘に戻ったアガサは、その一カ月後、旅行カバンにテディの荷物を詰めるよう、ホノーリアに命じた。玄関ホールのテーブルにアーチー宛の手紙を置いてから、午前中に届いた郵便物に目を通したところ、小さな包みがあった。差出人はなんと、サー・アーサー・コナン・ドイル。包みを開くと、しなやかな革手袋が出てきたが、見たこともないものだったので、同封されていた手紙(〝無事にご帰宅と聞き及び、まことに喜ばしく思っております。本来の持ち主にこれをお返しすることをお許しください〟)にアガサは当惑するばかりだった。しかし、まさかあのコナン・ドイルからの贈物を拒むわけにはいかないし、外は寒かったので、手袋をはめることにした。

家を出る前に、わずかな使用人を集めてきっぱりと告げた。「わたしはアッシュフィールドで暮らすことにします。テディも一緒に連れていきます。わたしがどこにいるのかと疑問に思う人がいたら、トーキーへ行くように言ってください。わたしが家にいないときは、海岸を散歩しているでしょう」

アガサは犬とテディを愛車の古いモーリス・カウリーに乗せて車をスタートさせ、チョークの採石場も池も湖もすべて無事に通り過ぎた。サイレント・プールはきらめきを放ち、水面に冷たい青空を映していて、泥のたまった水底から命なき者がひきあげられたことなど、これまで一度もなかったかに見える。アナベル・オリヴァーが発見された小川の横を通ったとき、胸に片手を押しあてた。一種の敬礼のようなもので、悲しみつつも感謝を示すしぐさだった。

チルトンはこのころすでに、ブリクサムに自分の家を持っていた。母親の様子を毎日見に行けるよう、実家のすぐ近くにした。海辺のコテージ。当時はただ同然の家賃で借りることができた。アガサとの再会はすっかりあきらめていた彼だったが、ドアに響くノックを聞いた瞬間、彼女だとわかった。ドアをあけると、冷えこんだ夕暮れのなかに彼女が立っていた。ブラウスとスカートの上に毛皮のコートをはおり、乱れた髪が美しく、自由を得た者のにこやかな笑みを浮かべていた。テディをしっかり抱いていて、車のなかで寝入ってしまった少女はアガサの肩に頬を押しつけていた。

「きみの原稿は大事にとってある」チルトンは言った。「ここに全部そろってるからね」

「ありがとう」

チルトンは脇にどいてアガサを通し、それから彼女の背後で静かにドアを閉めた。アガサの横にいた小さな犬がしっぽをふり、正式な紹介を望むかのようにチルトンを見つめた。

「さあ」チルトンはいいほうの手で案内をした。アガサは彼について予備の寝室へ行き、チルトンが幅の狭いベッドにあわててシーツを敷くあいだ、黙って立っていた。それから、テディ——熟睡中の子供にしかできないことだが、外の世界にはまったくの無関心——をベッドに寝かせ、キルトを顎のところまで上げてやった。テディの額にキスをした。

「愛らしい子だね」チルトンは言った。

「ええ、そうでしょ」

犬がベッドに飛び乗って、子供の横で丸くなった。チルトンとアガサは規則正しく胸を上下させて眠るテディをしばらく見守った。子供の呼吸は大人とは質が違う。深くて、もっと神聖なものがある。

二人は寝室のドアをきっちり閉めて、一緒に台所へ行った。コテージはこぢんまりしていて居心地がよく、天井が頭のすぐ上にあるように感じられた。

「紅茶でも?」

「いいえ。いまはいいわ」

そして、ここで抱擁。抱擁はずいぶん長く続き、チルトンは幸せすぎて、生きていることへの感謝が強烈すぎて、ほとんど我を忘れてしまった。そうだわ、このさいだから、動かなくなっていた左腕をもとに戻してあげよう。彼の左腕が魔法にかかったように持ち上がり、アガサを強く抱きしめて、もう二度と離さないという思いを伝えた。

「可愛いコテージね」アガサが言った。時刻は午前零時を過ぎていて、二人は彼のベッドで心地よく身を寄せ合っていた。「アッシュフィールドに近くてうれしいわ。朝になったら、テディを連れてそちらに落ち着くつもりよ」

「そうか。みんなが捜しに来たとき、ちゃんとそこにいなきゃだめだぞ」

二人で大笑いした。小さな家のなかで幸せが渦を巻いた。もうひとつの部屋で眠っているテディも笑みを浮かべた。

「きみ、恋物語は好みじゃないんだろ」チルトンが指摘した。

「ふつうはね。でも、この恋物語は好きよ」

ミステリは殺人犯の正体が明かされて、そこで終わる。冒険小説は宝物をとりもどして、そこで終わる。悲恋物語は恋人が亡くなるか、別れるかして、そこで終わる。でも、ロマンス小説は違う。恋人がふたたび結ばれる場面で終わるものだ。

これらのページが終わったあとも、人生は続いていく。でも、これはわたしの物語。いままではすでに過去のものとなった未来を無視して、どんな展開にでもできる。ただひとつの光景をあなたのもとに残していける。それが永遠に続くのだと思うことにしよう。

だから、わたしたちの物語はとりあえずここで終わりにしよう。チルトンとアガサがトーキーの浜辺を一緒に歩く場面で。岩から岩へ飛び移るアガサの小さな愛犬。チルトンの腕に通したアガサの腕。明るい青空の下で微笑する二人。光の世界で生きていく二人。あらゆることと同じく、ほんのいっときではあるが。疑惑に駆られる必要も、この瞬間を通り過ぎて前へ進む必要もない。かわりに、このひとときを楽しみ、ハッピーエンドの場面でこの本を閉じてほしい。

謝辞

二〇一五年二月、わたしのエージェント、ピーター・スタインバーグからメールが届いた。〝これを題材にして長篇小説を書きませんか？〟という内容だった。添付されていたのは、〈ラインナップ〉のサイトに掲載されたマシュー・トンプソンの記事（https//the-line-up.com/agatha-christie-disappearance）。〝レディの失踪。ミステリ作家アガサ・クリスティーが姿を消す〟五年の歳月のなかで優しい励ましを受けながら、わたしは本書の執筆に没頭した。ピーターの応援と友情に毎日のように感謝している。

作中でナンが言うところの〝明晰人生〟なるものが、本書の企画に最高にふさわしいジェニファー・エンダリンという編集者を呼び寄せてくれた。的確な質問をする術《すべ》を心得ている人で、彼女のみごとな洞察力、確実にミスを見つけてくれる鋭さ、温かさ、支援、思いやりに、言葉にできないほど感謝している。

〈セント・マーティンズ・プレス〉のすべての人に感謝したい。リーサ・センズ（これまで読んだなかで最高のメールをくれた人）、サリー・ロッツ、スティーヴン・ボルトをはじめとするたくさんの人々に。

また、ヨナ・レヴィン、マリア・レイト、サビーネ・シュルツにも感謝したい。そして、〈ゴッサム・グループ〉のすべての人に。とりわけ、リッチ・グリーンに。太陽のように明るい人なので、出かけるときはいつもこの人についてきてもらいたくなるほどだ。大切な旧友スコット・リッティンガーはアンティーク・カーに関して知らないことはないという人で、不意の質問にもたちどころに答えてくれた。シーリア・ブルックスはロンドンの地理の知識を分けてくれた。ノース・カロライナ大学ウィルミントン校文芸創作学部の友人たち、同僚たち、学生たちに感謝。とくに、教室からしばらく離れる必要に迫られたわたしを擁護してくれたフィリップ・ジェラードと、本の話になると最高に気が合うレベッカ・リーに。わたしの兄アレックスはゲラのチェックを手伝ってくれた。両親はどんなときでも、変わることなき愛と支援を与えてくれた。メロディー・モエッジーは決定的な予知夢を見た。そこから彼女とマシュー・レナードが知ったのは、夢が現実になった夜こそ、わたしにとって最高の夜のひとつであったということだ。

ダナエ・ウッドワードはつねに、わたしの原稿を真っ先に読んでくれる最高の読者だ。

本書は想像力と歴史をミックスさせた作品である。現実の出来事を土台として物語を進めていくために、数多くの本、ドキュメンタリー映画、雑誌、新聞を参考にさせてもらった。たとえ『アガサ・クリスティー失踪事件』の刊行が実現しなかったとしても、わたしはポール・ジュード・レドモンドの *The Adoption Machine* を読んだことを大きな喜びとするだろう。リサーチが行き届いていて、みごとな文章で書かれた、容易に忘れられない私小説なので、ナンの物語に感動した方々にはぜひ読んでもらいたい。わたしにとって計り知れない価値を持つ本はほかにもある。ジューン・ゴールディング著『マグダレンの祈り』（ヴィレッジブックス）、ジェイムズ・M・スミス著*Ireland's Magdalen Laundries and the Nation's Architecture of Containment*――スミス博士はわたしの数々の質問に親切に答え、ジューン・ゴールディングの回想録を薦めてくださり、博士に劣らず親切な同僚クレア・マッゲトリックに紹介してくださった、ジョン・バリー著『グレート・インフルエンザ　ウイルスに立ち向かった科学者たち』（ちくま文庫）、ジャレッド・ケイド著『なぜアガサ・クリスティーは失踪したのか　七十年後に明かされた真実』（早川書房）、アガサ・クリスティー著『アガサ・クリスティー自伝』（クリスティー文庫）――あなたがまだこれを読んでいないなら、すばらしい楽しみがあなたを待っていることになる、そして、もちろん、クリスティーのミステリの数々。とくに『ナイルに死す』『オリエント急行の殺人』『そして誰もいなくなった』『ABC殺人事件』『雲をつかむ死』『邪悪の家』『ねじれた家』『終りなき夜に生れつく』（以上八作クリスティー文庫）そして、短篇の「崖っぷち」。さまざまな時期の細かい事柄やエピソードを描くにあたっては、ここに列挙できないほど多くの記事や学術論文に助けられた。*When the World's Most Famous Mystery Writer Vanished*（ティナ・ジョーダン、《ニューヨーク・タイムズ》）、*The Mysterious Disappearance of Agatha Christie*（ジャイルズ・ミルトン、《ヒストリー・エクストラ》）、*Unmarried Mothers in Ireland,1880-1973*（マリア・ラディ）、*Unmarried Mothers and Their Children: Gathering the Data*（メイヴ・オローク博士、クレア・マッゲトリック、ロッド・ベイカー、レイモンド・ヒル）そして、前述の〝レディの失踪〟（マシュー・トンプソン）。

フィンバルとチルトンの戦争体験を想像するにあたっては、ピーター・ジャクソンのドキュメンタリー映画〈彼らは生きていた〉を参考にさせてもらった。また、スティーヴ・ハンフリーズの印象的なドキュメンタリー映画、*Sex in a Cold Climate* に登場する勇敢な女性たちに、わたしは永遠に畏敬の念を抱くだろう。ブリジッド・ヤング、フィリス・ヴァレンタイン、マーサ・クーニー、そして、とくにクリスティアナ・ムルカヒに、わたしの感謝、愛、称賛を捧げたい。

そして、デイヴィッドとハドリーに最大の感謝を。あなたたちを見つけるためなら、わたしは百年の歳月を費やし、世界の隅々までまわることも厭いはしない。

訳者あとがき

〝その次の年は、わたしの人生で思い出すのもいやな年である。人生にはよくあることだが、一つのことがうまくいかないと、あらゆることがうまくいかない〟

『アガサ・クリスティー自伝』（下巻）の第七部「失われた満足の地」にこんな一節がある。〝その次の年〟というのは一九二六年のこと。四月に最愛の母を亡くして悲しみのなかで日々を送り、八月には夫のアーチーから不倫を告白されたうえに離婚を切りだされるという、アガサにとっては〝思い出すのもいやな年〟になった。そして、一年を締めくくる月である十二月の初めに、彼女は謎の失踪事件を起こす。ただし、この自伝には、失踪そのものに触れた箇所はいっさいない。アーチーが荷物をまとめて家を出ていき、やがて二週間後に戻ってきたものの、ぎくしゃくした夫婦仲がもとに戻ることはもうなかった、という事実が書かれているだけだ。

一九二六年の回想は最後をこう締めくくっている。

〝わたしは一年間、彼が変わってくれることを望みながら最後まで辛抱していた。だが、彼は変わってくれなかった。／こうしてわたしの最初の結婚生活は終末を告げた〟

二年後、クリスティー夫妻は離婚し、アーチーは愛人のナンシー・ニールと再婚した。

謎の失踪事件に話を戻そう。

十二月三日金曜日の夜、アガサ・クリスティーは夫と大喧嘩をしたあと、秘書と夫のそれぞれに宛てて手紙を残し、自分で車を運転して出かけていった。それきり消息を絶ってしまった。一九二〇年に『スタイルズ荘の怪事件』（クリスティー文庫）で作家デビューし、一九二六年に六作目の長篇『アクロイド殺し』（クリスティー文庫）を発表、『アクロイド』のトリックがフェアかアンフェアかをめぐって世間で論争が起きていたこともあって、新進気鋭の女性作家の失踪に人々の注目が集まり、延べ数千人の警官が捜索に動員された。夫が彼女を殺して死体を遺棄したのではないかと疑う警官たちもいた。十一日後の十二月十四日、ヨークシャー州のスパ・ホテルに滞在していたアガサが発見された。彼女の本名ではなく夫の愛人の姓で泊まっていたことに捜査関係者は首をひねった。だが、本人は記憶をなくしていて、何を尋ねても「思いだせない」と答えるだけ。そのため、姿を消した理由も詳しい経緯もわからないまま、アガサの十一日間にわたる失踪はミステリ界の永遠の謎として残ることになった。

本書『アガサ・クリスティー失踪事件』は、一九二六年に起きたこの事件を土台にして、ニーナ・デ・グラモンが綿密なリサーチをおこない、豊かな想像力を駆使して書き上げたフィクションで、アガサの失踪の謎に新たな光をあてた力作である。

語り手の〝わたし〟はアーチーの愛人のナン・オディー。〝はるかな昔、別の国で、わたしはもう少しで一人の女性を殺すところだった〟というナンの衝撃的な告白で話が始まり、わたしたち読者はいっきに物語の世界にひきこまれる。ナンは四人姉妹の三女で、会社勤めの父親と、雑貨店でパートをしている母親との六人暮らし。ロンドンのある会社で秘書として働きながら、雇い主の友達アーチー・クリスティーの愛人になっている。金持ちのパトロンをつかまえて贅沢をしたいからではなく、じつは心の奥底に秘めている理由があるのだが、それを知る者はほとんどいない。物語が進むにつれて、隠されていた理由が徐々に姿を見せはじめる仕掛けになっている。

アーチーの妻のアガサは二人の関係に薄々気づきつつも、問いただす勇気がなく、夫が愛人を捨てて妻のもとに戻ってくる日をひたすら待ちつづけている。

しかし、かつては狂おしいほどアガサを愛していたアーチーだが、愛はすでに冷めてしまい、いまは一刻も早くナンと一緒になることしか考えていない。ある夜、ついに「離婚してくれ」と妻に告げる。逆上して夫に殴りかかるアガサ。アーチーは追いすがる彼女を冷たくふりきって、ナンと週末を過ごすために、ハウスパーティが開かれる友達の家へ出かけていく。土曜日の朝、そちらに緊急の電話が入る。かけてきたのはアガサの秘書をしている女性で、アガサが夜遅く車で出ていってそれきり帰ってこないため、心配でたまらず連絡してきたのだ。これが十一日間にわたる謎の失踪事件の始まりだった。

アガサ・クリスティーが世に送りだした膨大な数の作品よりも、この事件のほうがさらにミステリアスで、真相は永遠に藪のなかだ。のちの世の作家たちが創作意欲を刺激されて、不明の部分を独自の推理で埋めようとしたのも、無理からぬことと言えよう。例えば、キャサリン・タイナンもその一人だ。本書と同じく、アガサの失踪をめぐる謎を土台にして、*Agatha* を書き上げた（一九七八年刊。日本では翌年の一九七九年に『アガサ 愛の失踪事件』としてサンリオから出版。夏樹静子訳）。本書とはまた違う趣向で書かれた作品だが、著者の想像が大きく広がって驚愕の展開を見せていく点や、架空の人物（この作品ではアメリカ人コラムニストのウォーリー・スタントン、本書では警官のフランク・チルトン）が重要な役割を果たす点は共通している。

『アガサ 愛の失踪事件』は映画にもなり、一九七九年に公開された。主人公のアガサを演じるのは、アカデミー賞助演女優賞を始めとして数々の賞に輝くヴァネッサ・レッドグレイヴ。アーチー役はのちに《００７》シリーズの四代目ジェームズ・ボンド役に抜擢されたティモシー・ダルトン。そして、ウォーリー・スタントンを名優ダスティン・ホフマンが演じている。

ほかに、ジャレッド・ケイドの『なぜアガサ・クリスティーは失踪したのか　七十年後に明かされた真実』（中村妙子訳、早川書房）なども、興味深く読んでもらえるだろう。こちらは著者が想像の翼を広げて描きだしたフィクションではなく、アガサの親友の遺族から得た証言や警察の捜査記録をもとにして事実を掘り起こしたものである。

本書に描かれているアイルランドの女子修道院についてさらに知りたい方には、謝辞でも紹介されているジューン・ゴールディングの『マグダレンの祈り』（石川順子訳、ヴィレッジブックス）をお勧めしたい。『アガサ・クリスティー失踪事件』にちりばめられたエピソードのいくつか――バターをたっぷり塗ったほかほかのパンの話や、大釜に湯を沸かして少女たちが汗まみれになりながらシーツを洗濯する話など――はおそらくこの本からとったものだろう。もちろん、修道院に一時的に身を寄せた少女たちが耐えなくてはならない苛酷な日々についても詳しく書かれている。

著者ニーナ・デ・グラモンはニュージャージー州生まれ、現在はノース・カロライナ州在住。夫、娘、二匹の愛犬と暮らし、作家活動と並行してノース・カロライナ大学ウィルミントン校文芸創作学部で教鞭をとっている。

二〇二二年に『アガサ・クリスティー失踪事件』についてインタビューを受けたとき、デ・グラモンは次のように語っている。

わたしがアガサ・クリスティーの失踪事件のことを初めて知ったのは、二〇一五年に〈ラインナップ〉のサイトでマシュー・トンプソンが書いた記事を読んだときでした。アガサが夫の愛人の姓でスパ・ホテルに滞在していたという事実がとても印象的だったのを覚えています。この事件を題材にして長篇小説を書くことになったとき、事実はおそらくこうだっただろうという推測に基づいてストーリーを展開させるのではなく、わたし自身の純粋な想像から生まれた物語を作りたいと思いました。

ナンもアガサも強い女性で、同じ一人の男性を愛しています。それにもかかわらず、いえ、それだからこそ、ナンとアガサのあいだには、理屈では説明しきれない不思議な絆が存在するのです。わたしは二人の女性の関係をそう解釈し、ナンを語り手にしようと決めました。

インタビューの最後に、「アガサ・クリスティーの作品でいちばん好きなのはなんですか？」と尋ねられて、彼女が挙げたのは『オリエント急行の殺人』だった。

ニーナ・デ・グラモンの作品リスト（刊行順）

Of Cats and Men（二〇〇一　短篇集）
Gossip of the Starlings（二〇〇八）
Every Little Thing in the World（二〇一〇）
Meet Me at the River（二〇一三）
The Boy I Love（二〇一四）
The Last September（二〇一五）
The Distance from Me to You（二〇一五　Marina Gessner 名義）
The Christie Affair（二〇二二　本書）

アガサ・クリスティーの大ファンである訳者は、十年以上前に『アガサ・クリスティーの秘密ノート』（クリスティー文庫）の翻訳を担当したときと同じく、本書を訳しはじめたとたん、アガサの作品を再読したくてたまらなくなった。翻訳作業に必要だからと思い、「崖っぷち」が収録されている短篇集『マン島の黄金』（クリスティー文庫）と、ウィリアム・ブレイクの詩をエピグラフに使った『終りなき夜に生れつく』をとりあえず読み直した。いつものことだが、読みだしたらもう止まらなかった。至福のひとときに浸ることができた。それがアガサ・クリスティーという作家の持つ力なのだ。

大好きなアガサ・クリスティーをめぐる物語を訳す機会に出会えたことを、訳者としてとても幸せに思っている。

二〇二三年四月

※本文において、以下の部分で既訳をお借りしました。その他の言及のない引用は拙訳です。
7頁『ナイルに死す』からの引用は黒原敏行訳
19頁　ウィリアム・ブレイクの詩は、クリスティーの『終りなき夜に生れつく』冒頭における『無垢の予兆』の引用から矢沢聖子訳
181頁『雲をつかむ死』からの引用は田中一江訳
337頁『邪悪の家』からの引用は真崎義博訳
388頁『ハムレット』（白水Uブックス）からの引用は小田島雄志訳
422、439頁『アガサ・クリスティー自伝』からの引用は乾信一郎訳

訳者略歴　同志社大学文学部英文科卒，英米文学翻訳家　訳書『ポケットにライ麦を〔新訳版〕』『名探偵ポアロ　ハロウィーン・パーティ』『オリエント急行の殺人』『五匹の子豚』『書斎の死体』クリスティー，『ペインフル・ピアノ』パレツキー，『街への鍵』レンデル，『ベル・カント』パチェット（以上早川書房刊）他多数

アガサ・クリスティー失踪事件《しっそうじけん》

2023年4月20日　初版印刷
2023年4月25日　初版発行

著　者　ニーナ・デ・グラモン
訳　者　山本《やまもと》やよい
発行者　早　川　浩

発行所　株式会社　早川書房
東京都千代田区神田多町2－2
電話　03-3252-3111
振替　00160-3-47799
https://www.hayakawa-online.co.jp

印刷所　中央精版印刷株式会社
製本所　中央精版印刷株式会社

定価はカバーに表示してあります
ISBN978-4-15-210229-4 C0097
Printed and bound in Japan
乱丁・落丁本は小社制作部宛お送り下さい。
送料小社負担にてお取りかえいたします。